Ines Thorn
Sacrow

INES THORN

SACROW PARADIES MIT DUNKLEN SCHATTEN

Roman

PIPER

Mehr über unsere Autorinnen, Autoren und Bücher:
www.piper.de

Wenn Ihnen dieser Roman gefallen hat, schreiben Sie uns unter Nennung des Titels »Sacrow« an *empfehlungen@piper.de*, und wir empfehlen Ihnen gerne vergleichbare Bücher.

MIX
Papier | Fördert gute Waldnutzung
FSC® C083411

PRODUZIERT MIT VERANTWORTUNG

ISBN 978-3-492-06519-1

Für einen direkten Kontakt und Fragen zum Produkt
wenden Sie sich bitte an: *info@piper.de*
Redaktion: Isabelle Toppe
Satz: psb, Berlin
Gesetzt aus der Adobe Garamond Pro
Druck und Bindung: CPI Books GmbH, Leck
Printed in the EU

Erster Teil

Kapitel 1

Sacrow, 1937

Wann waren sie das letzte Mal zusammen angeln gewesen? Vor zwei Jahren? Vor drei? Hanno konnte sich nicht mehr erinnern. Aber er freute sich. Er fand es schön, neben seinem Vater auf einem Anglerhocker zu sitzen, die Rute in den Sacrower See zu halten und die Sonntagvormittagssonne auf den Armen zu spüren. Er fühlte sich dann dem Vater noch stärker verbunden, auch wenn sie kaum ein Wort wechselten. Er sah zu den Bäumen des Königswalds und betrachtete die Blätter, die sich im leichten Wind bewegten. Ein Stück entfernt am Seeufer stand ein Reiher und hoffte auf Beute.

Der Vater räusperte sich.

»Es ist einiges passiert in letzter Zeit.«

Hanno kniff die Augen ein wenig zusammen. Viel passiert? Wusste er etwa, dass sein bester Freund Siegfried und er manchmal heimlich hinter der Bushaltestelle rauchten? Oder hatte ihm der Lehrer von der Vier im letzten Aufsatz erzählt?

»Was meinst du?«

»In Deutschland.«

»In Deutschland?« Hanno atmete leise auf.

Der Vater nickte und zündete sich eine Zigarette an. Er nahm einen Zug, stieß den Rauch aus und sah ihm nach.

»Hitler sitzt fester denn je im Sattel. Er brüskiert die Nachbarländer, verletzt den Vertrag von Versailles, ruft zur Wehrpflicht auf. Der Bau des Olympiastadions in Berlin, ja die gesamten Olympischen Spiele im letzten Jahr dienten der Propaganda. Ich befürchte nichts Gutes.«

So viel hatte der Vater lange nicht gesagt.

»Siegfried meint, Hitler sei gut für unser Land. Und Lehrer Knöfel sagt, Hitler setze sich unermüdlich für den Frieden ein.«

Der Vater knurrte unwirsch. »Mach die Augen auf, Junge. Es wurden schon vor einer ganzen Weile neue Gesetze beschlossen. Die Nürnberger Rassengesetze, das Reichsbürgergesetz vom September 35. Sie gelten zwar schon beinahe zwei Jahre, aber ich habe mich noch immer nicht daran gewöhnt. Du hast ja davon gehört, Junge. Stand alles in der Zeitung. Gesetze gegen die Juden. Und nun sind diese Verordnungen auch in Sacrow angekommen.«

»Ich lese nie die Zeitung.«

»Vielleicht solltest du das ab jetzt tun. Alt genug bist du mit deinen fast sechzehn Jahren.«

»Was genau stand drin?«

»Die Juden haben nun nicht mehr die gleichen Rechte wie alle anderen. Ehen zwischen Juden und den sogenannten Ariern sind verboten. Seit Jahren werden die Juden aus ihren Berufen gedrängt. Jüdische Lehrer, Professoren, Beamte gibt es schon lange nicht mehr.«

Hanno verzog den Mund. »Warum? Ich meine, ich weiß, dass den Juden eine immer schlechtere Behandlung widerfährt, aber ich weiß nicht, warum.«

Er überlegte, wie viele Juden er kannte. Seit seiner Geburt 1921 hatten sich etliche Berliner hier in Sacrow Sommerhäuser gebaut, um dem Lärm und dem Dreck der Großstadt zu entfliehen. Potsdam war nicht weit entfernt, aber es waren vor allem die Leute aus der Hauptstadt, die Sacrow besuchten. Hanno verstand das; er liebte sein Dorf, das so wunderschön am Wasser gelegen war und umgeben von Kiefernwäldern, die im Sommer herrlich dufteten. Und er kannte jeden der neuen Dorfbewohner, denn sie alle hatten bei seinem Vater Tischlerarbeiten in Auftrag gegeben, bei deren Einbau er oft geholfen hatte.

Sein Vater war ein Möbeltischler, der weit über die Grenzen des Dorfes hinaus bekannt und durch die Sommergäste aus der Hauptstadt noch bekannter geworden war, sodass seine Auftragsbücher stets voll waren. Hanno mochte die neuen Sacrower, und er hatte endlich von Angesicht zu Angesicht Juden kennengelernt, von denen er zuvor nur Schlechtes gehört hatte. Da waren die Redelsheimers, der Unternehmer Stahl und Frau Dr. Grete Ring, die Kunsthändlerin, die Salomons, die Kempinskis und die Familie Blau, die in diesem Jahr ihre Tochter sogar in Sacrow und nicht in Berlin zur Schule schickte.

Stefanie Blau ging in seine Klasse und war eine der Besten. Überhaupt waren die Juden, die Hanno kannte, fleißige und gebildete Leute, von denen aus seiner Sicht nicht die geringste Gefahr ausging, obschon man den Juden genau das nachsagte. Dass sie eine Gefahr für Deutschland waren.

Mit der Familie Blau waren seine Eltern sogar befreundet. Eugen Richter hatte ihnen einen Wandschrank in den Flur ihres Hauses gebaut, und Hanno hatte ihm dabei geholfen. Nathan Blau war ein berühmter Chirurg an der Berliner Charité, und seine Frau Rachel unterhielt ein edles Geschäft für Damenbekleidung am Kurfürstendamm. Mit ihr traf sich seine Mutter oft zum Kaffeetrinken, und sie sprachen über Mode, über Sacrower Neuigkeiten, über aktuelle Filme und neu erschienene Bücher. Und oft war auch eine weitere Freundin der Mutter dabei, Frau Dr. Grete Ring.

Der Vater zertrat die Zigarettenkippe mit dem Fuß.

»In den Gesetzen heißt es, die Juden kontrollierten die Finanzen der Welt und wollten den Bolschewismus verbreiten. Es heißt, sie seien minderwertig.«

Hanno schüttelte den Kopf. »Ich weiß, was man über die Juden sagt. Lehrer Knöfel spricht ständig davon. Aber ich verstehe noch immer nicht, warum die Juden so angegriffen werden, seit Adolf Hitler an der Macht ist.«

Der Vater wandte sich ihm zu. »Das ist auch nicht zu verstehen, aber sag niemandem, dass du so denkst. Sprich nicht darüber, hörst du? Besonders nicht mit Siegfried.«

»Er ist mein bester Freund.«

»Und sein Vater ist bei der SS.«

»Die SS ist die Elite«, ergänzte Hanno und dachte an Siegfried, der ungeheuer stolz darauf war, dass sein Vater die schwarze Uniform und den Totenkopfring trug.

Der Vater seufzte. »Sprich einfach nicht mit Siegfried oder seinem Vater über Politik. Hast du mich verstanden?«

Hanno nickte, auch wenn er es insgeheim immer noch nicht so richtig begriff. Für Politik hatte er sich noch nie begeistern können, und was Lehrer Knöfel sagte, interessierte ihn schon gar nicht. Ohnehin predigte der stets dasselbe. Im Deutschunterricht ging es um Blut-und-Boden-Literatur und um Ehre und Vaterlandsliebe. Hanno mochte Sport lieber, und auch in Mathematik war er nicht schlecht.

Die warnenden Worte seines Vaters gingen Hanno nicht aus dem Kopf. Er hatte selbst erlebt, wie Siegfried über die Juden sprach. Zum Beispiel über Frau Dr. Grete Ring, die hier im Ort wohnte und für die sein Vater die Möbel geschreinert hatte und die Begrenzung der Balustrade, die sich um den ganzen Bungalow zog. Ein Bungalow nach Art des Bauhauses. Aber das Bauhaus gab es seit einiger Zeit auch nicht mehr. Es hatte sich nach zahlreichen Repressalien selbst aufgelöst, die Bauhauskünstler waren ins Ausland gegangen. Das hatte ihm sein Vater erzählt.

Hanno hatte gehofft, nach der Schule dort studieren zu können. So wie sein Vater damals, als das Bauhaus noch in Weimar residiert hatte. Er hatte mit Frau Dr. Ring über das Bauhaus gesprochen, und die Kunsthändlerin hatte ihm von Johannes Itten erzählt, von László Moholy-Nagy, von Herwarth Walden und Oskar Kokoschka. Von Gunta Stölzl hatte sie sogar einen Wandteppich, der im Wohnzimmer hing. Hanno hatte ihn bestaunt und sich gar nicht an den Farben und Formen sattsehen können. Der Teppich war bunt, mit Betonung auf Rottönen, und das Muster ging durcheinander. Es gab Streifen und Wellen sowie gepunktete Flächen und Quadrate. Nie zuvor hatte er so etwas gesehen.

Frau Dr. Ring hatte ihm auch Bücher ausgeliehen, die er verschlungen hatte. Er hatte Siegfried davon erzählt, aber Siegfried hatte noch nie etwas vom Bauhaus gehört. »Die Ring ist eine Schlampe«, hatte sein bester Freund nur gesagt. »Das sieht man auf den ersten Blick. Die schminkt sich wie eine Straßendirne, dabei hat der Führer gesagt, eine deutsche Frau braucht keine Schminke. Aber kein Wunder, die Ring ist sowieso eine Jüdin. Wer kann sich schon so ein Haus leisten, wie sie es hat? Ein anständiger deutscher Volksgenosse nicht. Das internationale Judentum hat die Geldwirtschaft in seinen Händen. Doch das wird bald anders. Ganz anders. Und wenn die Juden erst einmal weg sind, dann wohnen wir in ihren Häusern.«

Die Angelrute zuckte, und Hanno schreckte aus seinen Gedanken auf. Er holte den Haken ein, doch es war kein Fisch daran. Sein Vater hängte einen neuen Köder an, und Hanno warf die Angel wieder aus. Da fiel ihm etwas ein. »Der Siegfried geht jetzt an die SS-Junkerschule, um sich für den militärischen Führernachwuchs ausbilden zu lassen.« Hanno dachte an das altehrwürdige Schulgebäude im nahen Potsdam, einer Zweigstelle der Junkerschule Braunschweig. Dort wurde die neue Elite der SS herangezogen, wie Siegfried stolz erzählt hatte.

»Soll er«, brummte der Vater lediglich.

Hanno schluckte. »Lehrer Knöfel hat mich gefragt, ob ich auch an den Aufnahmeprüfungen teilnehmen will. Ich wäre geeignet, meint er.«

Der Vater fuhr herum. »Und was hast du gesagt?«

»Dass ich darüber nachdenken muss.«

»Gut gemacht, Junge.«

Hanno glaubte für einen kurzen Moment, Erleichterung im Gesicht seines Vaters zu sehen, doch dann trat wieder dieser besorgte Ausdruck zutage, den er bei seinem Vater in letzter Zeit häufig beobachtete.

»Er will mit dir reden.«

»Soll er kommen.«

Hanno räusperte sich. Er wollte nicht unbedingt auf diese Schule mit angeschlossenem Internat, aber er wollte gern mit

Siegfried zusammenbleiben, den er kannte, seit er denken konnte. Es gab einige Mitschüler, die Siegfried um die SS-Junkerschule glühend beneideten und sich wünschten, an seiner Stelle zu sein. Er wollte gerade seinem Vater davon erzählen, als etwas an dessen Angelschnur riss. Beide blickten auf die straff gespannte Schnur.

»Scheint ein Großer zu sein«, sagte Hanno und verspürte plötzlich eine leise Aufregung. Wie immer, wenn ein Fisch angebissen hatte. »Vielleicht ein Barsch oder ein Karpfen.«

Behutsam holte der Vater die Angel ein. »Nimm den Kescher«, befahl er Hanno. »Da hängt wirklich ein großer Fisch dran.«

* * *

»Guten Morgen, Elvira. Wie schön, dich zu treffen.« Grete Ring strahlte sie an. Sie stand vor dem Lebensmittelladen und hatte zwei volle Taschen in der Hand, die sie jetzt abstellte. Sie wischte sich über die Stirn. Dr. Grete Ring war eine Naturgewalt, deren Charme sich niemand entziehen konnte, auch Elvira Richter nicht. Ihr Lachen war ansteckend, die Gespräche mit ihr immer klug, und meist war die Malerei das Thema oder die neuesten Bücher oder die aktuellsten Theaterstücke, die in Berlin aufgeführt wurden. Sie feierte gern und richtete fantastische Feste aus.

Die bekannte Kunsthändlerin, eine Frau in den besten Jahren, trug ein elegantes Kostüm. Und diese Tatsache hob sie von den einheimischen Sacrower Frauen ab, die in Kittelschürze und mit Holzpantinen ihre Einkäufe im Dorf erledigten. Doch sie hatte recht, es war wirklich ein strahlend schöner Tag. Die Fassaden, meist weiß gestrichen, blendeten beinahe die Augen. Und die Bäume, die sich an der Straße entlangzogen, malten mit ihren Blättern wunderschöne Muster auf das Kopfsteinpflaster. Frau Meltke zupfte Unkraut zwischen ihren Salatköpfen, irgendwo krähte ein Hahn, und eine schwarze Katze rannte über die Straße.

»Magst du heute Nachmittag nicht auf einen Kaffee zu mir kommen? Das Wetter ist so schön und gerade warm genug. Wir könnten auf dem Sonnendach sitzen. Es wäre wunderbar, wenn du auch Zeit hättest. Ich habe vorhin ganz spontan Jenny Jugo eingeladen.« Sie brach ab, und ihr Gesicht verdüsterte sich ein wenig. »Und Margot Blaschke.«

»Die Frau vom NSDAP-Ortsgruppenführer?«, fragte Elvira erstaunt.

Die Kunsthistorikerin, Mitinhaberin des berühmten Kunstsalons Cassirer in Berlin und Nichte des Malers Max Liebermann, zuckte mit den Achseln. »Eben im Lebensmittelladen. Sie hat sich quasi selbst eingeladen. Was hätte ich tun sollen?«

Die beiden Frauen lächelten sich an. Es war kein Geheimnis, dass Margot Blaschke unbedingt dazugehören wollte. Dazugehören zum Kreis der reichen und berühmten Berliner, der nicht nur aus Wirtschafts-, sondern auch aus Kulturgrößen bestand, die hier in Sacrow ihre Sommerhäuser hatten. Viele von ihnen waren jüdischer Abstammung, aber solange die Berliner in Sacrow die Mode bestimmten, war es Margot Blaschke egal, welcher Religion sie angehörten.

»Ich komme gern, Grete. Soll ich etwas mitbringen?«

»Gute Laune, aber die hast du ja meist. Und gern ein paar Blumen aus deinem wunderschönen Garten.«

Dr. Grete Ring winkte ihr zu und machte sich auf den

Weg, während Elvira Richter im Lebensmittelgeschäft verschwand. Drinnen lagen auf einem Zeitungsständer nicht nur die örtliche Tageszeitung, sondern auch das *Berliner Tageblatt*, die *Berliner Allgemeine Zeitung*, die *Berliner Börsen-Zeitung*, der *Angriff* – das Blatt der NSDAP – und natürlich der *Völkische Beobachter*.

Margot Blaschke griff sich den *Völkischen Beobachter*.

»Guten Tag, Elvira«, sagte sie leutselig und winkte mit einer Hand, von der jeder einzelne Finger mit einem Ring geschmückt war. »Wie geht es dir?«

»Danke, gut, Margot.«

»Und was gibt es Neues bei euch?«

»Nicht viel. Eugen arbeitet in der Werkstatt, ich mache die Buchhaltung, Hanno und Sabine sind in der Schule.«

Elvira lächelte Margot zu und wollte zum Verkaufstresen treten, da machte Margot einen halben Schritt seitwärts und stand direkt vor Elvira.

»Na, das ist ja schön. Aber bei uns hat es in letzter Zeit einige Neuigkeiten gegeben.« Sie blickte Elvira abwartend an. Die seufzte und fragte: »Was denn für Neuigkeiten?«

»Nun, wenn du es noch nicht gehört hast, mein Wilhelm ist ja nicht nur der Ortsvorsteher und Bürgermeister, sondern auch der Führer der SA in Sacrow. Der wichtigste Mann im Dorf. Man hat ihn befördert. Er ist jetzt SA-Sturmführer. Aber ich sage gleich dazu, dass er diese Beförderung nicht aufgrund seiner guten Beziehungen zum Ministerium bekommen hat. Du weißt ja, dass mein Großonkel direkt für Goebbels arbeitet? Hatte ich dir das schon erzählt?«

Ja, dachte Elvira. Ungefähr einhundert Mal. Und gleich wirst du mir berichten, dass Magda Goebbels mal mit deiner Großtante bei einem Pferderennen in Hoppegarten Sekt getrunken hat.

»Und meine Großtante hat mal mit Magda Goebbels angestoßen. Beim Pferderennen in Hoppegarten. Mein Wilhelm sagt, ich solle nicht darüber sprechen, und normalerweise halte ich mich auch daran. Die Leute sollen ja nicht denken, dass ich eingebildet bin deswegen, aber wir kennen uns schon so lange, zu dir habe ich Vertrauen.«

Elvira nickte. Margot hatte offensichtlich zu ganz Sacrow großes Vertrauen, denn es gab nicht einen einzigen Bewohner, der noch nicht von Margots Großtante gehört hatte.

»Dann gratuliere ich herzlich zur Beförderung.«

»Danke. Wir wollten eigentlich am Nachmittag einen kleinen Umtrunk machen, aber die Frau Doktor Ring war schneller und hat zum Kaffee geladen.«

»Doch nicht wegen der Beförderung deines Mannes?«

»Nein, nein. Aber wenn die Hausfrau fehlt, kann es keinen Umtrunk geben. Ich musste mich zwischen Grete und dem Umtrunk entscheiden. Nun, ich habe mich für die Frau Doktor entschieden. Man muss sich ja gut stellen mit den Berlinern. Der Umtrunk wird also erst am Abend stattfinden.«

»Fein. Dann sehen wir uns also heute Nachmittag.« Elvira versuchte, das Gespräch zu beenden.

»Heute Nachmittag? Aber da bin ich doch bei Frau Doktor Ring zum Kaffee. Und die berühmte Schauspielerin Jenny Jugo wird auch da sein.«

»Und ich ebenfalls.«

»Du?« Margot hob ungläubig die Augenbrauen.

»Nun, Grete und ich sind Freundinnen, das weißt du doch«, fügte Elvira an.

Margot lächelte dünnlippig und winkte ab. »Hach, das ist auch so eine Inflation. Kaum trifft man sich mal beim Metzger, schon nennt man sich Freundin. Also dann, bis heute Nachmittag.« Sie schritt zur Tür, hatte schon die Klinke in der Hand, aber dann fiel ihr noch etwas ein: »Was ziehst du denn an?« Und ohne auf eine Antwort zu warten, sprach sie weiter. »Ich war ja neulich in Berlin. Im Geschäft der Frau Blau auf dem Ku'damm. Sie hatte mich persönlich eingeladen. Ach, die Modelle, die sie verkauft, sind unbeschreiblich! Die neueste Mode aus Paris. Ich habe mir ein kleines Ensemble für den Nachmittag gekauft. Ein Kostüm. Traumhaft schön und so, wie es die Französinnen tragen. Ich sähe damit aus, als würde ich gleich die Champs-Élysées hinunterspazieren, hat Frau Blau gesagt. Du wirst es ja nachher sehen.« Sie blickte auf ihre goldene Armbanduhr. »Oh, schon so spät? Da muss ich eilen. Wilhelm möchte sein Mittagessen um Punkt zwölf.«

Sie verließ den Laden, und irgendwie fühlte sich Elvira plötzlich erschöpft. Das ging ihr meist so, wenn sie mit Margot Blaschke sprach. Nein, nicht »sprach«, denn ein Gespräch brauchte ja mindestens zwei Menschen, die miteinander redeten. Bei Margot musste sie nur nicken, das Reden übernahm die Frau des NSDAP-Ortsgruppenleiters ganz allein.

Elvira kaufte einen Liter Milch für fünfundzwanzig Pfennige, zwei Flaschen Bier für je einunddreißig Pfennige, ein Kilo Schweinefleisch für eine Mark und sechzig Pfennige und ein Pfund Kaffee für zwei Mark und achtzig Pfennige. Sie wollte eigentlich am Nachmittag Brot backen, aber da sie bei Grete eingeladen war, kaufte sie noch ein Drei-Pfund-Brot für neunundfünfzig Pfennige. Die Lebensmittelpreise waren in den letzten zwei Jahren gesunken, und viele Dörfler lobten den Führer deswegen.

Wieder zu Hause, schnitt Elvira Richter im Garten ein paar Blumen und stellte einen dicken Strauß aus Löwenmäulchen und Stockmalven zusammen. Dann richtete sie das Mittagessen für ihren Mann Eugen, Sohn Hanno und Tochter Sabine.

Nach dem Abwasch war es schon bald Zeit, zu Grete zu gehen. Elvira zog einen einfachen dunkelblauen Rock an, dazu eine helle Bluse mit Schluppe und ihre schwarzen Pumps. Sie bürstete noch einmal ihr dichtes braunes Haar, das ihr bis auf die Schultern reichte und sich wunderbar wellte. Dann gab sie ihrem Mann, der am Küchentisch saß und seinen Nachmittagskaffee trank, einen Kuss, nahm den Blumenstrauß und machte sich auf den Weg in den Weinmeisterweg.

Sie sah den flachen Bungalow mit den imposanten, großen Glastüren und dem begehbaren Dach, das von einer hölzernen Reling umgeben war, schon von Weitem. Die Kunsthistorikerin besaß das Haus nun bereits zehn Jahre und hatte mit seinem Bau die Moderne in Sacrow eingeläutet. Mittlerweile gab es viele neue Bauten, ja, der ganze Ort war moderner und belebter geworden – und das dank der Berliner, die sich hier am Sacrower See und an der Havel ihre Sommerhäuser gebaut hatten.

Jenny Jugo saß schon auf dem Sonnendach und begrüßte Elvira herzlich. »Wie schön, Sie zu sehen, Frau Richter. Wie geht es Ihnen?«

Die berühmte Schauspielerin erhob sich und gab Elvira je ein Luftküsschen auf beide Wangen.

»Ich habe in der nächsten Woche einen Drehtermin in Bayern und wollte Sie fragen, ob Sie in der Zeit wieder meine Katze füttern würden?«

»Aber ja, das mache ich doch gern«, antwortete Elvira.

»Und würden Sie sich auch um die Post kümmern?«, fragte Jenny Jugo weiter.

»Das kann ich doch machen!«

Die beiden Frauen hatten nicht bemerkt, dass Margot Blaschke auf dem Sonnendeck des Hauses erschienen war.

»Ihre Post ist doch kein Problem für mich, das mache ich sehr gern. Und ich wohne ja auch viel näher als Elvira.«

Jenny Jugo und Elvira Richter tauschten einen Blick des geheimen Einverständnisses. Nie im Leben würde die Schauspielerin Margot Blaschke ihre Post anvertrauen. Sie wusste zwar nicht sicher, ob diese die Briefe tatsächlich über Wasserdampf öffnen würde, aber zuzutrauen war es ihr allemal.

»Das musst du nicht, Margot. Wenn ich die Katze füttere, kann ich gleich den Briefkasten leeren.«

»So machen wir es, Frau Richter. So, wie wir es schon oft gemacht haben, nicht wahr?«

Elvira nickte, und Margot nahm mit zusammengekniffenen Lippen an der Kaffeetafel Platz. Anschließend drehte sich die Unterhaltung um die aktuelle Mode – also in erster Linie um Margots neues Kostüm und wie und wo sie es gekauft hatte –, um Jennys neuesten Film und um die Geschehnisse im Dorf. Margot Blaschke spreizte den kleinen Finger geziert ab, als sie ihren Kaffee trank, und vermied es, den Potsdamer Dialekt, der dem Berlinerischen sehr ähnelte, zu sprechen. Sie benahm sich überhaupt, als wäre sie in der Oper.

Über Politik sprachen sie nicht, aber Elvira fiel auf, dass

Grete Ring nervös wirkte. Erst als Margot Blaschke mit dem Hinweis auf den Umtrunk zu Ehren ihres Mannes die kleine Gesellschaft verließ, entspannte die Kunsthändlerin sich. Kurz darauf ging auch Jenny Jugo, die noch ein Drehbuch auswendig lernen musste.

»Meine Liebe«, sagte Grete, als sie mit Elvira allein war. »Ich werde bald auf Reisen gehen.«

»Soll ich mich auch um deine Post kümmern?«, bot Elvira an.

»Nein, nein, das ist es nicht.« Sie stand auf, schaute vom Hausdach auf die Straße hinunter, die verlassen in der Nachmittagssonne lag. »Ich … Ich werde nicht wiederkommen. Ich habe schon eine Wohnung in Amsterdam gemietet.«

»Ist das dein Ernst, Grete?«, fragte Elvira fassungslos. »Amsterdam soll eine traumhaft schöne Stadt sein, aber …«

»Ich muss es tun, Elvira. Die politische Situation lässt mir keine andere Wahl.«

Traurig blickte Elvira die Freundin an. »Aber du bist die einzige Frau, die in Deutschland als Kunsthändlerin arbeitet. Du hast Ausstellungen in ganz Europa kuratiert. Du hast einen gefälschten van Gogh entdeckt. Du bist nicht zu ersetzen.«

Grete Ring griff nach ihrer Hand. »Ich kann hier nicht mehr frei arbeiten«, erklärte sie. »Du weißt, was in Deutschland mit den Juden passiert.«

Elvira nickte. »Kann ich dir irgendwie helfen?«, fragte sie.

»Ja, das kannst du. Ich möchte, dass Hanno meine Kunstbände bekommt. Ich habe sie schon alle in eine Tasche gepackt. Und dein Mann soll mir bitte einen geheimen Schrank in mein Haus einbauen. Ich kann nicht alle meine Zeichnungen mitnehmen. Irgendwann werde ich zurückkommen, und dann hole ich die Kunstwerke wieder aus ihrem Versteck heraus.«

Elvira wusste, dass die Zeichnungen, die Grete Ring über die Jahre hinweg gesammelt hatte, wertvoll waren und dass Grete sie sehr liebte.

»Und bis dahin werde ich an dich denken und dich schrecklich vermissen.«

»Ich dich auch, meine Liebe. Du wirst mir ebenfalls fehlen.«

»Ich werde gleich mit Eugen reden. Er wird es tun, da bin ich sicher. Soll er sich in den nächsten Tagen bei dir melden?«

»Sobald als möglich.«

Elvira nickte. An der Haustür umarmte sie die Freundin, dann nahm sie die große und schwere Tasche mit den Büchern an sich, um sie ihrem Sohn mitzubringen.

»Ich wünsche dir alles Glück und alle Liebe dieser Welt. Ich wünsche dir, dass du in der Fremde heimisch wirst. Und mir wünsche ich, dass wir uns eines Tages wiedersehen.«

Kapitel 2

Ein paar Abende später klopfte Lehrer Knöfel an die Tür. Eugen Richter öffnete selbst. Er trug noch seine Arbeitshose und ein Hemd, das bis zu den Ärmeln aufgekrempelt war, während Lehrer Knöfel in SA-Uniform und mit blank gewichsten Stiefeln vor ihm stand und stramme Haltung zeigte.

»Kann ich mit Ihnen reden, Herr Richter?«, fragte der Lehrer höflich.

Eugen nickte, bat ihn mit einer Kopfbewegung herein. Er führte ihn in die Küche, wo die Familie versammelt war. Elvira stand am Becken und spülte das Geschirr vom Abendbrot, während Sabine, Hannos drei Jahre jüngere Schwester, abtrocknete und Hanno gerade einen Korb voller Holzscheite für den Küchenofen hereinbrachte.

»Guten Abend, Frau Richter. Hanno. Sabine«, sagte Knöfel und sah sich dann so gründlich um, als wollte er die Küche kaufen. Sein Blick glitt über die schlichten Einbauschränke aus Holz, über die Kräuter auf dem Fensterbrett, die Haken mit Topflappen und Geschirrtüchern bis zum hölzernen Esstisch. »Schön, schön«, sagte er. »Handwerk hat goldenen Boden, nicht wahr, Herr Richter?«

Eugen Richter wusste nicht, was er darauf antworten sollte,

also nickte er nur und bot Knöfel eine Zigarette an, die der gern annahm.

»Ein Bier, Herr Knöfel, oder ein Glas selbst gemachte Limonade?«, fragte Elvira Richter.

»Danke schön, aber nein.« Er lächelte ihr freundlich zu, sah auch zu Sabine und Hanno, ehe er sich an Eugen wandte: »Ich dachte, ich könnte mit Ihnen unter vier Augen …«

»In unserer Familie darf jeder alles hören.« Der Vater zog den Aschenbecher näher zu sich heran und setzte sich.

Auch Knöfel nahm Platz und räusperte sich.

»Es geht um Hanno.«

Hanno, der so tat, als verlange das Aufschichten des Holzes seine gesamte Aufmerksamkeit, versuchte, kein Wort zu verpassen. Er konnte sich denken, warum sein Lehrer hier war, aber er hatte seit dem Angelausflug nicht mehr mit seinem Vater über die SS-Junkerschule gesprochen.

»Was ist mit ihm?«

»Er ist ein kluger Junge. Höflich, kameradschaftlich. Er hat gute Zensuren, auch wenn in meinem Fach Deutsch noch eine Steigerung möglich wäre, und er ist sehr sportlich.«

Die Mutter trocknete sich die Hände am Geschirrtuch ab und setzte sich nun ebenfalls an den Tisch, während Sabine die Küche verließ und Hanno sich an die Anrichte lehnte. »Das wissen wir, und wir sind sehr stolz auf Hanno«, ließ Elvira Richter verlauten.

»Er hat eine große Zukunft vor sich«, verkündete Knöfel, und seine Augen funkelten hinter den Brillengläsern.

»Das stimmt. Seine Zukunft liegt in meiner Werkstatt«, erwiderte Eugen Richter. »Wir sind seit fast einhundert Jahren, genau seit 1842, Möbeltischler, und Hanno wird die Familientradition und den Betrieb eines Tages fortführen.«

»Ich kenne Ihren Ruf, Herr Richter. Sie werden in die Hauptstadt geholt, haben Grafikschränke für einen Kunstsalon gefertigt und, nicht zu vergessen, die Einrichtungen in den Sommerhäusern der Berliner. Ihre Holzskulpturen stehen im Garten des Hotels *Imperial* in Berlin. Für andere Hotels haben Sie Intarsien hergestellt. Die Firma Richter ist weit über Sacrows Grenzen hinaus bekannt. Aber ich möchte Hanno trotzdem zu den Aufnahmeprüfungen an der SS-Junkerschule in Potsdam anmelden. Er wird schon bald sechzehn Jahre alt und schließt die Schule ab, aber ich denke, er könnte gehörig davon profitieren.« Knöfel blickte die Mutter Beifall heischend an. »Wenn er danach neben der Arbeit die Reichsführerschule besucht, stünden ihm alle Türen offen: SA, SS, Sicherheitsdienst, alles in gehobener Position, oder auch eine Anstellung in einem Ministerium. Ich brauche dafür nur Ihr Einverständnis.«

Knöfel kramte in einer Ledermappe, zog mehrere Formulare heraus und legte sie auf den Tisch. Eine späte Fliege summte um die Lampe, setzte sich auf den Schirm. Die Abendsonne schien durch das Fenster und gab den Möbeln, die Eugen allesamt selbst geschreinert hatte, einen goldenen Schein.

Die Eltern schwiegen, wechselten einen Blick miteinander, dann sagte Eugen: »Ihr Angebot ehrt uns, aber Hanno wird nicht auf eine SS-Junkerschule gehen.«

»Und warum nicht, wenn ich fragen darf? Die SS-Junkerschulen sind Eliteschulen. Hier werden die Kader von morgen geschmiedet. Ein Platz in einer solchen Einrichtung ist heiß begehrt. Ich sage nicht, dass so mancher dafür töten würde, aber …« Er brach ab und runzelte die Stirn. »Oder wollen Sie nicht, dass Hanno mehr aus sich macht und die wichtigsten deutschen Tugenden hoch schätzt? Ehre, Treue, Vaterlandsliebe. Sind Sie etwa gegen eine Mitgliedschaft in der SS?«

Eugen Richter wechselte erneut einen Blick mit seiner Frau, und es schien, als lächelte er ein ganz klein wenig. »Lieber Herr Knöfel, Hanno kann nicht auf eine solche Schule gehen, denn er hatte als Kind Tuberkulose. Seine Lunge ist nicht die kräftigste. Er wurde deswegen sogar schon einmal in ein Sanatorium an die Ostsee verschickt.«

»Ach so?«

»Ja«, bestätigte die Mutter.

»Aber … Aber seine Leistungen im Sport sind ausgezeichnet.«

»Er hat eine gute Kondition, das stimmt«, bekräftigte der Vater. »Das kommt davon, dass er mir öfter in der Werkstatt hilft. Aber für die SS-Junkerschule wird es nicht reichen.«

Lehrer Knöfel kniff die Augen zusammen. Es war ihm anzusehen, dass er den Richters nicht glaubte.

»Wir könnten ihn trotzdem an der Aufnahmeprüfung teilnehmen lassen. Ich denke, er könnte sie bestehen.«

»Das Risiko wollen wir nicht eingehen. Wenn er es doch nicht schafft, könnte er vor den anderen als Versager dastehen, und dann ist da ja noch immer seine schwache Lunge.«

Knöfels Lippen waren ganz schmal geworden, seine Augen zu Schlitzen verengt. »Wollen Sie Ihrem Sohn wirklich diese große Chance verwehren, dem Vaterland zu dienen?«

»Wie gesagt, die Gesundheit unseres Sohnes … Elvira, hol mal den Befund.«

Elvira Richter erhob sich, verschwand im Wohnzimmer, kramte in einer Schublade und reichte ihrem Mann das Papier mit dem Befund der Charité in Berlin.

»Sehen Sie, Herr Knöfel, sein rechter Lungenflügel arbeitet nur zu dreißig Prozent, und der linke ist auch angegriffen. Jede außergewöhnliche Anstrengung fordert noch heute ihren Tribut. Sie müssten mal sehen, wie er von den Treffen der Hitlerjungen zurückkehrt. Blass, erschöpft und so kurzatmig, dass er sich erst einmal setzen muss. Wenn er sich eine Erkältung einfängt, könnte das sein Tod sein.«

Elvira lehnte neben Hanno am Küchenschrank und strich die hellblaue Schürze über ihrem Kleid glatt.

Der Lehrer fixierte nacheinander beide Eltern, dann erhob er sich. »Nun, dann kann man wohl nichts machen«, sagte er, aber sein Blick sagte: Ich werde euch im Auge behalten.

Eugen Richter brachte den Lehrer nach draußen, dankte für den Besuch, schloss die Tür und eilte in die Küche.

»Gut gemacht«, lobte Eugen seine Frau und setzte sich. »Zu dieser SS-Junkerschule geht Hanno schon einmal nicht.«

»Warum darf ich nicht auf die Schule?«, fragte Hanno nach, der den Besuch Knöfels schweigend beobachtet hatte. »Ich glaube nicht, dass ihr mich wegen der Tuberkulose nicht lasst.«

Elvira und Eugen Richter wechselten einen Blick, dann räusperte sich der Vater. »Ich brauche dich in der Werkstatt, und eines Tages wirst du sie übernehmen. Du brauchst keine Junkerschule.«

Hanno verzog enttäuscht das Gesicht, dann verließ er die Küche.

Elvira kam zu ihrem Mann an den Tisch, goss sich lächelnd ein Glas Bier ein und zündete sich eine Zigarette an.

Der Führer hatte verfügt, dass Frauen nicht rauchen und keinen Alkohol trinken sollten, deshalb rauchte sie nur zu Hause. Ja, es gab sogar Gaststätten, aus denen Elvira Richter verwiesen worden wäre, wenn man sie dort mit einer Zigarette gesehen hätte. Überhaupt lebten sie seit einiger Zeit ein doppeltes Leben. Eines in der Öffentlichkeit und ein privates. Außer Haus sprachen sie anders oder am liebsten gar nicht.

Die Richters waren als wortkarg bekannt. Eugens Großvater war gehörlos gewesen, und der Enkel sprach nur, wenn er etwas gefragt wurde. Auch Elvira sagte nie viel, was dazu führte, dass die anderen Bewohnerinnen des kleinen Dorfes vor den Toren Potsdams ihr alle möglichen Geheimnisse anvertrauten. Elvira wusste, welcher Mann seine Frau schlug, welcher ein Verhältnis hatte, welcher im Ehebett versagte, welcher ein Säufer und welcher ein Spieler war. Sie wusste, welche Frau ihre Nachbarn ausspähte, welche zu viel Geld ausgab und welche eine schlechte Hausfrau war. Und Eugen erfuhr, wie viel das neue Auto der Selings gekostet hatte, wer welchen Rang in welcher Organisation einnahm und wie man politisch dachte. Nie erzählten sie weiter, was sie erfuhren, doch sie waren sicher, dass sie mehr wussten als der Pfarrer oder der Doktor.

»Mir gefällt nicht, was Hanno in letzter Zeit so erzählt. Das hat er von Siegfried, und der klingt, als wäre er der Leitartikler des *Schwarzen Korps*«, brummte Eugen.

Elvira lachte. »Du kannst doch einen Schuljungen nicht mit der SS-Zeitung vergleichen.«

»Doch. Er spricht wie sein Vater Rudolph.« Er zündete sich eine neue Zigarette an. »Ich bin mit Rudolph in eine

Klasse gegangen. Er war eine üble Petze und hat so manches Mal Dresche bezogen.«

»Vielleicht will er sich jetzt dafür rächen. Petzen waren nie beliebter als im Moment.«

»Wir müssen vorsichtig sein«, fügte Eugen an. »Die neue Elite mag es nicht, wenn sie abgelehnt wird. Knöfel wird bestimmt besonders auf Hanno achten.«

»Denkst du wirklich, dass Hitler auf einen Krieg aus ist, obwohl er stets das Gegenteil beteuert und mit aller Welt Friedensabkommen schließt?«, wollte Elvira von ihrem Mann wissen.

Eugen wiegte den Kopf. »Ich weiß es nicht. Ich weiß nur, dass sich Deutschland gerade von Grund auf verändert. Etwas liegt in der Luft, und mein Gefühl sagt mir, dass sich die Dinge nicht zum Guten wandeln werden.«

* * *

Am Freitagnachmittag fragte Eugen Richter seinen Sohn, was er vorhabe. »Hilfst du mir dabei, ein Geheimfach im Haus von Frau Doktor Ring einzubauen?«, fragte er. »Du darfst allerdings mit niemandem darüber reden. Ich habe Vertrauen in dich. Enttäusch mich nicht.«

»Ich habe noch nie etwas verraten, was geheim bleiben sollte«, beschwerte sich Hanno leicht gekränkt.

Kurz darauf waren sie im Bungalow der Kunsthändlerin.

Grete Ring bot ihnen selbst gemachte Limonade an, dann führte sie die beiden in ihre kleine Küche.

»Hinter den Küchenschränken, dachte ich. Der Hohlraum muss nicht groß sein, ich möchte darin meine Sammlung von Handzeichnungen in Sicherheit bringen. Die Sammlung bedeutet mir sehr viel, und einige Stücke sind tatsächlich kostbar, zum Beispiel die Zeichnungen von Caspar David Friedrich, Adolph Menzel und meines Onkels Max Liebermann. Die Werke sind in einer Mappe. Ich habe sie wasserdicht verpackt, damit ihnen nichts geschieht.«

Es dauerte eine ganze Weile, bis Eugen und Hanno die Küchenschränke abgehängt, einen flachen Holzkasten gebaut und die Hinterwände vorgerückt hatten, sodass die Sammlung direkt hinter die Schränke passte und von außen nicht zu sehen war. Hanno kehrte die Holzspäne auf, glitt noch einmal mit dem Schleifpapier über das Geheimversteck und brachte gemeinsam mit seinem Vater die Schränke wieder so an, dass das Mobiliar aussah wie zuvor.

»Was soll mit den Gemälden geschehen?«, fragte Eugen Richter die Kunsthändlerin.

Grete Ring zuckte mit den Achseln. »Ich kann sie nicht mitnehmen. Und wenn ich sie jetzt verschenke, fällt das auf, und ich befürchte, dass es Nachfragen geben wird. Aber es tut mir schon leid um die beiden Liebermann-Gemälde und den Wandteppich von Gunta Stölzl. Diese Kunstwerke zurückzulassen fällt mir besonders schwer. An den anderen hängt ebenfalls mein Herz, denn jedes hat seine eigene Geschichte, aber ich kann nun mal nicht alle retten.«

Hanno machte große Augen. Jetzt erst verstand er, dass Grete Ring Sacrow nicht nur für eine kurze Reise verlassen würde. »Sie gehen ganz weg?«, fragte er mit belegter Stimme. »Haben Sie mir deshalb Ihre Kunstbände geschenkt?«

Die Kunsthändlerin wandte sich an Hanno.

»Ja, Hanno, ich gehe fort und weiß nicht, wann ich zurückkomme. Ich habe die Gunta kennengelernt, damals, als das Bauhaus noch in Weimar residierte. Und ich war von Anfang an von ihren Werken begeistert. Ich weiß, dass dir der Wandbehang gefällt, und ich würde ihn dir liebend gern überlassen. Doch zu viele Menschen wissen davon, auch der NSDAP-Ortsgruppenführer und Bürgermeister Blaschke hat ihn schon gesehen. Deshalb muss er hierbleiben.« Sie legte Hanno eine Hand auf die Schulter und sah ihm direkt ins Gesicht. »Halt die Augen offen, Hanno. Und hinterfrage alles. Jeden Zeitungsartikel, jede neue Regelung. Du bist ein kluger Junge. Lass dich nicht einwickeln. Deutschland wird immer mein Vaterland sein, auch wenn ich hier nicht mehr leben kann.«

Sie blätterte in einer Grafikmappe aus festem Rindsleder, suchte ein Blatt heraus und überreichte es Hanno. »Dies ist ein Kupferstich von Daniel Chodowiecki. Er ist der berühmteste Kupferstecher der Kunstgeschichte. Du würdest mir eine große Freude machen, wenn ich es dir schenken dürfte. Als Erinnerung an mich. Als Erinnerung an all die Künstler, die es jetzt mit ihren Werken so schwer haben.«

Kapitel 3

Etwas war anders. Hanno dachte an Stefanie. Gestern hatte er sie vor der Gärtnerei Schulze gesehen, als sie mit ihrer Mutter Blumensträuße und Pflanzen ausgesucht hatte. Sie hatte eigentlich wie immer ausgesehen. Groß, aber nicht größer als er. Schlank, aber nicht dürr. Dunkelhaarig und helläugig. Er hatte sie schon tausendmal gesehen, aber gestern war es anders gewesen. Als wäre ein Glanz auf sie gefallen. Ein Sonnenstrahl hatte sich auf ihr Haar gelegt, sodass es wie dunkles Gold schimmerte. Sie hatte ihn angelächelt und sich dann eine Haarsträhne aus dem Gesicht gepustet.

»Hanno, würdest du bitte das Gedicht ›Osterspaziergang‹ aufsagen? Ich habe nämlich den Eindruck, dass deine Gedanken herumspazieren.«

Lehrer Knöfel stand vorn am Pult, hielt den Schlüsselbund in der Hand, mit dem er gern schmiss, wenn es jemand wagte, im Unterricht mit seinem Banknachbarn zu schwatzen.

»›Der Osterspaziergang‹. Von Johann Wolfgang Goethe.«

Hanno hatte sich erhoben, räusperte sich und kniff die Augen ein wenig zusammen, als wollte er sich das Gedicht herbeiholen.

»Vom Eise befreit sind Strom und Fläche …«

»Bäche.«

»Wie bitte?«

»Herrgott, Strom und Bäche sind vom Eise befreit.«

Der Schlüsselbund klapperte bedrohlich in Knöfels Hand.

»Durch des Frühlings Blick ...«

»Durch des Frühlings holden, belebenden Blick!«

»Im Tale wächst ein Blumenstück ...«

»Stopp, aufhören. Sofort! Es ist ja nicht auszuhalten, wie du den alten Goethe verstümmelst. Bis morgen zehn Mal abschreiben.«

»Das ganze Gedicht?«, fragte Hanno fassungslos.

»Das ganze Gedicht.«

Hanno seufzte und setzte sich wieder hin. Er hatte keinen Kopf für Gedichte. Sein Kopf war mit Wissen über Werkzeuge und Holzarten gefüllt, und im Übrigen wollte er niemals Lehrer werden oder Dichter, sondern Möbeltischler. Wie sein Vater. Und sein Großvater und der Urgroßvater und der davor. Gott sei Dank schellte jetzt die Glocke, und der Unterricht war zu Ende.

»Kommst du nachher mit baden?«, wollte Siegfried, sein Freund und Banknachbar, wissen.

»Geht nicht. Ich muss ja den ›Osterspaziergang‹ abschreiben.«

»Dann komm doch nach. Wir sind den halben Nachmittag dort.«

Wo auch sonst bei dem Wetter, dachte Hanno. Die Sonne knallte vom Himmel, das Wasser war kühl, und zum Arbeiten war es sowieso zu heiß. Selbst sein Vater hatte gestern Nachmittag nicht in der Werkstatt gestanden, sondern war im Wald gewesen, um sich ein paar Buchen auszusuchen, die demnächst gefällt werden sollten.

Hanno lief die baumbestandene Straße entlang, vorbei an den neu gebauten Villen, für die die Werkstatt Richter die Einbauschränke, Tische und Treppen geliefert hatte. Immer mehr Häuser waren in den letzten Jahren in Sacrow entstanden. Einige davon waren im Bauhausstil errichtet worden. Das Bauhaus selbst gab es nicht mehr, aber der Stil war geblieben, und darüber wusste Hanno alles, danach hätte der Knöpfel ihn mal fragen sollen. Aber nein, es musste der »Osterspaziergang« sein. Hanno seufzte.

Er ging durch den Weinmeisterweg und sah schon sein Zuhause am Ende des Ortes an der Straße, die nach Groß Glienicke führte.

Als er an der Villa der Redelsheimers vorbeikam, grüßte er freundlich. »Guten Tag, Frau Redelsheimer. Soll ich Ihnen die Kiste abnehmen?«

»Danke, Hanno, aber das schaffe ich schon.« Sie lächelte ihm zu und stellte die Kiste auf den Rücksitz ihres Wagens, auf dem schon andere standen. Die Redelsheimers gehörten zu den Neu-Sacrowern. Und Hanno mochte sie.

So nett wie die Redelsheimers waren nicht alle Berliner, die die Grundstücke am See gekauft hatten. Die meisten waren in Ordnung und ohnehin nur in den Sommermonaten hier. Dann richteten sie oft Feste aus, zu denen auch die Dorfbewohner eingeladen wurden. Einmal hatte es ein Kostümfest gegeben, und Hanno hatte sich als Goldgräber verkleidet, mit einem alten Flanellhemd und einer speckigen Lederhose, dazu ein Tuch um den Hals und einen Hut auf dem Kopf. Das war ein Spaß gewesen! Und als Frau Dr. Ring ein Grammophon herbeigeschleppt und Platten aufgelegt hatte, war es richtig losgegangen! Die Berliner hatten getanzt wie die Wilden und dabei Arme und Beine umhergeschlenkert, als hätten sie davon jeweils vier. Hanno hatte zugesehen, dass er davonkam. Tanzen! Das fehlte noch. Am Ende hätte ihn noch irgendein Mädchen aus seiner Schule aufgefordert. Und am Montag hätten ihn dann alle Klassenkameraden gehänselt.

Endlich war Hanno zu Hause angelangt. Er wischte sich den Schweiß von der Stirn. Aus der Werkstatt hörte er eine Feile schrubben. Seine Mutter war in der Küche.

»Tach«, sagte er, und die Mutter nickte ihm zu.

Von der Heilandskirche am Havelufer erklang das Mittagsläuten. Die Mutter stellte die Teller auf den Tisch. Es gab Kohlrouladen, und Hanno freute sich darauf.

Als sie alle am Tisch saßen, sah der Vater ihn an.

»War heute was?«

Hanno schüttelte den Kopf.

»Bei dir?«

Der Vater wandte sich an Hannos jüngere Schwester Sabine. Auch sie schüttelte den Kopf, dass die blonden Locken flogen. Sie war ein hübsches Mädchen mit ihrem langen Haar und den graublauen Augen. So mancher im Dorf hatte schon darüber spekuliert, mit wem Sabine später einmal ausgehen würde.

»Gab es Post?«, fragte der Vater, jetzt an die Mutter gerichtet.

Sie griff in die Tasche ihrer Kittelschürze und legte drei Briefe neben den Teller des Vaters.

Das restliche Essen verlief schweigend. Als alle fertig waren, erhob sich der Vater. »Danke fürs Kochen. Es hat geschmeckt. Wie immer.« Er lächelte der Mutter zu, und

Hanno dachte bei sich, dass die beiden mehr waren als Frau und Mann. Er dachte, dass sie obendrein Freunde waren. Allerbeste Freunde. Und er dachte auch, dass sie sich ohne Worte verstanden. Vielleicht waren sie deshalb Freunde. Weil es nur weniger Worte zwischen ihnen bedurfte. Worte konnten alles schlimm machen. Das wusste Hanno.

Er nahm seine Tasche, stieg die Treppe hinauf in den ersten Stock und begab sich in sein Zimmer. Das Bett, den Schrank und den Schreibtisch hatte der Vater selbst gebaut. Schlicht, aber aus gutem Kirschholz, das warm und behaglich aussah. Hanno liebte es, mit der flachen Hand über die glatte Oberfläche zu streichen. Den grünen Sessel hatte er bekommen, als die Großmutter gestorben war. Sabine hatte den gelben erhalten.

Er setzte sich an den Schreibtisch und blickte aus dem Fenster. Von hier aus konnte er beinahe die ganze Havelbucht überblicken, an die das Dorf grenzte. Und gegenüber lag die Pfaueninsel, aber die gehörte schon zu Berlin, während Sacrow, umgeben von Wasser und eingebettet in Kiefern- und Buchenwälder, zu Potsdam gehörte.

Sacrow, das Paradies. So nannten die neuen Bewohner das Dorf. Ja, er hatte sogar gehört, dass Frau Dr. Ring Sacrow mit den amerikanischen Hamptons verglichen hatte. Die Hamptons, hatte die Kunsthändlerin ihm erzählt, lagen rund hundertfünfzig Kilometer von New York entfernt. Die Reichen und Schönen hatten dort ihre Villen. Hanno konnte sich die Hamptons nicht vorstellen und auch nicht New York. Diese Orte lagen am anderen Ende der Welt. Er konnte kaum glauben, dass Frau Dr. Ring jemals dort gewesen war, aber so war es. Und es schmeichelte ihm sehr, dass sie sein Dorf mit den Hamptons verglich.

Er selbst hatte Sacrow nie als vornehm erlebt, sondern eher als fröhlich und unbeschwert mit all den Festen und der Weihnachtsaufführung, die es seit ein paar Jahren im Gasthaus *Dr. Faust* gab und an der sich alle beteiligten. Da wurde gesungen, und es traten ein Komiker, ein Bauchredner und ein Artist auf, der mit Apfelsinen jonglierte. Eine Schauspielerin, die Hanno schön wie die Morgensonne über der Havel erschien, rezitierte lustige Gedichte, und ein paar andere Berliner führten Sketche auf. Es gab Barsche aus der Havel und den berühmten Havelaal, außerdem Spanferkel und Kartoffelsalat und Spreewälder Gurken. Und an Silvester zogen die Berliner mit Champagnerflaschen von einem Haus zum anderen und wünschten viel Glück im neuen Jahr, und um Mitternacht zündeten sie ein Feuerwerk, wie es Hanno noch nie gesehen hatte.

Hanno hing seinen Gedanken nach. Die Hitze machte ihm zu schaffen, und er konnte den Lärm von der Badestelle bis in sein Zimmer hören. Was täte er jetzt für ein kühles Bad! Er blickte wieder aus dem Fenster. Ein paar Segelboote kreuzten in der Bucht, jemand angelte aus einem Kahn heraus.

So schnell er konnte, schrieb er das Gedicht ab. Fünf lange Strophen. Nach dem fünften Durchgang tat ihm die Hand weh, und er musste sein Handgelenk ausschütteln. Dann aber beschloss er, jetzt gleich zu den anderen an den Badestrand zu gehen und die restlichen Strophen heute Abend zu schreiben. Das war sicher auch für sein Handgelenk das Beste.

Er zog seine Badehose an, darüber die kurze Hose und

griff sich ein Handtuch. Die Mutter nickte ihm zu und drückte ihm lächelnd einen Groschen für eine Limonade im *Café Inselblick* in die Hand. Dann ging Hanno in die Werkstatt. Sein Vater leimte gerade einen Stuhl. Neben ihm stand ein fertiger Sarg. Ja, sie waren auch die Sargtischler hier im Ort. Es war keine schwierige Sache, einen Sarg zu bauen, doch der Vater tat dies mit äußerster Sorgfalt. »Es ist eine Frage der Würde«, hatte er Hanno erklärt, als er einmal nachgefragt hatte. »Das letzte Möbel für einen Menschen sollte perfekt sein.«

»Brauchst du mich?«, fragte er den Vater. Der schüttelte den Kopf.

»Wer ist gestorben?«, wollte Hanno wissen. Er hatte die Totenglocke von der Heilandskirche gar nicht läuten hören.

»Schmittke, Groß Glienicke.«

Hanno nickte. Groß Glienicke war der Nachbarort. Er kannte den Schmittke vom Sehen, aber er hatte nie mit ihm gesprochen. Er sprach überhaupt selten mit alten Menschen. Die wussten immer alles besser und hörten der Jugend nicht zu. Außerdem wusste er nicht, worüber er mit denen reden sollte.

Er hob die Hand zum Gruß und machte sich davon. Es war über Mittag noch heißer geworden. Der Sandboden staubte bei jedem Schritt, und der Geruch des Kiefernwaldes kitzelte in Hannos Nase. Als er den Badestrand vor sich sah, hielt er inne. All seine Freunde waren dort versammelt, auch seine Schwester und andere jüngere Kinder. Aber ihm fiel nur eine ins Auge. Stefanie Blau. Für Juden war das Baden an diesem Uferstück verboten. Es gab sogar ein Verbotsschild, aber niemand in Sacrow kümmerte sich darum. Das lag womöglich an der Nähe zu Berlin, wo es diese Schilder noch nicht so häufig gab. Hannos Vater hatte erzählt, dass man in Berlin sehr darauf achtete, den Ausländern zu gefallen.

Er betrachtete Stefanies schlanke Arme und die leuchtenden Schultern. Das nasse dunkle Haar fiel ihr bis auf die Hüften. Hanno hatte sie bisher immer nur mit einem geflochtenen Zopf gesehen. Jetzt fasste sie ihr Haar zusammen und drehte es zu einem Knoten. Er entdeckte ihren zarten Nacken und die einzelnen Wirbel ihres Rückens.

Er würde gern mit seinem Finger darübergleiten, dachte er, und erschrak bei diesem Gedanken zu Tode. Ein Mädchen anfassen! War er denn von allen guten Geistern verlassen? Kein Junge fasste ein Mädchen an. Das war peinlich. Das war mehr als peinlich. Das ging gar nicht. Und doch spürte er einen Drang in sich, er wollte Stefanie berühren, wollte seine Finger durch ihr Haar gleiten lassen. Gestern war sie noch irgendein Mädchen gewesen. Heute aber war sie verändert. Oder hatte sich sein Blick auf sie gewandelt?

Er beobachtete, dass Siegfried auf sie zurannte und an ihrem Knoten zog. Stefanie schrie auf und musste das Haar neu binden. Hanno packte eine unbändige Wut auf seinen Freund. Am liebsten hätte er ihm ein paar geknallt und Stefanie gefragt, ob es noch wehtat. Aber das konnte er unmöglich tun. Sie war eine Berlinerin, auch wenn sie seit einigen Jahren immer wieder für einige Zeit in Sacrow lebte, und das nicht nur im Sommer. Nein, auch in den anderen Jahreszeiten kamen die Blaus an vielen Wochenenden nach Sacrow, und die Feiertage verbrachten sie meist hier im Dorf.

Stefanies Mutter gehörte ein nobles Bekleidungsgeschäft am Kurfürstendamm in Berlin, einer der besten Adressen. Er war einmal mit seiner Mutter dort gewesen. Die Familie Blau war reich und vornehm. Stefanie gehörte nicht zu Siegfrieds Clique, weil sie eine Jüdin war und Siegfried das Sagen unter seinen Freunden hatte. Er war schon als Kind der Anführer gewesen, und alle hatten getan, was er vorgeschlagen hatte.

Es dauerte noch zwei Wochen bis zu den Sommerferien, dann hatten sie die Volksschule abgeschlossen. Hanno würde bei seinem Vater in der Werkstatt lernen. Was Stefanie machen würde, wusste er nicht. Vielleicht machte sie das Abitur in Berlin und ging danach zum Studium an eine Universität. Das machte man inzwischen so. Auch die Mädchen studierten. Wurden Lehrerin. Oder Bibliothekarin. Oder sie fing im Kleidergeschäft ihrer Mutter an. Oder sie verlobte sich.

Hanno stand noch immer am Rande der Straße und schaute zu den Badenden hinüber. Ob er der Einzige war, der Stefanie auf diese Art betrachtete? Er war knappe sechzehn Jahre alt, und seit Neuestem musste er immer mal wieder die Frage beantworten, ob er denn schon eine Freundin habe. Hatte er nicht. Und auch sein Freund Siegfried nicht. Doch einer aus seiner Klasse, der lange Axel, hatte wohl schon mal ein Mädchen geküsst, hieß es. Aber welches, das wusste Hanno nicht.

Er kannte Stefanie schon lange. Ihre Mutter Rachel war seit vielen Jahren mit seiner Mutter befreundet, und immer, wenn die beiden Frauen zusammen Kaffee getrunken hatten, hatte er in der Blau-Villa mit Stefanie gespielt. Zuerst im Sandkasten, dann auf der Schaukel und später mit einem Mikroskop, das Stefanies Vater ihr geschenkt hatte und unter das sie Käfer und Blätter legten. Das war noch gar nicht so lange her, ein oder zwei Jahre erst, aber Hannos Blick auf Stefanie war ein anderer geworden. Der eines jungen Mannes auf eine junge Frau.

Jetzt drehte sie sich um, entdeckte ihn und winkte. »Hanno! Was stehst du denn da? Komm her«, rief sie und lachte. Wenn sie lachte, dann bildeten sich zwei kleine Grübchen rechts und links neben den Mundwinkeln. Und ihre Augen strahlten. Und ihre Haut schimmerte, und wenn Hanno nicht gleich aufhörte, sie zu betrachten, dann könnte es ein Unglück geben, das in seiner Badehose stattfand.

Schnell schloss er die Augen und sagte den »Osterspaziergang« auf, den er mittlerweile auswendig kannte. Er hörte die Uhr der Heilandskirche dreimal schlagen und seufzte. In einer halben Stunde traf sich die Hitlerjugend. Anwesenheit war Pflicht. Also ließ er sein Handtuch fallen, stieg aus seiner Hose und rannte zum Ufer, stürzte sich mit einem Aufschrei ins Wasser und tauchte ein Stück. Dann kam er wieder nach oben und schüttelte prustend das Wasser aus seinen Haaren.

»Komm rein, Stefanie«, rief er, und das war das Mutigste, was er je gemacht hatte.

Mit den Mädchen sprach man nämlich nur, wenn man musste oder wenn man sie ärgerte. Wenn man Papier zu kleinen Kugeln rollte und sie mit einer Zwille auf die Mädchen schoss. Oder höchstens noch, wenn man sie nach den Hausaufgaben fragte. Siegfried guckte auch ganz erstaunt, und Hanno fragte sich erneut, ob mit ihm alles stimmte … Denn was sollte er mit Stefanie tun, wenn sie auf ihn hörte und ins Wasser kam? Sollte er sie vollspritzen wie sonst immer? Nein, das kam ihm plötzlich komisch und ungeheuer kindisch vor. Was sollte er dann mit ihr machen? Ein Wettschwimmen hinüber zur Pfaueninsel? So viel Zeit hatte er nicht mehr. Zum Glück blieb Stefanie einfach auf ihrem Handtuch sitzen, und Hanno konnte gefahrlos das Wasser verlassen.

Siegfried stand ein Stück entfernt und beobachtete, wie Hanno zu Stefanie hinüberging. Er sprach schon seit einiger Zeit nicht mehr mit Stefanie. Er ignorierte sie, weil sie eine Jüdin war und sein Vater der ranghöchste SSler im Dorf.

»Das Wasser ist schön kühl«, sagte Hanno, als er sich neben Stefanie abtrocknete.

Sie blickte zu ihm auf, und er versank in ihren grauen Augen, die von einem dichten Wimpernkranz umgeben waren. Das nasse Haar hatte sich aus dem Knoten gelöst und hing ihr auf dem Rücken. Ihr Mund erschien ihm röter, verlockender als alle anderen Münder, die er je gesehen hatte. Sie hatte Gänsehaut an den Armen, und Hanno hätte am liebsten sein Handtuch um ihre Schultern gelegt. Er hätte es getan, wenn sie allein gewesen wären, aber da waren noch Siegfried und einige andere, die zu ihnen hinübersahen.

»Ja, das stimmt. Gehst du auch zu den Hitlerjungen?«

»Ich muss«, antwortete Hanno leise. »Alle müssen da hin. Sei froh, dass du nicht im Bund Deutscher Mädel bist und hier am Wasser bleiben kannst.«

Stefanie warf ihm einen Blick zu, den er nicht richtig deuten konnte, bevor ihre Augen eine andere Person fixierten.

Er hatte seine Klassenkameradin Ute gar nicht bemerkt, die plötzlich neben ihm stand. Er wandte sich ihr zu. »Willst du was?«

»Jetzt kannst du der Jüdin noch schöne Augen machen, aber heiraten werde *ich* dich«, verkündete sie und rannte davon.

Hanno blickte ihr vollkommen überrascht nach, und für einen Augenblick zog sich sein Herz zusammen.

Ute war die Tochter des NSDAP-Ortsgruppenführers und Sacrower Bürgermeisters Wilhelm Blaschke, und sie bekam stets, was sie wollte. Seit einiger Zeit suchte sie seine Nähe, das war ihm schon aufgefallen, aber er hatte sich nichts dabei gedacht. Früher, als Vorschulkinder, hatten sie zusammen gespielt, und einmal, als er beim Krippenspiel der Josef und sie die Maria gewesen war, hatte sie gesagt: »Jetzt sind wir Mann und Frau.«

Hanno hatte das ganz vergessen, aber als Siegfried neulich gemeint hatte: »Die Ute steht auf dich«, da war es ihm wieder eingefallen.

»Ach, Quatsch«, hatte Hanno erwidert, und doch bemerkte er von da an ihre Blicke während des Unterrichts, ihre zufälligen Berührungen, wenn er neben ihr die Schultreppe hinabging, und ihre Bitten, er möge ihr im Werkunterricht helfen. Bis vor Kurzem war sie ihm vertraut gewesen. Vertraut wie die dicke Eiche am Rande des Schulhofes oder das Storchennest auf dem *Café Inselblick*. Doch sie war ein Mädchen, und Mädchen waren schon seit einiger Zeit geheimnisvolle, unverständliche Wesen für Hanno, die sich obendrein noch veränderten. Auch Ute hatte Brüste bekommen. Die Jungs hatten das selbstverständlich bemerkt. Genau wie die Veränderungen am eigenen Körper.

Stefanie blickte erschrocken zu Hanno, aber der schüttelte den Kopf. »Lass sie einfach.« Und doch wurde er das Gefühl nicht los, dass von Ute plötzlich etwas fast schon Bedrohliches ausging. Etwas Unbekanntes, das sich nicht richtig greifen ließ, aber dennoch da war. So, als hätte er einen Knoten im Magen.

Er würde sie niemals heiraten, das stand völlig außer Frage, doch er konnte nicht leugnen, dass ihm ihr Interesse ein bisschen unheimlich vorkam. Nein, nicht unheimlich. An Ute war nichts Unheimliches, höchstens an ihrem Vater. Aber er verstand sie nicht mehr. Früher hatte er jedes Mädchen verstanden, heute kein einziges mehr. Und das war unheimlich. Ja, das war vielleicht sogar gefährlich.

Er verabschiedete sich von Stefanie, lief nach Hause, vergaß die Gefahr und alles Unheimliche. Er zog sich die Uniform der Hitlerjugend an, band sich das schwarze Halstuch um und setzte die Sommermütze auf. Dann lief er zu den anderen Jungen aus seiner Klasse und hörte erneut von einer Gefahr, diesmal jedoch von einer, die von den Juden ausgehen sollte. Ein dumpfes Gefühl breitete sich in ihm aus.

Und dieses Gefühl verstärkte sich noch, als er ein Faltblatt erhielt, auf dem stand:

Dein Handeln und Charakter bestimmt das Blut,
weil in dem Blut die Seele ruht.
Hat dir der Jude Blut und Seele erst verdorben,
Dann bist du deinem Volk und Vaterland gestorben.

Kapitel 4

Die Abschlussprüfungen bestand Hanno mit Bravour, nur in Deutsch bekam er eine Drei. Trotzdem war er zufrieden, dass er von nun an nie mehr in die Schule musste. Jetzt waren erst einmal Ferien, und danach würde er bei seinem Vater eine Lehre beginnen, und sein bester Freund Siegfried würde an die SS-Junkerschule gehen.

Das Sommerfest in Sacrow fand wie immer im *Fährhaus Dr. Faust* statt. Hanno war aufgeregt, denn es hieß, dass auch Jenny Jugo dieses Jahr dabei sein würde. Sie war ein richtiger Star. Hanno ging nicht oft ins Kino, aber er ging in alle Filme mit Jenny Jugo. Wie gut sie aussah! Und wie sie spielte! Unvergleichlich. Und sie wohnte in Sacrow. Am liebsten hätte er ihr nach jedem Kinobesuch Blumen vorbeigebracht, aber das wagte er nicht. Von seiner Mutter, die sich um die Katze und die Post der Schauspielerin kümmerte, wusste er, in welchem Haus sie wohnte.

Hanno hatte ihr sogar einmal die Tür geöffnet, als sie die Schlüssel ihres Hauses zu seiner Mutter brachte. Sie war mit ihrem Sportwagen von BMW vorgefahren, und Hanno hatte sofort gesehen, dass es sich bei dem Auto um das Modell 328 handelte. Aber schöner noch als den Wagen fand er die Schauspielerin selbst. Sie trug das Haar in leichten Wellen bis zum Ohr, sodass ihr langer Hals zur Geltung kam. Ihr Kleid war aus einem schimmernden Stoff, der sich eng an ihren Oberkörper schmiegte und auch die Schenkel betonte. Dazu kam ihr Lächeln, das schöner war als jeder Sonnenaufgang. Als sie wieder gegangen war, hatte er am Küchenfenster gestanden und über den kleinen Vorgarten hinweg auf die Straße zu Jenny Jugo geschaut. Und sie hatte ihm gewunken! Er war über und über rot geworden.

Von seiner Mutter wusste Hanno auch, dass Jenny Jugo eng mit der Familie Goebbels befreundet war, ja, man hatte den Reichspropagandaminister und seine Ehefrau Magda auch schon im schwarzen Mercedes vor Jugos Haus vorfahren sehen.

Und jetzt sollte sie zum Sommerfest kommen. Und vielleicht kam auch Ari Leschnikoff, der früher bei den Comedian Harmonists als erster Tenor gesungen hatte. Als Begleiter der Jugo. So hieß es hinter vorgehaltener Hand, aber der Klatsch brachte es in jedem Jahr vor dem Sommerfest zu neuer Blüte.

»Frau Jugo kommt allein«, hatte dagegen seine Mutter behauptet, und die musste es eigentlich wissen, denn sie genoss das Vertrauen des Filmstars.

»Darf ich mit?«, fragte Hanno seine Eltern. »Ich möchte unbedingt zum Sommerfest. Ihr habt doch eine Einladung bekommen.«

Sein Vater runzelte die Stirn. »Das ist eine Veranstaltung für Erwachsene.«

»Ich bin sechzehn.«

»Viel zu jung.« Der Vater schlug die *Berliner Zeitung* auf. Damit war das Gespräch beendet.

Die Mutter strich ihm übers Haar. Er konnte das nicht leiden, aber er ließ es zu.

»Du kannst im *Dr. Faust* fragen, ob du helfen kannst. Den Abwasch erledigen, für Nachschub sorgen … Vielleicht brauchen sie noch jemanden.«

* * *

Am Nachmittag stand Hanno vor dem ehemaligen Fährhaus, in dem das bekannte Lokal *Dr. Faust* residierte, das bei den Berliner und Potsdamer Ausflüglern sehr beliebt und im Sommer stets voll besetzt war.

»Ich möchte beim Sommerfest helfen«, erklärte er dem Wirt.

Der lachte.

»Da kommst du reichlich spät, mein Lieber.«

»Wieso?« Hanno verstand nicht.

»Weil die ersten mich schon im Januar gefragt haben, ob sie beim Sommerfest helfen können. Halb Sacrow stand schon vor meiner Tür. Wie ich gehört habe, haben deine Eltern auch eine Einladung bekommen.«

»Das stimmt, aber Vater sagt, ich wäre zu jung, um mitzukommen.«

»Ist nicht falsch. Du könntest höchstens am nächsten Morgen beim Aufräumen helfen, und die Sachen, die vergessen worden sind, zu ihren Besitzern zurückbringen. Geld gibt es dafür nicht von mir, aber sicherlich bekommst du Trinkgeld von den Gästen, denen du die vergessenen Tücher und Schuhe und Jacken und Brieftaschen bringst.«

Hanno brauchte kein Geld, er wollte nur beim Fest dabei sein und einen Blick auf die prominenten Gäste erhaschen.

Vielleicht vergaß die Jugo ja etwas, und er konnte es ihr bringen. Auch ohne Trinkgeld. Er arbeitete oft mit dem Vater in der Werkstatt und bekam dort die eine oder andere Reichsmark. Letzte Woche hatte er Stefanie davon sogar ein Eis spendiert, und zwei Tage später hatte er sie zu einer Waldmeisterlimonade im *Fährhaus* eingeladen.

* * *

Am Tag des Sommerfests saß er auf der Kante des Ehebetts und sah zu, wie die Mutter sich vor dem Spiegel zurechtmachte. Sie war beim Friseur in Potsdam gewesen, hatte sich die Haare zu einem modernen Bubikopf schneiden lassen. Sie trug ihr schönstes Kleid, hellblau mit weißem Spitzenkragen, dazu die Perlenkette ihrer Mutter, weiße Schuhe und eine weiße Handtasche. Hanno fand sie schön. Nicht so exquisit wie Jenny Jugo, aber eben schön.

»Kann ich so gehen?«, fragte sie und tupfte sich ein wenig ihres Lieblingsparfums Tosca hinter die Ohren.

»Auf jeden Fall«, erwiderte Hanno.

Die Mutter nahm einen Lippenstift aus ihrer Schublade, drehte ihn auf und bestrich ihre Lippen damit. Dann betrachtete sie sich im Spiegel und wischte die rote Farbe wieder ab. »Der Führer mag es nicht, wenn sich Frauen schminken. Und wenn Jenny Jugo dort ist, könnte es gut sein, dass am Ende noch der Goebbels im *Dr. Faust* aufkreuzt.«

Zwei Stunden später drückte sich Hanno neben seinem Freund Siegfried die Nase am Fenster des *Fährhauses* platt. Der große Saal war mit Girlanden und Blumen geschmückt, und jemand hatte ein Grammophon aufgestellt. Hanno sah Jenny Jugo, die sich mit dem Ingenieur und Pionier der Mobilität Maurice Talbot unterhielt, der sein Sommerhaus in der Spandauer Straße hatte. Sie trug ein schulterfreies dunkelblaues Kleid, das mit silbernen Ranken bestickt war. Gerade lachte sie mit ihrem knallrot gemalten Mund, warf dabei den Kopf in den Nacken und hielt eine Zigarette in einer silbernen Spitze in der Hand. Sie war wirklich wunderschön, aber seit Hanno sich in Stefanie verliebt hatte, fand er, dass seine neue Freundin die Schönste von allen war.

Der Däne Jörg Rasmussen, ebenfalls ein Neu-Sacrower, war mit dem neuesten Automobil der DKW-Werke gekommen, deren Gründer er war. Und der berühmte Regisseur und Entdecker der Comedian Harmonists, Erik Charell, unterhielt sich angeregt mit Frau Redelsheimer, die ein gestreiftes Kleid anhatte, das gerade so bis zu den Knien reichte.

Über einige der Gäste wurde immer mal wieder in der Zeitung geschrieben. Hanno hatte alle Artikel über Jenny Jugo gelesen, und auch zwei über Erik Charell, und einer handelte sogar von Jörg Rasmussen. Er hatte sich die Zeitungslektüre nach dem Hinweis seines Vaters angewöhnt und wusste Bescheid.

Hanno ließ seinen Blick weiter schweifen und sah den NSDAP-Ortsgruppenführer Blaschke, den Pfarrer, den Arzt Dr. Goldstaub und viele andere, die er nicht oder nur vom Sehen kannte.

»Guck mal, die Jugo hat Lippenstift dran«, stellte Siegfried fest. »Das heißt dann wohl, dass der Goebbels nicht kommt. Schade. Ich hätte ihn gern mal gesehen.«

Jemand machte ein Fenster auf, und der Zigarettenqualm quoll in Schwaden hinaus. Jetzt war auch die Musik zu hören.

Es war amerikanischer Jazz. Der war zwar verboten, doch niemand scherte sich darum, nicht einmal Siegfrieds Vater Rudolph in seiner schwarzen Uniform.

Ein neues Lied setzte ein, Gelächter drang aus dem geöffneten Fenster, dann begann Jenny Jugo zu tanzen. Sie griff einfach nach der Hand von Hannos Mutter und zog sie auf die Tanzfläche. Jemand anderes ließ ein Tischfeuerwerk knallen, sodass die Damen erschrocken aufschrien. Allmählich füllte sich die Tanzfläche. Eine schnelle Melodie ertönte, und die Frauen und Männer warfen Arme und Beine und lachten dabei lauthals.

»Shimmy zu tanzen ist doch verboten!«, moserte Siegfried und betrachtete verwundert seinen Vater, der mit Maurice Talbots Frau tanzte.

»Heute nicht. Heute ist alles erlaubt«, erklärte Hanno, der schon beim letzten Sommerfest das bunte Treiben durchs Fenster mitverfolgt hatte. Und wirklich: Die Mehrzahl der Frauen rauchte, sogar seine Mutter. Und alle tranken Alkohol. Jemand hatte aus Sektschalen eine Pyramide gebaut, und Erik Charell goss unter dem Jubel der anderen Champagner in das oberste Glas.

Jetzt lachte auch Siegfried. »Endlich ist hier mal was los.«

Er griff nach Hanno und ahmte den Shimmytanz nach. Hanno machte sich los.

Der NSDAP-Ortsgruppenführer Blaschke schwenkte seine Frau Margot herum, stieß dabei einen der Kellner an, sodass sich ein Glas Champagner auf ihr Kleid ergoss. Erzürnt schrie Margot Blaschke den Kellner an, dann verschwand sie in der Damentoilette, und Hanno vermutete, dass sie die Flecken aus ihrem Kleid rubbeln wollte, während ihr Mann nun mit

Siegfrieds Mutter Erna tanzte, die ausgelassen über die Tanzfläche wirbelte.

Dann verstummte die Musik, und drei Männer im Badekostüm traten auf die Bühne. Hanno erkannte den Wirt, den Briefträger und Erik Charell. Sie schmetterten einen Song von Fritz Grünbaum, und der ganze Saal sang lauthals mit:

»Ich hab das Fräul'n Helen baden seh'n, das war schön.
Da kann man Waden seh'n, rund und schön im Wasser steh'n.
Man fühlt erst dann sich recht als Mann,
wenn man beim Badengeh'n Waden seh'n kann ...«

Die Jungen kannten das Lied. Siegfried stieß Hanno mit dem Ellbogen in die Seite und grinste. Hanno grinste zurück. Dann drückte er die Nase gegen die Scheibe und sah, wie Jenny Jugo auf den Füßen wippte. Seine Mutter hatte eine Hand auf die Schulter seines Vaters gelegt und tanzte zu dem Lied. Rasmussen und der Metzger Großkopf sangen ebenfalls.

Alles schrie, jubelte, grölte und lachte. Nur Hanno bemerkte, dass Jenny Jugo den Saal verließ und um das Gebäude herum zur Rückseite des Hauses lief.

Hanno wäre zu gern dorthin gegangen, um zu sehen, was die Jugo machte, und Siegfried, der sie auch gesehen hatte, zupfte ihn am Ärmel.

»Los, hinterher.«

Aber Hanno schüttelte den Kopf. Er hatte nämlich auch gesehen, dass Rudolph Hirte, Siegfrieds Vater, den Saal verlassen hatte. Kurz vor der Schauspielerin.

»Sie ist bestimmt nur mal pinkeln gegangen«, sagte er.

»Wieso? Drinnen gibt es doch Toiletten.«

»Ja, aber anscheinend war es eilig. Es stand eine Schlange dort. Also ist sie rasch hinaus.«

»Die Jugo beim Pinkeln. Das will ich erst recht sehen!«

»Nein, Siegfried.« Hanno baute sich vor dem Freund auf. »Wir sind doch keine Untermenschen, die sich daran ergötzen, Frauen zu erschrecken. Das machen wir nicht!«

Er hielt erschrocken inne. Er hatte »Untermenschen« gesagt. Das Wort hatte er nie benutzen wollen, auch wenn es in jedem Zeitungsartikel stand, in jeder Rundfunkansprache zu hören und in jedem Lehrbuch zu lesen war. Stefanie und ihre Familie wurden als solche bezeichnet, und Hanno wusste, dass die Blaus alles andere als Untermenschen waren.

Siegfried maulte noch ein Weilchen herum, aber dann gab er sich geschlagen.

Als die Glocke der Heilandskirche die neunte Abendstunde verkündete, blickte Hanno sich um. Und da kam sie. Stefanie. Er lächelte, als er sie entdeckte. Sie blieb unter einer alten Linde stehen.

Hanno klopfte seinem Freund auf die Schulter. »Mach's gut, Siegfried. Erzähl mir morgen, was noch los war.«

Siegfried fuhr herum. »Wohin gehst du?« Dann schwenkte sein Blick zu den Bäumen, und er sah Stefanie. »Möchte wissen, was du mit der willst. Eine Jüdin! Nee, das kann mir nicht passieren. Und außerdem ist es verboten. Lass dich bloß nicht erwischen.« Er kratzte sich am Kinn. »Oder lässt sie dich etwa ran?« Er lachte laut auf, und Hanno hätte ihm am liebsten einen Fausthieb auf die Nase verpasst. Aber er wusste, dass Stefanie Gewalt hasste, und außerdem wären die

Feiernden dann vielleicht auf sie aufmerksam geworden. Also schüttelte er nur den Kopf und ging zu seiner Freundin.

»Was wollen wir machen?«, fragte Stefanie. »Das *Café Inselblick* hat zu, weil heute Abend alle Leute im *Fährhaus* sind. Hast du meine Eltern dort gesehen?«

Hanno nickte. »Sie saßen an einem Tisch und haben das Treiben beobachtet.«

Er kannte die Blaus gut. Nathan und Rachel. Stille Leute, ähnlich wie seine Eltern. Es lag ihnen nicht, lauthals zu singen und Shimmy zu tanzen.

»Lass uns zum See gehen«, schlug Hanno vor. Er hatte sich fest vorgenommen, mit Stefanie den Sonnenuntergang zu betrachten. Das war romantisch, das hatte er im Kino so gesehen. Und am Ende küsste sie ihn vielleicht sogar.

Als sie außer Sicht des *Fährhauses* waren, wollte Hanno Stefanies Hand nehmen. Seine Finger waren nicht verschwitzt, aber er wischte sie trotzdem an den Hosenbeinen ab. Sie liefen weiter, und Hannos Herz schlug in rasendem Tempo. Wie zufällig berührte er Stefanies Hand, zog seine aber rasch zurück, als hätte er sich verbrannt. Dann wagte er es erneut, Stefanies Finger zu streifen. Und sie zuckte nicht zurück. Im Gegenteil. Er wusste nicht, ob sie seine Hand nahm oder er ihre, aber nach ein paar Schritten liefen sie Hand in Hand. Hanno fühlte sich so glücklich, er hätte singen können. Oder Shimmy tanzen. Hauptsache, er musste Stefanie nie wieder loslassen.

Endlich waren sie am See angelangt. Hanno war vorhin schon einmal mit dem Fahrrad da gewesen und hatte eine Decke im Gebüsch versteckt, dazu eine Flasche Bier aus dem Vorrat seines Vaters und zwei Gläser, die er jetzt hervorholte.

Als er Stefanies überraschtes Gesicht sah, lachte er. Er breitete die Decke aus, aber er hatte den Flaschenöffner vergessen.

»Was machen wir nun?«, murmelte er ratlos.

»Ich habe gar keinen Durst«, antwortete Stefanie. »Ich brauche nichts zu trinken.«

Sie lächelte ihn an, etwas schüchtern, etwas kokett und ganz so, dass Hanno die Knie weich wurden und er sich auf die Decke setzen musste. Sie setzte sich neben ihn. Sie schauten auf das Wasser, auf einen Segler, der im letzten Abendlicht vorüberzog und winzige Wellen ans Ufer spülte. Es war immer noch warm. Der Sommertag war heiß gewesen, und viele sehnten die Kühle herbei, doch Stefanie und Hanno achteten nicht auf das Wetter. Sie saßen nebeneinander. Aufgeregt und mit klopfendem Herzen.

Hanno räusperte sich. »Sie haben Shimmy getanzt im *Fährhaus*«, stotterte er.

»War das Fest schön?«, fragte Stefanie, und auch ihre Stimme klang ein wenig blasser als sonst.

»Ja, es war … es war schön.«

»Was ist passiert?«

Hanno wollte nicht. Auf gar keinen Fall. Aber dann brach es doch aus ihm heraus. »Die Jenny Jugo, die Schauspielerin … Sie ist mit Siegfrieds Vater hinter das *Fährhaus* gegangen.«

»Oh!« Stefanie machte große Augen. »Und was haben sie dort getan?«

»Ich weiß es nicht. Wahrscheinlich haben sie nur geredet.« Hannos Herzschlag beschleunigte sich.

»Vielleicht … vielleicht haben sie sich aber auch geküsst.« Und dann beugte er sich todesmutig hinüber zu Stefanie und presste seine Lippen auf ihre. Und Stefanie nahm sein Gesicht in beide Hände, öffnete den Mund ein wenig und ließ Hanno ein. Es war sein erster Kuss, und er hätte jubeln können. Zugleich schlug sein Herz so aufgeregt gegen seine Rippen, als wollte es ausbrechen.

* * *

Sie verbrachten den ganzen Sommer zusammen. Beinahe jeden Tag trafen sie sich an der Badestelle. Dort waren sie selten allein, aber ihre Blicke begegneten sich, wann immer dies möglich war. Am Anfang hatten die anderen – allen voran Siegfried – gelästert, und die Kleineren hatten gerufen: »Liebespaar, küsst euch mal!«, aber bald hatten sie sich daran gewöhnt, dass Hanno jetzt mit Stefanie und nicht mehr mit Siegfried auf einer Decke saß.

Nur Ute hatte Stefanie naserümpfend betrachtet und gesagt: »Was macht die hier? Die Badestelle ist nur für Arier. Und überhaupt ist es Ariern verboten, sich mit Jüdinnen abzugeben. Wenn das mein Vater wüsste!«

Zwei Tage später stand ein weiteres Schild genau dort, wo Stefanie und Hanno immer gesessen hatten, und darauf war zu lesen: *Juden unerwünscht.* Seitdem mied Stefanie den Strand. Einmal hatte sie Hanno ernst angeblickt und gesagt: »Vielleicht ist es besser, wenn wir uns nicht mehr sehen.«

Erschrocken hatte Hanno die Augen aufgerissen. »Aber warum denn?«

»Weil ich eine Jüdin bin, Hanno, deshalb. Ich möchte nicht, dass du wegen mir Ärger bekommst.«

Hanno hatte ihre Hand ergriffen. »Sag so etwas nie wieder. Versprich mir das.«

Und Stefanie hatte genickt.

Auch Siegfried drängte ihn den ganzen Sommer über, sich von Stefanie zu trennen. Hanno wusste, dass das, was Stefanie und er da taten, unter den Begriff »Rassenschande« fiel, obschon sie sich bisher nur geküsst hatten. Doch Hanno fiel nicht im Traum ein, sich von ihr zu trennen, denn sie war seine große Liebe.

Kapitel 5

Sacrow, 1938

Ein Jahr später war alles anders, und doch war alles gleich geblieben.

Im März 1938 vollzog Nazideutschland den Anschluss Österreichs. Im Juli 1938 wurde nach den Nürnberger Gesetzen allen jüdischen Ärzten die Approbation entzogen, ihre Leistungen nicht mehr vergütet. Am selben Tag wurde den Juden im Deutschen Reich das Betreiben von Geschäften und Handwerksbetrieben sowie das Anbieten von Waren und Dienstleistungen untersagt. Es gab für sie kaum noch Möglichkeiten, Geld zu verdienen. Viele mussten alles, was sie hatten, verkaufen, um überleben zu können. Auch die Flucht ins Ausland wurde schwieriger, weil sich immer mehr Länder weigerten, die Verfolgten aufzunehmen.

Der Vater schüttelte den Kopf, wenn er davon in der Zeitung las, und Hanno sah, dass er sich Sorgen machte. »Was denkst du, wie wird es weitergehen?«, fragte er.

Der Vater zuckte mit den Schultern und steckte sich eine Zigarette an. »Besser wird's wohl nicht«, war alles, was er zu den Nachrichten sagte.

In Sacrow war von alledem nicht viel zu spüren, sah man einmal davon ab, dass die Gäste des *Cafés Inselblick* und des

Gasthauses *Dr. Faust* Uniformen trugen und große Reden hielten. Dr. Goldstaub, der Dorfarzt, war im letzten Jahr in Rente gegangen, sein Nachfolger hieß Dr. Bredow und kam aus Brandenburg. Die Kanzlei *Nachtlicht und Stivelmann* verlegte ihren Sitz nach London, in der Charité wurden die Ärzte knapp, und an Frau Blaus Bekleidungsgeschäft auf dem Kurfürstendamm stand in großen, weißen Lettern: *Kauft nicht bei Juden.*

Hanno und Stefanie waren jetzt schon ein ganzes Jahr ein Paar. Sie trafen sich regelmäßig und waren noch immer so verliebt, wie es nur die sein können, die zum ersten Mal lieben. Sie mussten sich heimlich treffen, denn sie wurden im Dorf misstrauisch beobachtet. Vor allem Siegfried sah es nicht gern, wenn sie sich trafen. Er kam an vielen Wochenenden von der SS-Junkerschule nach Hause und nahm Hanno immer wieder zur Seite.

»Bist du noch immer mit der Jüdin zusammen?«, wollte er wissen.

Hanno schwieg, aber das war Siegfried Antwort genug. »Was ihr da macht, ist Rassenschande. Ich hoffe, das ist dir klar. Du kannst mächtigen Ärger kriegen. Eigentlich müsste ich dich melden.«

Sogar seine Eltern hatten ihn gebeten, etwas vorsichtiger zu sein. Deshalb trafen sich Stefanie und Hanno meist bei den Blaus daheim oder abseits des Dorfes. Wenn Hanno nicht in der Werkstatt seines Vaters arbeitete, durchstreiften er und Stefanie gemeinsam die Wälder oder saßen am Ufer der Havel, verborgen hinter Schilf und Büschen. Oft schlich Hanno sich auch an der Rückseite der Häuser, der Gartenseite, entlang zum Grundstück der Blaus und achtete peinlich genau darauf, dass gerade niemand bei der Gartenarbeit war oder es sich auf der Terrasse gemütlich gemacht hatte. Zum Glück kannte er schon seit seiner Kindheit alle Schleichwege in Sacrow.

Dann brach der Herbst an, und er war lang in diesem Jahr 1938 und kam Hanno dunkler vor. Hanno wusste genau, dass ihre Verbindung schon lange im Dorf bemerkt worden war, aber noch hatte niemand außer Siegfried etwas gesagt. Familie Blau war beliebt im Ort, und die meisten Bewohner gönnten den jungen Leuten ihr Liebesglück.

Seitdem es draußen kühler geworden war, saßen sie oft im Musikzimmer der Blau-Villa. Sie lasen gemeinsam Bücher, und Stefanie spielte auf dem Klavier, während Hanno aufmerksam lauschte und sie hin und wieder auf dem Akkordeon begleitete. Sie spielte in letzter Zeit viel Klavier, und Hanno ahnte, dass sie damit eine gewisse Leere in sich zu füllen versuchte. Eigentlich hatte Stefanie das Abitur ablegen wollen, doch das war den Juden verboten worden. Nun wusste sie nicht, was sie tun sollte.

Sie sprachen nicht über das, was in Deutschland vor sich ging. Sie sprachen nicht einmal über den neuen Namen, den Stefanie nun tragen musste. Sara. Und auch nicht über den Fremdenpass mit dem eingestempelten J, den sie anstelle ihres deutschen Passes bekommen hatte. Aber oft machte Hanno sich Gedanken darüber, was passieren könnte. Wie das alles weitergehen würde. Es gab so viele jüdische Künstler und Wissenschaftler und Ärzte und Anwälte. Die konnten nicht einfach alle Berufsverbot bekommen, denn dann wären die Universitäten und Forschungseinrichtungen leer und die Theater und die Krankenhäuser ebenso. Deutschland brauchte die Juden, so wie es die Christen brauchte. Oder täuschte er sich da? Die Theater in Berlin und Potsdam spielten weiter. Patienten wurden in Krankenhäusern und Arztpraxen behandelt, wenn auch die Wartezeiten länger geworden waren. Und in der Zeitung las er nichts von irgendwelchen Engpässen.

* * *

Hanno dachte daran, heute Abend einfach zu schwänzen. Er saß an seinem Schreibtisch, an dem er gerade den Entwurf für eine Kommode gezeichnet hatte, und war so unruhig wie lange nicht. Er könnte sagen, dass er so viel für seinen Vater arbeiten musste. Oder dass es ihm nicht gut ging. Er wollte nicht zu dem Treffen gehen, bei dem die SA und die Hitlerjugend es den Juden mal zeigen wollten.

Sogar Siegfried hatte Urlaub von der SS-Junkerschule in Potsdam bekommen, um den Tod des Diplomaten und Botschaftssekretärs Ernst Eduard vom Rath zu rächen, der am 7. November in Paris angeschossen worden und zwei Tage später gestorben war. Siegfried war so engagiert in seiner Eliteschule, dass er das Hitlerjugend-Leistungsabzeichen in Silber bekommen hatte. Zudem trainierte er. Fast jeden Nachmittag übte er sich im Dauerlauf, hatte er Hanno bei seinem letzten Besuch erzählt. Er hatte neue Freunde gefunden. Freunde, die so dachten wie er. Und trotzdem hielt er an Hanno fest, kam jedes Mal, wenn er in Sacrow war, zum Haus der Richters.

Wenn sie sich allein trafen, vergaß er nie, die Aussage von Hitler, deutsche Jungen sollten »flink wie Windhunde, zäh wie Leder und hart wie Kruppstahl« sein, aufzusagen.

Und heute Vormittag, als sie sich zufällig vor der Gärtnerei Schulz begegnet waren, hatte Siegfried ihn zur Seite genommen.

»Du kommst doch heute Abend?«, hatte er gefragt.

Am liebsten hätte Hanno den Kopf geschüttelt. Die Wettkämpfe bei der Hitlerjugend kamen ihm kindisch vor, die Phrasen hohl. Er presste die Lippen aufeinander.

»Du musst kommen, Hanno«, drängte Siegfried weiter.

Hanno wollte sich nicht drängen lassen. Und schon gar nicht wollte er bei irgendwelchen Aktionen gegen die Juden dabei sein. Er fühlte sich so zerrissen. Da waren Stefanie und ihre Familie und auf der anderen Seite Siegfried, der Lehrer Knöfel und die anderen, die Hanno seit seiner Kindheit kannte und die nun in Uniformen durch das Dorf stolzierten. Was würde passieren, wenn er einfach nicht hinging? Er kratzte mit der Schuhspitze ein Muster in den Sand. »Ich weiß noch nicht.«

Siegfried blickte sich um, als fürchte er irgendwelche Feinde hinter dem Gewächshaus. »Hör zu, du musst heute kommen. Es ist wichtig.«

»Warum ist es wichtig?«, wollte Hanno erfahren.

»Das heute Nacht, das wird ein großes Ding. SA, SS, Hitlerjugend. Alle sind dabei. Wenn du fehlst, wird das nicht gut angesehen werden.«

»Um was geht es denn eigentlich genau?«

»Der Volkszorn wird sich wegen des Attentats an den Juden rächen.« Siegfrieds Worte waren eindringlich.

Ob Hanno sagen konnte, dass er nichts von dem Attentat in Paris wusste, bei dem vor wenigen Tagen der Jude Herschel Grynszpan den deutschen Diplomaten erschossen hatte?

Grynszpan sollte im Auftrag des Weltjudentums gehandelt haben, welches das nationalsozialistische Deutschland vernichten wollte. In allen Zeitungen hatte es gestanden, und nun erinnerte sich Hanno auch daran, dass Lehrer Knöfel ebenfalls beim Bäcker darüber geredet hatte. Hanno hatte nicht zugehört, aber er konnte nicht leugnen, davon gewusst zu haben, denn auch die Eltern hatten darüber gesprochen und er selbst hatte diese Anspannung gespürt, die seit dem Attentat über Sacrow lag. Es war, als hielte das ganze Dorf die Luft an. Alle warteten, aber Hanno wusste nicht, worauf.

Hanno nickte, aber er antwortete nichts. Dann hob er die Hand zum Gruß und ging davon.

Doch Siegfrieds Worte hatten ihn den ganzen Tag nicht mehr losgelassen. Was hatten Siegfried und die anderen vor? Er hielt es nicht länger aus, stand auf, zog sich die Uniform an und ging.

»Wohin?«, fragte die Mutter, die mit dem Vater im Wohnzimmer saß. Ihr Blick fiel auf Hannos Aufzug, und sie hob die Augenbrauen.

»Hitlerjugend. Pflicht«, antwortete Hanno.

Die Mutter nickte langsam, der Vater aber blickte von seinem Kreuzworträtsel hoch. »Pass auf dich auf, Junge. Und halte dich zurück.«

Hanno nickte nun ebenfalls. Er hatte längst begriffen, dass seine Eltern die neue Partei und ihren Führer nicht mochten und ihm auch nicht glaubten. Das war wegen der Juden so, dachte Hanno. Außerdem waren die neuen Machthaber laut und herrisch. Sie veranstalteten Fackelzüge, Fahnenaufmärsche und brachten sich auch gegenseitig um, um Einfluss zu bekommen. Das hatte der Vater jedenfalls gesagt, als vor vier Jahren Ernst Röhm umgekommen war. Die Eltern sprachen nicht vor Sabine und ihm über Politik, aber einmal hatte Hanno sie reden hören, als er die Tür seines Zimmers offen gelassen hatte.

»Ich werde bald achtzehn Jahre alt, dann muss ich nicht mehr zur HJ. Ich gehe nur, weil Siegfried so sehr darauf gedrängt hat.«

Sie trafen sich vor dem Friedhof. Siegfried kam auf ihn zu. »Ich hatte schon Angst, du kommst nicht mehr«, rief er und klopfte ihm auf die Schulter. »Ich wusste doch, dass ich mich auf dich verlassen kann.«

Eine merkwürdige, freudige Nervosität ging von Siegfried aus, die Hanno Unwohlsein bereitete.

Hanno antwortete nichts, aber das fiel nicht auf, weil er ohnehin nie viel sagte. Der Bürgermeister und NSDAP-Ortsgruppenführer Wilhelm Blaschke kam zu der Gruppe, die sich immer mehr vergrößerte. Hanno sah den Schuster Heinrich, den Lebensmittelhändler Pachnicke, Siegfrieds Vater, Lehrer Knöfel und einige andere, die im Dorf etwas zu sagen hatten. Auch seine ehemaligen Schulfreunde, die mittlerweile alle in eine Lehre gingen, waren vollzählig anwesend – sogar Knut Kaufmann, der Junge mit der Brille, der immer nur die besten Noten geschrieben hatte und jetzt eine Ausbildung zum Buchdrucker machte.

Blaschke hob die Hand und verlangte Ruhe. Die drei Dutzend Männer und Jungen schwiegen.

»Kameraden!«, sprach er laut. »Heute ist die Nacht der Vergeltung gekommen. Heute werden wir ein Zeichen gegen die Verjudung Deutschlands setzen und den Tod des Diplomaten vom Rath rächen.«

Gemurmel entstand. Dann sprach der Ortsvorsteher weiter. »Auch in Sacrow ist die Verjudung weit vorangeschritten. Da sind die vielen Villenbesitzer, denen die Leviten gelesen werden müssen. Wieso besitzen so viele Juden überhaupt Villen? Wie viele Deutsche haben sie über den Tisch gezogen, um sich solche Häuser leisten zu können, während gute Volksgenossen sich mit kleineren Häusern zufriedengeben müssen? Aber ab heute ist Schluss damit. Wir sagen dem internationalen Judentum den Kampf an!«

Hanno hätte gern aufgelacht, denn in Sacrow hatte es nie ein internationales Judentum gegeben, sondern nur ein Dutzend Berliner, die hier ihre Sommer verbrachten.

Der Ortsvorsteher hatte sich mittlerweile in Rage geredet. »Brennt ihre Synagogen nieder!«, schrie er mit sich überschlagender Stimme, und die versammelten Dörfler reckten die Hand und brüllten: »Heil Hitler!«

»Zerstört ihre Läden und Werkstätten!«, schrie Blaschke weiter, und die Dörfler reckten die Hand und brüllten wieder »Heil Hitler!«.

Nur Hanno fragte sich, welche Synagoge, welche Läden und Werkstätten denn hier zu zerstören waren? Der Bäcker hieß Hermann Gruschke und stand mit erhobener Hand ein paar Männer neben Hanno. Das Lebensmittelgeschäft betrieb die Familie Pachnicke, und vom Metzger Großkopf hieß es, er würde seinen dicken Daumen mit auf die Waage legen. Sie alle waren so deutsch wie Berliner Schrippen, und auch die Werkstätten gehörten den alteingesessenen Handwerkern, allen voran die Möbeltischlerei Richter und die Gärtnerei Schulze in der Dorfmitte. Nur die Buchhandlung führte ein Mann, dessen Name ein wenig jüdisch klang. Cohen. Aber er war nicht nur der Buchhändler, sondern zugleich der Organist der Heilandskirche und als solcher doch evangelisch. Oder zählte das jetzt nicht mehr?

Je mehr er darüber nachdachte, desto weniger Sinn ergab das alles für Hanno, dafür wuchs das flaue Gefühl in seinem Magen.

»Männer, lasst uns zur Tat schreiten. Lasst uns unsere deutsche Heimat den Deutschen zurückgeben.«

Blaschke ging zu seinem Auto, öffnete die hintere Tür und verteilte Holzknüppel an die Männer. Er hielt auch Hanno einen hin, aber Hanno schüttelte den Kopf.

»Was ist los mit dir?«, wollte der Ortsgruppenführer wissen.

»Konflikte bekämpft man nicht mit Gewalt«, antwortete Hanno.

Wilhelm Blaschke ließ den Knüppel sinken und betrachtete Hanno von oben bis unten.

»Hört, hört! Was für einer bist du denn?«, fragte er und kniff die Augen zusammen. »Bist du etwa ein Judenfreund? Stimmt es, was man sich erzählt? Dass du mit einer Judenhure rummachst?«

Hanno ballte die Hände zu Fäusten. Er durfte jetzt nichts Falsches sagen, aber es fiel ihm schwer, ruhig zu bleiben. Gerade wollte er doch den Mund öffnen, um Stefanie zu verteidigen, als sich Knut, der Junge mit der Brille, vor ihn drängte.

»Hanno ist sehr fromm, wissen Sie. Hält auch die andere Wange hin. So, wie es in der Bibel steht.«

Der Ortsgruppenführer kniff noch immer die Augen zusammen. »Fromm bist du also. Das warst du doch früher nicht, wenn ich mich recht entsinne.«

Hanno nickte. »Vielleicht hat man es nur nicht so gemerkt.«

»Und denkst du auch, dass alle Menschen vor Gott gleich sind?« Blaschkes Stimme klang hinterlistig.

Wieder wusste Hanno nicht, was er sagen sollte, und wieder kam ihm Knut zu Hilfe.

»Vor Gott sind alle Christen gleich. So sagt es der Herr Pfarrer.«

Der Ortsgruppenführer holte tief Luft, dann drückte er Hanno den Knüppel in die Hand.

»Hier, nimm schon! Ich behalte dich im Auge. Auch wenn du Siegfrieds bester Freund bist.«

Hanno ergriff den Knüppel und begab sich zu den anderen Hitlerjungen. Aufregung lag in der Luft. Die Jungen sprachen durcheinander, manche rauchten zu hastig, andere scharrten mit den Füßen, einer schlug mit dem Knüppel gegen seinen Oberschenkel.

Siegfried trat zu Hanno. »Das wird ein grandioser Abend«, sagte er und hatte vor Freude gerötete Wangen.

Hanno nickte.

Dann ging es los. Sie zogen vom Friedhof aus die Dorfstraße entlang, bis sie zum Haus von Dr. Grete Ring kamen. Das Haus stand immer noch leer. Nur Hannos Vater sah ab und zu nach dem Rechten und mähte im Sommer die Wiese.

»Zeigt, was deutsche Männer bewirken!«, schrie der Ortsgruppenführer, und schon flog der erste Stein. Dann holte

Siegfried aus und zerschoss mit einem schweren Brocken das große Fenster im Wohnzimmer.

Hanno dachte an die Kunstsammlung von Grete Ring, und Wut wallte bei jedem Wurf in ihm auf.

»Los, schmeiß du auch ein paar Steine«, forderte Siegfried Hanno auf und rannte weiter.

»Er hat recht.« Hanno hatte nicht bemerkt, dass Knut neben ihm stand. »Du musst auch ein paar Steine werfen.«

»Aber …«

»Nichts aber. Mach einfach. Die Ring ist eh nicht da.« Er deutete mit dem Kopf zum Ortsgruppenführer und drückte Hanno einen halben Ziegelstein in die Hand.

Hanno zielte auf das Fenster der Speisekammer. Er hatte seinem Vater geholfen, darin ein paar Regale anzubringen. Die Scheibe zersprang, und Hanno ließ den Arm sinken.

»Jetzt musst du jubeln«, raunte Knut ihm zu, und Hanno riss seinen Arm hoch. Dann zogen sie zum nächsten Haus, und Hanno fragte sich erneut, was er und auch die anderen hier machten. Es gab keinen einzigen jüdischen Dorfbewohner, der ihm jemals etwas getan hatte. Und soweit er sich erinnern konnte, hatte es nie größere Konflikte in Sacrow gegeben. Alle waren immer nur freundlich gewesen. Und dann war da auch noch Stefanie. Er liebte Stefanie. So sehr, wie er überhaupt nur konnte.

Das nächste Haus war das ehemalige Haus von Dr. Goldstaub. Schon flog auch hier ein Stein durch das Fenster, doch dann schrie Wilhelm Blaschke: »Halt! Seid ihr bescheuert? Hier wohnt jetzt der Doktor Bredow, unser Arzt. Es geht gegen die Juden, verdammt!«

Er gab dem Hitlerjungen, der den Stein geworfen hatte,

eine Kopfnuss. »Morgen gehst du hin und entschuldigst dich. Dein Vater wird den Glaser bezahlen.«

Sie waren noch immer im Weinmeisterweg. Und dort wohnte auch Stefanie. Sie würde sicher zu Hause sein. Sie hatte nicht davon gesprochen auszugehen. Hanno blieb stehen. Er würde keinen Stein auf Stefanies Haus werfen. Niemals. Das konnte keiner von ihm verlangen. Überhaupt wollte er nach Hause. Er hatte diese Gewaltorgie satt. Aber er konnte nicht. Das brauchte Knut ihm gar nicht erst zu sagen. Er schüttelte dessen Hand ab, die seinen Arm umklammert hielt. »Geh schon vor zum nächsten«, schlug Knut ihm leise vor, doch Hanno schüttelte den Kopf.

Als der erste Stein flog, zuckte er zusammen. Stefanies Vater kam aus dem Haus geeilt, sah den großen Trupp der Nazis, und schon flogen die Steine auf ihn. Einer traf ihn an der Stirn, sodass das Blut über seine Wange lief. Nun kam auch Frau Blau an die Tür, blieb aber im Inneren des Hauses. »Nathan, komm rein. Schnell!«, rief sie.

Hanno blickte nach oben in den ersten Stock, in dem Stefanies Zimmer lag. Es brannte kein Licht, und Hanno dachte, dass sein Platz jetzt eigentlich an Stefanies Seite sein müsste. Seine Aufgabe war es, sie zu schützen. Aber er durfte nicht auffallen, durfte auch seine eigene Familie nicht in Gefahr bringen! Tränen der Verzweiflung stiegen ihm in die Augen.

»Heulst du etwa?«, fragte der Ortsgruppenführer.

»Nein, natürlich nicht. Mir ist etwas ins Auge geflogen«, antwortete Hanno.

Blaschke drückte ihm einen Stein in die Hand. »Wirf! Wirf ihn auf den Alten. Soll er noch mehr bluten, der Jude.

Hat uns lange genug bluten lassen. Zeig, dass du ein deutscher Mann bist.«

Hannos Arm wurde schwer. So schwer, dass er ihn kaum heben konnte. Sein ganzer Körper war starr.

»Na los! Oder bist du doch ein Judenfreund?«

»Es brennt!«, schrie Knut plötzlich, und Hanno sah, dass ein trockener Wacholderstrauch im Garten der Blaus Feuer gefangen hatte.

Kurz war der Ortsgruppenführer abgelenkt, und diese Gelegenheit nutzte Hanno, um seinen Stein ins Gewächshaus zu werfen. Glas splitterte.

»Getroffen!«, sagte Hanno laut und klopfte sich die Hände ab. Er fühlte sich so schlecht wie noch nie in seinem Leben. Er wollte bei Stefanie sein. Mit den Männern um ihn herum verband ihn nichts. Nicht mehr. Und doch war er unter ihnen. Er verachtete sich dafür, er haderte mit sich. Er wollte sich vor das Haus stellen und rufen: »Erst müsst ihr mich steinigen, ehe ihr Stefanie und ihrer Familie etwas antun könnt!« Er wusste genau, was richtig wäre.

Aber er tat es nicht. Er lief mit den anderen. Als sie weiterzogen, warf er Fensterscheiben kaputt. Nur als der Buchhändler Cohen verprügelt wurde, hielt er sich zurück. Er stand abseits der Kameraden und knirschte mit den Zähnen, weil er es kaum aushielt.

Siegfried kam zu ihm. Seine Wangen waren gerötet, die Augen blitzten. »Das ist ein Spaß!«, rief er, von der Gewalt wie berauscht.

Hanno blickte auf den Buchhändler Cohen, der am Boden lag, während das Blut aus einer Stirnwunde ihm über das Gesicht lief. Nein, das war kein Spaß. Nicht für ihn.

»Jetzt gehen wir hinüber nach Potsdam und helfen den Kameraden dort. Wir schließen uns den Jungs aus der SS-Junkerschule an. Die Synagoge soll brennen!« Siegfried war nicht zu bremsen. Er schwang seinen Knüppel und zog Hanno am Ärmel.

Da stieg Hanno die Angst vom Magen bis in die Kehle. Er hielt sich an einem Gartenzaun fest und erbrach sich.

»Was ist los mit dir? Ist dir schlecht?«, fragte Siegfried.

Hanno nickte. »Den ganzen Tag schon. Wahrscheinlich was Schlechtes gegessen. Ich glaube, ich gehe besser nach Hause und lege mich hin.«

* * *

Knut und Hanno warteten, bis die anderen sich auf ihre Fahrräder geschwungen hatten, um nach Potsdam zu fahren. Der Ortsgruppenführer hatte Lehrer Knöfel und Siegfrieds Vater in sein Auto geladen und war vorausgefahren.

Hanno blickte ihnen nach. Er fühlte sich elend. Seine Augen brannten, der Mund war ausgedörrt, und der Magen tat ihm weh. Hinter seiner Stirn brauten sich Kopfschmerzen zusammen, aber all das war nichts gegen den Schmerz in seinem Herzen.

Er hatte Stefanie verraten. Ihr Vater war verletzt worden, und Hanno hoffte, dass die Verletzung nicht allzu schlimm war. Er hatte nicht öffentlich zu ihr gestanden. Stefanie würde so etwas nie vom ihm verlangen, zu gut wusste sie, was in den Nürnberger Gesetzen stand. Hanno tanzte auf Messers Schneide, wenn er sich Hand in Hand mit ihr in Sacrow sehen ließ. Aber das hatten sie schon lange nicht mehr getan. Manchmal, wenn Hannos Nachbar Franz Meyer im Kino die

Aufsicht führte, konnte er mit Stefanie noch die neuen Filme sehen, ansonsten war es den Juden jetzt auch untersagt, an diesen Vergnügungen teilzunehmen.

»Komm, lass uns nach Hause gehen«, sagte Knut.

»Warum bist du nicht mit nach Potsdam?«, wollte Hanno wissen.

Knut, die Hände in den Hosentaschen, hob die Schultern. »Das ist nicht so meins. Und mit den anderen ... Du weißt doch noch, wie sie mich in der Schule immer genannt haben, oder?«

»Bücherwurm und Brillenschlange.«

»Du hast dabei nie mitgemacht, Hanno.«

Hanno wandte sich zum Gehen. Knut blieb an seiner Seite. Das Haus, in dem Stefanie lebte, war dunkel. Am liebsten wäre Hanno zu ihr gegangen. Sie musste Angst gehabt haben. Er wollte ihr sagen, dass nun alles vorbei war.

»Mach es nicht«, sagte Knut plötzlich neben ihm, als hätte er seine Gedanken erraten.

»Was soll ich nicht machen?«

»Zu ihr gehen.«

»Woher weißt du, dass ich das tun will?«

»Du drehst dich immer wieder um und siehst nach ihrem Haus.«

Knut fasste seinen Arm und zog ihn ein Stück weiter. »Du kannst ihr nicht helfen. Und du musst dich und deine Familie schützen.«

»Soll ich zugucken oder was?« In Hanno stieg heiß die Wut auf. »Soll ich beim nächsten Mal ihren Vater mit dem Knüppel schlagen, ihre Mutter anspucken? Nein, das kann niemand von mir verlangen!«

»Sie werden weggehen. So wie die anderen auch.«

Hanno schüttelte den Kopf. »Das glaube ich nicht. Sie haben doch das große Bekleidungsgeschäft in Berlin. Und er wird an der Charité …« Er brach ab, denn er wusste nicht, ob Nathan Blau überhaupt noch dort arbeitete. Er erinnerte sich an das Gespräch seiner Eltern, in dem es geheißen hatte, dass Dr. Blau nur noch Juden behandeln durfte.

Knut blickte ihn schweigend an.

Hannos Wut verrauchte. Er ließ den Kopf hängen. »Du hast recht, aber ich kann mich nicht daran gewöhnen, dass ich nichts für sie tun kann.«

»Komm, lass uns weitergehen.«

Knut ging ein paar Schritte voraus, wartete dann auf Hanno, der noch ein letztes Mal zu Stefanies Haus blickte. »Sacrow hat sich ganz schön verändert, oder?«, versuchte Knut abzulenken. »Als wir Kinder waren, war es noch anders. Die ganzen Berliner, die hier ihre Sommerhäuser hatten. Es war was los hier, und es war schön.«

»Frau Doktor Ring ist jetzt im Ausland. Wer weiß, ob sie wiederkommt. Dabei hat sie mehr als zehn Jahre hier gelebt.«

Hanno dachte an das geheime Fach hinter den Küchenschränken, in dem die wertvollen Zeichnungen versteckt waren. Und er dachte an den Wandteppich von Gunta Stölzl, der ihm so gefiel, und an das Liebermann-Gemälde über dem Kamin. Er fragte sich, ob die Werke noch dort waren und ob sie wohl bei dem Anschlag Schaden genommen hatten.

»Denk doch nur an die Häuser, in denen die Juden gewohnt haben. Viele davon stehen jetzt leer, die Möbel sind mit Tüchern abgedeckt«, unterbrach Knut seine Gedanken.

»Aber einige bleiben. Trotz aller Schikanen. Die Familie

Friedenthal wohnt noch in ihrer Villa. Die Landsbergers am Hämphorn sind noch da, die Redelsheimers, die Stahls und die Kempinskis. Sie sind alle schon so lange in Sacrow.«

»Und sie sind Juden«, erklärte Knut.

»Ja.« Wieder überkam Hanno Resignation.

Knut blieb stehen. »Du kannst nichts machen. Es ist nicht deine Schuld.«

»Aber zusehen kann ich auch nicht. Es ist himmelschreiend ungerecht, es ist falsch, und niemand tut etwas dagegen.«

»Es gab einige, die sich aufgelehnt haben. Die sind jetzt weg. Nachts von der Gestapo abgeholt.«

Sie waren an Hannos Elternhaus angelangt und blieben stehen. »Und du? Was denkst du?«, wollte Hanno von Knut wissen.

Der zuckte mit den Schultern. »Ich halte mich raus, so gut es eben geht.« Er hatte die Hände tief in den Taschen vergraben und ließ mit der Schuhspitze einen Kieselstein hin und her rollen. »Ich habe nichts gegen die Juden.« Er sah sich um, die Straße lag verlassen, in den meisten Häusern brannte Licht. »Soll ich dir ein Geheimnis verraten?«

Hanno schwieg. Er mochte keine Geheimnisse, aber Knut sprach schon weiter. »Meine Großmutter ist auch Jüdin. Ich bin ein Vierteljude. Jetzt weißt du es.«

Hanno nickte. Was sollte er darauf auch antworten?

»Meidest du mich jetzt?«, fragte Knut, Angst schwang in seiner Stimme mit.

Hanno schüttelte den Kopf. »Dafür gibt es keinen Grund.«

»Ich werde mich aus allem raushalten. Das muss ich tun, verstehst du?«

Das sagten auch seine Eltern immer: »Halt dich raus.«

Aber durfte man sich raushalten? Durfte man zusehen, wie andere Leute schikaniert wurden?

Hanno merkte, dass er erneut mit den Zähnen knirschte. Sein ganzer Kiefer tat schon weh. »Pass auf dich auf«, sagte er.

»Wir können ja mal was zusammen machen«, erwiderte Knut.

»Das machen wir.«

Hanno hatte erwartet, dass Knut sich umdrehen und gehen würde, aber das tat er nicht. Noch immer spielte er mit dem Kieselstein.

»Ist noch was?«, fragte Hanno.

»Du solltest wirklich mit Stefanie Schluss machen.«

»Du bist nicht der Erste, der mir das sagt«, antwortete Hanno niedergeschlagen.

»Beziehungen zwischen Ariern und Juden sind verboten, das weißt du. Du bist kein Kind mehr. Und Blaschke weiß Bescheid. Er kann jederzeit die Gestapo holen.«

»Ja, das weiß ich. Aber nicht alles, was verboten ist, ist auch richtig. Wir kennen Stefanie seit Kindertagen. Du ebenso wie ich. Du weißt, dass sie ein guter Mensch ist.«

»Es nützt nichts, ein guter Mensch zu sein, wenn schlechte Menschen an der Macht sind. Ich meine es nur gut mit dir. Und mit Stefanie. Trenn dich. Damit schützt du sie am meisten.«

Hanno schluckte. »Nein. Ich stehe zu ihr, was auch immer in Zukunft geschehen wird.«

»Die Blaus werden Sacrow verlassen. Früher oder später. Viele Juden sind schon weg. Was wirst du dann tun?«

Hanno schluckte. Manchmal, kurz vor dem Einschlafen, hatte er daran gedacht, dass auch die Blaus gehen würden.

Doch der Gedanke war ihm so schrecklich vorgekommen, dass er ihn sofort verdrängt hatte.

Knut war nicht der Einzige, der ihm geraten hatte, sich von Stefanie zu trennen. Der Metzger Großkopf hatte ihm einmal, als der Laden leer war, gesagt: »Ich mag die Stefanie auch, mein Junge. Aber ihr solltet wirklich vorsichtig sein. Der Blaschke und der Knöfel haben ihre Augen und Ohren überall.«

Kapitel 6

Kurz vor Weihnachten kam der NSDAP-Ortsgruppenleiter Blaschke in die Werkstatt. Der Vater arbeitete an einer Kommode, die er der Mutter zu Weihnachten schenken wollte, und Hanno glättete das Holz eines Sarges. Er gab sich besonders viel Mühe, denn der Sarg war für den Buchhändler Cohen bestimmt. Der hatte sich das Leben genommen – keine vier Wochen nach der unseligen Nacht im November, bei der man ihn verprügelt und die ganze Buchhandlung verwüstet hatte. Jemand war im Laden gewesen und hatte sogar auf den Verkaufstresen geschissen. Und an die Tür hatten die Randalierer »Judensau« geschrieben. Da half es ihm nichts, dass er schon vor vielen Jahren zum evangelischen Glauben konvertiert war und in der Heilandskirche die Orgel spielte. Nach den Rassengesetzen der Nazis war und blieb er ein Jude.

Schon vor Monaten hatte er seinen Laden schließen müssen, und die Orgel in der Kirche spielte seit einer Weile jemand anderes. Cohen war alleinstehend, er hatte keinen, der diese schwere Zeit mit ihm durchlebte. Und auch wenn die Sacrower nach wie vor ihre Bücher bei ihm kauften – nicht im Laden, sondern abends in seiner Wohnung –, reichte es nicht mehr für das Nötigste. Der Fleischer Großkopf hatte ihm eine Anstellung als Metzger angeboten, doch der schmächtige Cohen konnte diese schwere Arbeit nicht bewältigen.

Hanno erinnerte sich an den Tag, an dem er Cohen das letzte Mal gesehen hatte. Am vorletzten Sonntag war der Buchhändler bei ihnen gewesen und hatte dem Vater einen Wäschekorb voller Bücher gebracht.

»Nimm sie, Eugen. In deiner Familie weiß man gute Literatur zu schätzen.«

»Was willst du dafür haben?«, hatte der Vater gefragt.

Cohen winkte ab. »Ich brauche nichts mehr. Ich möchte nur, dass meine Bücher in gute Hände kommen.«

Dann hatte er sich umgedreht und die Richters so schnell verlassen, dass der Vater ihn noch nicht einmal zu einem Glas Bier einladen konnte. Noch am selben Abend hatte sich der Buchhändler Cohen in seinem Haus erhängt.

Die Richters erfuhren am Montag davon. Blaschke hatte verfügt, dass Cohen verbrannt und seine Asche ohne großes Aufsehen in den Sacrower See geworfen werden sollte, doch der Vater war dagegen gewesen. »Er kriegt einen Sarg und wird bestattet, wie sich das gehört«, hatte er dem NSDAP-Ortsgruppenführer bestellt. Er war extra deswegen bei der Gemeindeverwaltung gewesen.

»Und wer soll das bezahlen?«, hatte Blaschke nachgefragt.

»Ich bezahle das.«

Der Bürgermeister kniff die Augen zusammen. »Ihr wart ja schon immer Freunde, du und der Cohen. Und dein Sohn gibt sich weiterhin mit der kleinen Blau ab. Für meinen Geschmack sind das zu viele Juden in deiner Nähe.«

»Karl Cohen war Christ, und wenn ich mich nicht täusche, hat er zur Konfirmation deiner Ute die Orgel gespielt. War er nicht sogar zur Feier eingeladen und hat mit dir an einem Tisch gesessen? Und was die Stefanie betrifft: Sie gibt meinem Sohn Nachhilfe in Deutsch. Für die Berufsschule. Hanno war in diesem Fach noch nie gut. Frag deine Tochter.«

Darauf wusste Blaschke nichts zu sagen. Er winkte ab.

»Aber einen Grabstein bekommt der Buchhändler nicht. Und auch kein Holzkreuz und keine Blumen. Haben wir uns da verstanden?«

Der Vater hatte genickt, und Hanno schliff nun den Sarg mit der allergrößten Sorgfalt, als Wilhelm Blaschke schon wieder in der Tür der Werkstatt stand.

»Eugen«, rief er über das schrubbende Geräusch der Feile hinweg. »Ich muss mit dir reden.«

»Dann komm.«

»Unter vier Augen.«

Widerwillig ließ der Vater die Kommode sein, wischte sich die Hände an einem Tuch ab und ging nach draußen. Er schloss die Tür hinter sich, aber ein Fenster stand offen, um die Dämpfe des Möbelleims hinauszulassen. So bekam Hanno das Gespräch mit.

»Es geht um die Ring.«

»Was ist mit Frau Doktor Ring?« Der Vater betonte das »Frau Doktor«.

»Ihr Haus. Juden dürfen keine Häuser mehr besitzen. Sacrow wird bald judenfrei sein, dafür sorge ich.«

»Was hast du gemacht?«

»Ein Verzeichnis aller Häuser, die noch in jüdischem Besitz sind. Das betrifft die Redelsheimers, die Ring, die

Blaus, Felix Stahl, die Salomons und die Kempinskis. An den Regierungspräsidenten in Potsdam habe ich bereits geschrieben. Nur, dass du das weißt.«

»Und was willst du jetzt von mir?«

»Du sollst mit mir ins Haus von der Ring gehen. Meine Frau sagt, dass dort viele Bilder und Wandteppiche hängen. Und von einer Kunstsammlung ist auch die Rede gewesen. Die Meine hat ja keine Ahnung von so was, aber ich will die sehen. Und du hast Ahnung, also sollst du mir sagen, was davon wertvoll ist und was nicht.«

»Und was passiert dann mit den Bildern?«

»Die werden eingezogen.«

»Und das Haus?«

Blaschke lachte. »Es wird verkauft. Ein Kamerad aus Berlin möchte es haben. Als Sommerhaus.«

»Mit allem, was darinnen ist?«

»Du meinst die Möbel, die du geschreinert hast?«

»Ich meine alle Möbel. Und die Wagenfeld-Lampe, die Stühle von Marcel Breuer und den Wandbehang von Gunta Stölzl.«

Blaschke kniff die Augen zusammen. »Das hat wohl alles einen Wert?«

»Nur symbolisch, Wilhelm«, schob der Vater schnell hinterher.

Der NSDAP-Ortsgruppenführer blieb kurz still, doch als er weitersprach, hatte seine Stimme einen drohenden Unterton. »Wenn du mich bescheißt, geht's dir an den Kragen, das sage ich dir gleich.«

»Ich bescheiße dich nicht. Ich habe in meinem ganzen Leben noch niemanden beschissen.«

Blaschke räusperte sich. »Wann passt es dir?«

»Nächste Woche.«

»Zu spät. Morgen.«

»Morgen kann ich nicht. Da ist die Beerdigung von Herrn Cohen. Ich muss gleich morgens mit meinem kleinen Laster und dem Sarg nach Potsdam fahren. Er liegt dort in einem Kühlhaus, und ich hole ihn ab. Frühestens übermorgen kann ich.«

Der NSDAP-Ortsgruppenführer murmelte etwas Unverständliches, dann brüllte er »Heil Hitler!« und verschwand stampfenden Schrittes.

Kurz darauf kam der Vater zurück in die Werkstatt. »Was hast du heute Abend vor?«, fragte er Hanno.

»Ich wollte mich mit Stefanie treffen.«

»Heimlich, wie immer?«

Hanno zuckte mit den Schultern. »Was soll ich sonst tun? Öffentlich darf man uns ja nicht zusammen sehen.«

Eugen sah seinen Sohn ernst an. »Das kann trotzdem bald schon sehr gefährlich werden, auch wenn ihr euch versteckt.«

»Ich weiß.«

»Ihr könnt meinetwegen in unsere Gartenhütte gehen. Nicht gerade luxuriös, aber sicher. Sag deiner Mutter nichts davon, sonst macht sie sich Sorgen.«

Hanno richtete sich auf, streckte den Rücken und die Schultern.

»Wir werden vorsichtig sein. Wir sind schon die ganze Zeit vorsichtig.«

Eugen öffnete den Mund, als wollte er noch etwas sagen, doch dann schüttelte er den Kopf. »Was machst du nach eurem Treffen?«

»Ich weiß es nicht. Zu Bett gehen. Noch etwas lesen.«

»Ich brauche dich.«

»Gut. Wann und wo?«

»Gegen zwei Uhr in der Nacht.«

Hanno nickte. Er fragte nichts, denn er wusste, dass sein Vater ihn niemals bitten würde, wenn es nicht wirklich wichtig wäre.

Später schlich er sich auf der Gartenseite der Häuser zur Villa der Blaus. Stefanie öffnete ihm, und er zog sie in seine Arme und hielt sie so fest er konnte.

»Manchmal kommt es mir vor, als wäre jedes Treffen unser letztes«, flüsterte Stefanie an seiner Brust.

»Geht mir genauso.« Hanno seufzte.

Doch schon verwandelte sich Stefanies Gesicht, und ein strahlendes Lächeln erblühte. Hanno wusste genau, dass sie dieses Lächeln nur für ihn aufsetzte. Er ahnte nicht, wie groß ihre Angst war, er wusste nicht, was die Familie Blau plante – und er wollte es auch gar nicht wissen. Alles war so schwer, über jedem Treffen lag ein Schatten. Aber Stefanie lächelte und lächelte, als hätte sie beschlossen, jede Minute mit ihm zum Strahlen zu bringen. Sie ließ ihn los, und er griff nach ihrer Hand.

»Was hast du heute gemacht?«, fragte er.

»Nichts weiter«, antwortete sie. »Ich habe meiner Mutter im Garten geholfen. Und dann habe ich gelesen.«

Sie führte ihn in den Salon, und Hanno begrüßte Stefanies Eltern. Die Mutter saß an einem eleganten Damenschreibtisch und füllte Listen aus, der Vater stand am Bücherregal und zog ein paar medizinische Bände hervor.

»Wir gehen hoch«, erklärte Stefanie, und ihre Mutter nickte. »Sagt Bescheid, wenn ihr Hunger oder Durst habt.«

Normalerweise bestanden die Eltern Blau darauf, dass die Tür zu Stefanies Zimmer stets offen stand, aber heute schloss Stefanie sie.

Hanno zog fragend die Augenbrauen nach oben. Stefanie lächelte. »Sie sind beschäftigt. Wir sind heute ganz für uns.«

Hanno erschrak. Was erwartete Stefanie von ihm? Er nahm ihr Gesicht in seine Hände und küsste sie. Das junge Mädchen schmiegte sich an ihn, und wieder hatte er das Gefühl, sie festhalten und nie mehr loslassen zu wollen. Er liebte sie, und sie liebte ihn. Die erste Liebe. In diesen Zeiten. Sie legten sich nebeneinander auf Stefanies Bett und hielten sich dabei an den Händen. Hanno wusste nicht, was er tun sollte. Ein Schauer kroch ihm über den Rücken. Sie sprachen nur wenig, aber im Zimmer standen so viele Drohungen und Abschiede wie ein großer weißer Elefant, und er hatte keine Ahnung, wie er damit umgehen sollte.

* * *

Sacrow lag in tiefem Schlaf, als Hanno und Eugen dicht an den Zäunen entlang zur Villa von Dr. Grete Ring schlichen. Eugen hatte Wilhelm Blaschke nicht gesagt, dass er noch einen Schlüssel zum Haus der Kunsthistorikerin hatte. Für den Notfall. Seit Jahren besaß er den Schlüssel schon, aber er hatte ihn nur selten benutzt. Einmal, als im Winter die Wasserrohre einzufrieren drohten, und einmal, als der Sturm einen Teil der Begrenzung vom Sonnendeck abgerissen hatte.

In der Villa von Felix Stahl brannte noch Licht. Das wunderte Hanno. Alle Räume waren hell erleuchtet, und Hanno sah Herrn Stahl von einem Zimmer ins andere huschen. Vor der Haustür stand ein Auto. Es war ein Mercedes-Benz W 138, und er sah nagelneu aus. Die Türen des Wagens standen offen, und Hanno bemerkte, dass sich auf der Rückbank Kisten und Kästen stapelten.

»Gehen die Stahls auch weg?«, fragte er leise.

»Ja. Sie verlassen Deutschland. Sie gehen nach Marseille und von dort nach Amerika.«

Endlich waren sie am Weinmeisterweg angelangt. Im Mondschein glänzte die Fassade, die großflächig verglasten Fenstertüren waren durch Holzläden geschützt. Überall lagen Scherben und Glassplitter, dazwischen ein paar größere Steine, doch die meisten Fenster hatten gut gehalten. Nur in der Speisekammer und im kleinen Badezimmer klafften statt der Scheiben dunkle Löcher, die zu jedoch klein zum Einsteigen waren.

»Wir gehen hinten rein«, flüsterte der Vater und begab sich an die Rückseite des Bungalows. Er holte den Schlüssel aus der Tasche und öffnete die Tür, die vom Garten in die Küche führte.

Der Mond schien so hell, dass sie alles gut erkennen konnten. Sie durchquerten die Küche und gelangten ins Wohnzimmer. Mit der Hand strich Eugen über das Bücherregal und die dazugehörigen Sideboards und blickte sich um.

»Es ist eine Schande«, flüsterte er. Dann deutete er auf das Bild, das über dem Kamin hing. Es war ein Gemälde von Max Liebermann, Grete Rings verstorbenem Onkel. »Nimm dir das Bild dort.«

Hanno tat, wie ihm geheißen. Dann schlichen sie weiter ins Schlafzimmer. Auch dort hingen mehrere Bilder. Hanno verstand nicht viel von Malerei, aber er erkannte ein Werk von Emil Nolde, und neben dem Kleiderschrank hing ein Wandteppich aus der Weimarer Bauhauszeit, der wohl von einer ihm unbekannten Künstlerin stammte. Von Gunta Stölzl war er nicht, ihre Werke kannte er aus den Kunstbüchern, die ihm Grete Ring geschenkt hatte.

»Kannst du die Bilder auch noch nehmen?«

Hanno nickte, ließ sich die Arme vollpacken und erschrak, als der Wohnraum plötzlich hell erleuchtet wurde von den Scheinwerfern eines vorüberfahrenden Autos. Er erkannte den Mercedes von Felix Stahl.

»Und jetzt schnell.« Der Vater ging mit der schweren Skulptur einer nackten Frau voran, Hanno folgte mit den Bildern. Auf der Straße blickten sie sich in alle Richtungen um, dann bog der Vater in das Grundstück der Stahls ein. »Wir laufen besser durch die Gärten«, flüsterte er.

Hanno beeilte sich, blieb seinem Vater dicht an den Hacken. Nur als sie durch den Garten der Blaus liefen, blieb er kurz stehen und blickte zu Stefanies Zimmer hoch. Es war dunkel.

Als sie endlich zu Hause angelangt waren, war er außer Atem, und seine Muskeln schmerzten. Er legte die Gemälde behutsam ab, beugte den Rücken und holte ein paarmal tief Luft.

»Was hast du mit den Bildern vor?«, fragte er seinen Vater.

»Ich weiß es noch nicht. Am liebsten würde ich sie in der Heilandskirche verstecken. In der Sakristei. Dort wären sie wahrscheinlich sicher. Ich muss darüber nachdenken. Einstweilen lege ich sie in den leeren Sarg, den ich auf Vorrat gebaut habe. Geh zu Bett, Junge. Danke für deine Hilfe.«

Hanno konnte lange nicht einschlafen. Er dachte an Frau Dr. Ring, aber noch mehr beschäftigte ihn die Abreise von Felix Stahl. Hanno wusste, dass der Sacrow liebte und sein Haus nicht einfach so verlassen hätte, wenn er nicht dazu gezwungen worden wäre.

Eine Frage schlich sich in seine Gedanken, die sich bleischwer auf seine Brust legte: Wann würden die Blaus Sacrow verlassen?

Kapitel 7

»Ich will mit, wenn du mit Blaschke zum Haus von Frau Doktor Ring gehst«, bat Hanno am nächsten Tag. Er hatte kaum geschlafen, und eine nervöse Unruhe breitete sich in ihm aus.

»Ich kann dich dabei nicht gebrauchen«, erwiderte der Vater.

»Ich möchte wissen, was mit den Sachen geschieht, die noch da sind.«

»Das kann ich dir erzählen.«

Sie standen an der Toreinfahrt der Richterwerkstatt. Der Vater machte Anstalten, in seinen kleinen Laster zu steigen, als zwei Autos in hohem Tempo auf der kleinen Straße vorüberfuhren. Hanno blickte ihnen nach.

»Wer war das? Die Autos habe ich hier noch nie gesehen.«

Der Vater hob die Schultern. »Ich weiß es nicht, aber die, die drinnen saßen, trugen Uniformen. Ich muss los. Schleif inzwischen die Bretter für das Regal vom Pachnicke. Er will seinen Laden erweitern.«

* * *

Stefanie weinte haltlos. Tränen rannen ihr über das Gesicht und tropften auf ihren blauen Wollmantel. Sie trug weder

Schal noch Mütze, obwohl es draußen kalt war. Auf ihrem Haar glitzerten Schneeflocken. Sie war blass, die Augen rot geweint. Ihre Unterlippe zitterte.

Sie war gleich nach der Haussuchung zu den Richters gelaufen. Elvira Richter half ihr aus dem Mantel, führte sie zu einem Stuhl und strich ihr sanft über die Schultern.

Hanno stand hilflos dabei. Er hätte sie so gern in den Arm genommen und sie gehalten, aber sie hatte die Arme vor der Brust verschränkt.

»Es war so furchtbar«, schluchzte sie. »Es war das Furchtbarste, das ich je erlebt habe.«

Hanno sah, dass sie am ganzen Körper bebte. »Erzähl mir, was genau passiert ist«, bat er.

»Sie kamen am frühen Morgen, wir hatten noch nicht einmal gefrühstückt. Meine Mutter trug noch die Lockenwickler im Haar. Sie waren zu dritt. Zwei Polizisten und als Zeugin unsere Aufwartefrau. Sie klingelten Sturm, und als mein Vater die Tür öffnete, bekam er sofort mehrere Ohrfeigen, weil er nicht gleich da gewesen war. Sie haben ihn geschlagen, Hanno! Ihn, der immer nur Menschen geheilt hat. Dann fragten sie, ob wir Waffen hätten.« Sie schniefte, putzte sich die Nase. »Waffen! Wir! Mein Vater kann nicht einmal eine Motte töten. Sie haben alle Schränke und Schubladen durchwühlt, unsere Sachen auf den Boden geworfen, sind mit ihren dreckigen Stiefeln darauf herumgetrampelt. Einer hat ganz widerlich gegrinst und meinen Büstenhalter hochgehalten. Es war … Es war so ekelhaft.«

Jetzt zog Hanno Stefanie an seine Brust, und sie ließ es zu. Ihre Erzählung schnürte ihm das Herz ab. Er hatte sie nicht beschützen können.

Er wollte seine Freundin rächen, wollte die, die sie gedemütigt hatten, erniedrigen, wollte die Scham von Stefanie nehmen.

»Meine Mutter stand wie gelähmt dabei, als sie die Fotoalben auf den Boden geworfen, ihre Briefe gelesen und in ihren Dokumenten gewühlt haben. Sie hat das Taschentuch in ihren Händen zerdrückt, aber keinen Blick und kein Wort gewagt. Die Männer haben uns beschimpft, sie haben meine Mutter und mich Huren genannt und unser Haus einen Dreckstall, in dem dringend aufgeräumt werden müsse. Danach haben sie die Bilder von den Wänden gerissen. Auch die Fotografien, die immer auf dem Klavier standen, landeten auf den Boden, alles ging zu Bruch, Hanno ... Sie haben die Vorhänge von den Fenstern gezerrt, und einer der Männer hat hineingeschnäuzt. Dann zogen sie die Bücher aus dem Regal. Ich glaube, sie haben irgendwas gesucht, das meine Eltern in Misskredit bringen könnte ...« Stefanies Stimme brach, doch sie gönnte sich keine Pause, sondern sprach gleich darauf weiter. »Sie ... Sie haben ein Buch über russische Stoffe und Tapeten gefunden und meinem Vater um die Ohren gehauen. Und dann ...« Sie schluchzte laut auf. »Dann haben sie beide mitgenommen!«

Hanno biss die Zähne fest aufeinander. Stefanies Kummer und die Erniedrigung taten ihm weh. Er hätte am liebsten ... Ja, was? Er konnte nichts tun. Gar nichts. Er konnte die ureigenste Aufgabe der Männer nicht erfüllen, nämlich seine Freundin zu beschützen. Oh, er war wütend, er war so wütend und wusste nicht wohin mit seiner Wut.

Er streichelte Stefanies Rücken und ihr Haar, holte ihr ein Glas Wasser, und als sie sich ein wenig beruhigt hatte, brachte er sie am Nachmittag zurück nach Hause. Gemeinsam versuchten sie, das gröbste Chaos im Haus zu beseitigen, aber die Verwüstung war einfach zu groß.

Als sie Schritte auf dem Kiesweg hörten, rannte Stefanie hinaus. Es war Nathan Blau mit seiner Frau Rachel. Er sah erschöpft aus, ein Auge war dick angeschwollen, seine Nase mit Blut verkrustet. Stefanie stürzte in seine Arme. »Was haben sie mit dir gemacht, Vater?«

»Nichts haben sie gemacht, mein Kind. Ich bin die Treppe hinuntergefallen.«

Er hielt sie an seine Brust gedrückt und blickte Hanno an. Und Hanno wusste, dass er log, um Stefanie nicht noch mehr zu ängstigen.

Tief beschämt, so beschämt, dass jede Zelle seines Körpers sich wand, drehte Hanno sich um und ging davon. Am See hielt er an, setzte sich auf eine der Bänke und blickte aufs Wasser. Er schluckte, schluckte immer wieder, um die Tränen nicht aufsteigen zu lassen. Er hätte am liebsten ebenso bitterlich geweint wie Stefanie. Seine Kehle war trocken, und in seinem Bauch hatte sich ein fester Klumpen gebildet, der ihm wehtat. Was sollte er tun? Was konnte er tun? Die frustrierende Antwort war immer die gleiche: Nichts.

Ihm wurde kalt, ein leichter Schneefall hatte eingesetzt, doch er achtete nicht darauf. Er saß ganz still und starrte vor sich hin und wäre am liebsten vor Wut zersprungen. Dann aber kam ihm eine Idee. Sein Herz beruhigte sich. Er stand auf und rannte zu seinem Vater in die Werkstatt.

Eugen blickte kurz auf, als er Hanno sah, dann wandte er sich wieder einer Kommode zu, die die Stahls vor einiger

Zeit bei ihm in Auftrag gegeben und bereits bezahlt hatten. Die Stahls waren fort, hatten Deutschland wahrscheinlich schon verlassen, aber das war für Eugen Richter noch lange kein Grund, die Bestellung nicht auszuführen. Er würde die Kommode zu Ende schreinern und dann zu den anderen Bestellungen, die nicht mehr abgeholt werden würden, nach nebenan in die alte Scheune stellen und darauf warten, dass die Zeiten sich änderten.

»Ich werde sie heiraten«, stieß Hanno hervor. »Ich werde Stefanie zur Frau nehmen.« Sein Atem ging stoßweise, und erst jetzt bemerkte er, dass sein Haar vom Schnee durchnässt war.

Der Vater ließ den Hobel sinken. Er betrachtete seinen Sohn, der die Hände zu Fäusten geballt hatte. So fest, dass die Fingerknöchel hell hervortraten. Dann schüttelte er den Kopf. »Das geht nicht, Junge, das weißt du doch. Die Nürnberger Gesetze. Du würdest eine schwere Straftat begehen, kämst vielleicht in ein Lager. Und Stefanie würdest du damit auch nicht helfen.«

»Aber was soll ich sonst tun?«

Er war so verzweifelt, dass er nun tatsächlich weinte. Es waren harte Tränen, die auf der Haut brannten, und ein Schluchzen, das schmerzhaft durch die Kehle stieg. Eugen trat zu ihm und nahm ihn in den Arm. Das hatte er in den letzten zehn Jahren nicht mehr getan.

»Du kannst ihr nicht helfen, Hanno. Es geht nicht.«

»Aber irgendetwas muss ich machen. Egal, was. Es muss doch etwas geben, was ich tun kann.«

»Nein, mein Junge, leider nicht.«

Eugen klopfte ihm auf die Schulter, dann ließ er ihn los, ging zurück zu seiner Kommode.

»Vater!«, rief Hanno verzweifelt. »Du musst mir helfen.«

Doch Eugen schüttelte nur stumm den Kopf, und Hanno flüchtete sich ins Wohnzimmer und blieb schwer atmend in der Tür stehen.

Die Mutter hatte am letzten Wochenende das Haus weihnachtlich geschmückt. Im Fenster stand ein Schwibbogen, die hölzerne Krippe, die der Vater selbst gebaut hatte, schmückte einen kleinen Tisch, und die Pyramide drehte sich im Kerzenschein. Die Mutter saß in einem Sessel und stopfte Strümpfe. Als sie Hannos Gesicht sah, hielt sie inne. Sie stand auf, legte eine Hand auf Hannos Schulter. Und er stürzte sich in die Arme seiner Mutter, als wäre er noch ein kleiner Junge, und weinte, bis er keine Tränen mehr hatte.

Er sah Stephanie in den nächsten Tagen nicht. Er lief mehrmals täglich zu ihrem Haus, klingelte, klopfte, aber niemand öffnete. Er warf kleine Kieselsteine an Stefanies Fenster, so wie früher, doch das Fenster blieb geschlossen, die Vorhänge zugezogen.

Und dann kam eines Tages Ute zu ihm.

Kapitel 8

»Was willst du?«, fragte er nicht eben freundlich.

»Ich will dir was zeigen.« Sie, die meistens lächelte, sah heute ernst aus. Ihre Augen erschienen Hanno dunkler als sonst, und er hörte ihren leisen Seufzer.

»Was willst du mir zeigen?«

»Das kann ich nicht sagen, das musst du mit eigenen Augen sehen.«

Hanno hatte keine Lust, irgendetwas anzuschauen, was Ute ihm zeigen wollte, aber der Ernst auf ihrem Gesicht und der Seufzer ließen ihn aufmerken. Also nahm er seine dicke Joppe, setzte einen Pudel auf und lief neben ihr her die Spandauer Straße entlang bis zur Gärtnerei Schulz, die in der Ortsmitte lag. Und dann erblickte er, was Ute ihm zeigen wollte. Das Blut in seinen Adern wurde heiß, stieg ihm in den Kopf, färbte sein Gesicht rot. Er musste die Zähne fest aufeinanderbeißen, um nicht zu schreien. Denn da stand Stefanie, und um ihren Hals hing ein Schild, auf dem stand: *Ich bin eine Judenhure.*

Er wollte zu ihr rennen, wollte ihr das Schild vom Hals reißen, aber sie stand zwischen dem Ortsgruppenführer Blaschke und Lehrer Knöfel, beide in Uniform. Jetzt setzte sich die kleine Gruppe in Bewegung, Blaschke und Knöfel führten Stefanie die Straße entlang. Hinter den Fenstern bewegten sich die Gardinen. Die alte Frau Salomon, die gerade aus dem Lebensmittelladen kam, presste eine Hand vor den Mund. Großkopf, der Metzger, scheuchte sein Lehrmädel zurück in den Laden, und beim Salon Lindemann betasteten die Damen ihre Lockenwickler und schauten hinaus. Ursula Lindemann ließ die Brennschere sinken, eine Kundin riss die Augen auf und wandte sich rasch ab.

»Was wird das?«, presste Hanno zwischen zusammengebissenen Zähnen hervor.

»Nun, sie ist eine Judenhure. Das ist nicht neu, das weißt du besser als jeder andere hier. Sie trifft sich mit *dir*, einem *Arier*. Und das ist strafbar. Alle in Sacrow sollen sehen, was für eine die kleine Blau ist. Das hat zumindest mein Vater so gesagt.«

Trotz seiner brennenden Wut fiel Hanno auf, dass Utes Worten die übliche Häme fehlte, und er betrachtete sie von der Seite. Er glaubte, ein wenig Mitleid in ihrer Miene zu lesen.

Hanno rang mit sich. Er wollte hin zu Stefanie, wollte ihre Hand nehmen und gemeinsam mit ihr den Ächtungsgang durch das Dorf absolvieren. Auch wenn es gefährlich für ihn werden konnte. Das war ihm egal. Er konnte das nicht ertragen.

Er sah Stefanies blasses Gesicht, die hängenden Schultern, ihren Blick, der fest auf den Boden geheftet war. Sie ging dort, weil sie ihn liebte. Und er stand hier und sah zu.

Hanno machte einen entschlossenen Schritt, aber Ute hielt ihn fest.

»Geh nicht! Oder willst du, dass die Gestapo dich holt? Damit ist niemandem geholfen, dir nicht, deiner Familie nicht und ihr auch nicht. Sie wird's überleben. Ein Gang durchs Dorf und fertig. Niemand kommt zu Schaden.«

Hanno war hin- und hergerissen. Er wollte Stefanie nicht alleinlassen, aber es stimmte: Er konnte auch seine Familie nicht in Gefahr bringen. Vielleicht würden sie alle von der Gestapo vorgeladen werden. Und was bei der Gestapo passierte, konnte niemand vorhersagen. Es war schon vorgekommen, dass einige, die abgeholt oder vorgeladen worden waren, nicht wieder nach Hause zurückkehrten.

Tränen stiegen in ihm auf. Tränen der Ohnmacht und Tränen des Zorns. Und während er hier stand und mit sich rang, wurde Stefanie an ihm vorübergeführt. Kurz hob sie den Kopf und blickte ihn an. Da war kein Vorwurf in ihren Augen, da war nur Verzweiflung.

Plötzlich ließen die Männer sie los, ließen Stefanie einfach dort stehen. Blaschke wandte sich zu ihm und hob drohend einen Finger. »Noch bist du nicht dran, Freundchen, aber bald ziehen wir auch mit dir andere Saiten auf.« Mit diesen Worten wandten Blaschke und Knöfel sich ab und gingen in Richtung des Gasthauses davon.

Jetzt hielt Hanno nichts mehr zurück. Er rannte zu Stefanie, nahm ihr das Schild ab, warf es weg, schlang seine Arme um sie und spürte, wie sehr sie zitterte. Doch sie machte sich los, und Tränen rannen über ihr bleiches Gesicht.

»Ich will dich nicht mehr sehen!«, schrie sie so laut, dass alle es hören konnten.

»Was?« Hanno hatte das Gefühl zu versinken. Er griff nach ihrer Hand. »Nein, Stefanie, bitte tu das nicht.«

Stefanie riss sich los. »Geh weg!«, fauchte sie. »Ich will dich nicht mehr sehen. Mit uns ist es aus.«

Sie strich ihr Kleid glatt, warf einen hochmütigen Blick auf das Schild, das im Straßengraben lag, und ging mit hochgerecktem Kinn die Straße entlang nach Hause. Hanno war wie erstarrt und sah ihr hinterher.

»Das lief doch besser als gedacht. Ich hatte vermutet, die Jüdin würde sich an dich klammern. Aber sie scheint ja doch ein bisschen Stolz zu haben.« Ein zufriedener Ausdruck lag jetzt auf Utes Gesicht.

Hanno hatte nicht zugehört, was Ute gesagt hatte. Er stand da, sah Stefanie hinterher und fühlte sich, als hätte man ihm das Herz herausgerissen. Er selbst hatte sich das Herz herausgerissen, als er nicht zu ihr gegangen war. Hand in Hand hätten sie den Schandweg gehen sollen. So wäre es richtig gewesen. Aber er hatte sie im Stich gelassen.

Die Scham färbte sein Gesicht rot. Wütend stellte er seinen Fuß auf das Schild, trat darauf herum, bis die Worte nicht mehr zu lesen waren, dann ging auch er langsam nach Hause.

Am Abend lag er lange schlaflos. Die Arme unter dem Kopf verschränkt blickte er an die Decke, dann an die Wand. Aber wohin auch immer er sah, erblickte er Stefanie. Die stolze, schöne Stefanie mit dem Schild um den Hals, durch das Dorf geführt von zwei Männern, gegen die man sich nicht wehren konnte. Hier, in der Dunkelheit, konnte Hanno vor sich selbst gestehen, dass in ihm ein Feigling steckte. Er hätte Utes Hand einfach abschütteln können, aber er hatte zu viel Angst vor den Konsequenzen gehabt. Diese Erkenntnis erschütterte ihn, denn er hatte sich bislang stets für mutig und aufrecht gehalten. Aber vor Knöfel und Blaschke war er eingeknickt, hatte sich weit weggewünscht. Ja, er war sogar ein wenig wütend auf Stefanie gewesen. Hatte sie ihm das nicht alles eingebrockt?

Kaum hatte er diesen Gedanken in seinem Kopf bewegt, schämte er sich so abgrundtief wie noch nie zuvor in seinem Leben. Und er hatte sich auch noch nie zuvor in seinem Leben für etwas so sehr schämen müssen. Er hatte neben Ute an der Straße gestanden – ausgerechnet neben Ute Blaschke – und hatte nicht zu Stefanie gehalten. Statt sie zu verteidigen, hatte er sie für einen kurzen Augenblick lang dafür verdammt, dass er sie liebte. Er hatte sich seiner Liebe geschämt. Wie hatte das geschehen können? Was war passiert mit ihm? Hatte all die Judenhetze bei der HJ, im Rundfunk und in den Zeitungen auch in ihm seine Spuren hinterlassen? Oder waren die Juden am Ende doch ein anderer Menschenschlag als die Arier?

Vom Denken tat ihm der Kopf weh. Er hatte so viele Fragen, die er niemandem stellen konnte. Aber er wusste jetzt, dass auch er eine dunkle, feige Seite in sich hatte.

Kapitel 9

Sacrow, 1939

Verschärfte Lebensbedinungen für Juden ab 1939:

Juden müssen Schmuck und Edelmetalle abliefern.

Juden müssen arische Wohnhäuser räumen und werden in Judenhäuser eingewiesen.

Juden müssen Radios abliefern.

Um zur Küchentür zu gelangen, musste man über den Hof des Richter'schen Anwesens gehen. Als es klopfte, nahm Elvira ihre Geldbörse und entnahm ihr einen Zehnmarkschein. Die HJler sammelten wie jedes Jahr für die Winterhilfe. Doch vor der Tür stand Rachel Blau, in der Hand einen Lederkoffer.

»Oh, Rachel, das ist eine Überraschung.«

»Ich habe aufgepasst, Elvira. Niemand hat mich gesehen«, erklärte sie atemlos.

Elvira machte Platz, damit Rachel eintreten konnte. »Magst du einen Kaffee?«

»Ja bitte. Aber ich kann nicht lange bleiben. Bist du allein?« Besorgt sah sie sich um.

Elvira nahm die Kaffeekanne aus dem Schrank, setzte den Melittafilter darauf und füllte Pulver hinein. Sie hatte auf dem Herd stets heißes Wasser, sodass sie den Kaffee gleich aufbrühen konnte.

»Eugen ist in der Werkstatt, Hanno unterwegs und Sabine in der Schule. Wir sind allein hier, Rachel. Du musst keine Angst haben.«

Rachel stellte ihren Koffer neben dem Küchentisch ab. Es war dieser Tage nicht ungewöhnlich, dass Juden mit Koffern auf den Straßen zu sehen waren. Viele hatten Deutschland schon verlassen, aber die Pogromnacht hatte eine neue Ausreisewelle losgetreten. Im Nachbardorf Groß Glienicke waren letzte Woche die Familie Wolfsohn und die alte Frau Katz weggegangen, und der Bürgermeister hatte stolz melden können, dass Groß Glienicke von nun an judenfrei war. Das hatte sogar in der Zeitung gestanden.

Die Redelsheimers hatten Sacrow auch verlassen, aber die Salomons wollten bleiben. Sie konnten sich nicht vorstellen, aus ihrem Heimatort fortzugehen, das hatten sie Elvira letzte Woche im Dorfladen erzählt.

»Wo sollen wir noch hin in unserem Alter?«, hatte Margarete Salomon gefragt.

Und ihr Mann hatte hinzugefügt: »Ich habe im Ersten Weltkrieg gedient, bin Träger des Eisernen Kreuzes und des Verwundetenabzeichens. Uns lassen sie bestimmt in Ruhe.«

Elvira war anderer Ansicht, doch sie hatte nur genickt, kurz Frau Salomons Arm gestreichelt und gesagt: »Falls mal was ist, wir haben ein Auto.«

Salomons hatten sie verstanden, hatten sich bedankt, und nun saß Rachel in ihrer Küche, und neben ihr stand ein Koffer.

»Ihr geht?«, fragte Elvira und stellte die Kaffeekanne auf den Tisch, zusammen mit ein paar Stücken Rührkuchen.

»Ja, schon heute Abend. Wir wollen zuerst nach London. Hoffentlich können wir dortbleiben, wir haben Freunde in der Stadt. Und wenn nicht, dann reisen wir nach Amerika. Es gehen Schiffe von Marseille und von Lissabon.«

»Ich habe gehört, dass man nicht mehr so einfach nach Amerika kommt. Jemand muss bürgen, dass ihr selbst oder der Bürge für euren Unterhalt aufkommen könnt, sonst gibt es kein Einreisevisum.«

»Ich weiß. Meine Tante lebt in Boston. Sie ist keine arme Frau. Ich hoffe, sie kann uns helfen.«

Elvira goss ihrer Freundin Kaffee ein. »Du weißt, dass ich dir alles Liebe und Gute wünsche, nicht wahr? Brauchst du noch irgendetwas? Kann ich noch etwas für euch tun?«

Rachel nahm ein Stück von dem Kuchen. »Du kannst uns nicht helfen. Niemand kann das, ohne sich selbst zu gefährden. Du hast das von Stefanie gehört?«

Elvira nickte traurig. »Es ist einfach nur grausam.«

»Hanno hat zugesehen. Hat er etwas gesagt? Wie hat er es verkraftet?«

»Er hat zugesehen?«

»Wusstest du das nicht? Ute hat ihn extra dazugeholt.«

Elvira schüttelte den Kopf. »Nein, er hat nichts erzählt. Die armen Kinder!«, sagte sie voller Mitleid.

»Wir leben in einer Zeit, in der die Liebe nicht aufblühen kann. Zumindest die Liebe zwischen Ariern und Juden nicht.« Rachel Blau trank einen Schluck von ihrem Kaffee. »Sie sind so ein schönes Paar gewesen.«

Elvira wäre am liebsten sofort zu ihrem Sohn gegangen, um zu sehen, wie es ihm ging, ob er darüber sprechen wollte, aber Hanno war mit seinem Vater und dem NSDAP-Ortsgruppenführer Blaschke im Haus der Redelsheimers, um das Inventar zu sichten. Er war noch ein wenig stiller gewesen in den letzten Tagen, aber das fiel Elvira erst im Nachhinein auf.

»Ich habe dir etwas mitgebracht«, erklärte Rachel, nachdem sie den Rührkuchen gegessen hatte. »Es ist in dem Koffer. Warte, ich mache ihn auf.«

Sie erhob sich, legte den Koffer auf den Stuhl und öffnete ihn. Knisterndes Seidenpapier wurde sichtbar, und Rachel holte daraus das schönste Kleid hervor, das Elvira je gesehen hatte. Es war weiß, das Bustier mit silbernen Blumen und Perlen bestickt, und von der Hüfte an fiel der Stoff fließend bis auf den Boden. Ein Schleier und ein paar lange Glacéhandschuhe gehörten dazu.

»Ein Brautkleid?«, fragte Elvira.

»Ja. Es ist von Chanel aus Paris. Ich habe es zu meiner Hochzeit getragen, und ich wünsche mir, dass Stefanie es eines Tages zu ihrer Hochzeit trägt. Kannst du es für mich aufbewahren?«

Elvira schluckte. Rachel strich behutsam über den feinen Stoff des Kleides, und allein an dieser Geste erkannte Elvira, welchen Wert das Kleid für ihre Freundin besaß.

»Natürlich hebe ich es auf. Du kannst dich auf mich verlassen.«

Rachel legte Kleid, Schleier und Handschuhe vorsichtig auf den Tisch, dann nahm sie Elvira in den Arm.

»Ich danke dir sehr. Für alles. Mach es gut, meine Liebe. Pass gut auf dich und die Deinen auf.«

»Und du ebenfalls. Bitte schreib mir, wenn ihr in Sicherheit seid. Ich wünsche mir so, dass wir uns alle wiedersehen.«

»Das werden wir.« Mit diesen Worten machte sie sich los, griff nach dem Koffer und eilte aus dem Haus.

Elvira stand da, betrachtete das wunderschöne Kleid, das Rachel so am Herzen lag. Dann ging sie in ihr Schlafzimmer, holte einen Kleidersack aus Leinen hervor, schützte das Chanelkleid und die Accessoires damit und brachte es auf den Speicher, um es dort in den Kleiderschrank zu hängen. Gleich neben ihr eigenes Hochzeitskleid.

Beim Abendbrot saßen sie alle zusammen am Tisch: Eugen, Elvira, Sabine und Hanno. Elvira hatte ein Suppenhuhn ausgekocht und Nudeln und Möhren in die Hühnerbrühe gegeben. Sie wusste, dass Hanno diese Suppe liebte. Sie hatte ihm etwas Gutes tun wollen. Er musste es so schwer gehabt haben in den letzten Tagen.

»Die Blaus verlassen Sacrow«, berichtete sie.

»Was?«

Ein Löffel fiel klirrend zu Boden. Es war Hannos. Mit weit aufgerissenen Augen sah er seine Mutter an.

»Sie gehen erst einmal nach London.«

»Wann?«

»Heute Abend.«

Hanno sprang auf. »Warum hast du mir das nicht früher gesagt?«, rief er, warf sich seine Jacke über und stürmte aus dem Haus, ehe sein Vater ihn davon abhalten konnte.

Er rannte durch das dunkle Dorf, rannte, als wäre er von hundert Teufeln gehetzt, und als er am Haus der Blaus anlangte, war er außer Atem und gottfroh, als er die Lichter im Inneren sah. Er stieg die drei Stufen zur Haustür hinauf, klingelte, ohne sich darum zu scheren, ob ihn jemand dabei beobachtete. Nathan Blau öffnete. Er trug einen warmen Wintermantel über dem Arm. Im Korridor standen mehrere Koffer und Kisten.

»Ach, Hanno, du bist es. Willst du zu Stefanie?«

»Ja.«

»Stefanie möchte dich nicht sehen. Es tut mir leid.«

»Bitte fragen Sie sie noch einmal. Ich *muss* sie noch ein letztes Mal sehen.«

»Es tut mir leid«, wiederholte Stefanies Vater. Nach einem kurzen Schweigen sprach er leise weiter. »Sie hat mir einen Brief für dich gegeben. Hier, nimm. Und nun geh nach Hause. Es ist nicht gut, wenn man dich hier sieht.« Mit diesen Worten drückte Nathan Blau ihm einen weißen Umschlag in die Hand und schloss die Haustür.

Hanno blieb wie betäubt stehen. Dann entfernte er sich ein paar Schritte von der Haustür und blickte hoch zu Stefanies Fenster.

Da stand sie. Das lange Haar hing ihr offen über den Schultern. Sie trug einen dunkelblauen Pullover. Als sie ihn erblickte, winkte sie ihm zu und malte mit dem Finger ein Herz auf die beschlagene Scheibe. Dann drehte sie sich um und verschwand.

Froh, dass sie ihm verziehen hatte, und todunglücklich über ihren Weggang trottete Hanno zu dem Platz am Ufer des Sees, an dem sie sich so gern getroffen hatten. Er öffnete den Brief, dann nahm er seine Taschenlampe aus der Jackentasche und las:

Mein lieber, lieber Hanno, mein Geliebter, mein Liebster,

wir müssen fort, und es zerreißt mir das Herz, wenn ich daran denke, dich vielleicht niemals wiederzusehen.
Ich habe mir so gewünscht, bei dir bleiben zu können, weil ich dich so sehr liebe. Ich habe mit dir Schluss gemacht, um dich zu schützen. Mein Vater hat mir dazu geraten. Ich könnte es nicht ertragen, wenn dir ein Leid geschähe.
Und nun muss ich fort und darf dich nicht noch ein letztes Mal sehen, weil ich dich damit in Gefahr bringe.
Ich weiß, dass du in Gedanken bei mir sein wirst, und auch ich werde an dich denken, wo immer wir sein werden. Du bist meine erste Liebe, und wenn es wahr ist, dass es die große Liebe nur ein einziges Mal im Leben gibt, dann bist du sie.
Ich sehne mich jetzt schon nach dir. Wenn ich die Augen schließe, kann ich dein Gesicht sehen, deine Lippen auf meinem Mund spüren.

In ewiger Liebe
Deine Stefanie

* * *

Hanno hatte nach Stefanies Brief kaum ein Auge zugetan, als er mitten in der Nacht Geräusche im Haus hörte. Schlüssel klirrten, eine Tür klappte, dann wurde auf dem Hof der kleine Laster angelassen und fuhr gleich darauf los. Hanno wusste, dass es sein Vater war, der da wegfuhr.

In der Zeitung hatte gestanden, dass allen Juden die Fahrerlaubnis entzogen worden war. Die Begründung kam selbst Hanno dünn und verlogen vor. Wegen des Grynszpan-Mordes an dem Diplomaten vom Rath sei ersichtlich geworden, dass die Juden chronisch unzuverlässig wären. Sie dürften also nicht am Steuer sitzen. Auch beleidige ihr Fahren die deutsche Verkehrsgemeinschaft, weil sie sogar die von deutschen Arbeiterfäusten gebauten Reichsautobahnen benutzten.

Hanno ahnte, dass sein Vater die Blaus nach Berlin fuhr. Und er war froh, dass es so war.

Ein paar Tage später musste Hanno mit seinem Vater und dem NSDAP-Ortsgruppenführer in das Haus der Blaus, um die wertvollen Gegenstände »zu bergen«, wie Blaschke sagte. Ute war auch dabei, weil sie heute nicht nach Potsdam musste, wo sie einen Stenografiekurs besuchte.

Hannos Herz schlug hart und schnell in seiner Brust, als er das Haus der Blaus betrat. In den vergangenen Tagen hatte er jede Minute an Stefanie gedacht. Er konnte sich nicht verzeihen, sie im Stich gelassen zu haben. Und er hatte Angst um sie. Immer öfter wurden Juden von der Gestapo in ihren Häusern abgeholt oder an Bahnhöfen aufgegriffen. Er hoffte, dass Stefanie und ihre Eltern in Sicherheit waren, er hoffte es so sehr, denn erst dann würde er sich verzeihen können, seine Liebste verraten zu haben.

Der Gang in das Haus der Blaus würde ihm schwerfallen, denn alles darin würde ihn an Stefanie erinnern. Aber er hatte auch nicht wegbleiben können. Er musste seinen Vater begleiten, der die eventuellen Kunstschätze, die Möbel und das Geschirr bewerten sollte. Er musste mit, weil er womöglich die Familie Blau jetzt noch beschützen könnte. Wenigstens ein bisschen. Er wusste, dass diese Gedanken unsinnig waren, und doch hatte er sie, und doch trat er nun über die Schwelle.

Blaschke kam ihnen schon im Flur entgegen. »Hier ist nicht viel zu holen«, erklärte er und ging voran ins Wohnzimmer. Hanno sah das Klavier, auf dem die Fotos der Familie gestanden hatten. Jetzt lagen die leeren Silberrahmen in einem großen Wäschekorb, und Hanno wusste, dass dieser Korb Blaschke gehörte, der sich jedes Mal die Sahnestücke sicherte.

Eigentlich musste jedes einzelne Teil bei der Gestapo abgegeben werden, es mussten Listen dazu erstellt werden, und dann verschwanden die Dinge auf Nimmerwiedersehen. Aber Hanno wusste, dass Blaschke so einiges für sich abzweigte. Plötzlich trug seine Gattin eine Kette, die er schon an Frau Stahl gesehen hatte, oder einen Mantel von Grete Ring. Ute hatte damit geprahlt, dass sie ihre Aussteuer nun beisammenhatte. Sie erzählte von hauchdünnem Porzellan, bestickter Tischwäsche, von seidenen Bettlaken und von Handtüchern, die so weich waren, dass man schier darin versank.

»Das Klavier«, lärmte Blaschke. »Das holen wir später.« Er machte dem Schreiber, der aus Potsdam gekommen war, ein Zeichen, das Klavier nicht mit in die Bestandsliste aufzunehmen.

Hanno kannte das Wohnzimmer der Blaus und hatte es immer geliebt, obwohl es nicht nach dem Bauhaus eingerichtet war, sondern eher an einen englischen Salon erinnerte. An den tapezierten Wänden hingen Kupferstiche, die den Bildern Maria Sibylla Merians nachempfunden waren, auf den

Tischen standen silberne, mit edlen Kerzen bestückte Leuchter, und die Tischwäsche war aus feinstem Leinen. Überall fanden sich kleine Tische, auf denen Bücher lagen und Aschenbecher standen. Es gab sogar einen Barwagen, der mit kristallenen Flaschen und Karaffen bestückt war.

Dass Blaschke diese Schätze nicht beachtete, machte Hanno froh. Ute bewegte sich so frei in den Räumen, als wäre sie zu Hause.

»Ich hätte nicht gedacht, dass es hier so altmodisch ist«, erklärte sie und deutete auf die samtenen Vorhänge. »Staubfänger, alles Staubfänger. So etwas brauchen wir nicht. Die Teppiche kommen alle weg. Und die Möbel auch. Ich möchte ein Büfett aus Eichenholz, dazu ein Sofa, wie ich es in Berlin gesehen habe. Oder lieber so eine moderne Couchgarnitur und eine Schrankwand? Ich will es gemütlich haben.«

»Du sprichst, als würdest du hier wohnen«, wunderte sich Hanno.

»Oh, das werde ich auch. Mein Vater wird mir das Haus kaufen. Er hat schon alles geregelt. Wir können nach unserer Hochzeit darin wohnen.«

Hanno glaubte, sich verhört zu haben, aber Ute meinte anscheinend genau das, was sie da sagte.

»Sprich nicht so. Du weißt, dass ich dich nicht heiraten werde.«

»So? Weiß ich das?«

»Du weißt, dass ich Stefanie liebe.«

Ute machte eine wegwerfende Handbewegung. »Stefanie ist weit weg. Ich bin hier. Und ich liebe dich. Schon lange.« Plötzlich begann sie zu schluchzen. »Weißt du eigentlich, was du mir angetan hast mit deiner Jüdin?«

»Ich habe dir nichts angetan.«

»Doch. Und du kannst von Glück reden, dass ich dir verzeihe.«

»Du hast mir nichts zu verzeihen.« Hanno verschränkte die Arme vor der Brust. So langsam reichte es ihm.

»Was glaubst du denn, warum du nicht verhaftet worden bist, obwohl alle in Sacrow wussten, dass du mit der Jüdin gehst? Hast du dich das mal gefragt?« Ihr Ton klang jetzt wütend und verletzt.

Hanno stutzte. Er hatte gedacht, sie wären unbehelligt geblieben, weil die Sacrower Stefanie kannten und mochten. Aber dann hatten sie Stefanie mit dem Schild um den Hals durchs Dorf geführt, und ihm war nichts geschehen, ja, er war nicht einmal befragt worden.

»Du hast dafür gesorgt?«, fragte er unsicher.

Ute antwortete ihm nicht und ging hinüber ins Schlafzimmer, das gerade von ihrem Vater und Eugen Richter in Augenschein genommen wurde. Blaschke riss die Türen zum Kleiderschrank auf und machte große Augen. Obwohl er von Mode keine Ahnung hatte, sah er doch, dass die Garderobe aus edlen Materialien gefertigt war. Die Seidenstoffe flossen wie Wasser über seine Hand, die Pelze waren weich, die Kostüme fest und anschmiegsam zugleich.

»Guckt euch das an!«, rief er in einem Ton, als hätte er den Heiligen Gral entdeckt. »So was kann sich unsereiner nicht leisten.«

»Frau Blau hatte ein Geschäft für Damenmoden«, erklärte Hanno und betrachtete die Spiegelkommode, vor der sich Frau Blau sicher immer geschminkt hatte. Er sah sie dort sitzen und sich das Haar bürsten. Und er sah Stefanie in der Tür stehen, die beobachtete, wie ihre Mutter sich den Schmuck anlegte.

»Einen Textilladen, pah!«, meckerte Blaschke. »Ja, und in diesem Laden hat sie den Ariern das Geld aus der Tasche gezogen. Niemand hier im Dorf kann sich solche Kleidung leisten.«

Er blickte sich suchend um, dann legte er einen der mitgebrachten Koffer auf das Bett und begann einzupacken, was er in die Finger bekam. All die Abendkleider aus Brokat und feinstem Samt bis hin zu den leichten Sommerkleidern, die silbernen und goldenen Sandalen, die Kostüme, die bestimmt aus Paris waren, die Hüte, die Blusen aus Spitze, die Abendtaschen, die Pelze, ja, sogar die seidene Unterwäsche stopfte der NSDAP-Ortsgruppenleiter in mehrere Koffer. Den Schreiber hatte er in der Küche gelassen, damit der dort das Alltagsgeschirr und die Küchengeräte notierte.

Hanno wurde beinahe schlecht bei dem Gedanken, dass sich die plumpe Frau Blaschke in die feinen Seidenkleider der eleganten Frau Blau quetschen würde. Er sah ihre dicken Fesseln in den zarten Abendschuhen, die feinen Lederhandschuhe an ihren groben Händen.

Eleganz hatte Frau Blau im Blut gelegen und auch Stefanie. Dagegen kamen ihm Ute und ihre Mutter bäurisch vor. Dass Wilhelm Blaschke aus kleinen Verhältnissen kam, wusste er. Seine Eltern waren Kossäten gewesen. Sie hatten in einem winzigen Gebäude gewohnt, mehr Kate als Haus. Und sie hatten nur wenig Land besessen.

Hanno blickte kurz zu Ute, die mit verschränkten Armen neben ihm stand und ihrem Vater missmutig zuschaute.

»Na, willst du dir nicht auch was unter den Nagel reißen?«, fragte Hanno in bitterem Ton, aber Ute antwortete ihm nicht.

Als Blaschke und sein Vater in Stefanies Zimmer weiterzogen, blieb er in der Tür stehen und wandte das Gesicht ab. Er konnte es nicht ertragen, wie Blaschke mit seinen Pranken in ihren Sachen wühlte.

»Es ist doch immer wieder erstaunlich, wie sehr die Juden ihre Bastarde verwöhnt haben«, dröhnte er und riss Stefanies Kleider aus dem Schrank. »Ute, schau mal her. Trägt das heute eine junge Frau?«

Er hielt sich ein Kleid vor den Körper, und Hanno erkannte darin das Kleid, das er am meisten an Stefanie geliebt hatte. Es war ein einfach wirkendes Matrosenkleid, dunkelblau mit weißem Kragen, aber Hanno wusste, dass es aus einem edlen Stoff gemacht und aus Paris hierhergeschickt worden war. Stefanie hatte es zu besonderen Anlässen getragen. Nun riss Blaschke auch Stefanies Feiertagskleid heraus, das aus dunkelrotem Stoff bestand und einen Pelzkragen hatte, den man abknöpfen konnte. Der Pelz war Chinchilla, das hatte Stefanie ihm erzählt.

»Ich will nichts von dem, was sie getragen hat«, erklärte Ute und verließ Stefanies Zimmer. Sie setzte sich auf einen englischen Regency-Stuhl, der in der Diele stand, schlug die Beine übereinander und verschränkte die Arme vor der Brust.

»Man kann sehen, dass die Kleider jüdisch sind«, erklärte Hanno, der um jeden Preis verhindern wollte, dass irgendjemand anderes sie bekam. Er könnte es nicht ertragen, eine andere junge Frau in Stefanies Kleidern durch Sacrow spazieren zu sehen.

»Jüdisch? Wirklich?« Blaschke betrachtete das Kleid misstrauisch.

»Ja, jüdisch. Oder kennen Sie ein junges Mädchen, das einen Kragen aus Chinchilla trägt?«

Hanno war sich sicher, dass der NSDAP-Ortsgruppenleiter nicht wusste, was Chinchilla war, sondern glaubte, ein Nerzpelzmantel wäre die Spitze der Eleganz.

Um ihn nicht ansehen zu müssen, ließ Hanno seinen Blick über den Boden gleiten und entdeckte, halb versteckt in einer Scheuerleiste, ein Foto. Er erkannte Stefanies Haar, ja, er erkannte das ganze Foto. Es musste beim Packen heruntergefallen und hinter die Scheuerleiste geraten sein. Es zeigte seine Liebste draußen im Garten. Lachend, während die Sonne ihr Haar funkeln ließ. Sein Herz begann schneller zu schlagen.

Er blickte zu Ute, die noch immer schmollend im Flur saß. Wilhelm Blaschke stopfte noch eine letzte Pelzstola in den Koffer, anschließend presste er so lange auf den Deckel, bis die Schlösser sich schließen ließen. Mit einem letzten Rundblick versicherte er sich, dass er auch nichts übersehen hatte. Dann nickte er Hannos Vater zu, der schweigend neben dem Fenster gestanden hatte.

»Und, Eugen, was macht die Kunst?« Er lachte dröhnend über seinen Kalauer. »Hast du hier noch was von Wert entdeckt?«

»Na ja, die Silbergegenstände im Wohnzimmer, die waren nicht billig. Und die Kupferstiche.« Eugen steckte die Hände in die Hosentaschen und folgte Blaschke, der nach seinem Schreiber rief.

Kaum hatte Blaschke den Raum verlassen, stürzte Hanno hinein und verbarg das Foto in seiner Hosentasche, ohne dass Ute es sah. Er fühlte sich, als hätte er einen Schatz gehoben, und fieberte darauf, es sich zu Hause so lange wie möglich ansehen zu können.

Als er sich umwandte, lehnte Ute im Türrahmen. Sie lächelte ihn an, und dieses Lächeln sah irgendwie traurig aus, fand Hanno.

»Was war so besonders an Stefanie?«, fragte sie.

Hanno betrachtete sie erstaunt und sah, dass ihr diese Frage wirklich unter den Nägeln zu brennen schien. Ohne dass er es bemerkte, umspielte ein Lächeln seine Lippen, als er zu einer Antwort ansetzte. »Sie war schön«, sagte er. »Und sie war klug. Sie hat viel gelesen und konnte wunderschön Klavier spielen.«

»Sie konnte wunderschön Klavier spielen? Na, das ist ja mal eine Antwort. Was nützt dir das, wenn du als Ehemann ein warmes Mittagessen auf den Tisch haben willst und stattdessen eine Etüde von Chopin bekommst? Konnte sie stricken, nähen, kochen und backen?«

Überrascht blickte Hanno sie an. »Das weiß ich nicht. Sie hatten eine Haushälterin.«

»Und du wirst eines Tages eine Möbeltischlerei haben. Ohne Haushälterin. Du brauchst eine Frau, die wie deine Mutter ist. Eine Frau, die den Haushalt in Ordnung hält, die Kinder großzieht und noch ein wenig die Buchhaltung macht. So eine Frau wäre dir Stefanie nie gewesen.«

Kapitel 10

Es war Sommer geworden. Und endlich, endlich war ein Brief gekommen. Ein Brief ohne Absender. Die Mutter legte ihn zu Mittag neben Hannos Teller. Es war üblich, die Post erst nach dem Essen zu öffnen, aber Hanno konnte es kaum erwarten. Er schlang die Leber und den Kartoffelbrei hinunter, spülte mit Wasser nach und rutschte unruhig auf seinem Stuhl herum, bis endlich auch die Eltern und Sabine aufgegessen hatten und er aufstehen durfte. Er presste den Brief an seine Brust, trug ihn behutsam wie ein Vogeljunges hinauf in sein Zimmer. Dort setzte er sich an den Schreibtisch.

Er öffnete den Umschlag und faltete den Briefbogen auseinander. Stefanies feine Handschrift zog sich gleichmäßig über das Papier, und Hanno saugte die Worte begierig auf:

Mein geliebter Hanno, mein Liebster,

ich wäre so gern bei dir, dabei muss ich froh sein über unsere Ankunft in London. Wir haben zwei Zimmer hier gemietet, doch meine Eltern wollen weiter nach Amerika. Ich möchte nicht mit, ich möchte so nah wie möglich bei dir bleiben, aber das wird mir nicht gelingen. In zwei Monaten geht unser Schiff von Lissabon nach

New York, falls es uns gelingt, Passagen dafür zu bekommen. Aber das scheint beinahe unmöglich. Danach reisen wir weiter nach Cambridge bei Boston, wenn alles klappt. Dort leben meine Tante und mein Onkel, der an der Harvard-Universität unterrichtet. Ich könnte ebenfalls Studentin in Harvard werden, sagt er, und das möchte ich auch, aber noch lieber wäre ich bei dir.
Ich lerne jeden Tag Englisch, damit ich mich hier und in Amerika verständigen kann. Doch das Leben ist so viel schwerer ohne dich. Dunkler und irgendwie fester. Ich vermisse dich so. Hast du schon eine neue Freundin?
Bist du jetzt mit Ute zusammen? Es würde mir nichts ausmachen, ich will nur, dass du glücklich bist.
Ich habe keinen Freund, denn du nimmst alle meine Gedanken ein …

In Liebe
Deine Stefanie

Unter ihrer Unterschrift hatte Stefanie in kleinen Buchstaben eine Adresse notiert: *Kimberley Road, London.*

Hanno seufzte laut, öffnete die Schublade seines Nachtkastens und holte ihr Foto hervor. Er studierte die Konturen ihres Mundes, betrachtete jede Haarsträhne. Wenn er die Augen schloss, konnte er sie direkt vor sich sehen. Er konnte sich an ihren Duft erinnern, hörte noch ihre Stimme. Aber er hatte Angst, dies eines Tages nicht mehr zu können. Er hatte Angst, Stefanie zu vergessen, die Erinnerung an ihren Mund nicht mehr auf seinen Lippen zu spüren, ihr Lachen nicht mehr zu hören.

Seufzend legte er das Foto zur Seite, dann roch er an den beschriebenen Seiten auf der Suche nach ihrem Duft. Doch das Papier roch, wie Papier eben riecht. Er las den Brief ein zweites und noch ein drittes Mal, dann erst legte er ihn zu dem Foto in seinen Nachtkasten.

Er schaute aus dem Fenster hinunter zur Badestelle. Das Schild mit der Aufschrift *Juden unerwünscht* war ein wenig verblasst. Es gab keine jungen Juden mehr in Sacrow, die hier baden gehen konnten, dafür jede Menge BDM-Mädels und Hitlerjungen. Er war in diesem Sommer noch kein einziges Mal an der Badestelle gewesen. Alles dort würde ihn an Stefanie erinnern, die Sehnsucht nach ihr noch größer werden lassen.

* * *

Siegfried war von der SS-Junkerschule zurückgekehrt. Auch er trug jetzt die schwarze Uniform und den Totenkopfring der SS. Er war gleich nach seiner Ankunft zu den Richters gekommen, um Hanno zu besuchen.

»Und? Was sagst du?«, fragte er erwartungsvoll.

Doch Hanno schwieg.

»Du bist ein Mann geworden«, stellte Elvira Richter fest. »Wie geht es weiter mit dir?«

Siegfried grinste von einem Ohr zum anderen. »Ich arbeite in der Stabsstelle der SS in Potsdam. Erst einmal drei Jahre als Gehilfe. Nebenbei belege ich Kurse an der Reichsführerschule in Bernau, und irgendwann übernehme ich die Abteilung deutsche Jugend hier im Kreis. Und dann? Wer weiß? Ich hätte großes Talent und den richtigen Kampfgeist, sagt mein Ausbilder.«

»Und was hast du da zu tun?«, fragte Elvira weiter und

stieß Hanno an, der neben ihr stand und noch immer keinen Ton von sich gab.

»Ich beobachte, ob in unserem Gebiet die Hitlerjugend und der Bund Deutscher Mädel gut funktionieren, ich spüre Verweigerer und störende Elemente auf und übergebe sie der Gestapo.«

»Stimmt es, dass es Krieg geben wird?«, platzte Hanno dazwischen.

Siegfried fuhr herum. »Wer sagt das?«

»Das wird gemunkelt. Und wahr ist doch, dass Hitler im Mai ein Militärbündnis mit Italien eingegangen ist und den Nichtangriffspakt mit England aufgekündigt hat.«

»Das heißt aber noch lange nicht, dass ein Krieg bevorsteht«, erklärte Siegfried. »Hitler bemüht sich um Frieden. Er gibt alles.«

Er schaute Hanno ein wenig streng an, dann fragte er, an Elvira Richter gewandt: »Am Samstag findet ein Fest in Potsdam statt. Das Abschlussfest der SS-Junkerschule. Ich wollte Sie fragen, ob ich mit Sabine dort hingehen kann.«

»Das musst du mit meinem Mann bereden, Siegfried, und natürlich mit meiner Tochter. Er ist in der Werkstatt, sie ist oben in ihrem Zimmer. Aber bedenke, dass Sabine gerade erst sechzehn Jahre alt geworden ist.«

»Ich werde auf sie aufpassen.« Er drehte sich zu Hanno um. »Kommst du auch mit? Die Mädels vom Bund werden dabei sein. Es geht schon um fünf los, und um zehn ist Schluss. Mein Vater gibt mir sein Auto.«

Hanno schüttelte den Kopf. »Ich kann nicht, ich habe schon etwas vor.« Er lächelte ein wenig schief, und Siegfried pfiff durch die Zähne.

»Richtig so«, sagte er. »Vergiss die Judenhure und such dir ein anständiges deutsches Mädel.«

Das Wort »Judenhure« tat Hanno in der Seele weh, doch er ließ sich nichts anmerken.

Seit Stefanie weg war, sprach er noch weniger als sonst. Das Foto von ihr, das er in der Blau-Villa entdeckt hatte, nahm er jeden Abend aus der Schublade seines Nachtkastens und betrachtete es sehnsüchtig. Er glaubte nicht, dass er sich jemals wieder verlieben würde.

* * *

Am Sonnabend holte Siegfried Sabine wie vereinbart um halb fünf ab. Elvira rückte den Kragen von Sabines Pullover gerade und strich ihr eine Haarsträhne aus dem Gesicht. »Pass auf dich auf«, sagte sie seufzend. »Trink keinen Alkohol, rauche nicht und bleib in Siegfrieds Nähe. Versprichst du mir das? Ach, mir wäre es wirklich lieber, wenn Hanno dabei wäre.«

»Mutter, ich bin kein Kind mehr«, protestierte Sabine.

Sie hatte Hanno erst vor wenigen Abenden erzählt, dass sie dessen Freund sehr mochte. »Er ist groß und blond und stark. Hast du seine Schultern gesehen? Und seinen Nacken? Wie ein Stier, so stark. Ein echter deutscher Mann.«

»Ein echter deutscher Mann?«, hatte Hanno nachgefragt. »Was soll das sein?«

»Ach, du weißt schon. Flink wie ein Windhund, zäh wie Leder und hart wie Kruppstahl.«

Hanno war nicht weiter darauf eingegangen, aber manchmal wünschte er sich, die Eltern würden mit ihnen mehr über Politik sprechen, über das, was in ihrem Land geschah. An seiner kleinen Schwester konnte man es sehen. »Hart wie

Kruppstahl.« Sie machte sich keine Gedanken über ihre Worte, plapperte nach, was andere ihr vorsagten.

Dr. Grete Ring fiel ihm ein. Die Kunsthändlerin hatte ihm vor ihrer Flucht aufgetragen, nicht alles zu glauben, was er hörte, stets zu hinterfragen und zu zweifeln. Öffentlich würde er das niemals tun, aber abends in seinem Zimmer fragte er sich oft, ob die Dinge, die in der Zeitung standen, der Wahrheit entsprachen. Und ob er nicht etwas tun musste gegen die Ungerechtigkeit, die den Juden widerfuhr. Aber was?

Er hätte gern mit jemandem darüber gesprochen, doch Siegfrieds Meinung kannte er, und Knut hatte er lange nicht mehr getroffen. Es schien Hanno so, als hätte sich der Freund von allem und allen zurückgezogen. Für heute Abend waren sie allerdings verabredet. Er hätte gern mit seinem Vater diskutiert, doch der sprach nur selten mit ihm über das, was im Deutschen Reich vor sich ging.

Eugen kramte in seinem Portemonnaie und holte ein paar Geldstücke hervor, die er Sabine in die Hand drückte. »Hier, damit kannst du dir etwas zu trinken kaufen«, erklärte er.

»Siegfried hat gesagt, dort ist alles kostenlos«, sagte Sabine, doch sie steckte das Geld trotzdem in ihre Handtasche, die sie sich extra für diesen Anlass neu gekauft hatte.

Sie trug einen dunkelblauen Rock, der um ihre Knie schwang, dazu einen weißen Pullover mit einer blauen Schleife daran. Ihr Haar duftete und hing als geflochtener Zopf über ihrem Rücken. Hanno war erstaunt. Bislang war seine kleine Schwester für ihn noch ein Kind gewesen, aber jetzt erkannte er in ihr die junge Frau, die sie bald sein würde.

»Ist was?«, fragte Sabine.

Hanno schüttelte den Kopf und lächelte sie an. Sabine schüttelte nun ebenfalls amüsiert den Kopf, dann küsste sie ihre Mutter, winkte dem Vater und Hanno zu und lief aus dem Haus. Kurz darauf wurde ein Auto angelassen und brauste davon.

»Ich gehe dann auch mal.« Hanno zog sich seine Jacke an.

»Wohin?«, wollte seine Mutter wissen.

»Ich treffe mich mit Knut. Wir wollen vielleicht ins *Fährhaus.*«

Kurz dachte er an die Sommerfeste, die früher dort veranstaltet worden waren. Damals, als die Berliner noch den Sommer in Sacrow verbracht hatten. Im letzten Jahr hatte es noch einmal den Versuch eines Festes gegeben, veranstaltet von Rudolph Hirte, Siegfrieds Vater. Doch es waren nur wenige Leute gekommen, und die, die kamen, hatten allesamt Uniformen getragen. In diesem Jahr hatte kein Fest mehr stattgefunden.

»Viel Spaß«, wünschte die Mutter, und Hanno nickte ihr zu.

Hanno ging durch das Dorf zu Knut. Sacrow hatte sich in den letzten Jahren sehr verändert. Das Sacrower Schloss, das eher ein Gutshaus war und dessen Garten der berühmte Landschaftsarchitekt Peter Joseph Lenné angelegt hatte, war inzwischen Wohn- und Dienstsitz des Generalforstmeisters Friedrich Alpers. Es hatte früher leer gestanden und war dann für den Generalforstmeister umgebaut worden. Alles, was an den früheren barocken Stil erinnerte, war vernichtet worden, die Repräsentationsräume ins Erdgeschoss verlegt und die Wohnung von Alpers in den ersten Stock. Es gab jetzt eine

Dachterrasse und darunter einen Ballsaal mit bodentiefen Fenstern. Hanno fragte sich, was für Bälle dort stattfinden sollten und ob die Sacrower dazu eingeladen werden würden. Er glaubte es nicht. Nun hörte man oft die Jagdhunde des neuen Besitzers im großen Zwinger bellen oder sah Alpers auf der Dachterrasse stehen.

Die meisten Häuser der jüdischen Bewohner waren inzwischen verkauft worden, zumeist an SS- oder höhere SA-Mitglieder. Seither ging es im Ort zackiger zu. Im Lebensmittelladen Pachnicke blieben die Kunden nicht mehr zu einem Schwätzchen beisammen, sondern eilten mit ihren Einkäufen geradewegs nach Hause. Der Metzger Großkopf briet an Samstagen keine Spanferkel mehr, der Stammtisch im *Fährhaus* verwaiste. Keiner von denen, die früher oft hier Skat gespielt hatten, kam noch vorbei.

Vor jedem Laden in Sacrow stand eine Bank, auf der die Leute nach ihrem Einkauf gesessen und miteinander geschwatzt hatten. Treffpunkte waren das gewesen, besonders die Bank vor der Bäckerei Gruschke, weil es dort auch noch frischen Kaffee gab. Jetzt blieben die Bänke leer. Auch an der Bushaltestelle nach Potsdam redeten die Wartenden nur noch das Nötigste miteinander. Das Heitere, Unbesorgte hatte Sacrow verlassen.

Die Villa der Familie Blau stand indes immer noch leer. Es hieß, auch sie habe einen neuen Besitzer, doch niemand wusste, wer das sein sollte. In Haus oder Garten war nie jemand zu sehen. Und Hanno war froh darüber.

Die Badestelle, früher stark besucht, wurde nur noch wenig genutzt, doch die Ausflügler aus Potsdam und Berlin kamen noch regelmäßig am Wochenende. In den Gärten der Bewohner kam man nicht mehr auf ein Bier zusammen, aber noch standen die Nachbarn miteinander am Gartenzaun. Doch jeder achtete auf seine Worte und darauf, wo und wann er sie aussprach.

Selbst die Blumen in den Gärten wirkten auf Hanno irgendwie staubig und geduckt. Es schien, als wäre die Leichtigkeit mit dem Fortbleiben der jüdischen Sommergäste verloren gegangen. Sogar Jenny Jugo mied das eigene Sommerhaus in Sacrow mit der Begründung, dass es ihr hier zu langweilig geworden war.

Die Gestapo war ein paarmal in Sacrow gewesen und hatte Haussuchungen bei den Salomons durchgeführt. NSDAP-Ortsgruppenführer Blaschke hatte alles versucht, um die Salomons loszuwerden, damit er endlich nach Potsdam melden konnte, dass der Ort judenfrei war. Doch es war ihm nicht gelungen, da Frau Salomon eine Arierin und Herr Salomon durch die Mischehe geschützt war.

Blaschke tat alles, um ihnen das Leben schwer zu machen. Er wies an, dass die beiden alten Leute ihre Post bei ihm abholen mussten, und er gab sich keine Mühe zu verbergen, dass die Briefe, besonders die aus dem Ausland, über Wasserdampf geöffnet worden waren. Pakete von ihren Kindern aus den USA hatte er gleich ganz einbehalten. Er hatte dafür gesorgt, dass das alte Ehepaar keine Haushaltshilfe mehr hatte und auch den Garten mit den alten Apfelbäumen selbst besorgen musste.

Hanno schüttelte den Kopf, um die drückenden Gedanken zu vertreiben, aber es gelang ihm nicht. Äußerlich war Sacrow immer noch das Paradies, das er aus seiner Kindheit kannte. Ein friedvolles Stückchen Erde, das Sicherheit und

Geborgenheit bot. Aber eben nur für jene, die die SS und die Gestapo unbehelligt ließen.

Hanno klingelte am Haus von Knut, wurde von dessen Vater hereingebeten und mit einer Flasche Bier versorgt. Knut saß in seinem Zimmer über ein Blatt Papier gebeugt, das er mit Worten und Sätzen füllte.

»Was machst du da?«, fragte Hanno, doch Knut antwortete nicht, sondern zog eine Schublade auf und verbarg das Papier darin, bevor Hanno erkennen konnte, was darauf stand.

Knut wandte sich ihm zu, seine Miene ernst. »Hast du dir mal überlegt, was passiert, wenn der Krieg kommt? Dann werden wir eingezogen. Wir werden Soldaten sein.«

Hanno schüttelte den Kopf. »Ich glaube nicht, dass das passiert.«

»Mach doch die Augen auf, Hanno. Seit Jahren steuert Hitler auf einen Krieg zu. Er hat die Wehrmacht aufrüsten lassen, er hat Munitionsfabriken gebaut und die Rüstungsindustrie befeuert. Sogar die Reichsautobahnen sind Vorbereitungen für den Krieg.«

Hanno setzte sich und trank einen Schluck aus seiner Bierflasche. Der Vater hatte Ähnliches zur Mutter gesagt, als er die Kinder in ihren Zimmern wähnte. Hanno hoffte so sehr, dass es friedlich blieb. Er konnte und wollte sich nicht vorstellen, dass es wirklich zu einem Krieg kommen könnte.

»Ich will nicht sterben«, sagte Knut leise. »Und schon gar nicht für das Vaterland.«

Dieser Satz allein hätte für einen Besuch der Gestapo ausgereicht, das wusste Hanno. Aber Knut vertraute ihm, so wie auch er Knut vertraute.

»Was willst du dagegen tun?«, fragte er.

Knut hob die Achseln. »Ich weiß es nicht. Ich bin ein Vierteljude. Solche wie mich werden sie als Erstes als Kanonenfutter verwenden.«

»Du könntest weggehen. So wie Stefanie.«

Knut schüttelte den Kopf. »Seit meine Mutter gestorben ist, hat mein Vater nur noch mich. Was soll aus ihm werden, wenn ich ihn auch noch verlasse? Wer hackt ihm das Holz im Winter, wenn er es nicht mehr kann? Wer fährt mit ihm zum Arzt nach Potsdam, wenn er einmal krank werden sollte?«

Darauf wusste Hanno keine Antwort. Er erinnerte sich noch schwach an die Beerdigung von Knuts Mutter. Sie war an Krebs gestorben, als Knut gerade mal zehn Jahre alt gewesen war.

»Ich habe Angst, Hanno. Angst zu sterben.« Sein Freund sah ihn mit brennenden Augen an.

Hanno senkte den Blick. Er wollte nicht hören, dass Knut Angst hatte. Angst ziemte sich nicht für einen deutschen Mann. Härte, Schnelligkeit, Kampfbereitschaft und Vaterlandstreue waren die Dinge, die zählten. Knuts Geständnis war Hanno peinlich. Er sollte nicht so reden, auch nicht vor ihm.

Denn auch er, Hanno, war nicht unberührt geblieben von all dem Gerede bei der HJ, im Rundfunk und in den Zeitungen. Das Vaterland musste man lieben. Das war nicht nur in Deutschland so, die Leute in allen anderen Ländern liebten ihr Vaterland. Das war von der Natur so vorgezeichnet. Genauso wie die Liebe zu Vater und Mutter. Und was war schlimm daran? Nichts. Gar nichts.

Auch Hanno wollte nicht in den Krieg ziehen, aber er

würde gehen, wenn er müsste. Klaglos gehen. Denn es ging ja auch um die Heimat, die er, wenn es denn sein musste, mit der Waffe in der Hand verteidigen würde. Sprach Knut so, weil er ein Vierteljude war? Hatten die Juden keine Vaterlandsliebe? Das war möglich, schließlich waren sie über die ganze Welt zerstreut. Er war enttäuscht von Knut, und zugleich erschrak er über seine Gedanken.

»Ich werde die Uniform anziehen, wenn ich muss«, erklärte er. »Obwohl auch ich keine Lust aufs Sterben habe.«

»Warum?«, fragte Knut. »Willst du dich wirklich für eine Idee, eine Ideologie erschießen lassen?«

»Fürs Vaterland. Für Deutschland, und um meine Familie zu schützen.«

»Darum geht es nicht. Hitler will den Krieg, weil er auf einen Raubzug aus ist. Er will Lebensraum schaffen. Das steht sogar so in der Zeitung. Und wer sich neuen Lebensraum aneignen will, muss ihn anderen wegnehmen. Das steht allerdings ein wenig verschlüsselt in der Zeitung.«

Hanno hatte genug. Es war manchmal so kompliziert, mit Knut zu reden. »Komm, lass uns nicht mehr über Krieg sprechen, sondern lieber noch auf ein Bier ins *Fährhaus* gehen«, schlug er vor.

Knut nickte, aber er wirkte ein wenig traurig. So, als wäre auch er enttäuscht von Hanno.

* * *

Kurz vor zehn war Hanno wieder zu Hause. Seine Eltern saßen im Wohnzimmer. Der Vater löste das Kreuzworträtsel in der Zeitung, die Mutter strickte Strümpfe für das Winterhilfswerk. So, wie es befohlen war. Hanno setzte sich zu ihnen.

»War es schön mit Knut?«, wollte die Mutter wissen.

»Hmm«, machte Hanno.

Dann schwiegen die drei eine ganze Weile lang. Nur der Stift des Vaters, der übers Papier kratzte, war zu hören, und das Klappern der Stricknadeln. Das Fenster stand offen, und von draußen, vom See, hörte Hanno das letzte Ausflugsschiff des Tages tuten und kleine Wellen an das Ufer schlagen. Ein einzelner Vogel sang noch, und vom nahen Kiefernwald zog der würzige Duft nach Harz in die Stube.

Hanno genoss diese Ruhe. Hier musste er nicht endlos diskutieren und Argumente für Sachen suchen, die er eher fühlte als benennen konnte. Knut hatte ihn gefragt, was genau Vaterlandsliebe für ihn war, und er war ins Stottern gekommen. Was sollte Vaterlandsliebe schon sein? Man fühlte sich verbunden mit denen, die dieselbe Sprache sprachen, mit demselben Geld bezahlten, einfach mit denen, die innerhalb der deutschen Grenzen lebten, deren Alltag dem seinen ähnlich war. Hanno kannte keinen Bayern oder Holsteiner, aber er fühlte sich ihnen trotzdem verbunden. Einfach weil ein Möbeltischler in Niedersachsen die gleichen Werkzeuge benutzte wie er und auf die gleiche Art arbeitete.

»Was ist mit dem Elsass?«, hatte Knut gefragt. »Und mit Österreich? Das gehört jetzt zu Deutschland. Fühlst du dich denen auch verbunden?«

»Sie sprechen deutsch wie wir«, hatte Hanno missmutig erklärt. Knut schien zu spüren, dass Hanno allmählich die Nase voll hatte von dieser Diskussion, und wechselte das Thema. Doch danach waren sie nicht mehr richtig in ein Gespräch gekommen, und irgendwann waren sie beide ganz verstummt. Hanno hatte das Bier für sie bezahlt, und sie waren, immer noch schweigend, aufgebrochen. Nun war er froh, zu Hause zu sein.

Plötzlich hörten sie draußen einen Wagen vorfahren. Es war kurz nach halb elf.

»Kann das schon Sabine sein?«, fragte die Mutter und blickte auf die Uhr. Dann klappte eine Tür, und die Schwester erschien im Wohnzimmer. Es war eine laue Augustnacht, aber Sabine schlang die Arme um ihren Körper, als ob sie fröre. Ihr Rock war ein bisschen verknittert, und aus ihrem Zopf fielen ein paar Strähnen heraus.

»Hast du dich amüsiert?«, wollte die Mutter wissen.

Sabine nickte ohne Begeisterung. Sie war blass, und Hanno schien es sogar, als wären ihre Augen rot geweint.

»Hast du getanzt?«, fragte Elvira.

Das Mädchen nickte wieder. »Ja. Ich gehe zu Bett, ich bin müde.«

»Geht es dir gut, Liebes? Du bist ganz blass.«

»Ich habe ein wenig Halsschmerzen.«

Elvira erhob sich, legte ihre kühle Hand auf Sabines Stirn. »Fieber hast du nicht. Vielleicht ist eine Erkältung im Anzug.«

Sie blickte ihr nach, denn das Sabine freiwillig zu Bett ging, war mehr als ungewöhnlich. Selbst der Vater sah von seinem Kreuzworträtsel auf. »Was hat sie denn?«

Die Mutter zuckte mit den Achseln. »Ich habe keine Ahnung. Das wird das Alter sein.«

Als die Glocke der Heilandskirche die elfte Stunde schlug, packte die Mutter das Strickzeug weg, und der Vater schlug die Zeitung zu. Die Eltern gingen immer um dieselbe Zeit zu Bett. Hanno fand das ein bisschen spießig, auch wenn seine Eltern sonst nichts Spießiges an sich hatten.

»Was machen wir morgen? Es ist Sonntag.«

Der Vater blickte zur Mutter. »In die Kirche gehe ich nicht mehr, seit der Pfarrer für den Hitler betet.«

»Wir könnten stattdessen spazieren gehen«, schlug die Mutter vor und wandte sich an Hanno: »Kommst du mit?«

Entsetzt schüttelte Hanno den Kopf. Niemand in seinem Alter ging am Wochenende mit seinen Eltern spazieren.

Kapitel 11

Ein paar Minuten später ging auch Hanno zu Bett, er hatte in der Küche noch ein Glas Wasser getrunken. Als er an der geschlossenen Zimmertür seiner Schwester vorbeikam, sah er einen schmalen Lichtstreifen über der Schwelle und wunderte sich, dass Sabine noch nicht schlief. Er klopfte an, doch Sabine rührte sich nicht. Früher hatte er öfter vor dem Schlafengehen noch einen kurzen Plausch mit seiner Schwester gehalten. Er hatte sich dann auf den Bettrand gesetzt, und Sabine und er hatten sich unterhalten. Manchmal über die Eltern und die Werkstatt, manchmal über Freunde und Nachbarn.

Er klopfte noch einmal, aber erneut kam keine Antwort. Das war noch nie passiert.

»Sabine? Ist alles in Ordnung mit dir?«, fragte er mit leiser Besorgnis.

Wieder antwortete die Schwester nicht, und Hanno fragte sich, ob sie vielleicht schon schlief und nur vergessen hatte, die Lampe auszuschalten. Behutsam öffnete er die Tür. Sabine saß in ihrem gelben Sessel und hatte ihren Hasen, das liebste Kuscheltier ihrer Kindheit, an den Körper gepresst. Über ihr Gesicht liefen Tränen.

»Was ist los? Was ist passiert?«

Hanno schloss leise die Tür und ging zu Sabine. Mit einem Aufschluchzen warf sie sich an seine Brust. Hanno strich ihr übers Haar und über den Rücken, doch es dauerte eine ganze Weile, bis Sabine sich beruhigt hatte.

»Stinke ich?«, fragte sie dann.

»Fragst du mich, ob du stinkst?« Hanno glaubte, sich verhört zu haben.

»Ja.«

»Nein, Sabine, das tust du nicht. Warum denkst du das?«

Wieder stiegen Tränen in ihre Augen. »Weil ich mich so schmutzig fühle.«

»Was ist passiert?«

Sie schüttelte den Kopf. »Ich … ich kann nicht …«

»Was kannst du nicht?«

»Darüber sprechen.«

»Warum nicht?«

»Weil … weil ich selbst schuld bin.«

In Hannos Kopf formte sich ein schrecklicher Gedanke. »Bist du etwa …« Er wagte nicht, den Satz zu Ende zu bringen.

Sabine nickte und begann erneut zu weinen.

»Wer war es?« Hannos Ton klang bestimmt. »Du musst es mir sagen, Sabine.«

Das Mädchen schüttelte den Kopf, klammerte sich an Hanno, als wollte sie am liebsten in ihn hineinkriechen. »Sag den Eltern nichts davon«, bat sie eindringlich zwischen zwei Schluchzern. »Bitte, sie dürfen nichts erfahren.«

Hanno schwieg. Er wusste nicht, ob er dieses Geheimnis allein tragen konnte. Er wusste nicht, was er tun konnte, damit Sabine damit zurechtkam. Sie tat ihm leid, so leid, aber stärker noch war das Gefühl der Wut in ihm. Seine kleine Schwester! Jemand hatte ihr etwas angetan!

»Wer war es?« Wieder klang seine Stimme energisch, beinahe drohend. Er wusste nicht, was er tun würde, wenn er denjenigen zwischen die Finger bekam. All seine Gedanken glühten rot und versprühten Funken. »Du musst mir sagen, wer das war. Hast du irgendwelche Wunden davongetragen? Blutest du?«

Sabine schüttelte den Kopf. Sie trug noch immer den verknitterten Rock und die feinen Strümpfe, die – wie Hanno erst jetzt erkannte – verschmutzt und zerrissen waren. Sie hatte nur die Schuhe abgeworfen und die Handtasche aufs Bett fallen lassen.

»Ich bin doch selbst schuld«, flüsterte sie.

»Wie meinst du das? Was hast du getan? Sabine, bitte rede mit mir!«

»Ich ... ich habe getanzt und gelacht. Ich war so ausgelassen und glücklich. Und dann ... dann habe ich jemanden geküsst. Das hätte ich niemals tun dürfen. Das heißt doch, dass ich ein leichtes Mädchen bin, ein Feger.«

Hanno, dessen Blick auf die Welt noch immer blutrot gefärbt war, knirschte mit den Zähnen. »Du bist kein Feger. Nicht wegen eines Kusses.«

Kurz dachte er daran, dass er auch sechzehn Jahre gewesen war, als er Stefanie das erste Mal geküsst hatte. Damals, am See, nach dem Sommerfest.

»Aber ich habe ihn aufgestachelt. So sagt man doch, wenn einem Mädchen etwas passiert.«

»Herrgott, aber du doch nicht. Du weißt ja noch gar nicht, was Liebe ist, oder? Es ist jedenfalls nicht deine Schuld.« Er fasste sie bei den Schultern und schob sie ein Stück von sich, sodass er ihr ins Gesicht blicken konnte. »Sabine, du musst mir sagen, wer das war.«

Sie senkte den Blick. Kurz dachte Hanno, sie würde schweigen, aber dann sagte sie doch noch etwas.

»Siegfried«, flüsterte sie.

»Siegfried?« Hannos Stimme wurde lauter. »Siegfried Hirte? Mein Freund?«

Sabine nickte, dann griff sie nach seiner Hand, die noch immer ihre Schulter drückte.

»Hanno, nicht so laut! Du darfst niemandem etwas sagen, bitte. Versprich mir das!«

Sie blickte Hanno mit ihren blaugrauen Augen an, die ihr Strahlen verloren hatten. Ihre Lippen waren blutrot, das restliche Gesicht so blass, als wäre sie schwer krank. Sie zitterte ein wenig, als wäre ihr immer noch kalt, und Hanno wusste, dass es nichts gab, was sie an diesem Abend wärmen konnte.

»Geh ins Bett«, schlug er vor. »Ruh dich aus. Wir reden morgen noch einmal darüber.«

Sabine schüttelte den Kopf. »Ich kann nicht. Ich fühle mich so schmutzig.«

Hanno überlegte. Im Haus gab es ein Badezimmer mit einem Ofen, der erst angeheizt werden musste, damit es warmes Wasser gab. Die Eltern würden es mitkriegen. Auch wenn sie schon schliefen, denn das Badezimmer grenzte an ihr Schlafzimmer.

»Ich kann nicht ins Bett«, flüsterte Sabine. »Ich würde es nur schmutzig machen und könnte dann nie wieder darin schlafen.«

Hanno wusste nicht genau, warum Sabine sich schmutzig fühlte, doch er nickte.

»Na komm. Wir gehen runter zum See. Dort ist niemand, dort kannst du baden.«

Sabine erhob sich und ging vor ihm aus dem Zimmer, seltsam staksend und mit gespreizten Beinen. Das Bild, das sie abgab, fraß sich in Hannos Herz. Wieder wallte die Wut in ihm auf, doch erst einmal musste er sich um Sabine kümmern. Leise holte er Seife und Handtuch aus dem Bad, dann nahm er seine Schwester an die Hand, und gemeinsam schlichen sie sich aus dem Haus.

An der Badestelle blickten sie sich um. In den umliegenden Villen brannte kein Licht, nur ganz hinten, an der Straße, die in den Wald hineinführte, war noch jemand wach. Der Mond schien, und die Uhr der Heilandskirche schlug die Mitternachtsstunde.

»Du kannst beruhigt sein, niemand kann dich sehen«, sagte Hanno, hielt aber trotzdem ein großes Badetuch auseinander, hinter dem Sabine sich ausziehen konnte. Er selbst hatte den Blick abgewandt.

Schneller als gedacht rannte Sabine ins Wasser. Hanno vermied es weiterhin, seine Schwester anzusehen. Er warf ihr blind die Seife zu, wartete geduldig, bis sie sich einmal abgeschrubbt hatte und dann noch ein zweites und ein drittes Mal. Zum Schluss nahm sie sogar Sand und rieb sich damit ab. Ihre Haut musste wie Feuer brennen. Dann erst kam Sabine aus dem Wasser, und Hanno hüllte sie in das Badetuch.

»Geht's jetzt?«, wollte er wissen, doch Sabine schüttelte den Kopf.

»Ich glaube nicht, dass ich mich jemals wieder sauber fühlen werde«, sagte sie und trocknete sich ab.

Hanno knirschte schon wieder oder immer noch mit den Zähnen. Was hatte Siegfried seiner Schwester nur angetan? Als sie angezogen war, nahm er sie noch einmal in den Arm und drückte sie fest an sich.

»Das geht vorbei, Sabine, glaube mir. Du wirst diesen schrecklichen Abend schon bald vergessen.«

Sabine nickte, doch ihre Miene sagte, dass sie nicht daran glaubte. Hanno brachte sie zurück nach Hause und hielt, auf der Bettkante sitzend, ihre Hand, bis sie endlich eingeschlafen war.

Er selbst lag danach noch lange wach. In Gedanken malte er sich aus, was er Siegfried alles antun würde. Am liebsten hätte er ihn getötet. Ja, er war so wütend wie nie zuvor in seinem Leben. Er wollte Siegfried schlagen, auf die Knie zwingen, ihn demütigen und erniedrigen, wie der es mit Sabine gemacht hatte.

Als er am Morgen aufstand, fühlte er sich zerschlagen. Doch die Wut brannte noch immer, verbrannte seine Eingeweide, schwelte in seinem Magen, sodass er das Frühstück nicht hinunterbrachte. Auch Sabine saß vor ihrem leeren Teller und hielt den Blick darauf gesenkt.

»Was ist los mit euch?«, wollte die Mutter wissen.

Sabine schüttelte den Kopf, ohne den Blick zu heben. »Nichts. Ich habe einfach nur keinen Appetit.«

»Ich auch nicht«, fügte Hanno an, und Elvira Richter ließ ihre Kinder, doch sie war aufmerksam geworden.

»Was machen deine Halsschmerzen, Sabine?«

Sabine fasste sich an den Hals. »Ein bisschen besser geworden.«

»Und du, Hanno, was ist mit dir?«

Er zuckte mit den Schultern. »Vielleicht habe ich mich ja bei Sabine angesteckt.«

Die Mutter öffnete eine Schublade und holte Krügerol-Bonbons heraus, gab jedem Kind eine kleine Tüte. »Die sind gut für den Hals.« Sie blickte Hanno und Sabine nacheinander an. »Wenn es denn um den Hals geht.«

Gleich nach dem Frühstück verließ Hanno das Haus.

»Ich gehe nur mal kurz zu Siegfried«, erklärte er, und der Vater nickte.

Als Hanno am Haus des SS-Führers Hirte ankam, klingelte er Sturm. Oben wurde ein Fenster aufgerissen, und Siegfried blickte hinaus. »Was ist los? Warum klingelst du hier am Sonntagmorgen wie ein Verrückter?«

»Komm runter, ich muss mit dir reden«, gab Hanno zur Antwort.

Gleich darauf wurde die Haustür aufgerissen, und Siegfried trat nach draußen, gefolgt von zwei anderen jungen Männern, die Hanno nicht kannte.

»Das sind Freunde von mir aus der Junkerschule«, erklärte Siegfried prahlerisch. »Horst geht nach Polen, um dort aufzuräumen, und Dieter hilft dabei, ein Arbeitslager zu errichten.«

»Das interessiert mich nicht«, stieß Hanno zwischen zusammengebissenen Zähnen hervor. Er trat einen Schritt auf Siegfried zu und packte ihn am Kragen. Siegfried riss die Augen auf und versuchte sich loszumachen. Normalerweise war er der Stärkere von ihnen, doch die Wut hatte Hanno

Riesenkräfte verliehen. »Was hast du mit Sabine gemacht?«, presste er hervor. Die Knöchel seiner Hände wurden weiß, so fest hielt er Siegfried.

»Ich habe nichts mit ihr gemacht. Nichts, was sie nicht auch wollte …«, stotterte Siegfried.

Da holte Hanno aus, tief aus der Schulter heraus, und rammte Siegfried seine Faust ins Gesicht. Und dann gleich noch einmal und noch einmal. Immer wieder. Er konnte einfach nicht aufhören.

Jetzt kam Bewegung in Siegfrieds Freunde. »Hey!«, rief der eine. »Spinnst du? Was machst du da?«

Er sprang Hanno auf den Rücken, sodass er auf den Boden fiel und Siegfried gegen die Hauswand taumelte. Siegfrieds Nase war ein einziger blutiger Klumpen, und auch von den Lippen troff Blut.

Und plötzlich war auch der SS-Führer Rudolph Hirte vor dem Haus. Er trug eine einfache Hose und ein Hemd mit kurzen Armen, an den Füßen Hausschuhe. So schneidig er auch in seiner Uniform aussah, jetzt wirkte er wie ein vollkommen durchschnittlicher Mann.

Er kniff die Augen zusammen, griff nach Hanno, zog ihn auf die Beine, wand ihm die Arme nach hinten und hielt ihn fest. »Was ist hier los?«, brüllte er.

Einer von Siegfrieds Freunden antwortete: »Er hat ihn gepackt und geschlagen.«

Im Nachbarhaus ging ein Fenster auf, der alte Grimm schaute hinaus und rief nach drinnen: »Komm mal, Hertha, da gibt's Stunk.«

»Hau ab! Fenster zu!«, schrie Siegfrieds Vater ihm zu. »Hier gibt's nichts zu glotzen.«

Das Fenster klappte zu, doch der alte Grimm zog die Gardine weg und blieb auf seinem Posten. Die Bäckersfrau Gruschke, die gerade vorbeikam und ihren übergewichtigen Dackel hinter sich herzog, blieb stehen. »Was ist denn hier los?«, wollte sie wissen.

»Mach, dass du weiterkommst!«, brüllte der SS-Führer, schüttelte Hanno wie einen nassen Sack und schrie ihm ins Gesicht: »Warum?«

Hanno stöhnte vor Schmerzen, aber es gelang ihm, sich aus Hirtes Griff zu befreien. »Fragen Sie Ihren Sohn. Fragen Sie ihn, was er mit meiner Schwester gemacht hat.« Er wandte sich an den Alten, trat so dicht an ihn heran, dass er seinen Atem spüren konnte. Er sah ihm direkt in die Augen, und Rudolph Hirte wich einen Schritt zurück.

Doch dann räusperte der SS-Mann sich und fauchte: »Was redest du da für einen Unsinn! Du hast meinen Sohn gedemütigt. Du hast ihn vor den Augen des ganzen Dorfs und seiner Freunde zusammengeschlagen. Du hast einen SS-Mann zusammengeschlagen. Das wird dir noch leidtun, mein Lieber, das hat Folgen. Darauf kannst du Gift nehmen.«

Kapitel 12

Einen Tag, zwei Tage tat sich nichts, obwohl Hanno stets darauf wartete, dass Rudolph Hirte die Werkstatt betrat und ihn zur Rede stellte. Hanno wusste nicht, ob das ein gutes oder ein schlechtes Zeichen war.

Hirtes Drohungen hatten ihm keine Angst gemacht. Er war im Recht gewesen, er hatte seine Schwester gerächt. Eigentlich hatte Siegfried noch viel zu wenig abgekriegt. Aber das ganze Dorf sprach von nichts anderem. Als seine Mutter vom Einkaufen zurückkam, blieb sie in der offenen Tür der Werkstatt stehen. Hanno schliff gerade seine erste Holzskulptur, die die Gärtnerei Schulz in Auftrag gegeben hatte und eine riesige Sonnenblume darstellte. Der Vater war unterwegs, er sollte beim Generalforstmeister einen neuen Waffenschrank einbauen und maß dafür das Zimmer aus.

»Was war da los?«, fragte Elvira mit fester Stimme. »Am Sonntag bei Hirtes. Was war da los?«

»Wir haben uns geprügelt«, erklärte Hanno knapp und hielt mit dem Schleifen inne.

»Und warum?«

Hanno zuckte mit den Schultern. »Das habe ich vergessen.«

»Du hast Siegfried die Nase *und* den Kiefer gebrochen und

hast vergessen, warum? Komm mir bloß nicht so, Hanno. Also, raus mit der Sprache!«

»Es ging um ein Mädchen«, gab Hanno zu.

»Und deshalb musst du deinen Freund ins Krankenhaus prügeln?«

»Ist er das? Im Krankenhaus, meine ich?«

Die Mutter nickte. »Die Leute im Dorfladen haben es mir erzählt. Du seist wie ein wildes Tier gewesen, sagen sie, man habe dich kaum bändigen können. Vor aller Augen hast du Siegfried verprügelt. Vor den Augen seiner Freunde. Ich glaube nicht, dass er dir das verzeihen wird.«

Hanno zuckte mit den Achseln. »Das ist mir egal.«

Die Mutter stemmte die Hände in die Hüften. »Aber mir nicht, mein Freund. Er ist Hirtes Sohn, und Hirte wird dir das nicht durchgehen lassen. Wenn ihr beiden allein gewesen wärt, dann vielleicht. Aber du hast Siegfried öffentlich erniedrigt. Und er gehört zur SS, genau wie sein Vater.«

Hanno schwieg. Was sollte er auch sagen? Er konnte der Mutter nicht von Sabine erzählen. Das musste seine Schwester schon selbst tun. Er hatte versprochen, den Mund zu halten. Er sah die Mutter an, und endlich zeigte sich auf ihrem Gesicht ein sanfterer Zug.

»Ist sie es denn wert?«, fragte sie. »Ich meine das Mädchen.«

Hanno nickte eifrig.

»Das ist sie auf jeden Fall.«

Als die Mutter die Werkstatt verlassen hatte, stellte er sich ans Fenster und blickte hinaus. Es hatte zu nieseln begonnen. Auf dem Pflaster im Hof bildete sich ein Muster aus Punkten, die allmählich zusammenflossen. Es war gut, dass es regnete. Die Felder und Wiesen und Gärten brauchten Wasser.

Er dachte an Sabine. Seit diesem Sonnabend hatte sie nicht ein einziges Mal gelächelt. Sie saß blass und schweigsam am Tisch und trug eine dicke Hose und einen Pullover, obwohl es Sommer war. Die Mutter hatte sie besorgt gefragt, ob sie krank sei.

»Immer noch die Erkältung«, hatte Sabine geantwortet. Sie lag meist im Bett oder hockte in ihrem gelben Sessel und sah aus dem Fenster, den Hasen fest im Arm.

Hanno hätte gern gewusst, woran sie dachte, ob sie sich noch immer schuldig und schmutzig fühlte, doch als er eines Abends in ihr Zimmer gekommen war, hatte sie ihn mit großen Augen angesehen und gesagt, dass sie lieber allein sein wollte. Er wusste nicht, wie er ihr helfen konnte.

Jetzt, am Fenster der Werkstatt stehend, fragte er sich, ob Siegfried seinem Vater den Grund für die Prügelei genannt hatte. Er war schon dabei, diese Frage für sich zu verneinen, als das Hoftor aufgestoßen wurde und zwei Männer hereinkamen. Sie trugen Trenchcoats und Hüte. Einer von ihnen war groß und so schlank, dass er sogar im Mantel mager wirkte. Sein Gesicht war grau, und er hustete. Der andere war kleiner und fülliger. Er hatte ein Gesicht, das bei der kleinsten Anstrengung rot anlaufen würde. »Blutdruckgesicht« nannte die Mutter das.

Hanno wusste sofort, dass es sich um die Gestapo handelte. Er stürzte aus der Werkstatt, damit er vor der Mutter bei ihnen war.

»Wollen Sie zu mir?«, fragte er.

»Hanno Richter?«, bellte der Hagere.

Hanno nickte.

»Können Sie sich vorstellen, warum wir hier sind?«, fragte

er weiter und so laut, dass nun auch die Mutter aus der Küche kam.

»Wegen Siegfried Hirte?«

»Hanno Richter, wir nehmen Sie fest wegen Körperverletzung eines SS-Mannes sowie Widerstand gegen einen weiteren SS-Mann.«

Hanno drehte sich zur Mutter um und versuchte ein aufmunterndes Lächeln. Sie stand in der Tür, knetete ein Geschirrtuch zwischen den Fingern und hatte die Augen angstvoll aufgerissen.

»Ich hole deinen Vater«, sagte sie zu Hanno. »Mach dir keine Sorgen, er wird kommen.«

Ihre Stimme zitterte, und das war es, was Hanno das Herz brach.

Der Hagere packte ihn am Arm und zerrte ihn über den Hof nach draußen. Die Nachbarin brachte gerade ihre Gartenmöbel vor dem Regen in Sicherheit und hielt inne, als sie sah, wie Hanno ins Auto gestoßen wurde. Dann fuhr der Wagen los, fuhr durch ganz Sacrow und schlug anschließend den Weg nach Potsdam ein.

Vor einem hohen, grauen Gebäude, dessen Eingang zwei griechische Säulen zierten, hielten sie an. Hanno wurde aus dem Auto gezerrt und die Treppe hinaufgeschoben. Er wusste, dass dies das Hauptgebäude der Gestapo für Potsdam und die Mark Brandenburg war.

Im Inneren wimmelte es nur so von Menschen. Er sah eine Frau, die sich ein Taschentuch gegen die Augen presste. Auf einem Treppenabsatz standen zwei Männer, die ins Gespräch vertieft waren, irgendwo klingelte ein Telefon, Schreibmaschinen klapperten. Es roch nach Kaffee und Staub und nach etwas, das Hanno nicht benennen konnte.

Sie führten ihn in einen Raum, der nicht größer war als die Speisekammer bei ihnen zu Hause. Die Wände waren in einem Grau gestrichen. Ein Schreibtisch stand darin, ganz leer, und daneben ein kleiner Tisch, auf dem sich eine Schreibmaschine befand. Hinter dem Schreibtisch und dem Schreibmaschinentisch stand jeweils ein drehbarer Holzstuhl. Das Fenster hinter dem Schreibtisch war vergittert und nicht geputzt, sodass die Sonne kaum hindurchkam.

»Sie warten hier, verstanden!«, herrschte der Hagere ihn an und schmiss die Tür zu.

Hanno hörte, wie ein Schlüssel im Schloss klapperte. Er überlegte, ob er sich setzen konnte, aber die beiden Stühle waren so hingestellt, dass Hanno dies nicht wagte. Es war heiß, unglaublich heiß und stickig in dem kleinen Raum. Er wischte sich mit dem Unterarm den Schweiß von der Stirn. Dann ließ er sich auf dem Fußboden nieder, lehnte den Rücken an eine Wand und wartete. Und wartete. Er zählte die Hebel auf der Schreibmaschine. Dann zählte er die Dielen des Fußbodens. Er blickte zur Decke, die einfach weiß gekalkt war, und betrachtete minutenlang die Lampe mit dem Milchglasschirm. Dann wartete er weiter. Und wartete.

Durch das kleine trübe Fenster erkannte er, wie die Sonne wanderte, die Schatten weiterrückten. Er zählte noch einmal die Hebel der Schreibmaschine, verzählte sich, begann von vorn. Er prüfte, ob er ein Taschentuch dabeihatte. Dann kontrollierte er die Taschen seiner Arbeitshose, betrachtete den Zollstock so gründlich wie nie zuvor in seinem Leben. Er schwitzte in seinen dicken Arbeitsschuhen, auf denen der

Vater auch im Sommer bestand, und lockerte die Schnürsenkel. Dann wartete er weiter. Nach einer Weile zählte er zum vierten Mal die Hebel der Schreibmaschine und die Dielen auf dem Fußboden. Er war bei der vierzehnten Diele, als er einen Schlüssel im Schloss hörte. Schnell sprang er auf.

Grußlos betrat ein Mann in SS-Uniform das Zimmer, das eher einer Zelle glich, gefolgt von einer missmutig wirkenden Frau in mittleren Jahren, die sofort hinter der Schreibmaschine Platz nahm. Auch der Mann in SS-Uniform setzte sich. Er stellte sich nicht vor, sondern herrschte Hanno sofort an: »Ein Prügler sind Sie also. Einer, der SS-Männer angreift. Einer, der sich der Elite der Nation entgegenstellt. Name?«

»Hanno Richter.«

»Wohnort, Geburtsdatum, Name der Eltern und Geschwister.«

Hanno ratterte die Angaben herunter. Die Frau an der Schreibmaschine tippte alles mit. Dann lehnte sich der SS-Mann in seinem Stuhl zurück, einen Stift in der Hand, mit dem er sich gegen das lange Kinn klopfte.

»Sie haben also den SS-Mann Siegfried Hirte verprügelt?«

Hanno nickte.

»Warum?«

»Das ... das ist persönlich.«

Der SS-Mann lachte bitter auf. »Wenn ein Vertreter des Staates verprügelt wird, ist das nicht persönlich, sondern politisch.«

»Nein, nein. Es ging um ein Mädchen. Das war nicht politisch. Es war ... Wir kennen uns schon lange, wir waren Freunde ... Es war nicht politisch.«

»Ob das politisch war, bestimmen wir!«, brüllte der SS-Mann plötzlich, sodass Hanno zusammenzuckte.

»Nennen Sie mir den Grund!«, forderte er dann erneut.

Was sollte Hanno sagen? Der Mann hatte sich vorgebeugt, die Ellbogen auf den Schreibtisch gestützt und starrte ihn an.

»Es ging um ein Mädchen«, wiederholte Hanno, der wild entschlossen war, seine Schwester da herauszuhalten.

»Der Grund!« Jetzt brüllte der Mann so laut, dass auch die Frau hinter der Schreibmaschine zusammenzuckte. Dann wurde er gefährlich leise. »Wieder mal ein Mädchen. Haben Sie nicht mit einer Judenhure rumgemacht? Monatelang und vor aller Augen? Und jetzt geht es wieder um ein Mädchen? Wir wissen alles über Sie.«

»Siegfried hat ... Da war die Feier von der SS-Junkerschule, und da war das Mädchen ...«

»Waren Sie auf dieser Feier?«

Hanno schüttelte den Kopf.

»Antworten Sie in ganzen Sätzen. Und nennen Sie gefälligst meinen Rang!«

Hanno betrachtete erschrocken die Uniform des Mannes. Er hatte sich diese Ränge, die schon die Hitlerjungen lernten, nie merken können. Was war der Mann? Hanno spürte Nervosität in sich aufsteigen, aber er riss sich zusammen. Schließlich konnte er den Rang entziffern.

»Jawohl, Oberscharführer«, sagte er. »Ich habe der Feier nicht selbst beigewohnt.«

»Aha, aha. So einer sind Sie also, Richter. Sie waren nicht auf der Feier, aber Sie haben den SS-Standartenjunker Hirte wegen eines Vorfalls auf der Feier verprügelt.«

»Ja«, erwiderte Hanno, und noch einmal: »Jawohl, Oberscharführer.«

»Sie haben also auf ein Ereignis reagiert, bei dem Sie nicht anwesend waren. Sie haben der anderen Seite – dem Mädchen – mehr geglaubt als unseren SS-Standartenjunker Siegfried Hirte.«

Darauf wusste Hanno nichts zu erwidern.

»Antworten Sie gefälligst!«

»Jawohl, Oberscharführer.«

Wieder betrachtete ihn der Mann von oben bis unten und machte dabei keinen Hehl aus seinem Missfallen. »Mir liegt hier die Aussage von SS-Standartenjunker Siegfried Hirte vor, ebenso wie die von einem Zeugen, nämlich SS-Obersturmführer Rudolph Hirte. Beide sagen aus, dass Sie den SS-Standartenjunker angegriffen haben. Aus dem Nichts heraus. Es gibt zwei weitere Zeugen, ebenfalls SS-Mitglieder, die alles gesehen haben.« Er brach ab, betrachtete seine Fingernägel, dann wieder Hanno, und sagte: »Damit haben Sie sich eines Verbrechens schuldig gemacht. Schwere Körperverletzung eines SS-Mannes. Sie wissen, was darauf steht?«

Jetzt bekam Hanno Angst. Richtige Angst. Vorhin, als er allein in dieser Zelle hier gesessen hatte, da war ihm nur unbehaglich gewesen. Junge Männer prügelten sich. Das geschah jeden Tag hundertfach. Was sollte ihm schon groß passieren? Siegfried hatte die Tracht mehr als verdient. Was war schon ein Kieferbruch gegen das, was er Sabine angetan hatte? Aber jetzt wirkte die ganze Situation plötzlich sehr bedrohlich.

»Nein, Oberscharführer«, antwortete Hanno und unterdrückte mühsam das Zittern in seiner Stimme.

»Die meisten Kerle wie du, die nicht bereit sind, für Volk und Vaterland einzutreten, die also nicht in der SA oder in der SS sind, sind Schädlinge des Volkes. Du hast nun einen SS-Mann schwer geschädigt. Mit solchen wie dir machen wir kurzen Prozess. Die kommen ins Lager.«

Hanno hatte bemerkt, dass der Oberscharführer ihn mit einem Mal duzte.

»Jawohl, Oberscharführer«, sagte er und hoffte, dass das die richtige Antwort war.

Der Mann wandte sich an die Frau hinter der Schreibmaschine. »Sie sollen ihn wegbringen.«

Die Frau nickte und zog ein beschriebenes Blatt aus der Schreibmaschine. Kalte Angst kroch in Hanno hoch, vom Bauch durch die Luftröhre bis hinauf in den Kopf. Er sollte in ein Lager kommen!

Er hatte von den Lagern gehört. Einer aus Sacrow, der junge Wilhelmi, war in einem Lager gewesen, weil er Kommunist war. Als er entlassen wurde und nach Sacrow zurückkam, hatte er graue Haare gehabt, obwohl er nur zehn Jahre älter war als Hanno. Und er sprach seitdem nicht mehr. Früher war er oft im *Fährhaus* oder im *Café Inselblick* gewesen. Er hatte gern mit seinen Kumpels ein Bier getrunken und manchmal Skat gekloppt. Und an den Wochenenden war er mit seiner jungen Frau und dem Baby im Kinderwagen stolz durch das Dorf spaziert, doch seit er im Lager gewesen war, mied er die Gasthäuser und ging auch nicht mehr spazieren.

Die Angst saß Hanno nicht nur im Kopf, sie hatte sich auch auf seine Beine erstreckt. Ganz weich waren sie, ganz wackelig.

Die Frau hinter der Schreibmaschine erhob sich, öffnete die Tür, rief: »Abführen!«, und schon kamen zwei Uniformierte herein, packten Hanno grob an den Armen und führten ihn die Treppen hinab bis in den Keller. Dort zweigten von einem langen Gang, der nur spärlich erleuchtet war, mehrere Zellen ab, die mit Stahltüren gesichert waren. Einer der Männer holte einen Schlüssel aus seiner Tasche, öffnete eine Zelle und schob Hanno hinein. Gleich darauf knallte die Tür ins Schloss.

Der Raum war gerade mal vier Quadratmeter groß, schätzte Hanno. An einer Seite befand sich eine hölzerne Pritsche mit einer kratzigen, grauen Decke, und in der Ecke stand ein Eimer. Die Wände waren mit Rauputz beworfen, das kleine Fenster schmutzstarr und vergittert.

Hanno hatte Durst. Schrecklichen Durst. Seit heute Morgen in der Werkstatt hatte er nichts mehr getrunken. Das war jetzt Stunden her. Hanno hatte keine Ahnung, wie spät es war, doch er glaubte, dass der Nachmittag schon ein paar Stunden dauerte. Die Sonne schien nicht mehr so grell und erhellte die Zelle nur noch wenig. Oh, er war so durstig. Er klopfte an die stählerne Zellentür, rief nach einem Wärter oder wer auch immer hier das Sagen hatte, doch niemand kam. Es war so still, dass er den Staub schier knistern hören konnte.

Er wollte sich hinlegen oder wenigstens setzen, denn er hatte während des Verhörs die ganze Zeit gestanden, aber über der Pritsche hing ein Schild, auf dem geschrieben stand: *Nicht setzen und legen vor dem Nachteinschluss.*

Hanno wusste nicht genau, was der Nachteinschluss war, er ahnte nur, dass dieser noch nicht stattgefunden hatte. Also lehnte er sich an die Wand und schloss für einen Moment die

Augen. In seinem Kopf herrschte ein heilloses Durcheinander. Das Lager. Immer wieder musste er daran denken. Überall waren in den letzten Jahren solche Lager entstanden. Eines gab es sogar nicht weit von hier. Das Lager Sachsenhausen befand sich bei Oranienburg nördlich von Berlin. Der Wilhelmi war dort gewesen.

Hanno wusste nicht, wie es in solch einem Lager war, er kannte nur die Gerüchte. Von Hunger war die Rede, von täglichen Prügeln, sklavischem Gehorsam und schwerster Arbeit. Viele starben dort unter den Strapazen und an Krankheiten.

Er wollte nicht ins Lager. Auf gar keinen Fall. Aber er konnte auch nicht den wahren Grund der Prügelei angeben. Er durfte Sabine nicht erwähnen. Mit keinem Wort. Und offensichtlich hatte Siegfried es auch nicht getan. Ob er sich seiner Tat schämte oder noch einen Rest Anstand besaß und Sabine deshalb raushielt, konnte Hanno nicht sagen.

Endlich hörte er Schritte auf dem Gang. Eine Klappe in seiner Tür wurde von außen entriegelt und geöffnet. Dann schob sich ein Teller hindurch.

»Essen fassen!«, befahl jemand.

Dankbar nahm Hanno den Blechteller entgegen, griff nach dem blechernen Henkelbecher, und schon wurde die Klappe wieder verschlossen.

Hanno trank das Wasser aus dem Becher in einem Zug, doch sein Durst war noch nicht weg, nur ein wenig gelindert. Wäre er zu Hause, würde er einen ganzen Krug austrinken. Den Krug, den die Mutter mehrmals am Tag mit kaltem Tee oder Minzwasser auffüllte. Aber er war nicht zu Hause. Er saß im Keller der Gestapo und fühlte sich so einsam und verzweifelt wie nie zuvor in seinem Leben.

Kapitel 13

Hanno wusste nicht, wie lange er in diesem Keller festgehalten wurde, aber es erschien ihm wie eine Ewigkeit. Die Tage zogen vorüber wie Nebelschwaden. Er hätte sie zählen sollen, aber der Gedanke war ihm nicht in den Sinn gekommen.

War sein Vater hier gewesen? Wohl nicht, denn Hanno hatte keinen Besuch erhalten. Niemand hatte nach ihm gefragt, und er war auch nicht noch einmal zum Verhör geholt worden. Warum war der Vater nicht gekommen? Wurden oben in den Büros schon seine Papiere für den Transport ins Lager Sachsenhausen fertiggestellt? Gab es noch einen Gerichtsprozess? Warum hatte der Vater keinen Anwalt kontaktiert?

So viele Fragen schwirrten durch seinen Kopf. Seine Einsamkeit war so groß, dass sie ihn beinahe erstickte. Seit Tagen hatte er mit keinem Menschen gesprochen. Dreimal am Tag sagte er »Danke«, wenn ihm die Mahlzeiten durch die Klappe gereicht wurden. Mehr nicht. Am Abend ging irgendwann das Licht aus, und das hieß, dass er sich endlich auf die Pritsche legen konnte. Er sehnte sich so sehr nach Schlaf, doch er lag jede Nacht stundenlang wach. Er dachte an das Lager, er dachte an Stefanie, an seine Eltern und an Sabine. Warum hörte er nichts von ihnen? Er wusste nicht, ob Besuch erlaubt war, aber es fühlte sich so an, als hätten ihn alle da draußen vergessen und im Stich gelassen.

Er hatte Angst. Er hatte solche Angst, dass er befürchtete, ein weiteres Verhör nicht durchzustehen, ohne Sabines Namen zu sagen. Wozu wäre er bereit, nur um endlich hier rauszukommen? Er würde alles tun, damit jemand mit ihm sprach. Damit ihm jemand das Gefühl gab, nicht vergessen worden zu sein, nicht in diesem Keller verrotten zu müssen.

Er erwachte mit dumpfen Kopfschmerzen. Nein, eigentlich waren das keine Kopfschmerzen, sondern eine Art Betäubung, die seinen ganzen Körper umfing. Seine Beine waren schwer, und die Füße konnte er kaum vom Fußboden lösen. Die Arme hingen ihm wie Stahlrohre am Körper. Er hatte Hunger, aber das Frühstück konnte er um nichts in der Welt herunterbringen. Zwei Scheiben Brot, spärlich mit Margarine bestrichen. Er trank nur den dünnen Tee, doch das Schlucken schien ihm so beschwerlich, dass er den halb vollen Henkelbecher wegstellte. Dann ließ er sich neben seiner Pritsche auf dem Fußboden nieder, die Knie angezogen, und starrte vor sich hin. Er dachte nichts, er fühlte nichts, er roch und schmeckte nichts. Hanno wusste nicht, wie lange er sich nicht mehr gründlich gewaschen hatte. Er musste stinken, doch das war ihm vollkommen gleichgültig. Er war nur noch ein Haufen Knochen und Zellen und Blut und Sehnen, zu nichts mehr imstande.

Als sich Schritte näherten und seine Zellentür plötzlich aufgeschlossen wurde, hatte er Mühe, auf die Beine zu kommen.

»Raus hier!«, bellte der Wärter ihn an. »Na los doch!«

Er packte Hannos Arm und führte ihn aus dem Keller, hinauf in den ersten Stock. Hanno war wacklig auf den Beinen und musste sich konzentrieren, damit er nicht stolperte, während der Wärter ihn die Treppe hinauftrieb. Sie kamen an ein paar Angestellten vorbei, die in ein Gespräch vertieft waren. Eine Frau hielt einen Stapel Post in der Hand und sah ihn gleichgültig an, und wieder hörte er Telefone klingeln und Schreibmaschinen klackern.

Der Wärter führte ihn einen Gang entlang, an dessen Wand Stühle aufgereiht waren. Auf einem halben Dutzend davon saßen Leute. Sie blickten ihn angstvoll an, so dreckig und zerrissen, wie er war, musste er ein schreckliches Bild abgeben.

Hanno kannte den Raum, in den er geführt wurde. Es war derselbe, an dem er verhört worden war. Oder sahen hier alle Räume gleich aus? Er lehnte sich an die Wand und stellte sich auf eine lange Wartezeit ein. Er hätte wieder die Tasten der Schreibmaschine zählen können oder die Dielen auf dem Boden, doch dazu war er zu kraft- und mutlos. Das Dumpfe breitete sich weiter in seinem Körper aus, ergriff Magen und Kehle. Er war hier, um die Papiere für das Lager entgegenzunehmen und dann abtransportiert zu werden. Aber er hatte nicht einmal mehr Furcht.

Schon nach ein paar Minuten ging die Tür auf, und der SS-Mann, der ihn verhört hatte, kam herein. Dahinter jedoch nicht die Schreibkraft, sondern der NSDAP-Ortsgruppenleiter und Bürgermeister von Sacrow, Wilhelm Blaschke. Er musterte Hanno mit einem Lächeln, dann haute er ihm mit solcher Wucht auf die Schulter, dass er in den Knien einknickte.

»Na komm, du Held, lass uns nach Hause fahren.« Blaschke nickte Hanno aufmunternd zu.

»Nach Hause?« Es war, als hätte Hanno vergessen, was dieser Begriff bedeutete.

»Nach Hause«, wiederholte Blaschke.

Hanno blickte zum SS-Mann. Der nickte.

»Nach Sacrow?«, musste Hanno noch einmal nachfragen.

»Wohin denn sonst? Oder hast du inzwischen anderswo eine Bleibe gefunden?«

»Und was … Was ist mit Siegfried und der Prügelei?«

»Ach!«, Blaschke winkte ab. »Ein Streit unter Freunden. Das passiert schon mal. Siegfried hat die Anzeige zurückgezogen. Und Rudolph Hirte wollte dir nicht deine Zukunft verbauen.« Blaschke trat dicht an Hanno heran, blickte ihm in die Augen. Seine Stimme ein gefährliches Flüstern. »Das kommt nicht noch einmal vor, hast du gehört? Ab jetzt wirst du ein mustergültiges Leben führen. Ich behalte dich genau im Blick. Du stehst ganz oben auf meiner Liste.«

Hanno hatte die Drohung gehört, aber begriffen hatte er sie noch nicht. Ihm fiel es ja sogar schwer zu glauben, dass er gehen konnte. In einer halben Stunde könnte er zu Hause sein. Er könnte sich waschen, die Kleidung wechseln, etwas essen und trinken. Und er könnte mit jemandem sprechen.

»Na komm, mein Junge!«, rief Blaschke, jetzt wieder laut und mit übertriebener Freundlichkeit.

Er legte ihm eine Hand auf den Rücken und schob ihn vor sich her, den Gang entlang, die Treppe hinab und zu seinem Auto. Hanno ließ es geschehen. Er stieg ein, Blaschke gab Gas, und schon lag das Gestapogebäude hinter ihnen.

Er blickte zum Himmel hinauf und sah die Sonne. Die

Dumpfheit fiel von ihm ab. Auf dem Bürgersteig strebten Fußgänger zu unbekannten Zielen. Ein junges Mädchen warf ihren langen Zopf auf den Rücken, zwei alte Frauen hatten ihre Einkaufstaschen abgestellt und hielten ein Schwätzchen, ein Bäckerlehrling belud sein Fahrrad mit frisch gebackenen Broten, eine Hausfrau kippte Wischwasser in den Rinnstein.

Frei, dachte Hanno und atmete tief ein. Er hatte nie gewusst, was das Wort Freiheit bedeutete. Bis jetzt. Es war mehr, als sich frei bewegen zu können. Freiheit hieß auch, sich zu unterhalten, Kontakt mit anderen Menschen haben zu dürfen, für irgendjemanden von Bedeutung zu sein. Freiheit, das begriff er in diesem Augenblick, hieß nicht, losgelöst von allem zu sein, sondern ein Bestandteil dessen.

Kaum waren sie um zwei Ecken gebogen, begann Blaschke zu reden. Alle Freundlichkeit war aus seiner Stimme verschwunden. »Ich habe dir einen riesigen Gefallen getan, ich hoffe, das weißt du, mein Freund. Und ich habe es nicht deinetwegen getan, sondern wegen Ute. Tagelang hat sie mich bekniet, dir zu helfen. Und sie war jeden Tag bei Siegfried im Krankenhaus, um ihn dazu zu bringen, die Anzeige gegen dich zurückzuziehen.«

»Danke.« Hanno blickte ihn von der Seite an. Und ja, er war ihm dankbar. So sehr, dass er es kaum sagen konnte. Um ein Haar wäre er in einem Lager gelandet. Ute hatte sich für ihn eingesetzt. Kurz dachte er an die junge Frau, die schon als Kind immer bemüht gewesen war, Streit unter den anderen Kindern zu schlichten. Auch ihr war er dankbar, selbst wenn er nicht genau begriff, warum sie sich so für ihn eingesetzt hatte.

»Mit einem einfachen Dankeschön ist es nicht getan. Du stehst tief in unserer Schuld. Ich hoffe, du weißt, was ich von dir erwarte. Die Sacrower haben nicht vergessen, dass du eine Jüdin zur Freundin hattest und immer noch Briefe von ihr bekommst. Wenn das die Gestapo erfährt, kann dir niemand mehr helfen, aber selbst Siegfried hat bislang den Mund gehalten. Keine Ahnung, wieso. Die Gestapo hätte dich richtig drankriegen können. Also, du weißt, was du zu tun hast?«

Nein, was Blaschke von ihm erwartete, wusste Hanno nicht, und aus irgendeinem Grund hatte er eine Heidenangst nachzufragen. »Was soll ich tun?«, war alles, was er herausbrachte.

»Das weißt du nicht? Das muss ich dir erst sagen?«

Hanno zuckte mit den Achseln. Das machte Blaschke so wütend, dass er die Lippen zusammenkniff und aussah, als wollte er Hanno direkt wieder zurück in das Gestapogebäude bringen.

»Du wirst mit Ute ausgehen. Du wirst sie behandeln wie eine Prinzessin, hast du mich verstanden?«

Hanno schluckte und nickte. Er wusste, dass Ute ein Auge auf ihn geworfen hatte, aber er hatte nie geglaubt, dass es ihr wirklich ernst war. Er hatte es immer als eine Schwärmerei, als eines ihrer Spielchen abgetan.

»Sie ist mein einziges Kind. Und sie liebt dich schon seit Jahren. Weiß der Himmel, warum.« Blaschke schaute kurz zu Hanno, ehe er seinen Blick wieder der Straße zuwandte. »Eine familiäre Bindung zwischen den Richters und den Blaschkes hätte noch weitere Vorteile. Es wird Krieg geben, das steht fest. Nun, dein Vater ist nicht mehr der Jüngste.

Und da die jungen Männer alle eingezogen werden, braucht die Gegend dringend einen Möbeltischler, der die Arbeit der Eingezogenen übernimmt und somit daheimbleiben kann. Und dann ist da ja noch deine Befreiung vom Wehrdienst aufgrund deiner Tuberkulose.« Wieder warf er Hanno einen Blick zu.

Der zog die Unterlippe zwischen die Zähne. Jetzt hatte er sehr genau verstanden, warum er freigekommen war. Blaschke suchte einen Ehemann für seine Tochter. Einen Ehemann, dessen Kriegseintritt von seinem Wohlwollen abhing. Seine Ute sollte keine Kriegswitwe werden. Aber Blaschke konnte ihn auch sofort an das Wehrkreiskommando melden, wenn Hanno ihm nicht mehr passte, und dann wäre er unter den Ersten, die die Wehrmachtsuniform anziehen mussten. Keinen Menschen würde es dann mehr kümmern, dass er als Kind Tuberkulose gehabt hatte. Er war zwar schon vor dem Musterungsausschuss in Potsdam gewesen, und man hatte ihn einstweilen zurückgestellt, das hieß aber nicht, dass er kriegsunfähig war. Und nicht nur er. Auch sein Vater könnte eingezogen werden. Dann würde ein anderer Tischler die gesamte Arbeit übernehmen.

Ein schwerer Klumpen bildete sich in Hannos Magen. So viel hing von ihm ab, und davon, wie er sich in Zukunft verhalten würde. Es ging nicht mehr in erster Linie um ihn selbst, sondern auch um seine Familie. Wenn er für das Vaterland in den Krieg musste, was sollte dann aus seiner Mutter und aus Sabine werden? Und aus seinem Vater? Der hasste den Krieg, er hasste jede Gewalt.

Aber hatte Blaschke wirklich so viel Einfluss? Dann fiel ihm ein, dass er mit dem Generalforstmeister Friedrich Alpers, der im Sacrower Schloss wohnte, eng befreundet war. Und der Bruder seiner Frau arbeitete in Goebbels' Ministerium. In hoher Position, wie Frau Blaschke allzeit verkündete.

Blaschke war einer, der es schon immer verstanden hatte, sich bei der Obrigkeit beliebt zu machen. Und er kannte wenig Gnade. So hatte er doch mit dafür gesorgt, dass beinahe alle Juden aus Sacrow verschwunden waren. Ob er vielleicht sogar Verbindungen ins Ausland hatte? Hanno wusste es nicht, aber er ahnte, dass die gesamte Post der Sacrower Einwohner zuerst über Blaschkes Schreibtisch ging, bevor der Postbote sie in den Hausbriefkasten warf.

»Ich soll Ute heiraten. Das ist es, was Sie wollen, oder?«

Er konnte seinen Worten selbst nicht glauben. Einen wie ihn, einen, der eine Jüdin zur Freundin gehabt hatte und der nicht auf die SS-Junkerschule gegangen war, würde Blaschke nicht als seinen Schwiegersohn und möglichen Vater seiner Enkel dulden. Oder etwa doch?

»Was ich will, steht hier leider nicht zur Debatte. Denn du, das kannst du mir glauben, bist nicht der Schwiegersohn, den ich mir wünsche. Ganz im Gegenteil. Aber ich will meine Tochter glücklich sehen. Und du wirst sie umwerben, wie es Tradition ist. Mit Blumen und Kino und was sonst noch dazugehört. Und von unserer Vereinbarung kein Wort zu ihr. Hast du mich verstanden? Sonst bist du schneller im Lager, als du Sachsenhausen sagen kannst.«

Hanno nickte. Die Worte waren ihm in der Kehle verdorrt. Sein Mund war trocken. Er leckte sich ein wenig über die spröden Lippen. Das war also von nun an sein Schicksal. Er würde Ute heiraten und Blaschkes Schwiegersohn werden. Um nicht im Lager zu landen und um seine Familie zu schützen, würde er alles tun, was Blaschke von ihm verlangte. Er würde der ungeliebte Schwiegersohn sein, der ganz von Blaschkes Wohlwollen abhing. Er würde mit Ute einen Hausstand gründen und Kinder mit ihr bekommen. Er würde auf ewig ein Gefangener sein. Und er würde Stefanie und die Hoffnung auf ein Wiedersehen endgültig vergessen müssen.

Hätte er das früher gewusst, hätte er dann seine Zelle im Gestapogebäude in Potsdam verlassen? Oder hätte er sich in das Lager schicken lassen? Er fürchtete sich, darüber länger nachzudenken. Aber es ging nicht nur um ihn, es ging auch um seine Eltern und um seine Schwester. Solange er mit Ute eine glückliche Ehe führte, waren sie alle geschützt.

Zweiter Teil

Kapitel 14

Sacrow, 1939

»Polen hat heute Nacht zum ersten Mal auf unserem eigenen Territorium geschossen. Seit 5:45 Uhr wird zurückgeschossen! Und von jetzt ab wird Bombe mit Bombe vergolten! Wer mit Gift kämpft, wird mit Giftgas bekämpft.« So erscholl es am Freitag, dem 1. September 1939, aus dem Volksempfänger.

Am Sonntag darauf übergaben die Botschafter Frankreichs und Großbritanniens in Berlin die Kriegserklärungen ihrer Regierungen an das Deutsche Reich.

Noch schien die Versorgung der Bevölkerung gesichert, 1938 und 1939 hatte es gute Ernten gegeben. Doch mit Kriegsbeginn, also ab sofort, würde es Fleisch, Fett, Butter, Käse, Vollmilch, Zucker und Marmelade nur noch auf Lebensmittelkarten geben, Brot und Eier würden ab dem 25. September ebenfalls rationiert. Bier, Tabakwaren, Schnaps und Sekt sollten erheblich teurer werden.

Die Richters spürten davon nicht viel. Elvira bewirtschaftete ihren Garten und erntete reichlich Gemüse und Obst. Die eigenen Hühner legten genügend Eier, Milch bekamen sie von den Nachbarn, die unweit von Sacrow eine Kuh auf der Weide hatten, und wie in jedem Jahr hatte ihnen der Metzger Großkopf für den November ein halbes Schwein reserviert, der Förster ein halbes Reh, entbeint und zerlegt. Aus dem Schwein würde Elvira Leberwurst machen und den Rest einkochen, ebenso das Wild. Zu Weihnachten würde es die Rehkeule geben und an Silvester die Schweineleber. Aber noch war es nicht so weit.

* * *

Hanno stand vor dem Spiegel im Schlafzimmer seiner Eltern und verzweifelte dabei, sich die Krawatte ordentlich zu binden. Er war mit Ute verabredet. Er würde sie in den *Goldenen Schwan* nach Potsdam ausführen und danach vielleicht noch ins Kino. Endlich saß der Knoten. Hanno kämmte sich die Haare, dann ging er nach unten in die Küche.

Die Mutter knetete Buletten, die es zum Abendbrot geben sollte. Als sie Hanno sah, hielt sie inne.

»Ich verstehe dich nicht«, sagte sie verwundert, aber ohne Vorwurf. »Plötzlich scheinst du ganz vernarrt in Ute zu sein. Hast du Stefanie so schnell vergessen?«

»Das Leben geht weiter. Ob ich Stefanie jemals wiedersehe, weiß niemand. Ich bin jung.«

Er hatte seinen Eltern nichts von der Vereinbarung mit Blaschke gesagt. Er war achtzehn Jahre alt. Erwachsen. Er musste seine Probleme selbst lösen. Gut war nur, dass es Sabine besser zu gehen schien, seit die Sommerferien vorüber waren und sie wieder in die Schule ging. Ab und zu lächelte sie, doch es gab auch Augenblicke, in denen sie einfach nur dasaß und in die Ferne starrte, und Hanno glaubte, dass sie in jenen Augenblicken an die vermaledeite Nacht zurückdachte.

Die Mutter nickte. »Ute ist nicht die Schlechteste«, sagte

sie. »Und für seine Eltern kann man nichts. Aber du wirkst nicht so verliebt in sie wie in Stefanie.«

Hanno lächelte matt. Eine Woche war vergangen seit der Autofahrt mit dem NSDAP-Ortsgruppenführer, und es war an der Zeit, Ute auszuführen. Er hatte den ganzen Tag über sie nachgedacht. Eigentlich kannte er sie kaum, obwohl sie zusammen in der Schule gewesen waren. Er hatte nie so richtig mit ihr gesprochen. Er wusste nicht, was sie sich wünschte, wovon sie träumte, und vor allem wusste er nicht, warum sie ihn liebte. Über Stefanie hatte er all diese Dinge gewusst.

Er hatte sich den Wagen seines Vaters geliehen und hielt pünktlich um 18 Uhr vor dem Haus der Blaschkes. Seine Mutter hatte ihm einen Blumenstrauß aus dem eigenen Garten zusammengestellt, rote und weiße Astern, den hielt er in der Hand, als er klingelte. Nur wenige Sekunden später ging die Tür auf, und Ute stand strahlend vor ihm. Wortlos reichte er ihr die Blumen, dann erst fiel ihm ein, »Guten Abend« zu sagen. Und dann fügte er noch ein »Du siehst sehr hübsch aus« hinzu, wie die Mutter es ihm geraten hatte.

Ute sah wirklich sehr hübsch aus. Sie trug ein schlichtes weinrotes Kleid, das in der Mitte von einem schwarzen Gürtel zusammengehalten wurde. Über ihrem Arm lag eine weiße Strickjacke, und in der Hand hielt sie eine schwarze Handtasche. Hanno hatte sich davor gefürchtet, Ute womöglich in einem von Stefanies Kleidern zu sehen, schließlich hatte Blaschke sie alle aus dem Blau-Haus mitgenommen. Doch dieses Kleid kannte er nicht, und dafür war er Ute dankbar.

Hinter Ute erschien Blaschkes massige Gestalt. »Dann wünsche ich viel Spaß«, sagte er und wandte sich dann direkt an Hanno. »Das mit dem Spaß, das meine ich ernst«, fügte er hinzu. Er gab seiner Tochter einen Kuss auf die Wange und ergänzte: »Um Mitternacht will ich dich wieder hier sehen, ist das klar?«

Ute verdrehte ein wenig die Augen, dann nickte sie. Hanno reichte ihr den Arm und führte sie zum Wagen. Er öffnete die Tür für sie, half ihr beim Einsteigen und schloss die Tür dann wieder. Als sie losfuhren, sah er, dass Ute grinste.

»Was ist so lustig?«, wollte er wissen.

»Ich wette, mein Vater legt wieder seinen alten Wecker hinter die Haustür, gestellt auf exakt Mitternacht. Wenn ich nach Hause komme, muss ich ihn ganz hurtig ausmachen, damit er nicht klingelt. Klingelt er doch, so weiß mein Vater, dass ich nicht pünktlich war.«

»Wirklich? So was macht dein Vater?« Hanno lachte auf, und Ute fiel in sein Lachen ein.

»Er hat einige solcher Macken«, kicherte sie. »Er isst zum Beispiel nur runde Wurst. Neulich hatte Großkopf den Bierschinken im Block verkauft, rechteckig, den hat er nicht gegessen.«

Wieder lachten sie gemeinsam, und langsam entspannte sich Hanno. Er hatte nicht gewusst, dass Ute über so viel Humor verfügte, und war angenehm überrascht. Die nächste Überraschung wartete im Restaurant auf ihn.

»Du wärst jetzt sicher lieber mit einem anderen Mädchen hier, stimmt's?«, fragte Ute leise und spielte mit ihrem Weinglas.

Hanno räusperte sich.

»Sei ehrlich zu mir«, bat Ute.

Schließlich nickte Hanno. »Du hast recht. Mein Herz gehört nach wie vor Stefanie.«

»Und warum sitzt du dann hier mit mir? Bin ich eine Notlösung?«

Hanno schluckte. »Nein, das bist du nicht. Wirklich nicht. Ich möchte dich gern besser kennenlernen.« Er verdrehte komisch die Augen, als wäre ihm der nächste Satz ein wenig peinlich. »Also: Wer ist die Frau, die behauptet, mich zu lieben?«

Ein Strahlen glitt über Utes Züge. »Das reicht mir einstweilen, Hanno. Und ich danke dir herzlich für die Einladung.«

Der Ober kam, und Hanno bemerkte, dass Ute ein Gericht auswählte, dessen Preis nicht ganz so hoch war. Auf eine Vorspeise hatte sie sogar verzichtet.

»Warum liebst du mich eigentlich?«, wollte Hanno wissen. Seit er bemerkt hatte, dass Ute und er sich gar nicht so recht kannten, kam ihm ihre Liebe noch unverständlicher vor.

»Ich liebe dich, weil du so bist, wie du bist.«

»Und wie bin ich?«

Mit Erstaunen stellte Hanno fest, dass ihn die Antwort wirklich interessierte.

»Du bist großzügig und humorvoll, du hast Verständnis, und du bist klug. Man kann sich auf dich verlassen. Denen, die du magst, stehst du hundertprozentig zur Seite, egal, was kommt. Du hast an Stefanie festgehalten, als alle dir gesagt haben, du sollst sie verlassen. Und …« Sie machte eine Pause und betrachtete ihn unter gesenkten Lidern. »… du siehst gut aus.«

Wirklich?, fragte sich Hanno, der sich mehr über Utes Worte freute, als er sich eingestehen wollte. Ich sehe gut aus? Er dachte an sein Spiegelbild. Er war groß, über eins achtzig, und schlank. Er hatte breite Schultern, starke Arme und große Hände von der Tischlerarbeit. Sein Haar hatte eine unbestimmte Farbe, irgendwas zwischen braun und blond. Die Augen waren graugrün, Nase und Mund normal, auch wenn seine Mutter ihm hin und wieder sagte, dass seine Lippen eine schöne Form hatten. Einen Kussmund, hatte sie gesagt, und Stefanie hatte das bestätigt. Stefanie. Seine Gedanken schweiften ab in Erinnerungen an die vergangenen Sommer.

»Und du? Was hältst du von mir?«, fragte Ute und holte ihn damit in die Gegenwart zurück.

Hanno lächelte sie an. Nicht weil er das so machen sollte, weil Blaschke es von ihm erwartete, sondern weil er es wollte. Es fühlte sich ganz natürlich an.

»Was soll ich sagen, Ute? Wir kennen uns seit unserer Kindheit. Du warst immer da. Lustig warst du ... bist du, und ... und man kann lachen mit dir. Du bist keine Petze. Und du bist hilfsbereit.« Er machte eine kleine Pause. »Ich habe es wohl dir zu verdanken, dass ich nicht ins Lager nach Sachsenhausen gekommen bin.«

»Ach, das war nichts weiter. Siegfried kann manchmal eine ziemliche Nervensäge sein. Du bist ja nicht der Erste, mit dem er sich geprügelt hat. Und ihr seid Freunde.«

»Nicht mehr.« Hannos Blick wurde hart.

Ute spielte mit der Gabel. Ihre Teller mit den Königsberger Klopsen war leer gegessen, und sie hatten sich zum Dessert Apfelbrei mit Vanillesoße bestellt.

»Du musst aufpassen, Hanno«, warnte sie leise. »Man achtet jetzt auf dich. Es wäre besser, du würdest dich mit Siegfried vertragen. Sein Vater hat Einfluss. Mehr als mein Vater. Rudolph Hirte arbeitet in Potsdam, und es wird gemunkelt, dass er nicht nur für die Verwaltung arbeitet, sondern auch der Gestapo nahesteht, während mein Vater nur der Bürgermeister und Ortsvorsteher ist und sich ansonsten um seine Landwirtschaft kümmert.«

»Nein, mit Siegfried bin ich fertig. Wir werden nie wieder Freunde sein.«

»Und wenn du nur so tust als ob?«, fragte Ute und beugte sich ein wenig über den Tisch. »Rudolph Hirte wollte dich im Lager sehen. Er hält dich für einen Judenfreund. Er mag dich nicht.«

Hanno zuckte mit den Achseln. »Ich mag ihn auch nicht.«

»Das kannst du dir nicht leisten, Hanno. Sei nicht so verbohrt. Wir leben in gefährlichen Zeiten, und du hast eine ganze Weile auf der falschen Seite gestanden. Das hat Hirte dir nicht verziehen.«

»Ich habe auf gar keiner Seite gestanden«, antwortete Hanno, und die Worte kamen schärfer aus seinem Mund, als er beabsichtigt hatte. »Ich war einfach nur mit Stefanie glücklich.«

Er sah, dass Ute zusammenzuckte und betreten auf das Tischtuch starrte. Er hatte sie gekränkt, obwohl sie ihm nur hatte helfen wollen.

Sie schwiegen, und Hanno überlegte fieberhaft, wie er die Stimmung zwischen ihnen retten konnte. Der Ober räumte den Tisch ab, und Hanno fragte, ob Ute noch ein Glas Wein trinken wolle. Als Ute den Blick hob, lächelte er sie schüchtern an. Mit Erleichterung stellte er fest, dass Ute zurücklächelte. Dann kicherte sie ein wenig und sagte: »Nein danke, keinen Wein mehr für mich. Ich glaube, ich bin jetzt schon ein bisschen beschwipst.«

Auf dem Weg zum *Lichtspielpalast Regina* hängte sie sich an Hannos Arm und lehnte einmal kurz den Kopf an seine Schulter. Es lief der Film *Die goldene Maske*, in dem es um einen jungen Maler ging, der, früh zu Ruhm gekommen, seine künstlerischen Ideale aufgibt und zum Gefälligkeitsmaler wird, bis er sich in eine schöne Unbekannte verliebt. Gleich bei der ersten Szene ergriff Ute seine Hand, und Hanno ließ sie ihr. Als der Maler einen Autounfall erlitt, weinte sie sogar ein wenig, und Hanno reichte ihr sein Taschentuch.

»Es war schön mit dir«, sagte Ute, als er sie schließlich vor ihrem Elternhaus absetzte. Es war kurz vor Mitternacht, und Hanno hatte schnell fahren müssen, damit sie Sacrow noch vor dem Schlag der Kirchturmuhr erreichten.

»Ja, mit dir auch«, erwiderte Hanno und meinte es auch so. Er hatte sich gut amüsiert, sie hatten viel zusammen gelacht, und er hatte Ute auf eine neue Art kennengelernt. Er wusste, dass er Ute gleich nach einer neuen Verabredung fragen sollte, doch da fiel ihm Stefanie ein, und er konnte es nicht, obwohl Stefanie weit weg war.

»Wir sehen uns«, sagte er stattdessen, da stellte Ute sich auf die Zehenspitzen und küsste ihn auf den Mund.

Erschrocken wich Hanno zurück, aber Ute lief schon die Stufen hinauf zum Haus ihrer Eltern, um noch rechtzeitig den Wecker ausstellen zu können.

Kapitel 15

Generalgouverneur Frank erklärte im November das besetzte Polen zum ersten Kolonialgebiet der deutschen Nation. Tausende Polen wurden zur Zwangsarbeit nach Deutschland geschickt.

Textilien konnten nur noch mit Bezugsscheinen erworben werden, die Steuern stiegen. Benzin kostete 39 Pfennige pro Liter, ein Bier war ebenfalls für 39 Pfennige zu haben. Kartoffeln kosteten 12 Pfennige pro Kilogramm und Kaffee 5 Mark und 27 Pfennige. Ein Arbeiter verdiente pro Monat rund 165 Reichsmark.

Hanno traf sich jetzt öfter mit Ute. Er hatte gedacht, dass sie ihn bald nerven oder zu hohe Ansprüche an ihn stellen würde. Er hatte gedacht, sie wäre wie ihr Vater oder – schlimmer noch – wie ihre Mutter Margot. Doch Ute erwies sich als unkompliziert und fröhlich. Sie verlangte nichts von ihm. Oder zumindest nicht viel. Nur, dass er mit ihr zusammen war. Sie drängte ihm keine Küsse auf, forderte keine Liebeserklärung.

Sie trafen sich jeden Samstag, und Hanno führte sie ins Kino oder zu einer Tanzveranstaltung aus. Doch immer, wenn er Wilhelm Blaschke sah, zuckte er zusammen, und eine kalte Hand legte sich um sein Herz. Er hatte nicht vergessen, dass Blaschke über sein Schicksal wachte.

»Amüsiert sich meine Tochter mit dir?«, fragte der jedes Mal, und Hanno nickte stets und wünschte sich, er würde einfach antworten können: »Fragen Sie sie doch selbst.«

Am ersten Advent luden ihn die Blaschkes zum Mittagessen ein. Hanno seufzte, doch er nahm die Einladung an.

»Am besten ziehst du deinen guten Anzug an«, schlug die Mutter vor. »Und einen Schlips solltest du dir auch umbinden. Und du brauchst natürlich Gastgeschenke.«

»Was für Geschenke? Es ist der erste Advent und noch nicht Weihnachten«, wandte Hanno ein.

»Gastgeschenke sind eine Geste der Aufmerksamkeit und Dankbarkeit an die Gastgeber. Für Margot schlage ich einen schönen Weihnachtsstern vor. Für Ute eine Packung Pralinen von Sarotti und für Wilhelm ein paar Zigarren. Aber nimm nicht die billigsten, frag deinen Vater vorher. Wähle sorgsam.«

Und so stand Hanno geschniegelt und mit schnurgerade gekämmtem Scheitel am Sonntagmittag bei Blaschkes vor der Tür. Sie hatten eine kleine Tanne vor dem Haus mit bunten Kugeln und Lametta geschmückt. Im Wohnzimmerfenster stand ein Schwibbogen aus dem Erzgebirge.

Margot Blaschke öffnete ihm. Sie trug ein Kleid, das Hanno bekannt vorkam. Es könnte eines von Rachel Blaus Kleidern sein, aber Hanno wollte nicht darüber nachdenken. Darüber trug sie eine Schürze und um den Hals eine Perlenkette, an den Ohren Perlenstecker und am Handgelenk ein Perlenarmband. Dazu die vielen Ringe an ihren Fingern. Niemand im Dorf putzte sich so heraus. Nicht einmal am Sonntag. Margot Blaschke sah aus, als wollte sie ein Mitglied der Regierung empfangen, aber nicht ihn, Hanno Richter.

»Ah, da bist du ja. Komm rein, komm rein.« Im Flur stand Blaschke und musterte ihn von oben bis unten. »Hast dich schick gemacht. Gut so, mein Junge. Ute verdient nur das Beste.«

Hanno antwortete nicht darauf, sondern übergab seine Gastgeschenke.

»So ein schöner Weihnachtsstern«, frohlockte Margot Blaschke. »Aber das wäre doch nicht nötig gewesen.«

Hanno hatte vermutet, dass sie diesen Satz sagen würde, und lächelte ein wenig.

Ute schien sich ehrlich über die Pralinen zu freuen. Auch sie trug eine Schürze über ihrem Kleid.

»Komm, Junge, wir genehmigen uns erst einmal einen. Die Frauen haben noch in der Küche zu tun.«

Wilhelm Blaschke legte Hanno leutselig einen Arm um die Schulter und führte ihn ins Wohnzimmer. Dort goss er für sich und Hanno einen Asbach Uralt ein. Dann stieß er mit Hanno an. »Auf die Zukunft«, sagte er.

»Auf die Zukunft«, echote Hanno und nahm einen Schluck. Der Weinbrand hinterließ einen stechenden Geschmack in seiner Kehle.

Hanno blickte sich um. Alles hier sah solide aus. Das dunkelbraune Büfett, das rotsamtene Sofa, die beiden Sessel, deren Lehnen mit Spitzendeckchen geschmückt waren. An der Wand über dem roten Sofa hing der Stammbaum der Familie Blaschke. Hanno kniff die Augen zusammen, doch er konnte nichts erkennen.

Blaschke räusperte sich: »Da wir gerade beim Thema sind. Wie soll es weitergehen?«

»Womit?«

»Mit Ute und dir, Herrgott. Warst du schon immer so schwer von Begriff?«

»Darüber habe ich mir noch keine Gedanken gemacht«, gab Hanno zu.

»Sie liebt dich. Du gehst mit ihr aus. Wird allmählich Zeit für den nächsten Schritt.«

Den nächsten Schritt? Hanno überlief es kalt. Er wusste nicht genau, was der NSDAP-Ortsgruppenführer meinte, aber er wollte es auch gar nicht so genau wissen.

»Ich ... ich werde ihr etwas Schönes zu Weihnachten schenken«, erklärte er und hatte keine Ahnung, was das sein könnte. Hoffentlich wusste die Mutter Rat.

»Einen Verlobungsring solltest du schenken«, zischte Blaschke.

»Wie bitte? Aber ... Wir lernen uns doch gerade erst kennen! Und wir sind beide erst achtzehn Jahre alt.« Diesmal überlief es ihn noch kälter.

»Alt genug zum Heiraten. Ihr kennt euch euer ganzes Leben. Und denk bloß nicht, dass Ute keine anderen Verehrer hat. Letzte Woche erst hat mich der Sturmführer Blumenauer aus Groß Glienicke nach ihr gefragt. Und der Parteigenosse Wenzel aus Potsdam scheint auch Interesse an ihr zu haben.«

Warum erzählte er Hanno das? Wollte er ihn eifersüchtig machen? Wie sollte er darauf reagieren?

Er verzog den Mund und antwortete schließlich: »Ute ist ein hübsches Mädchen. Viele Männer drehen sich nach ihr um.«

Er hatte diese beiden Sätze gesagt, weil er glaubte, dass Blaschke sie hören wollte. Aber nun stellte er fest, dass er Ute tatsächlich hübsch fand. Sie war ganz anders als die grazile Stefanie. Sie war irgendwie kompakter, unzerbrechlicher, bodenständiger. Ute war ein wenig kleiner als Stefanie, sie hatte eine kurvige Figur, einen breiten Mund mit vollen Lippen und trug das Haar schulterlang. Ja, sie war hübsch, und dass sie so anders als Stefanie war, machte ihn plötzlich froh.

Blaschke seufzte und nickte. »Ja, sie ist ein hübsches Mädchen, meine Ute, und könnte jeden Mann haben. Aber sie will nun mal partout dich. Also, was sagst du?«

Wozu? Zu der Verlobung? Hanno schien, als spräche Blaschke heute nur in Rätseln.

»Und wenn Ute noch nicht so weit ist?« Hanno suchte verzweifelt nach einem Ausweg aus diesem Gespräch.

»Da mach dir mal keine Sorgen, Junge. Sie ist so weit. Schon lange.« Er erhob sich, nahm die Weinbrandflasche von der Kommode und schenkte Hanno und sich noch einmal nach. »Also halten wir fest, dass du ihr zu Weihnachten einen Antrag machst. Du brauchst mich vorher nicht noch mal extra zu fragen, mein Einverständnis hast du, wenn auch widerwillig.« Er schüttelte den Kopf. »Ich werde wohl nie verstehen, was sie an dir findet.«

Wie oft will er mir das eigentlich noch sagen?, fragte sich Hanno, war aber trotzdem beruhigt, dass das Gespräch damit beendet war.

Margot Blaschke kam mit einem Gong in der Hand ins Wohnzimmer und schlug kurz darauf.

»Darf ich zum Essen bitten? Die Vorsuppe ist serviert.« Sie sprach so geziert, als kündige sie ein Galadinner an.

»Lass mal gut sein, Margotchen«, sagte Blaschke. »Das hier ist der Hanno von den Richters, da brauchst du nicht so vornehm tun.«

Margot verzog ein wenig den Mund, doch sie antwortete nicht.

Es gab Rinderbrühe mit wirklich leckeren Grießklößchen darin, und Hanno lobte die Hausfrau ausgiebig.

»Die Klößchen hat Ute gemacht«, berichtete Frau Blaschke. »Sie ist eine hervorragende Köchin.«

Hanno nickte Ute zu, die lächelnd den Blick senkte. Warum eigentlich bieten sie mir ihre Tochter so an?, überlegte er. Sie haben mich in der Hand. Ich werde mich an Weihnachten wie befohlen mit ihr verloben. Was wollen sie noch?

Er blickte zu Margot Blaschke, die ihrer Tochter über den Arm strich. Und auf einmal wusste er, was sie von ihm wollten. Alle beide, Margot und Wilhelm. Sie wollten mit aller Macht, dass er Ute liebte. Sie wollten nicht nur, dass ihre Tochter den Ehemann bekam, den sie sich ausgesucht hatte, sie wollten überdies wirklich, dass er sie liebte.

Kurz dachte er an Stefanie. Und an ihren letzten Brief. Er erschrak, als er bemerkte, dass er nicht mehr genau wusste, wie sie aussah. Nur das Foto von ihr hatte er vor Augen. Die Erinnerung an sie verblasste schon. Er konnte sich nicht mehr an den Klang ihres Lachens erinnern, nicht an den Duft ihrer Haare. Doch er liebte sie nach wie vor. Da war er sich sicher. Oder doch nicht? Wie konnte man jemanden lieben, an den man sich nicht mehr richtig erinnern kann? Sie hatten nie eine Chance gehabt. Aber Ute und er hatten eine, vorausgesetzt, Hanno riss sich die Reste seiner Liebe zu Stefanie aus dem Herzen. Wenn er doch nur wüsste, wie das ging …

Noch ehe er den Gedanken zu Ende bringen konnte, wurde das Hauptgericht aufgetragen. Es gab Rouladen mit Rotkohl und Thüringer Klößen. Hanno langte kräftig zu; es schmeckte ihm hervorragend, und wieder ließ Margot Blaschke ihn wissen, dass Ute die meiste Arbeit geleistet hatte. Nach dem Dessert – Vanillepudding mit Schokoladensoße, natürlich ebenfalls von Ute zubereitet – bat Wilhelm Blaschke Hanno zurück ins Wohnzimmer, während die Damen sich um den Abwasch kümmerten.

Erneut bot er Asbach Uralt an, und Hanno nickte ergeben. »Auf die Weiber!«, lautete Blaschkes Trinkspruch. »Manchmal verflucht man sie, aber wenn es sie nicht gäbe, würde man so einiges vermissen. Apropos, Margot wird nächstes Jahr fünfzig Jahre alt. Ja, ja, ich weiß, was du denkst, sie war nicht mehr die Jüngste, als sie unsere Ute bekam. Wir haben lange herumprobiert … Aber das geht dich … Also, wie gesagt, sie wird fünfzig. Und weißt du, was sie sich zum Geburtstag wünscht? Was ihr größter Wunsch ist? Ich sage es dir … sie wünscht sich ein Enkelkind.«

Fast hätte Hanno sich an dem Weinbrand verschluckt. Erst sollte er verlobt werden und nun auch noch ein Kind machen?

»Nein, so schnell geht das nicht«, erklärte er entschieden. »Erst die Verlobung, nach einem Jahr die Hochzeit, und danach können wir über Enkelkinder sprechen.«

»Ihr werdet im Sommer heiraten. So hat Ute es sich immer gewünscht«, erklärte Blaschke. »Wenn ihr zu lange verlobt seid, fangen die Leute an zu tratschen. Ich will nicht, dass über meine Ute getratscht wird.«

Als er nach dem Kaffeetrinken endlich nach Hause gehen durfte, wollte Ute ihn begleiten. Hanno hatte nichts dagegen, auch nicht, dass sie sich bei ihm unterhakte, sodass das ganze Dorf doch wieder etwas zum Tratschen hatte. »Was wollte mein Vater von dir?«, fragte sie.

»Ach, wir haben uns über dieses und jenes unterhalten«, erklärte Hanno, der um nichts in der Welt gestehen würde, dass Blaschke ihn zu einer Verlobung gedrängt hatte. Das sollte ein Geheimnis bleiben, denn die Wahrheit hätte Ute sicherlich verletzt. Und ihn und seine Familie vielleicht in Gefahr gebracht.

Er spürte die Wärme ihres Körpers durch ihren und seinen Mantelstoff hindurch. Sie deutete auf die geschmückten Fenster der Sacrower Häuser und sagte: »Es wird eine Kriegsweihnacht geben, aber im Augenblick merke ich noch nichts davon.«

»Wollen wir hoffen, dass es so bleibt«, antwortete Hanno, aber er ahnte, dass Deutschland sich bald schon sehr verändern würde.

Vor dem ehemaligen Haus von Dr. Grete Ring blieb er stehen. Er griff nach Utes warmer Hand. Er würde sie küssen. Mitten im Dorf und vor den Blicken der Bewohner. Er tat das nicht um Blaschkes willen, sondern weil Ute ein anständiges Mädchen war, dessen Gesellschaft er mittlerweile schätzte.

Er sah Ute in die Augen, dann legte er langsam seine Hände um ihr Gesicht. Erst als Ute die Augen schloss, küsste er sie behutsam auf die Lippen, fand Einlass und küsste sie endlich so, wie ein Mann sein Mädchen küssen sollte.

Sie schmeckte so gut, und ihre Lippen waren unendlich weich. Diesen Kuss konnte man nicht vergleichen. Dieser

Kuss war einmalig. Er trennte seine Lippen nur ungern von ihrem Mund und blickte ihr in die Augen. Dann sagte er voller Überzeugung: »Ich glaube, ich habe dich gar nicht verdient.«

Kapitel 16

»Sabine ist in letzter Zeit so blass«, stellte die Mutter fest, als Hanno ihr half, die Gardinen für die Wäsche abzunehmen. »Weißt du, was sie hat?«

Hanno, der auf der Leiter stand und die Gardinenhaken löste, schüttelte den Kopf.

»Hat sie vielleicht Liebeskummer?«

»Das weiß ich nicht.«

»Hat sie dir nichts erzählt?«, drängte die Mutter weiter.

»Nein, hat sie nicht. Aber es geht gerade wieder ein Virus um. Vielleicht hat sie sich angesteckt.«

»Hmmm«, machte die Mutter, nahm Hanno die Gardine ab, legte sie in den Weidenkorb und ging damit ins Waschhaus, das sich zwischen dem Wohnhaus und der Werkstatt befand.

Beim Abendbrot beobachtete Hanno seine Schwester. Die Mutter hatte recht, Sabine war blass. Und sie hatte dunkle Ringe unter den Augen, obschon sie pünktlich zu Bett ging. Sie war jetzt im letzten Schuljahr und würde im Sommer ihren Abschluss machen. Was sie werden wollte, wusste sie noch nicht, aber Hanno schien, als wäre es ihr sowieso vollkommen gleichgültig.

»Willst du nach Berlin und in einem Kaufhaus lernen?«, hatte die Mutter sie gefragt, und Sabine hatte nur den Kopf geschüttelt.

»Wie wäre eine Anstellung als Sekretärin? Du würdest in einem Büro arbeiten.« Erneutes Kopfschütteln.

»Friseurin? Floristin? Schneiderin?«

Kopfschütteln, Kopfschütteln, Kopfschütteln.

Elvira Richter seufzte. »Was ist denn nur los mit dir? Hast du denn gar keine Idee? Du solltest dir langsam mal Gedanken um deine Zukunft machen.«

Als die Familie schließlich zu Bett ging, klopfte Sabine an Hannos Zimmertür. So wie früher. Das hatte sie lange nicht mehr gemacht. Hanno erkannte es am Klang ihrer zarten Fingerknöchel auf dem Holz.

»Komm rein!«, rief er, richtete sich im Bett auf, und Sabine setzte sich zu ihm.

»Ich glaube, ich bin schwanger«, sagte sie und brach in Tränen aus.

»Was? Schwanger? Von wem?«

»Von wem schon?«, schluchzte das Mädchen. »Von Siegfried natürlich.«

»Auf dem Abschlussfest?«

Sie nickte weinend.

»Und was jetzt?«

Sabine zuckte mit den Schultern.

»Wir müssen es den Eltern sagen. Sie wissen bestimmt Rat.«

»Nur das nicht«, jammerte Sabine. »Ich fühle mich so schon wie ein leichtes Mädchen. Schwanger mit sechzehn Jahren und ohne Mann!«

»Die Eltern werden es verstehen und dir helfen. Und ich natürlich auch. Du musst es ihnen sagen, du kannst damit nicht allein fertigwerden. Außerdem wird man es bald sehen.«

»Und Siegfried muss es wissen«, sagte Sabine leise.

»Das übernehme ich«, bot Hanno an. »Bist du dir sicher mit der Schwangerschaft?«

»Ich … ich war heimlich in Potsdam bei einem Arzt. Einem Frauenarzt, verstehst du? Ich habe der Mutter nichts davon gesagt, und ich habe behauptet, schon achtzehn Jahre alt zu sein, weil ich das Ergebnis bereits vorausahnte. Es besteht kein Zweifel.«

* * *

Zwei Tage später klingelte Hanno bei den Hirtes. Siegfrieds Mutter öffnete die Tür.

»Bist du wieder gekommen, um meinen Sohn zu schlagen?«, fragte sie feindselig.

Ja, das würde ich am liebsten tun, dachte Hanno, doch er schüttelte den Kopf. »Ich möchte nur mit ihm sprechen. Sonst nichts.«

Noch einmal musterte ihn Siegfrieds Mutter von oben bis unten, dann trat sie seufzend zur Seite. »Na gut, aber ich werde die Polizei rufen, wenn ich aus seinem Zimmer Lärm höre.«

Die Drohung war wenig wirksam, denn ehe die Polizei aus Potsdam hier eintraf, wäre Hanno längst über alle Berge, doch er hatte nicht vor, Siegfried erneut zu schlagen.

Hanno antwortete nicht, sondern stieg die schmale Treppe hinauf in den ersten Stock und dann noch eine Etage höher. Siegfried hatte sich in einer Dachkammer eingerichtet. Ein kleines Zimmer mit einem Bett unter der Dachschräge. Hanno fragte sich, warum er sich nicht eine Wohnung in Potsdam suchte. Dort wäre er näher an seiner Arbeitsstelle. Aber dann fiel ihm ein, dass die Mutter ja für ihn kochte und wusch und sogar sein Zimmer in Ordnung hielt. Nein, Siegfried würde erst von zu Hause ausziehen, wenn er heiratete und seine Ehefrau ihm die lästige Hausarbeit abnahm.

Er klopfte, und Siegfried rief »Herein!«. Als Hanno in der Tür auftauchte, zog Siegfried scharf die Luft ein.

»Was willst du?«, fragte er. Seine Worte klangen ein wenig verwaschen, und Hanno fragte sich, ob Siegfried getrunken hatte oder ob das Nuscheln eine Spätfolge des Kieferbruchs war.

»Ich muss mit dir reden«, erklärte Hanno. »In Ruhe reden.«

»Worüber?« Siegfried zog die Augenbrauen hoch, und Hanno schien es, als würde er ein wenig in sich zusammensinken.

Hanno schloss die Tür und trat näher an seinen ehemals besten Freund heran. »Sabine ist schwanger. Von dir.«

Für einen Augenblick schaute Siegfried vollkommen verblüfft drein, dann aber entspannten sich seine Züge, bis ein beinahe süffisantes Lächeln seine Lippen umspielte. »Das ist nicht schlimm, ich werde sie heiraten. Ja, genau das werde ich tun. Ich werde Sabine heiraten.«

»Sie ist erst sechzehn.«

»Das macht nichts, Sabine und ich bekommen sicher eine Sondererlaubnis. Mein Vater wird sich darum kümmern.«

»Du willst Sabine ernsthaft heiraten? Erst vergehst du dich an ihr, und dann willst du sie heiraten?«

»Ich bin ein SS-Mann. Ich habe Schuld auf mich geladen und werde dafür die Verantwortung übernehmen. So, wie es sich gehört. So, wie es der Führer getan hätte.« Er grinste ein wenig. »Obwohl ich sagen muss, dass Sabine sich nicht sonderlich gewehrt hat. Deshalb glaube ich auch, dass sie mich lieben wird.«

In Hannos Fingern juckte es. Er war drauf und dran, Siegfried erneut seine Faust ins Gesicht zu drücken. »Wie soll sie sich denn wehren? Sie wiegt die Hälfte von dir! Du hast ihr Gewalt angetan.«

»Ja. Dafür entschuldige ich mich auch. Aber wenn du die Gründe kennen würdest, würdest du es verstehen.«

Hanno schüttelte den Kopf. »Es gibt keinen einzigen Grund auf der Welt, der das, was du meiner Schwester angetan hast, entschuldigt.«

Er spürte, wie die Wut in ihm hochkochte. Am liebsten hätte er Siegfried am Kragen gepackt und gegen die Wand gedrückt. Aber das würde nichts bringen. Das würde nichts wiedergutmachen.

Und plötzlich, von jetzt auf gleich, schien Siegfried vor ihm zu schrumpfen. Die muskulösen Schultern hingen herab, die kräftigen Unterarme und der Stiernacken schienen all ihre Spannung zu verlieren. Mit einem Schlag war aus dem SS-Mann Siegfried Hirte wieder ein Junge geworden.

»Wir sind Freunde, Hanno«, sagte Siegfried, und seine Stimme klang ein wenig matt.

»Wir waren Freunde«, korrigierte Hanno.

»Ich ... ich habe Sabine schon immer gemocht, weißt du. Schon damals, als wir noch Kinder waren. Wir waren doch jeden Sommer zusammen baden. Am See. Da war sie auch. Ich habe auf sie geachtet. Dass sie nicht geärgert wird. Dass sie nicht zu weit hinausschwimmt. Ich habe auf sie aufgepasst.«

»Dann hast du ja den Bock zum Gärtner gemacht.«

»Lass mich ausreden, Hanno, ich will dir alles erklären.«

»Das brauchst du nicht, deine Erklärung nützt niemandem etwas.«

Siegfried, der noch immer klein wirkte, war blass geworden. Er knetete die Hände in seinem Schoß. »Ich ... ich hatte mich verirrt. Verstehst du?«

»Nein.«

»Ich ... ich habe einen Jungen geküsst. So, jetzt weißt du es.«

Hanno blieb der Mund offen stehen. Er hatte mit allem gerechnet, nur nicht damit.

»Du bist ...«

»Nein, nein. Ich bin nicht schwul. Aber mein Vater hatte es gesehen ...«

»Dein Vater weiß also, dass du schwul bist. Oh, das ist wirklich eine Überraschung.«

Hanno ließ sich auf einen Stuhl sinken. Er hatte bis jetzt gestanden, hatte auf den sitzenden Siegfried herabschauen wollen. Doch Siegfrieds Geständnis hatte ihm den Wind aus den Segeln genommen.

»Er ... er wollte mich rausschmeißen. Ich habe ihm geschworen, dass ich nicht schwul bin. Der Kuss, ich weiß auch nicht, wie es dazu gekommen ist. Es ist einfach irgendwie passiert. Vielleicht hatten wir zu viel getrunken. Bestimmt sogar.«

»Wen hast du geküsst?«

»Es war ein junger Mann aus dem Dorf.«

»Kenne ich ihn?«

»Er ist ebenso wenig schwul wie ich.«

Hanno schüttelte fassungslos den Kopf bei dem Gedanken daran, wie der SS-Mann Rudolph Hirte seinen Sohn beim Kuss mit einem anderen Mann erwischt hatte.

»Hat dich dein Vater verprügelt?«

»Das kannst du glauben. Und ich sollte ihm beweisen, dass ich nicht schwul bin.« Siegfried wirkte jetzt noch kleiner als vor seinem Geständnis.

Doch Hanno konnte kein Mitleid für Siegfried empfinden. In ihm schwelte noch immer die Wut. »Ah! Jetzt verstehe ich. Und da hast du mal kurz meiner Schwester Gewalt angetan, um deinem Vater zu beweisen, dass du ein echter Mann bist.«

Siegfried knetete wieder seine Hände im Schoß und nickte. »Ich weiß, dass das falsch war. Aber was hätte ich denn tun sollen?«

Hanno wollte es zwar nicht, aber er konnte nun ein wenig verstehen, was Siegfried zu seiner Tat bewegt hatte. Verzeihen konnte er ihm aber nicht, und er würde es auch nie können, das wusste er sicher.

»Und nun?«

»Wie schon gesagt, ich werde Sabine heiraten. Wenn du willst, können wir uns schon am Wochenende verloben. Ich mache alles, was du verlangst.« Er grinste über das ganze Gesicht. »Jetzt habe ich meinem Vater bewiesen, dass ich nicht schwul bin.«

Hanno seufzte. »Ich werde mit Sabine sprechen. Für mich zählt nur, was sie möchte, und nicht, was für dich das Beste ist.«

* * *

Als er nach Hause kam, saßen Sabine und die Mutter weinend in der Küche. Der Vater stand am Fenster und blickte rauchend hinaus. Die Dämmerung hatte sich über das Dorf gelegt, ein kräftiger Wind heulte im Kamin. In zwei Wochen war Weihnachten. Da würde man die Ankunft des himmlischen Kindes feiern. Und nicht Sabines Kind.

»Sie hat es euch erzählt«, stellte Hanno fest.

Der Vater wandte sich um. »Deshalb also hast du Siegfried ins Krankenhaus geprügelt?«

Hanno nickte.

»Gut gemacht, mein Junge.«

Hanno hätte gern gefragt, wie es nun weitergehen sollte, doch die Verzweiflung hing wie Nebel in der Küche, sodass er es nicht wagte. Er strich Sabine über den Rücken.

»Ich brauche jetzt ein Bier«, erklärte der Vater.

»Ich auch.« Hanno trank sonst nicht, wenn er mit seinen Eltern zusammen war, doch jetzt war ihm das gleichgültig.

»Oder besser einen Schnaps«, erklärte die Mutter. »Eugen, hol bitte die Flasche aus der Stube.«

Der Vater kam mit der Flasche zurück und goss drei Gläser voll. Die Mutter griff nach dem erstbesten, trank den Schnaps in einem Zug mit nach hinten geworfenem Kopf.

»Ich auch«, bat Sabine.

Die Mutter blickte sie strafend an und rückte die Flasche ans andere Ende des Tisches. »Du trinkst mir hier keinen Tropfen Alkohol«, sagte sie. »Du bekommst ein Kind.«

Hanno trank sein Schnapsglas ebenfalls in einem Zug leer, dann wischte er sich über den Mund. »Siegfried will Sabine heiraten. An diesem Wochenende könnte schon die Verlobung sein.«

Die Mutter blickte zum Vater, und der Vater nickte ihr zu, dann wandten sich beide an Sabine. »Was willst du, Mädchen?«

Sabine blickte mit rot geweinten Augen auf. »Habe ich denn eine Wahl?«, fragte sie. »Wenn es sein muss, dann heirate ich ihn eben.«

»Das musst du nicht.« Die Mutter ergriff Sabines Hand. »Du musst nicht heiraten, weil du schwanger bist. Wir können das Kind auch ohne Siegfried großziehen. Du bist nicht allein, mein Schatz. Wir sind für dich da, wir helfen dir.«

Sabine brach erneut in Tränen aus. »Wäre ich doch nur nicht zu diesem blöden Fest gegangen!«, jammerte sie.

»Es ist zu spät, sich darüber Gedanken zu machen, Liebes«, tröstete die Mutter. »Jetzt müssen wir sehen, wie wir das Beste daraus machen können.«

Hanno betrachtete seine Schwester. Die langen blonden Haare waren zerzaust, das hübsche Gesicht vom Weinen verquollen. Plötzlich fiel ihm etwas ein.

»Es gibt doch diese Lebensborn-Sache. Der SS-Verein. Sie nehmen schwangere, ledige Mütter in ihren Heimen auf, versorgen sie bis zur Geburt und geben die Kinder anschließend zur Adoption an ausgesuchte SS-Familien weiter.«

Die Mutter blickte empört auf, aber der Vater legte ihr eine Hand auf die Schultern. Er nickte Hanno zu.

»Wir sollten darüber nachdenken. Sabine hat ihr ganzes Leben noch vor sich. Mit einem Kind ist alles viel schwieriger.«

»Sabine, was möchtest du?« Die Mutter griff wieder nach der Hand ihrer Tochter.

»Ich weiß es nicht«, antwortete Sabine verzweifelt. »Ich weiß es einfach nicht.«

»Sollen wir für dich eine Entscheidung treffen?« Die Stimme des Vaters war leise und mitfühlend.

»Nein. Das muss sie selbst tun«, meinte die Mutter. »Diese Entscheidung können wir ihr nicht abnehmen. Aber vielleicht braucht sie Zeit zum Nachdenken. Sabine, hör gut zu, es gibt drei Möglichkeiten: Wir ziehen dein Kind gemeinsam groß, oder du heiratest Siegfried, oder du gehst in ein Lebensborn-Heim. Denk gut darüber nach. Aber jetzt brauchen wir alle etwas Schlaf. Morgen reden wir weiter.«

Hanno schlief schlecht in dieser Nacht. Er hörte seine Eltern in ihrem Schlafzimmer miteinander sprechen, aber er konnte die Worte nicht verstehen. Sabine, so hoffte er, würde endlich wieder schlafen können, jetzt, da die Wahrheit ans Licht gekommen war. Als der Tag anbrach, erhob sich Hanno. Ihm schien, als hätte er die ganze Nacht wach gelegen.

Ungekämmt schlurfte er in die Küche, um zu frühstücken. Sabine saß schon am Tisch, die Augen zwar immer noch gerötet vom vielen Weinen, der Blick aber viel klarer als in der letzten Zeit.

»Hast du schon eine Entscheidung getroffen?«, fragte er sie.

»Nein. Ich brauche noch ein wenig Zeit«, antwortete sie.

Kurz vor dem Abendessen stand Siegfried in der Küche der Richters. Er war, wie alle Sacrower, über den Hof gekommen. In der Hand hielt er ein blasses Alpenveilchen.

»Ich wollte zu Sabine«, erklärte er.

Bis auf Sabine war die Familie schon in der Küche versammelt. Die Mutter legte das Messer zur Seite, mit dem sie gerade Brot geschnitten hatte, und sah Siegfried aufmerksam an. Auch der Vater ließ die Zeitung sinken. Hanno, der dabei war, die Wassergläser zu füllen, stellte den Krug auf den Tisch.

Als sie Sabines Schritte auf der Treppe hörten, kam es Hanno so vor, als hielten sie alle die Luft an.

Sabine blieb wie angewurzelt auf der Küchenschwelle stehen, als sie Siegfried erblickte.

»Ich … ich wollte euch alle fragen, ob ich Sabine heiraten soll«, brach Siegfried schließlich die Stille, und Hanno fand, dass dies der unromantischste Heiratsantrag der Welt war.

»Uns alle willst du fragen?«, donnerte der Vater. »Ich kann dir die Antwort geben. Nein, ich will nicht, dass der Vergewaltiger meiner Tochter sie auch noch heiratet.«

Siegfried blickte zu Boden und schluckte. »Ich stehe zu meiner Verantwortung«, presste er heraus.

»Dann solltest du diejenige fragen, die du geschändet hast.«

Siegfried nickte, dann sah er Sabine an. »Sabine, willst du mich heiraten?«

Da begann Sabine zu lachen. Sie lachte und lachte, sie hielt sich den Bauch und lachte. Sie krümmte sich, und aus dem Lachen wurde ein Weinen.

Kapitel 17

Sabines Entschluss kam für alle überraschend. Hanno war stolz auf seine kleine Schwester. Sie hatte sich gegen Siegfried entschieden und würde in ein paar Monaten, wenn sich die Schwangerschaft nicht mehr verbergen ließ, in ein Heim des Lebensborn-Vereins gehen. Danach würde sie das Kind zur Adoption freigeben und in Potsdam eine Lehre zur Drogistin beginnen.

»Ich kann nicht einen einzigen Abend über mein ganzes Leben bestimmen lassen«, hatte sie gesagt. »Und ich bin mir nicht sicher, ob ich dieses Kind überhaupt lieben könnte. Es ist mir doch aufgezwungen worden.«

Die Mutter hatte sie in den Arm genommen und Sabines Rücken gestreichelt. Der Vater hatte genickt. Damit war die Sache beschlossen.

* * *

Am nächsten Tag fuhr Hanno nach Potsdam. Er hatte einen Teil seines Ersparten dabei. Nicht wenig, denn er bekam von seinem Vater einen gerechten Lohn und gab kaum etwas aus. Er rauchte nicht, er trank nur selten, und Ute stellte keine hohen Ansprüche an ihn. Ihr reichte es, wenn er sie am Samstag ausführte. Waren sie tanzen, dann trank sie einen Kirschlikör, gingen sie ins Kino, aß sie ein paar Salzstangen. Einmal hatte er sie in eine teure Bar einladen wollen, in der es Cocktails gab. Etwas, das weder Ute noch er kannten. Aber Ute hatte den Kopf geschüttelt. »Halt dein Geld lieber zusammen«, hatte sie gesagt.

Die Straßen in der Stadt waren voller Menschen, die mit frisch gekauften Weihnachtsbäumen ihrer Wege gingen, schwere Taschen und Beutel mit Geschenken schleppten oder beim Metzger Gans bestellten. Die Geschäfte waren trotz des Krieges voller Waren und festlich geschmückt. Da fand sich ein Weihnachtsbaum in einem Schaufenster, in einem anderen stand eine Krippe, und in einem weiteren lagen hübsch verpackte Geschenke. Hanno liebte die Weihnachtszeit mit den vielen Kerzen und dem Geruch des Räuchermännchens. Tanne oder Weihrauch. Nie konnte er sich entscheiden, wenn die Mutter ihn nach seiner Lieblingssorte fragte. Nun war er in Potsdam, um für alle Geschenke zu kaufen.

Zuerst betrat er ein Juweliergeschäft. Vor ihm ließ sich eine ältere Frau im Nerzmantel goldene Ketten zeigen. Wieder und wieder brachte die Verkäuferin neue Stücke, und am Ende kaufte die Kundin nichts. Dann war Hanno an der Reihe.

»Führen Sie Verlobungsringe?«, fragte er und fühlte sich unwohl dabei. Er mochte Ute und hatte sie inzwischen ganz gut kennengelernt. Aber für eine Verlobung war er noch nicht bereit. Erst letzte Woche hatte er wieder von Stefanie geträumt. Doch er hatte unterdessen begriffen, dass seine Wünsche nicht zählten.

»Ja, wir haben eine schöne Auswahl. Einen Augenblick, ich hole die Schmuckkästen.«

»Gibt es da eine Mode oder so etwas?«, fragte Hanno eine kleine Weile später, als er die drei Dutzend Ringe vor sich sah.

Die Verkäuferin lächelte ihn an. »In diesem Jahr sind die schmalen goldenen Ringe sehr beliebt. Besonders bei den jungen Paaren, die sich vor dem Krieg schnell noch verloben wollen.«

»Welcher würde Ihnen gefallen?« Hanno wusste beim besten Willen nicht, wie er sich entscheiden sollte.

»Oh, ich würde nach der amerikanischen Mode gehen. Da bekommt die Braut einen Ring mit einem Stein, die Eheringe gibt es erst zur Hochzeit. Das ist sehr elegant.«

Elegant. Bei diesem Wort hätte Margot Blaschke schon ihre Auswahl getroffen. Aber er war ein Möbeltischler aus Sacrow und wollte nichts anderes darstellen. Schließlich entschied er sich für zwei mittelbreite goldene Ringe. Wenn Ute wollte, konnte sie sich in ihren noch einen Stein einbringen lassen. Da würde er nicht kleinlich sein.

Als die Verkäuferin die Ringe in kleine Samtkästchen packte, betrachtete Hanno die übrige Auslage. Er sah ein dünnes Goldkettchen, an dem ein kleiner Anker hing. Es passte so gut zu Sabine, dass er nicht anders konnte.

»Ich nehme auch diese Kette hier noch dazu.«

Nicht glücklich, aber sehr zufrieden verließ er das Juweliergeschäft. Anschließend kaufte er für die Mutter ein Tuch aus Seide, für den Vater ein Rasierwasser. Dann brauchte er noch Geschenke für seine zukünftigen Schwiegereltern. Aber die wollte er nicht kaufen, sondern lieber selbst bauen. Ein Hochbeet für Margot, die es am Rücken hatte und sich so schlecht bücken konnte. Und einen Werkzeugschrank mit vielen Fächern für Wilhelm Blaschke.

Ein Geschenk für Ute hatte er schon. Er hatte für sie ein Grammophon gekauft, weil sie Musik und das Tanzen so sehr liebte. Er hatte es günstig von einem Kunden der Werkstatt bekommen, der Zahlungsprobleme hatte. Außerdem – er gab es vor sich selbst zu – wollte er Blaschke damit beeindrucken.

Auf einem kleinen Platz standen ein paar Buden, und Hanno kaufte für sich und Sabine gebrannte Mandeln. Der Mutter brachte er Lebkuchen und dem Vater Maronen mit, die nur noch wieder heiß gemacht werden mussten.

Zum Schluss besuchte er die Filiale seiner Bank und ließ sich seinen Kontostand nennen. Er verdiente bei seinem Vater 200 Reichsmark im Monat. Der Mutter gab er 50 Reichsmark ab, 20 Mark nahm er für sich als Taschengeld und den Rest sparte er. Er hatte gut 3.000 Reichsmark auf seinem Sparbuch und wusste, dass sich Ute ein eigenes Haus wünschte. Dafür brauchte er rund 20.000 Reichsmark, doch für eine Anzahlung sollte es reichen.

Ein Haus. Ein eigenes Haus. Das klang noch so fremd. Ein Haus und eine Ehefrau. Das klang noch fremder. Er war doch erst achtzehn Jahre alt. Natürlich wusste er, dass die Blaschkes so sehr auf eine rasche Verlobung drängten, damit ihnen Hanno nicht noch im letzten Augenblick abhandenkam. Außerdem war er jetzt erpressbar. In einem Jahr hatte sich das Rad weitergedreht, und niemand wusste, was dann kam. Trotzdem. Ein Haus. Musste er nicht langsam damit beginnen, die Möbel dafür herzustellen? Ein Doppelbett. Einen Schrank. Einbaufächer für die Küche. Er seufzte, als er daran dachte.

* * *

Den Heiligen Abend verbrachte die Familie Richter zusammen. Sie gingen gemeinsam in die Heilandskirche und kamen ein wenig zu früh dort an. Vor dem Kirchentor standen schon einige Sacrower beieinander und unterhielten sich. Die Kirche war über Sacrow hinaus berühmt. Sie war im italienischen Stil direkt ans Havelufer gebaut worden und hatte einen frei stehenden Glockenturm. Hanno mochte den Bau, der leicht und elegant war und nicht so klobig und schwer, wie es die Kirchen in der Gegend normalerweise waren.

Siegfried kam direkt auf Sabine zu, und Hanno fragte seine Schwester rasch, ob sie mit ihm sprechen wolle. Sabine zuckte mit den Schultern. Seit sie ihre Entscheidung getroffen hatte, war sie ruhiger geworden. Ihre Wangen färbten sich allmählich wieder rosig, die Augen bekamen ihren alten Glanz zurück.

»Hallo, Sabine. Wie geht es dir?«, wollte Siegfried wissen und trat dabei nervös von einem Bein auf das andere.

»Es geht mir gut. Danke.«

»Und wie … Ich meine … Wie geht es unserem Kind?«

Sabine warf den Kopf in den Nacken. »Es gibt kein ›unser‹. Aber meinem Kind geht es ebenfalls gut.«

Sie nickte ihm zu und begab sich ins Kircheninnere.

Hanno wollte sich zu seinen Eltern setzen, doch die Blaschkes bestanden darauf, dass er neben ihnen in der ersten Reihe saß, direkt zwischen Ute und Lehrer Knöfel. Generalforstmeister Alpers hatte ebenfalls in der ersten Reihe Platz genommen. In der Bank dahinter saßen die Pachnickes, der Metzger Großkopf, die Familie Hirte und der Besitzer des *Fährhauses*. Das war schon immer so gewesen. Jeder Sacrower hatte seinen Platz, und das war nicht der, den er sich selbst ausgesucht hatte, sondern der, welcher ihm von der Dorfgemeinschaft zugewiesen worden war.

Hanno blickte sich nach seinen Eltern um, die weiter hinten saßen, und zuckte entschuldigend mit den Schultern. Die Mutter lächelte ihn an und formte mit den Lippen etwas, das er nicht verstand.

Vom Gottesdienst bekam er die Worte »Und es begab sich, dass ...« mit, dann schweiften seine Gedanken ab. Ute fasste nach seiner Hand und lächelte ihn an.

Plötzlich ergriff ihn regelrechte Panik. Morgen, am ersten Weihnachtsfeiertag, waren seine Eltern und er bei den Blaschkes eingeladen. Zu einem Sektempfang, hatte es geheißen. Ein Sektempfang in Sacrow. Das klang vornehm, das hatte es nicht einmal gegeben, als die Berliner Sommergäste noch alle hier lebten. Und auf diesem Sektempfang musste er sich morgen Abend mit Ute verloben. Nein, Ute war nicht mehr das, was ihn so abschreckte, sondern es war die Tatsache, dass sein Leben von nun an in den von Blaschke vorgezeichneten Bahnen verlaufen würde. Er war nicht mehr Herr über seine Zukunft.

In einem Jahr würde er wieder hier sitzen, mit einem Ehering am Finger, und womöglich war Ute dann schon schwanger. Er wusste, dass sie sich mindestens drei Kinder wünschte. Aber er, Hanno, fühlte sich selbst noch wie ein Kind.

Die Luft wurde knapp. Die Krawatte schnürte ihm den Hals ein. Er riss an ihr, bis sie locker war. Doch noch immer bekam er keine Luft. Er musste raus hier, und zwar schnell. Obwohl der Pfarrer seine Lesung der Weihnachtsgeschichte noch nicht beendet hatte, stand Hanno auf und verließ schnellen, sehr schnellen Schrittes die Kirche.

Das Gotteshaus stand direkt am Ufer der Havel und gehörte zum Schlosspark. Hanno war ohne Mantel hinausgelaufen. Es war bitterkalt. Heute Morgen hatte Raureif auf den Wiesen und Pflanzen gelegen, und der Vater hatte die Scheibe des Autos freikratzen müssen. Er schlang die Arme um seinen Oberkörper und hüpfte ein wenig auf und ab. Wenigstens bekam er hier draußen wieder besser Luft. Aber was sollte er tun? Am liebsten hätte er geweint. Geschluchzt und am ganzen Körper gebebt wie ein Kind. Er wollte sich in die Arme seiner Mutter kuscheln und von ihr hören, dass alles wieder gut werden würde. Aber das war nicht so, und das wusste er auch.

Plötzlich hörte er hinter sich Schritte.

»Was machst du hier draußen?«, fragte Ute.

Sie stand in ihrem dünnen Kleid vor ihm und fror sichtlich. Behutsam legte einen Arm um sie und zog sie an seinen Körper.

»Morgen sollen wir uns verloben«, sagte er.

»Ja, das habe ich gehofft«, erwiderte Ute. »Und ich freue mich schon darauf.« Sie sah ihn an. »Hast du kalte Füße bekommen?«

Hanno seufzte. Er wollte Ute nicht belügen, aber er wollte sie noch weniger verletzen. »Ja, vielleicht ein bisschen. Ich habe mich noch nie verlobt, weißt du.« Er lachte gequält auf. »Niemand hat bislang einen Sektempfang für mich gegeben. Das ist alles irgendwie so … so groß.«

Ute kuschelte sich eng an ihn und schlang ihre Arme um seine Hüfte. »Ich weiß, und ich habe auch ein bisschen Angst. Immerhin geht es um den Rest unseres Lebens. Und du kennst ja meine Mutter. Sie übertreibt. Wie immer.«

»Weißt du, eigentlich ist das ja eine Sache, die nur uns beide angeht.«

»Ja. Ich weiß.«

Hanno konnte nicht recht sagen, woher die Gedanken in seinem Kopf eigentlich kamen, aber er hatte das unbedingte, unstillbare Verlangen, den Blaschkes etwas entgegenzusetzen. Er wollte nicht, dass sie alles in seinem Leben bestimmten. Also tastete er in der Tasche seines Jacketts nach den Ringen, die er vorsichtshalber heute schon eingesteckt hatte, um sie morgen auf gar keinen Fall zu vergessen. Dann fiel er vor Ute auf die Knie, nahm ihre Hand und blickte ihr in die Augen.

»Ute Marie Blaschke, möchtest du meine Frau werden?«

Er hatte damit gerechnet, dass sie »Ja!« rufen und sich in seine Arme stürzen würde, doch das tat sie nicht. Sie blieb einfach stehen und sah ihm in die Augen.

»Ist es das, was auch du möchtest, Hanno Eugen Richter?«, fragte sie. Kein Lächeln war auf ihrem Gesicht zu sehen, nur etwas, das Hanno bei sich »einen heiligen Ernst« nannte.

»Du musst nicht, weißt du«, sprach Ute weiter. »Ich liebe dich, aber ich möchte nicht mit einem Mann verheiratet sein, der mich nicht liebt.«

Hanno erhob sich, nahm ihre Hände in seine. Er sah ihr ins Gesicht, in die hübschen graugrünen Augen, die gerade Nase, den etwas zu breiten Mund, der so gern lachte. Er mochte Ute. Und doch fiel ihm in diesem Augenblick Stefanie ein. Was er für sie empfunden hatte, unterschied sich himmelweit von dem, was er für Ute empfand.

Stefanie hatte jede seiner Körperzellen zum Vibrieren gebracht. Aber Ute war verlässlich, und sie war da, stand hier vor ihm. Kurz sah er zum Himmel hinauf. Gott musste doch in dieser Nacht besonders auf die Wünsche seiner Herde achten, oder nicht? Es war die Heilige Nacht, die Nacht, in der Wunder möglich waren. Also bat er Gott in Gedanken darum, dass er Ute lieben konnte. Und dann strich er ihr mit der Hand eine Haarsträhne aus dem Gesicht.

»Ich möchte dich heiraten, Ute. Es ist mir ernst damit.« Er sagte diese beiden Sätze in diesem Augenblick mit voller Überzeugung. Er wusste, dass Ute immer zu ihm stehen würde. Er wusste, dass sie ihm eine gute Ehefrau sein würde. Er wusste mehr über sie, als er je über Stefanie gewusst hatte. Und er versprach Gott und sich selbst in dieser Nacht, dass er Ute immer gut behandeln würde. Denn sie liebte ihn. Und er verliebte sich vielleicht auch ein bisschen in sie in dieser Nacht der Wunder.

Sie lächelte ihn an und sagte: »Ja, ich möchte gern deine Frau werden.«

Der Kuss war leidenschaftlich. Nicht mehr prüfend und tastend, sondern so, wie Brautleute sich küssen sollten. Ein Kuss mit dem Versprechen auf mehr. Und danach zog Hanno die Schachtel aus seiner Tasche und steckte Ute den goldenen Ring an den linken Ringfinger. Und Ute tat dasselbe bei ihm. Und dann küssten sie sich wieder. Ute zitterte ein wenig, und Hanno konnte nicht sagen, ob dieses Beben den Emotionen oder der Kälte geschuldet war.

Kapitel 18

Sacrow, 1940

Im Februar des Jahres 1940 errichtete der SS-Brigadeführer Johannes Schäfer eines der größten jüdischen Ghettos im besetzten Polen, das Lager Litzmannstadt. Mit Heinrich Himmlers Erlass vom März wurde das Konzentrationslager Auschwitz gebaut. Juden erhielten keine Reichskleiderkarten mehr, und ihre Telefonanschlüsse wurden gekündigt.

Die Siegesmeldungen im Rundfunk und in den Zeitungen rissen nicht ab. Die NSDAP und ihre Sympathisanten waren im Freudentaumel. Ab April wurde der Verkauf von Alkohol stark eingeschränkt, und zum Führergeburtstag am 20. April wurde die Beflaggung jedes Hauses angeordnet.

»Warum sehe ich bei euch keine Fahne?«, wollte SS-Mann Hirte von Eugen Richter wissen, als er vorbeikam, um einen Todesfall aus dem Nachbardorf zu melden.

»Wir haben leider keine Vorrichtung dafür an unseren Fenstern. Aber sieh dort, da haben wir eine Flagge hingelegt.«

Eugen Richter wies auf einen Sarg, der hochkant in einer Ecke stand und von dem roten Stoff mit dem schwarzen Hakenkreuz auf weißem Grund bedeckt war. Im Inneren lagen die Gemälde von Max Liebermann, die Dr. Grete Ring gehörten.

Eigentlich hatte Eugen sie in der Sakristei der Kirche verbergen wollen, doch er kannte den Pfarrer nicht gut genug, um ihm zu vertrauen.

Hirte runzelte die Stirn und blickte misstrauisch drein. »Eine Beflaggung hat außerhalb des Hauses zu erfolgen«, brummte er.

»Ist gut.« Eugen zog die Fahne vom Sarg. »Dann hänge ich sie über den Zaun.«

Hirte nickte, doch dann hob er die Hand. »Warte, das geht nicht.«

»Warum nicht? Du hast doch gesagt ›außerhalb des Hauses‹.«

Wieder wusste Hirte nicht genau, was er antworten sollte. »Da gibt es doch diesen Spruch.«

Eugen Richter tat erstaunt. »Welchen Spruch?«

Hirte wedelte mit der Hand. »Irgendwas mit tot über dem Zaun hängen.«

Eugen schüttelte den Kopf. »Nie gehört. Keine Ahnung, was du meinst.«

»Das ist jetzt auch egal«, beschied Hirte. »Die Flagge kommt nicht über den Zaun. Du bist Handwerker. Du wirst Vorrichtungen an deinen Fenstern anbringen und zu Ehren des Führergeburtstages ordentlich flaggen.«

»Das würde ich gern, lieber Rudolph, aber du weißt ja, wie es im Augenblick mit dem Material aussieht. Es gibt kaum noch Holz. Und wenn ich es nicht aus meinem eigenen Wald holen könnte, dann gäbe es bald schon keine Särge mehr, von Möbeln ganz zu schweigen.«

»Du hast eine Werkstatt. Irgendetwas wird dir einfallen. Ich komme morgen kontrollieren.«

Nachdem der SS-Mann gegangen war, setzte sich Eugen Richter auf einen Schemel.

»Das kannst du gern tun, aber vergiss nicht, dass ich nicht zaubern kann«, sprach er in die Stille der Werkstatt hinein.

Am nächsten Tag hing die Naziflagge zwischen Elviras Unterwäsche und Eugens Socken an der Wäscheleine.

* * *

Sabines Schwangerschaft schritt fort. Ihr Bauch wölbte sich immer stärker, und sie wagte es kaum noch, das Haus zu verlassen. In der Schule wurde sie von den anderen gemieden, denn es war eine Schande, so jung schon schwanger zu werden. Einem anständigen Mädchen passierte so etwas nicht, nur den Frühreifen und denen, die schon zeitig angefangen hatten, mit den Jungs zu poussieren. Sie wollte nicht mehr in die Schule gehen – es wurde allmählich beschwerlich –, aber ihre Mutter bestand darauf, wollte unbedingt, dass Sabine ihren Abschluss machte.

Im Dorf wurde sie schief angesehen, und sobald sie vorbei war, steckten die Leute die Köpfe zusammen und tuschelten.

Nur im Lebensmittelladen steckte ihr die Ladeninhaberin immer ein wenig mehr Butter zu, als auf den Lebensmittelkarten stand, und der Metzger Großkopf gab ihr seine Kleiderkarten für das Baby, wenn er sie nicht für sich selbst brauchte.

Siegfried besuchte sie jede Woche und brachte ihr Blumen und Schokolade, obwohl sie nie mit ihm sprach und sich verleugnen ließ, sobald er den Hof betrat. Doch einmal passte sie nicht auf, und er traf sie im Hof an, genau vor der offenen Küchentür.

»Sabine, wie geht es dir?«, fragte er.

»Es würde mir besser gehen, wenn es dich nicht gäbe«, erwiderte sie abweisend.

»Und dem Kind? Ist mit ihm alles in Ordnung?«

»Warum sollte etwas nicht in Ordnung sein?«

Darauf wusste Siegfried keine Antwort. Er blickte auf den Boden und scharrte mit seiner Schuhspitze im Staub herum.

»Was willst du?«, fragte Sabine, und die Mutter, die durch die geöffnete Tür alles mitverfolgen konnte, erzählte später, dass sie bei diesem Satz ihre Hände in die Hüften gestemmt hatte.

»Ich will Verantwortung übernehmen. Das will ich.«

»Pah! Du und Verantwortung. Darauf kann ich verzichten. Mach, dass du wegkommst! Hier will dich niemand.«

»Dass du mich nicht heiraten willst, ist eine Sache, aber ich möchte schon gern wissen, wie es unserem Kind geht«, erklärte Siegfried mit fester Stimme. »Schließlich bin ich der Vater.«

»Nichts bist du und schon gar nicht hier erwünscht.« Sie drehte sich um, ging ins Haus und knallte die Küchentür hinter sich zu.

Einige Wochen vor dem Geburtstermin fuhr der Vater sie nach Belzig in das dortige Lebensborn-Heim. Da würde sie auch die Prüfungen für den Schulabschluss ablegen.

Die Mutter hatte sie fest in die Arme genommen. »Vergiss nicht, was auch immer passiert, wir sind für dich da.«

Tapfer schluckte Sabine ihre Tränen runter, dann lud der Vater ihren Koffer ein, und kurz darauf rollte das Auto vom Hof.

Hanno blieb neben der Mutter stehen, auch dann noch, als das Auto längst nicht mehr zu hören war.

»Was ist mit dir?«, fragte er. »Willst du nicht ins Haus gehen?«

Die Mutter seufzte. »Es wird ihr so schwerfallen, ihr Kind wegzugeben. Ich hoffe nur, sie kommt eines Tages darüber hinweg.«

»Das wird sie. Sie ist stark«, tröstete Hanno, aber eigentlich wusste er nicht, ob Sabine wirklich stark war.

»Die Leute vom Heim haben gesagt, sie rufen uns an, wenn das Kind geboren ist, damit wir Sabine abholen können. Ich werde auf jeden Fall mitfahren«, teilte die Mutter mit. Sie lächelte ein wenig schief, fuhr Hanno durch das Haar, was er hasste, und ging dann zurück in das kleine Büro hinter der Küche, in dem sie die Buchhaltung für die Tischlerei erledigte.

Hanno war gerade dabei, eine Kommode zu zeichnen, die Ute sich gewünscht hatte, als der alte Herr Salomon in der Werkstatt erschien. Er bebte am ganzen Leib und drohte jeden Moment umzukippen. Hanno stürzte zu ihm, nahm seinen Arm und führte ihn zu einem Stuhl. Dann eilte er zur Mutter ins Haus, um ein Glas Wasser zu holen.

Es dauerte eine ganze Zeit, ehe sich Herr Salomon wieder so weit beruhigt hatte, dass er sprechen konnte.

»Meine Frau …«, stammelte er. »Sie bewegt sich nicht mehr. Ich glaube …« Er konnte den Satz nicht zu Ende sprechen.

»Hanno, geh rüber und sieh nach, was passiert ist. Und ruf am besten auch gleich den Doktor«, bat die Mutter, die ihm gefolgt war.

Herr Salomon wollte aufstehen, aber Elvira Richter drückte ihn zurück auf den Stuhl. »Sie können im Augenblick nichts tun. Bitte bleiben Sie hier und erholen Sie sich noch ein wenig. Wir werden dann zusammen zu Ihnen gehen.«

Als Hanno das Haus betrat, rief er nach Frau Salomon, aber niemand antwortete ihm. Er fand sie im Bett, das Gesicht hatte die Farbe von Kerzenwachs. Er suchte nach ihrem Puls, doch er fand keinen. Margarete Salomon war tot. Behutsam zog er ihr die Bettdecke bis über die Schultern und schloss die Tür, so leise er konnte.

Die Salomons besaßen kein Telefon, weil Juden keine Telefone besitzen durften. Aber zum Glück war Sacrow nicht groß. Also lief er ein paar Häuser die Straße hinab zu Dr. Bredow, der die Praxis von Dr. Goldstaub weiterführte.

»Na, Hanno, was machst du denn hier?«, begrüßte ihn Thea Rasche, die Arzthelferin, die in der Schule zwei Klassen über ihm gewesen war.

»Frau Salomon. Ich glaube, sie ist tot. Doktor Bredow muss kommen.«

Gerade noch hatte Thea gelächelt, aber jetzt zog sie die Augenbrauen in die Höhe. »Die Salomons sind Juden, nicht wahr?«

»Herr Salomon. Sie nicht. Sie ist Christin.«

Thea Rasche seufzte. »Dann sind wir ja doch zuständig. Ich sage Doktor Bredow Bescheid.«

»Was denkst du, wie lange es dauern wird, bis er kommt?«

Thea zuckte gleichgültig mit den Achseln, obwohl sie Frau Salomon seit ihrer Kindheit kannte. »Keine Ahnung.«

»Ein, zwei Stunden?« Hanno ließ nicht locker.

»Keine Ahnung«, wiederholte Thea. »Aber ich denke, es wird eher ein paar Tage dauern. Immerhin hat die Salomon in Rassenschande gelebt. Da steht sie beim Doktor gewiss nicht oben auf der Liste.«

Hanno wollte protestieren, aber Thea stand auf und verließ die kleine Anmeldung. Er überlegte, ob er auf Dr. Bredow warten sollte, doch dann fiel ihm ein, dass auch der Arzt zur NSDAP gehörte. Mutlos ging er zurück nach Hause.

»Und? Hast du Doktor Bredow informiert?«, wollte die Mutter wissen.

»Ja, aber es kann Tage dauern, bis er kommt.«

»Wie bitte? Es ist ein ungewöhnlich warmer Frühling, die Sonne knallt vom Himmel. Er muss unverzüglich kommen. Hast du nicht darauf bestanden?«

»Doch, das habe ich. Aber es hatte keinen Zweck.«

Herr Salomon blickte auf. »Ich muss sie sehr schnell begraben. So will es der Brauch.«

Elvira seufzte. »Das wird nicht gehen, Herr Salomon.«

Dann wandte sie sich an Hanno und raunte ihm zu: »Haben wir noch einen Sarg auf Vorrat?«

Hanno nickte und deutete auf die Tür, die in das große Lager führte.

Elvira legte dem alten Herrn eine Hand auf die Schulter. »Wir kümmern uns um Ihre Frau. Wenn Sie damit einverstanden sind, dann legen wir sie in einen Sarg. Irgendwann wird der Doktor schon kommen. Wollen Sie schauen, ob der Sarg Ihnen gefällt?«

Der alte Mann blickte verwirrt auf Hannos Mutter, dann schlug er die Hände vor das Gesicht.

»Sie muss doch geholt werden. Heute noch. Und ich muss

die Spiegel verhängen, wie es der Brauch ist«, presste er hervor.

Dann stand er auf, griff nach einer Schere, die auf Hannos Arbeitsplatz lag, und schnitt damit in sein Jackett, das er über einem weißen Hemd trug.

»Aber was machen Sie denn da, Herr Salomon?« Elvira wollte ihm die Schere aus der Hand nehmen. »Der schöne Anzug geht doch kaputt.«

»So will es die Tradition. Wir zerreißen oder zerschneiden unsere Kleidung, um unsere Trauer auszudrücken.« Seine Stimme zitterte bei diesen Worten, und Hanno holte schnell den Stuhl.

Gerade noch rechtzeitig. Hermann Salomon brach zusammen. Tränen liefen über sein Gesicht, seine Schultern bebten. Elvira reichte ihm ein Taschentuch, legte erneut ihre Hand auf seine Schulter, doch das Weinen verebbte nicht.

»Sie soll nach der jüdischen Sitte beerdigt werden«, erklärte Hermann Salomon stockend. »Innerhalb von achtundvierzig Stunden muss sie unter der Erde sein. Auf einem jüdischen Friedhof. Und es muss das Kaddisch für sie gesprochen werden.«

Elvira sah hilfesuchend zu Hanno, aber der zuckte nur ratlos mit den Schultern. »Das wird nicht gehen, Herr Salomon.«

»Warum?«, fragte er schluchzend. »Warum quälen sie uns so? Wir haben doch niemandem etwas getan. Warum hassen uns die Menschen plötzlich? Ich verstehe das alles nicht. Wie kann man einer Toten die letzte Ehre versagen?«

Er sah zu Elvira hoch. Auch ihr rannen jetzt Tränen über die Wangen.

»Ich weiß es nicht, Herr Salomon. Ich weiß es wirklich nicht. Aber wir werden alles tun, um Ihre Frau würdig zu verabschieden.«

Sie wandte sich an Hanno: »Fahr zu Doktor Goldstaub nach Potsdam. Er ist zwar nicht mehr im Dienst, aber vielleicht kann er trotzdem heute noch den Totenschein ausstellen.«

Hanno nickte, schwang sich auf sein Fahrrad und fuhr die paar Kilometer nach Potsdam zur kleinen Wohnstätte des Arztes in einem sogenannten Judenhaus. In diesen Häusern wurden die Juden, die noch nicht geflohen oder verschleppt worden waren, in winzige Zimmer einquartiert.

Es hieß, die Gestapo mache sich einen Spaß daraus, so oft wie nur möglich nachts oder in den frühesten Morgenstunden Durchsuchungen in den Judenhäusern zu veranstalten, sodass die Bewohner jederzeit in Angst und Schrecken lebten und keine Ruhe in der Nacht fanden.

Hanno klingelte an der Tür, auf der die Namen »Goldstaub«, »Diamant« und »Lifschitz« standen. Von drinnen drangen Lärm und Kindergeschrei heraus. Er klingelte noch einmal, und endlich wurde ihm von einer jungen Frau geöffnet, die ein weinendes Kleinkind auf der Hüfte sitzen hatte und ein weiteres an der Hand hielt.

»Was wollen Sie?«, fragte sie, und Hanno sah ihr die Erschöpfung im Gesicht an. »Sollen wir uns wieder irgendwo am anderen Ende der Stadt melden? Oder haben Sie unsere Lebensmittelkarten erneut zusammengestrichen?«

»Nichts von alldem. Bitte entschuldigen Sie die Störung. Ich suche Doktor Goldstaub und bin privat hier.«

»Gehen Sie zum letzten Zimmer. Ich glaube, er ist daheim.

Wenn man das hier überhaupt als ein Zuhause bezeichnen kann.«

Hanno klopfte an der genannten Tür, und der alte jüdische Arzt öffnete ihm.

»Hanno? Was machst du hier?« Goldstaub machte keine Anstalten, seine Verblüffung zu verstecken.

»Ich brauche Ihre Hilfe, Herr Doktor. Heute Morgen oder in der Nacht ist Frau Salomon gestorben. Der neue Arzt will erst in ein paar Tagen den Totenschein ausstellen. Würden Sie wohl mit mir nach Sacrow kommen und sich die Tote ansehen?«

»Komm rein«, sagte der Doktor und trat zur Seite.

Hanno blickte sich um. Früher hatte der Doktor Goldstaub ein wunderschönes Haus direkt am See besessen, eine richtige Villa mit einem großen Garten und einem Teehäuschen darin. Jetzt lebte er in einem winzigen Zimmer, das nicht viel größer war als die Besenkammer in Hannos Zuhause. Auf der schmalen Holzpritsche lag eine kratzige Pferdedecke, unter dem Fenster stand ein aufgeklappter Koffer, der wohl als Schrank diente. Es gab keinen Teppich auf dem Boden und keine Gardinen an den Fenstern.

»Nicht gerade komfortabel, nicht wahr, mein Junge? So leben wir inzwischen. Wir dürfen keine Bücher besitzen, kein Radio, nicht einmal Schreibpapier.«

Hanno wusste nicht, was er darauf antworten sollte. Er fand keine Worte, und die Demütigung von Dr. Goldstaub war so umfassend, dass er beinahe keine Luft mehr bekam.

»Es tut mir leid«, stammelte er. »Es tut mir so entsetzlich leid.«

»Du kannst ja nichts dafür, Junge. Es ist nicht deine Schuld.«

Hanno räusperte sich. »Ob Sie wohl mit mir mitkommen könnten? Zu Frau Salomon wegen des Totenscheines und des Begräbnisses. Und wegen etwas, das Kaddisch heißt.«

Der alte Mann seufzte tief. »Ich wollte, ich könnte, aber ich darf nicht. Ich darf die Stadt nicht verlassen und darf auch nicht praktizieren. Ich habe weder Totenscheinformulare noch Rezepte. Ich kann nicht, Junge, und das schmerzt mich sehr.«

Hanno sah, wie sich die Augen des alten Arztes mit Tränen füllten, und er wusste nicht, ob Dr. Goldstaub um sich oder um Frau Salomon weinte.

»Sag Hermann Salomon, dass ich in Gedanken bei ihm bin. Ich werde hier das Kaddisch, das Totengebet, sprechen, und ich werde auch die anderen Männer hier im Judenhaus dazu anhalten. So ist zwar nicht der Brauch, aber in diesen Zeiten muss man nehmen, was man bekommt. Und nun geh, Junge. Es ist nicht gut, wenn man dich hier sieht.«

Hanno nickte. »Danke, Herr Doktor Goldstaub.«

»Ich habe doch nichts tun können, Junge.«

»Ich glaube«, antwortete Hanno, »dass Ihr Totengebet für Herrn Salomon wichtig ist. Sie helfen ihm damit.«

Eine Stunde später war Hanno zurück. Herr Salomon und seine Mutter saßen inzwischen in der Küche. Elvira Richter hatte Kaffee gekocht und Herrn Salomon ein Brötchen mit Rindswurst gereicht, damit er etwas in den Magen bekam.

»Doktor Goldstaub lässt sein Beileid ausrichten. Er kann leider nicht kommen, er darf Potsdam nicht verlassen. Aber er will dafür sorgen, dass das Kaddisch für Ihre Frau gesprochen wird.«

Der alte Salomon, der, wie Hanno schätzte, um die achtzig Jahre alt war, nickte, betrübt und erleichtert zugleich. Dann fragte er: »Über das Kaddisch bin ich sehr, sehr froh. Aber was machen wir mit meiner Frau?«

Elvira zögerte einen Moment, bevor sie sprach: »Ich werde Ihre Frau waschen und in ein Totenhemd kleiden. Danach legen wir sie in den Sarg. Mein Mann, der bald wieder hier sein müsste, wird sich um eine Grabstelle kümmern. Und gleich nachdem Doktor Bredow da war, werden wir sie begraben. So, wie es bei Ihnen üblich ist. Das ist alles, was wir für Sie tun können.«

Der alte Mann griff nach Elviras Hand. »Ich danke Ihnen. Ich danke Ihnen aus tiefstem Herzen.«

* * *

Elvira hatte noch nie eine Tote gewaschen, aber sie tat ihr Bestes. Sie wusch die alte Frau behutsam, zog ihr das schönste Kleid an, das sie im Schrank finden konnte, kämmte ihr das Haar und schloss ihr die Augen. Dann brachten Hanno und sein Vater den Sarg und betteten Margarete Salomon in ihre letzte, ewige Schlafstatt.

Die Mutter hatte den Lebensmittelhändler so lange bekniet, bis er ihr zwei armdicke weiße Kerzen verkaufte. Sie hatte keine Marken dafür und zahlte deshalb einen vielfach höheren Preis. Die Kerzen stellte Elvira rechts und links neben den Sarg. Außerdem verhängte sie die Spiegel im Haus der Salomons mit Tüchern.

Dann hielten sie zusammen mit Hermann Salomon Totenwache. Zuerst saß Hanno bei dem alten Herrn. Sie schwiegen, aber es war kein drückendes, sondern ein angemessenes Schweigen. Hanno fuhr über seinen Verlobungsring und dachte über die Ehe nach. Die Salomons hatten sich geliebt, das hatte jeder sehen können. Auf der Straße waren sie Hand in Hand gegangen. Herr Salomon hatte seiner kleinen Frau geholfen, die Wäsche an der hohen Leine auf- und wieder abzuhängen. Er hatte den Müll herausgebracht, und wann immer man ihn traf, sprach er stets liebevoll von ihr. »Meine Margarete« hatte er sie genannt. Und keiner hatte sie jemals streiten gehört.

Während der Mittagszeit blieb der Vater am Sarg von Frau Salomon sitzen, danach die Mutter und am Abend wieder Hanno. Doch jedes Mal, wenn ein Auto vorüberfuhr, sprangen sie auf und blickten nach draußen, ob es endlich der Wagen des Arztes war.

* * *

Nach zwei Tagen, die Hermann Salomon sichtlich zugesetzt hatten, ging Elvira noch einmal zu Dr. Bredow.

»Es ist heiß draußen. Die Leiche von Frau Salomon liegt noch immer im Haus. Wann kommt endlich Doktor Bredow, um den Totenschein auszustellen? Warum lassen Sie den alten Herrn so lange leiden? Das ist grausam.«

»Bei uns haben die Lebenden Vorrang«, erklärte die Arzthelferin schnippisch. »Es ist viel zu tun in der Praxis. Der Doktor gönnt sich kaum eine Pause.«

»Nun, gestern Nachmittag haben wir ihn am Havelufer gesehen. Er hat geangelt, obwohl er eigentlich eine Sprechstunde hätte abhalten müssen.«

Die Arzthelferin zog die Augenbrauen zusammen. »Spionieren Sie dem Arzt etwa hinterher? Das ist unerhört! Wir werden uns beschweren.«

»Ich spioniere nicht, aber ich bin auch nicht blind. Und zu einer Beschwerde haben *wir* ja wohl viel eher einen Grund.«

Die Arzthelferin erhob sich. »Ich denke, es ist besser, wenn Sie jetzt gehen. Der Arzt wird kommen.«

»Und wann? Ich bitte Sie herzlich, haben Sie ein wenig Mitgefühl mit dem armen Witwer. Quälen Sie ihn nicht so.«

»Erst spionieren Sie dem Arzt hinterher, dann sind Sie unfreundlich zu mir, und jetzt verlangen Sie noch eine Sonderbehandlung. Leute wie Sie, die habe ich am liebsten.«

»Es geht nicht um mich, es geht um Herrn Salomon.«

»Der ein Jude ist.«

»Wollen Sie Geld? Würde das die Sache beschleunigen?«, fragte Elvira mit leiser Verachtung.

Die Arzthelferin antwortete nicht. Elvira holte zwanzig Reichsmark aus ihrem Portemonnaie und legte sie auf den Tresen. Schneller, als sie schauen konnte, hatte die Frau das Geld eingesteckt.

»Der Arzt kommt also heute noch? Kann ich mich darauf verlassen?«

»Ich tue, was ich kann.«

Mehr war nicht zu erreichen. Elvira sorgte dafür, dass Herr Salomon regelmäßig aß und trank und ein bisschen schlief. Nach einem weiteren Tag sammelten sich unzählige Fliegen um den Sarg, und der Geruch, der herausströmte, verschlug einem den Atem. Der Sargdeckel war noch nicht verschraubt, weil der Doktor die Leiche ja noch sehen musste, und aus den Ritzen roch es nach Verwesung. Vier Tage lag Frau Salomon nun schon hier, aber noch immer war Dr. Bredow nicht gekommen.

Die Richters wachten mit dem alten Salomon am Sarg, und der Mann wurde jeden Tag ein wenig blasser. Immer wieder liefen ihm Tränen über die Wangen.

»Es ist so unwürdig«, weinte er. »Es ist so demütigend. Was haben wir den Menschen denn getan? Nein, so eine Behandlung hat meine Margarete nicht verdient.«

Elvira bat ihren Mann, noch einmal in der Arztpraxis vorbeizugehen, doch auch er erreichte nichts. Dann machte er sich auf den Weg zu Wilhelm Blaschke.

»Ich brauche deine Hilfe«, erklärte er ohne Umschweife.

»Zuerst einmal Heil Hitler, mein lieber Eugen.«

»Schon gut. Drei Liter.«

Eugen schlenkerte seine Hand nach oben, als wollte er einen Drachen steigen lassen.

»Was hast du auf dem Herzen?«

»Der Doktor muss zu den Salomons kommen. Der Sarg ist noch nicht zu, und es beginnt zu riechen.«

»Tja, ich habe schon immer gewusst, dass die Juden stinken«, antwortete Blaschke grinsend.

»Wilhelm, um Politik geht es jetzt nicht.«

»Ich fürchte, ich kann dir da nicht helfen. Ich kann Doktor Bredow schließlich keine Befehle erteilen.«

»Du bist doch ein anständiger Kerl, Wilhelm. Du hast immer gewusst, was richtig und was falsch war.«

»Und wohin hat mich mein Anstand gebracht? Ortsvorsteher in einem winzigen Kaff bin ich. Und der SS-Hirte kommandiert mich rum, als wäre ich sein Lakai. Fehlt nur noch, dass ich ihm Kaffee kochen muss.«

»Frau Salomon war Christin«, sprach Eugen Richter weiter, obwohl er sich vorgenommen hatte, dieses Argument nicht zu gebrauchen. »Sie hat einen anständigen Totenschein und ein anständiges Begräbnis verdient.« Er verschwieg, dass Hermann Salomon sie nach jüdischer Sitte beerdigen wollte.

»Sie hat Rassenschande betrieben, so ist das.«

Eugen seufzte. »Dir ist nicht mehr zu helfen, Wilhelm. Tut mir leid, dass ich dich überhaupt gefragt habe.«

»Das Haus der Salomons. Das war einmal mein Elternhaus. Erinnerst du dich noch?«

Eugen nickte.

»Und dann, als die beiden gestorben waren, haben die Salomons das Grundstück gekauft. Direkt am See. Und sie haben meine damalige Notlage ausgenützt und mir viel zu wenig dafür bezahlt. Dann haben sie das Haus meiner Eltern abgerissen, als ob es gar nichts wäre, und haben ihre Villa dorthin gebaut.«

Eugen nickte. »Aber das ist alles schon so lange her.«

»Manche Dinge kann man nicht vergessen.«

Der Arzt kam nicht am selben Tag und auch nicht am nächsten. Erst als Eugen überlegte, den Sarg mit Frau Salomon ohne Totenschein zu bestatten, klingelte es an der Tür. Dr. Bredow kam herein und hielt sich sofort die Nase zu. »Sie ist tot«, sagte er.

»Gut, dann stellen Sie bitte den Totenschein aus«, bat Elvira, die mit Herrn Salomon bei der Toten wachte.

»Geht nicht. Keine Formulare. Die kommen erst in zwei Tagen aus der Druckerei.«

»Gut, dann haben Sie aber trotzdem den Tod festgestellt, und Frau Salomon kann beerdigt werden. Der Totenschein kann ja ausgestellt werden, wenn die Formulare da sind.«

»Geht nicht«, wiederholte der Arzt. »Der Totenschein muss vor Ort ausgestellt werden. So sind die Vorschriften.«

»Und was sollen wir jetzt machen?«

Der Arzt zuckte mit den Schultern. »Keine Ahnung.«

Jetzt mischte sich Hanno ein. »Und wenn ich zu einer Arztpraxis nach Potsdam fahre und mir dort einen Totenschein ausleihe?«

»Geht auch nicht. Auf dem Totenschein stehen mein Name und die Anschrift meiner Praxis aufgedruckt.«

Herr Salomon erhob sich. Er rang die Hände und schwankte ein wenig. »Ich bitte Sie, tun Sie irgendetwas.«

»Geht nicht. Ich würde ja gern helfen. Aber mir sind die Hände gebunden.« Er wandte sich zum Gehen. In der Tür drehte er sich noch einmal um. »Fragen Sie doch den Großkopf, den Metzger, der muss doch einen Kühlraum haben.«

Wahrscheinlich, dachte Hanno, hatte der Arzt das nicht einmal böse gemeint, aber der alte Herr Salomon brach zusammen. Er knickte in den Knien ein, lag gekrümmt auf dem Boden und weinte herzzerreißend.

Eugen und Elvira brachten ihn wieder auf die Beine.

»So, jetzt ist es genug«, erklärte Elvira. »Sie kommen jetzt mit zu uns und bleiben, bis wir Ihre Frau anständig unter die Erde gebracht haben. Sie sind ja völlig entkräftet.«

Herr Salomon hatte keinen Willen mehr. Er ließ sich führen, drehte sich noch einmal zum Sarg seiner Frau um und sagte leise: »Verzeih mir, meine Liebste. Vergib mir bitte.«

Am nächsten Tag tat sich nichts. Niemand kam. Herr Salomon saß auf einem Stuhl vor dem Haus und beobachtete die Straße. Er war noch immer blass und mitgenommen, aber er hatte wenigstens ein paar Stunden schlafen können, und am Abend trank er sogar ein Bier mit Eugen Richter.

Am nächsten Morgen klingelte es in aller Herrgottsfrühe Sturm bei den Richters. Eugen, der sich gerade angezogen hatte, öffnete die Tür. Davor standen zwei Männer, die sich als Gestapomitglieder ausgaben.

»Ist der Jude Salomon hier?«

Eugen Richter nickte. Sie hielten dem Möbeltischler ein Formular unter die Nase. Eugen nahm es und las. Dann wurde er blass. »Sie kommen, um Herrn Salomon zu holen und in ein Lager zu schicken?«

Der eine der beiden Männer nickte. »Morgen geht der Transport. Herr Salomon soll ein paar Sachen einpacken. Nicht mehr als fünf Kilo. Und Proviant für vier Tage.«

»Seine Frau ist gerade gestorben. Er hat sie noch nicht einmal beerdigen können.«

»Ja, bislang war er durch seine Heirat mit einer Christin vor dem Lager geschützt. Jetzt ist er nur noch ein alter Jude, den wir mitnehmen werden. Er hat zehn Minuten Zeit.«

Sie mussten Herrn Salomon ausliefern. Elvira rannte hinüber in sein Haus und packte ein paar Kleidungsstücke in einen Koffer. Hanno suchte Proviant zusammen.

Herr Salomon trug sein Schicksal mit Fassung. »Ich werde im Lager sterben. Oder schon auf dem Transport. Das macht nichts. Ohne meine Margarete ist mir mein Leben nicht mehr lieb und schon gar nicht mehr teuer.«

»Wir versprechen, dass wir Ihre Frau ordentlich und würdevoll bestatten«, erklärte Elvira Richter.

Der alte Mann drückte ihr herzlich die Hand. »Sie sind gute Menschen. Sie haben so viel für mich getan. Mögen Sie eines Tages den Lohn dafür bekommen. Danke. Für alles.«

Zwei Tage später wurde endlich der Totenschein ausgestellt. Noch am selben Tag wurde Margarete Salomon auf dem Sacrower Friedhof bestattet. Hanno hatte seiner Mutter geholfen, im Garten eine Unmenge an Blumen abzuschneiden. Sie banden sie zu einem wunderschönen Strauß und legten ihn oben auf den Sarg.

Als die beiden Totengräber, Hanno und Eugen den Sarg hinab ins Grab gleiten ließen, sprach Elvira laut das Vaterunser. Sie wusste nicht, ob das dem Brauch entsprach, aber es fühlte sich richtig an. Genauso wie das Kreuz, auf dem Margarete Salomons Name stand und das Hanno gearbeitet und mit einem geschnitzten Davidstern versehen hatte.

Ein paar Tage später war das Kreuz verschwunden, und Hanno stellte ein neues her, dieses Mal ohne den Davidstern. Nur der Name Margarete Salomon stand darauf und ihre Lebensdaten. Wenn die Zeiten anders wurden, würde er ihn einbringen, aber es sah nicht danach aus. Die Wehrmacht eilte von Sieg zu Sieg, die SS-Leute trugen die Köpfe immer höher, und die meisten jungen Männer der Gegend hatten die Uniformen anziehen müssen.

Hanno dachte an Hermann Salomon. Er hätte gern gewusst, wo der stets freundliche alte Herr geblieben war. Das

Haus der Salomons war so schnell ausgeräumt worden, wie es nur ging. Und dieses Mal hatte Blaschke weder Eugen noch Hanno dazu gerufen.

Kapitel 19

Anfang Mai kam der Anruf aus dem Lebensborn-Heim in Belzig: »Ihre Tochter hat entbunden. Aber es gibt Schwierigkeiten. Kommen Sie bitte.«

»Sind sie gesund? Das Baby und sie?«

»Ihnen geht es gut. Kommen Sie bitte.«

Elvira holte Eugen aus der Werkstatt. Zusammen stiegen sie ins Auto und fuhren los.

Unterwegs, sie kamen gerade durch Groß Glienicke, sagte Elvira: »Sie kann das Kind nicht weggeben. Deshalb sollen wir kommen.«

»Denkst du?«

»Ich bin mir sicher. Ich kenne meine Tochter.« Sie drehte sich zu ihrem Mann. »Wir hätten sie niemals in solch ein Lebensborn-Heim geben sollen. Wir hätten das gemeinsam mit ihr durchstehen sollen.«

»Sabine wollte es so, Elvira.«

»Sie ist erst sechzehn Jahre alt. Woher soll sie in dem Alter wissen, was sie will und was nicht? Wir haben einen Fehler gemacht, Eugen. Aber jetzt holen wir sie nach Hause, ganz gleich, aus welchem Grund wir kommen sollen.«

»Das heißt also, dass wir sie und ihr Kind zu uns mitnehmen werden?«

»Natürlich. Und ich freue mich darauf.«

Sie legte eine Hand auf die Hand ihres Mannes, die am Schaltknüppel lag. Er blickte kurz zu ihr, lächelte sie an.

Im Lebensborn-Heim in Belzig wurden sie schon erwartet.

»Wir sind nicht gerade erfreut über die Umstände«, ließ die Leiterin sie wissen. »Wir hatten bereits eine gute Familie für das Kind gefunden.«

Ihre Worte bestätigten Elviras Vorahnung und ließen keinen Zweifel daran, wie sehr die Leiterin Sabines Verhalten missbilligte.

»Reden Sie ihr gut zu, sie ist noch jung und wird auf ihre Eltern hören. Und letztendlich ist es ja auch nicht Sabines Entscheidung, sondern die der Eltern.«

»Können wir sie sehen?«

»Natürlich, ich begleite Sie zu ihrem Zimmer.«

Elvira und Eugen folgten der Leiterin, betraten ein Zimmer, in dem Sabine auf einem Bett lag, ihr Kind dicht neben sich. Gegenüber befand sich ein weiteres Bett mit einer jungen Frau, die die Geburt noch vor sich hatte. Das Zimmer war hell, aber es war nicht freundlich, sondern karg. Es gab keine Bilder an den Wänden, keine Vorhänge vor den Fenstern und schon gar keine Blumen auf den Nachtschränkchen. Es war ein zweckmäßiges, praktisches Zimmer, in dem bestimmte Dinge erledigt werden sollten. Zu wohl sollten sich die Bewohnerinnen hier nicht fühlen.

Elvira stürzte zum Bett der Tochter. »Wie geht es dir, Sabine?«

Sie zog das Mädchen, das nun selbst Mutter war, in die Arme. Sabine wirkte erschöpft. Sie war blass und hatte dunkle

Ringe unter den Augen. Ihr Haar klebte am Kopf, und ihre Lippen waren spröde. Doch ihre Worte klangen gut überlegt. »Ich will sie nicht weggeben«, sprach Sabine. »Ich kann das nicht tun. Ich möchte sie behalten.«

Die Mutter betrachtete den Säugling, und Tränen traten in ihre Augen. »Was für ein schönes kleines Mädchen.«

Sabine nickte. »Dreitausend Gramm und fünfzig Zentimeter. Parademaße.«

Sie klang stolz und streichelte dem Säugling behutsam die Wange. Das Kind schlief, hatte die Äuglein fest zusammengepresst, die kleinen Fäuste geballt. Seine Haut war noch rot von der Geburt, das helle Haar lag eng am Kopf.

»Sie ist wunderwunderschön«, sagte Elvira gerührt und griff nach der Hand ihres Mannes. »Sieh nur, wie zart sie ist.«

»Ihr habt gesagt, wir schaffen das«, erklärte Sabine mit einem leisen Zittern in den Worten. Ihre Stimme ging am Ende des Satzes hoch, sodass er fragend klang.

»Ja, das haben wir. Und wir schaffen das auch. Wenn du sie behalten möchtest, dann behalten wir sie.«

Die Leiterin seufzte laut auf. »Das geht so nicht. Sie hatten sich zur Adoption verpflichtet. Sabine ist noch viel zu unreif, um eine gute Mutter zu werden. Und sie ist ledig, das kommt noch dazu. Sie müssen auch einmal an das Kind denken. Das wird es schwer haben bei einer unverheirateten Mutter.«

Elvira Richter nahm die Kleine behutsam in die Arme und wiegte sie. Ohne den Blick vom Gesicht des Babys zu lösen, sagte sie: »Wir schaffen das. Sabine und das Kind wohnen ja bei uns. Ich werde immer für sie da sein.«

»Haben Sie sich eigentlich mal Gedanken gemacht, wie es für die Adoptiveltern ist? Ich muss denen nun sagen, dass sich ihre Tochter entschieden hat, das Kind zu behalten, auf das sie sich schon so gefreut hatten.«

»Das tut uns auch sehr leid«, erwiderte Elvira und wiegte das Kind weiter in ihren Armen. »Aber letztendlich ist es Sabines Baby. Sie entscheidet.«

»Nun, ich bin überzeugt, dass das Kind bei den Adoptiveltern ein besseres Leben hätte. Sie käme in eine tüchtige SS-Familie. Sie hätte alle Möglichkeiten. Soviel ich weiß, sind Sie ja nicht einmal in der Partei.«

»Nein, das sind wir nicht. Aber wenn es Bedingung ist, der NSDAP beizutreten, um das Kind zu behalten, dann fülle ich noch heute einen Aufnahmeantrag für die NS-Frauenschaft aus«, erklärte Elvira. Ihre Stimme klang entschlossen, und sie blickte der Leiterin des Lebensborn-Heimes direkt in die Augen. »Dieses Kind gehört zu uns, und wir nehmen es jetzt mit. Ihre Unannehmlichkeiten tun uns sehr leid, und wir entschuldigen uns dafür.« Sie drehte sich zu ihrem Mann um. »Da, halte einmal deine Enkelin, ich werde Sabine beim Packen helfen.«

Nun ging alles ganz schnell.

»Ich will nur weg hier«, flüsterte Sabine ihren Eltern zu. »Sie versucht schon den ganzen Tag, mich doch noch zur Adoption zu überreden. Zum Glück hat eure Unterschrift noch auf dem Formular gefehlt, weil ich ja noch nicht volljährig bin.«

Elvira warf rasch die Kleidung ihrer Tochter in den Koffer, während Sabine sich ordnungsgemäß bei der Heimleitung abmeldete und Eugen mit seiner Enkelin im Arm auf einem Stuhl saß und das schlummernde Wunder mit den winzigen Fingerchen betrachtete.

Auf dem Rückweg fiel Elvira etwas ein. »Wir haben keinerlei Sachen für das Baby da. Und Textilien gibt es nur auf Bezugsscheine. Ich werde mich gleich an die Nähmaschine setzen. Und Hanno kann nach Potsdam fahren und kaufen, was er kriegt.«

* * *

Kaum fuhr das Auto auf den Hof, als Hanno schon aus der Werkstatt gestürzt kam. Er umarmte erst Sabine, dann besah er sich seine Nichte. Er betrachtete sie staunend, als wäre sie das erste Baby, das er in seinem Leben zu Gesicht bekam. Und er wusste auf der Stelle, dass sie etwas ganz Besonderes war, ein Kind wie kein anderes.

»Wie heißt sie?«, wollte er wissen.

Sabine blickte zur Mutter und zurück auf ihre Tochter. »Das weiß ich noch gar nicht. Darüber habe ich mir keine Gedanken gemacht, weil ich sie doch eigentlich weggeben wollte. Die Adoptiveltern wollten sie Sigrid nennen, aber das kommt nicht infrage.« Sie sah regelrecht bestürzt aus.

Elvira, die Mutter, die immer alles regelte und richtete, legte einen Arm um Sabines Schulter. »Lass dir Zeit damit. Das Standesamt läuft dir nicht weg. Wir werden sie einfach ›Blümchen‹ nennen, bis sie einen richtigen Namen hat.«

»Blümchen?«, fragte Eugen mit einem Lächeln. »Das gefällt mir. Unser Blümchen. Willkommen zu Hause.«

Am Nachmittag passte Hanno Ute vor ihrer Arbeitsstelle in Potsdam ab, wo sie als Sekretärin arbeitete.

»Hast du Zeit?«

»Aber ja. Was hast du vor?« Ute lächelte erstaunt angesichts Hannos Begrüßung.

»Das Blümchen braucht noch so allerlei«, sagte er und berichtete ihr aufgeregt von der Ankunft seiner winzigen Nichte. »Kannst du mir beim Einkaufen helfen?«

Ute strahlte ihn an. »Natürlich. Komm, lass uns gleich ins Kaufhaus gehen.«

Hanno, der Kaufhäuser hasste, weil er nie wusste, wo er etwas fand, stand in der Kinderabteilung ratlos vor den Regalen.

»Zuerst brauchen wir Strampler, Hemdchen und Windeln«, erklärte Ute. Sie griff in die Regale, stapelte Windeln und Höschen und Hemdchen und Söckchen und Jäckchen und Mützchen auf die Ladentheke. Hanno legte die Textilbezugsscheine der ganzen Familie auf den Tisch, dazu den Sonderschein, der bei einer Geburt ausgegeben wurde, und Ute legte ihren eigenen obendrauf, als noch einer fehlte.

Die Verkäuferin lächelte die beiden an. »Wann ist es denn so weit?«, fragte sie freundlich.

»Sie ist schon da!«, erklärte Hanno.

»Oh, eine Tochter. Dann gratuliere ich herzlich.«

Hanno wollte protestieren, doch dann sah er Utes Gesicht, das vor Glück strahlte.

»Danke schön. Wir freuen uns auch sehr«, antwortete sie. Und Hanno nickte dazu.

»Hast du dir vorgestellt, wir hätten für unser Kind eingekauft?«, fragte er, als sie mit den Einkäufen beladen auf der hölzernen Rolltreppe standen.

Ute nickte und wurde rot. »Es war einfach so verlockend.«

»Du wünschst dir Kinder? Jetzt schon?«

Ute nickte. »Am liebsten hätte ich vier Stück. Und du?«

Hanno überlegte. Er fand Ute in der Rolle der potenziellen Mutter einfach nur süß. Wie sie jede Windel einzeln überprüft hatte! Mit welcher Sorgfalt sie die Kleidungsstücke gewählt hatte! Und wie hübsch sie gerade aussah mit ihren vor Verlegenheit roten Wangen.

»Ich werde für das Blümchen eine Ausfahrgarnitur stricken. Lass uns gleich mal nach Wolle gucken.«

Und noch während Ute über die Wolle sprach, sah er seine Verlobte vor sich. Wie sie ein Kind im Arm hielt. Wie sie stolz mit einem Kinderwagen durch Sacrow spazierte. Wie sie Sandburgen baute, mit Holzautos spielte, Puppen neue Kleider anzog und am Abend Geschichten vorlas.

»Spielzeug«, fiel Hanno ein. »Blümchen braucht noch ein bisschen Spielzeug.«

Ute lachte. »Dafür ist sie viel zu klein.«

»Aber einen ordentlichen Teddybären braucht sie noch heute. Ich werde ihn ihr schenken. Und eine Puppe dazu. Und Holzbausteine. Und Märchenbücher.« Er spürte jetzt dieselbe Aufregung, die auch Ute ausstrahlte. Schon nahm er sie bei der Hand und suchte gemeinsam mit ihr das Spielzeug aus.

»Schau, dieser Teddy ist hübsch.«

»Nein, sein Fell ist viel zu kratzig.«

»Dann den. Der hat ein ganz weiches Fell.«

»Ist er nicht zu groß? Sieh mal, wie gefällt dir die Puppe?«

»Sollten die Holzbausteine bunt sein? Nein, was sage ich denn da. Die Bausteine baue ich selbst. Und ein Puppenbett dazu, da sparen wir ein wenig Geld.«

Als sie in der Drogerieabteilung noch Penatencreme und

Babyseife, eine weiche Haarbürste und zwei Schnuller eingekauft hatten, waren beide so in Eifer geraten, dass es ihnen schwerfiel, damit aufzuhören. Also lud Hanno Ute zu einem Kaffee ein. Richtiger Bohnenkaffe zählte inzwischen zur Mangelware, aber sie hatten Glück. Als sie sich an einem der Tische gegenübersaßen, griff Hanno nach Utes Hand.

»Das war schön mit dir, es hat Spaß gemacht«, sagte er und verschwieg, dass auch er sich vorgestellt hatte, für das eigene Kind einzukaufen.

»Ja, das fand ich auch.«

»Du wirst bestimmt einmal eine gute Mutter.«

Darauf antwortete Ute erst einmal nicht, sondern sah Hanno an, und Hanno erkannte Traurigkeit in ihrem Blick.

»Was hast du?«

»Nichts.« Ute zwang sich ein Lächeln aufs Gesicht.

»Doch. Das sehe ich dir an.«

»Ich habe mir immer vorgestellt, wie es ist, ein Kind zu bekommen, ein Kind zu haben. Ein Kind von einem Mann, den ich liebe und der mich liebt. Ein Unterpfand der Liebe sozusagen.«

»Und was macht dich dabei traurig?«

»Du magst mich. Aber du liebst mich nicht.«

Jetzt seufzte Hanno und ließ Utes Hand los. »Ich mag dich sehr, Ute. Das weißt du.«

»Aber du liebst mich nicht.«

»Doch!« Hanno richtete sich kerzengerade auf. »Heute liebe ich dich.«

Ute lachte bitter. »Nur heute?«

»Es war so schön, mit dir für Blümchen einzukaufen. Ich hatte das Gefühl, zu dir zu gehören.«

»Es wäre perfekt, wenn du dieses Gefühl jeden Tag hättest.«

Hanno schwieg. Er wünschte sich in diesem Augenblick so sehr, Ute lieben zu können. Immer und beständig und ausdauernd und so, wie sie es sich vorstellte. Aber er konnte die Gefühle nicht herbeizwingen. Sie war toll. Sie hatte alles, um einen Mann glücklich zu machen. Aber er konnte ihre Gefühle nicht erwidern, nicht so, wie sie es sich wünschte.

»Hast du jemals über einen anderen Mann an deiner Seite nachgedacht?«, wollte er wissen.

Da brach sie in Tränen aus, erhob sich und ging fort.

Kapitel 20

Sabines Kind wurde auf den Namen Gesine getauft, aber niemand nannte sie so. Sie war und blieb Blümchen. Ja, die meisten Sacrower wussten gar nicht, wie ihr eigentlicher Name lautete. War von ihr die Rede, so hieß es »Richters Blümchen«, und die Richters waren allesamt damit einverstanden.

Wenn im Dorf eine junge Frau Mutter wurde, so gab es von den Dorfbewohnern reichlich Geschenke. Jeder brachte etwas vorbei. Ein gestricktes Mützchen, eine Rassel, eine kleine Decke. Doch zu Sabine kam niemand. Nur Ute brachte für Blümchen eine selbst gestrickte Ausfahrgarnitur. Ging Sabine mit Blümchen im Kinderwagen durch das Dorf, blieb niemand stehen, um das Kind zu bewundern. Ja, es gab sogar einige, die Sabines Gruß nicht mehr erwiderten. »Bastard«, meinte Sabine die Leute tuscheln zu hören. »Da kommt das Flittchen mit ihrem Bastard.«

Als Blümchen getauft wurde, kamen nur wenige Sacrower in die Heilandskirche. Hanno hatte sich gewünscht, Blümchens Taufpate zu sein. Auch Siegfried hatte sich angeboten. »Wenn schon nicht Vater, so wenigstens Pate«, hatte er gesagt, aber Sabine hatte abgelehnt. Also blieb es bei einem Paten und einer fast leeren Kirche. Das alles hinterließ Spuren bei Sabine. Sie wurde von Tag zu Tag unsicherer. Und sie weinte viel.

»Niemand mag mein Blümchen«, schluchzte sie. »Dabei kann die Kleine gar nichts dafür und ich im Grunde auch nicht.«

Elvira zerriss es das Herz, aber sie konnte ihrer Tochter nicht wirklich helfen. »Eines Tages werden sie unser Blümchen lieben.«

»Nein, das werden sie nicht. Sie wird immer das uneheliche Kind bleiben. Der Bastard. Und ich eine Hure.«

Darauf wusste die Mutter nichts zu erwidern. Sie alle hätten es Sabine gern leichter gemacht, aber wie?

Eines Tages, als Siegfried wieder einmal nach seiner Tochter sehen wollte, sagte Sabine zu ihm: »Du hast gewonnen. Ich bin einverstanden. Lass uns heiraten.«

Die Mutter, die das Gespräch aus der Küche gehört hatte, ließ das Geschirrtuch fallen, mit dem sie gerade Gläser poliert hatte. Sie stürzte zur Tür, blieb auf der Schwelle stehen und betrachtete ihre Tochter. Was sie sah, war eine junge Frau mit blassem Gesicht und Augen voller Kummer. Eine junge Frau, die immer nur dazugehören wollte und jetzt eine Außenseiterin war. Schuldlos.

»Du willst mich heiraten?« Siegfried schien sein Glück kaum fassen zu können. »Das wünsche ich mir schon lange. Dann hätte Blümchen auch endlich einen richtigen Vater.«

»Willst du das wirklich?«, fragte die Mutter Sabine beim Mittagessen. »Du musst nicht. Das weißt du.«

Sabine richtete sich kerzengerade auf. »Doch, das muss ich. Für Blümchen muss ich das. Sie soll nicht der Bastard im Dorf sein. Sie soll mit Vater und Mutter aufwachsen.«

»Du wirst andere junge Männer kennenlernen.«

»Wirklich?« Sabine sah ihre Eltern und den Bruder spöttisch an. »Die anderen jungen Männer sind im Krieg. Wer weiß schon, welcher zurückkommt. Es gibt jeden Tag mehr Witwen, die kaum älter sind als ich. Da wartet keiner auf eine mit einem Bastard. Und vielleicht wird Siegfried auch eingezogen. Vielleicht fällt auch er. Dann bin ich wenigstens eine ehrbare Witwe.«

In Sabines Worten lag so viel Bitterkeit, dass es Hanno eiskalt über den Rücken lief. Er liebte Blümchen. Einfach so. Weil sie da war. Weil sie zu ihnen gehörte. Er dachte an Ute, die er seit ihrem gemeinsamen Einkauf im Kaufhaus und ihrer Flucht aus dem Café nicht mehr gesehen hatte. Warum war es so leicht, die kleine Nichte zu lieben, und so schwer, Ute zu lieben? Warum konnte man sich nicht zur Liebe zwingen?

Ihm fiel auf, dass er in letzter Zeit auch weniger an Stefanie dachte. An Stefanie, die vielleicht noch in London, in Lissabon oder schon in Boston war. An Stefanie, die ihm nicht mehr geschrieben hatte. Ob sie einen neuen Freund hatte? Er wünschte es ihr. Wirklich. Sie sollte nicht allein sein, wenn sie schon fremd sein musste. Er wollte, dass sie glücklich war.

Warum konnte er für Ute nicht das empfinden, was er für Stefanie empfunden hatte? Warum nur? Und was konnte er tun, um sie lieben zu lernen? Wen sollte er fragen? Knut war an der Front. Siegfried war nicht mehr sein Freund. Er war allein. Das war ihm bislang noch nicht richtig bewusst gewesen.

Nur Ute war da. Sie war seine Freundin. Ja, das war sie.

Nicht seine Liebste. Aber seine beste Freundin. Er lächelte, als er das erkannte. Mit ihr konnte er über beinahe alles reden. Sie hörte zu. Sie fand meistens die richtigen Worte. Sie waren sich ähnlich. Ute und er. Sie hatten eine ähnliche Geschichte, waren beide eng mit Sacrow verbunden – ihrem kleinen Paradies an der Havel, in dem sie aufgewachsen waren.

Mit Stefanie war es anders gewesen. Sie war anders gewesen, hatte eine andere Geschichte. War es das Andere, das er so anziehend gefunden hatte? Er vermochte es nicht zu sagen. Aber vielleicht war es sowieso besser, nicht weiter darüber nachzudenken. Er würde Ute heiraten. Keine vier Wochen dauerte es noch bis zum Termin. Und Siegfried und Sabine würden mit ihnen zusammen heiraten. Das hatte die Mutter vorgeschlagen. Hanno ahnte, warum. Sie wollte nicht, dass Sabines Hochzeit weniger Aufmerksamkeit erhielt als seine mit Ute. Eine Doppelhochzeit machte alles leichter. Zwei Hochzeiten zum Preis von einer. Nicht, dass es ihm ums Geld ging. Nein, das tat es nicht. Zumal Blaschke schon zugesagt hatte, das Essen und die Getränke zu zahlen.

Das Hochzeitskleid bekam Sabine von ihrer Mutter. Hanno hatte seine Schwester neulich auf dem Dachboden überrascht. Er wollte einen alten Sessel dort oben abstellen. Da sah er sie vor dem alten Kleiderschrank. Sabine hatte ein wunderschönes Kleid herausgenommen und hielt es sich vor dem ausrangierten, halb blinden Spiegel an.

»Wessen Kleid ist das?«, fragte Hanno, denn das Hochzeitskleid der Mutter war es nicht, das kannte er von Fotos.

»Das Kleid gehört Rachel Blau. Sie hat es Mutter zur Aufbewahrung gegeben. Es ist von Chanel.« Sabine sprach das letzte Wort voller Ehrfurcht aus. »Frau Blau konnte es nicht mitnehmen, als sie geflohen sind. Aber Stefanie soll eines Tages darin heiraten. Deshalb versteckt die Mutter es hier.«

Stefanie. Für einen Augenblick hatte Hanno das Bild von Stefanie in dem Hochzeitskleid vor Augen. Er musste schlucken und verdrängte den Gedanken schnell.

»Und was suchst du hier oben?«, fragte er stattdessen seine Schwester.

»Ich wollte schauen, ob ich in Mamas Kleid hineinpasse. Dann muss nicht extra eines gekauft werden.«

»Du willst kein eigenes Brautkleid?«

Hanno hatte gedacht, dass jedes Mädchen davon träumte.

»Das muss nicht sein. Es ist ja auch keine richtige Hochzeit.«

»Ist es nicht?«

Sabine wandte sich ihm zu. »Nein. Natürlich nicht. Ich wollte einen Mann heiraten, den ich liebe. Und mit ihm gemeinsam ein Kind bekommen. Das Kind bekam ich allein, und den Mann liebe ich nicht. Das ist bei dir ja auch nicht anders. Obwohl ich nicht verstehe, warum du dich mit Ute verlobt hast.«

»Ute ist in Ordnung«, erklärte Hanno und verließ den Dachboden. Aber Sabines Worte bohrten sich wie ein Stachel in sein Herz. Denn es war, wie sie sagte: Die Geschwister heirateten beide Partner, die sie nicht liebten. Wie war alles nur so weit gekommen?

* * *

Eine Woche später wurde der Generalforstmeister Alpers in der Werkstatt vorstellig. Hanno baute an seinem Ehebett, Eugen drechselte ein Treppengeländer.

»Sie müssen für mich nach England fahren«, erklärte Alpers.

Eugen ließ das Werkzeug sinken. »Nach England? Was soll ich da? Wir sind mit England im Krieg.«

»Meine Gattin will unbedingt Teakholz für das neue Büfett. Sie hat das anderswo gesehen, und jetzt gibt es für sie keine Alternative mehr. In Deutschland ist Teakholz nicht zu haben. Aber die Engländer holen es aus ihren Kolonien in Übersee.«

»Ich kann hier nicht weg«, erklärte Eugen. »Ich habe noch andere Kunden.«

»Ich habe für solche Faxen schon gar keine Zeit. Es muss jemand sein, der sich mit Holz auskennt. Was ist mit dem da?« Der Generalforstmeister zeigte mit dem Finger auf Hanno.

»Mein Sohn kann auch nicht. Er baut die Möbel für sein eigenes Zuhause.«

»Das kann warten«, bestimmte Alpers. »Der Junge fährt. Er kennt sich doch mit Holz aus?«

»Das tut er.« Eugen wandte sich an Hanno. »Willst du nach England reisen?«

Hanno musste schlucken. Nach England. Er war noch nie im Ausland gewesen. »Ich spreche die Sprache nicht.«

Alpers winkte ab. »Wir müssen die Sprachen der anderen Länder nicht mehr lernen. Die anderen müssen sich nach uns richten. Also ist es abgemacht. Er reist mit dem Schiff. Zuerst nach Hamburg und von dort dann weiter. Es gibt einen Holzhändler direkt in London. Ich habe bereits mit ihm telefoniert. Der da schaut sich das Holz an, kauft die richtige Menge und kommt zurück. Mit dem Holz.«

Er drehte sich um und wandte sich das erste Mal direkt an Hanno. »Hast du verstanden? Eine Übernachtung buche ich dir in einer Pension. Die Adresse gebe ich dir. Du bekommst außerdem noch ein wenig Taschengeld, damit du dir etwas zum Essen und Trinken kaufen kannst.«

»Und die notwendigen Papiere? Ohne die kann ich doch bestimmt nicht reisen?«, fragte Hanno. Er war noch nie im Ausland gewesen. Er wollte unbedingt nach London, und das nicht nur wegen des Holzes.

»Um die kümmere ich mich. Ich habe Beziehungen«, wischte der Hannos Bedenken vom Tisch.

Zwei Tage später fuhr Hanno mit dem Zug von Berlin nach Hamburg und bestieg dort ein Handelsschiff, das Schafe geladen hatte. Er hatte immer geglaubt, dass es keine Handelsbeziehungen zwischen den Kriegsparteien mehr gab. Aber hier lernte er, dass die Schafe verkauft und dafür Tuchstoffe eingekauft werden sollten, um daraus Uniformen zu nähen. Er schlief mit den Matrosen unter Deck, aß mit ihnen in der Messe, und kaum hatte er sich an den Seegang und den Motorenlärm, an das Gebrüll der Schafe und das Gericht Labskaus gewöhnt, waren sie in London.

Er musste warten, bis die Schafe von Bord getrieben und in Lastkraftwagen verladen worden waren, dann erst durfte er gehen. Büro und Lager des Holzhändlers befanden sich unmittelbar in der Nähe des Hafens. Dass sich die Menschen im Ausland nach der deutschen Sprache zu richten hatten, wie Alpers gesagt hatte, war dem Holzhändler wohl nicht klar, denn er sprach nur Englisch. Doch Hanno schaffte es trotzdem, sich mit ihm zu verständigen. Er suchte das Holz aus, unterschrieb den Lieferauftrag und war mit seiner Arbeit fertig. Doch das Schiff zurück nach Hamburg legte erst am nächsten Morgen ab, sodass Hanno den Nachmittag freihatte. Darauf hatte er gehofft. Er zeigte dem Holzhändler einen Zettel mit einer Adresse. Kimberley Road.

Der Holzhändler nickte, führte ihn hinaus aus dem Lager, pfiff nach einem Arbeiter und drückte diesem den Zettel in die Hand. Wenige Minuten später verließ Hanno den Hafen in einem englischen Auto. Verblüfft stellte er fest, dass sich das Lenkrad auf der falschen Seite befand.

Während der Fahrt schaute er aus dem Fenster, doch er sah weder die fremden Straßen noch die anderen Fahrzeuge. In seinem Inneren tobte ein Sturm. Sein Herz klopfte bis zum Hals, und auch sein Gewissen drückte ihn ein wenig, denn er war auf dem Weg zu der Adresse, von der Stefanies letzter Brief gekommen war.

Es war schon eine Weile her, seit sie das letzte Mal geschrieben hatte. Hanno hatte ihr auch antworten wollen, aber jedes Mal, wenn er sich hingesetzt hatte, den Briefbogen vor sich und den Stift bereit, hatten ihm die Worte gefehlt. Er hatte einfach nicht gewusst, was er ihr schreiben sollte. Wie er all das erklären sollte, was inzwischen geschehen war.

Sein Mund war trocken, und er hätte gern etwas Wasser getrunken. Sie hielten in einer kleinen Straße in einem Viertel, das offensichtlich nicht zu den vornehmen Wohngegenden Londons gehörte. Er bedankte sich mit einer Geste bei seinem Fahrer, stieg aus und blickte sich um. Auf beiden Seiten der Straße fanden sich Häuser, die so klein waren, dass sie gerade mal für eine Familie ausreichen mochten. Die winzigen Gärten davor waren ungepflegt, von einer Tür blätterte gelbe Farbe ab. Die Fassaden waren rußig und die Fenster klein.

Er suchte nach der richtigen Hausnummer und wollte auf das Haus zusteuern, da hielt ihn plötzlich etwas zurück. Der Gedanke an Ute. Was würde sie denken, wenn sie ihn jetzt sehen könnte? Sie wäre traurig, vielleicht auch wütend. Er drängte den Gedanken an Ute zur Seite. Er hatte nur diese eine Chance. Und wahrscheinlich nicht einmal die. Womöglich war Stefanie ohnehin schon in Boston.

Mit wackligen Knien stieg er die drei Stufen zur Haustür hinauf. Er suchte eine Klingel, aber er fand nur einen Türklopfer aus Messing. Sein Herz schlug rasend schnell vor Aufregung. Er wünschte sich nichts sehnlicher, als dass Stefanie die Tür öffnete, und zugleich hatte er vor nichts größere Angst.

Es war Rachel Blau, die ihm öffnete.

»Hanno, was in aller Welt machst du in London?«, fragte sie verblüfft und bat ihn hinein.

»Ich bin für einen Kunden hier, habe Holz ausgesucht.«

»Hast du Hunger? Hast du Durst? Wie geht es in Sacrow?«

Sie überfiel Hanno regelrecht mit Fragen, stellte ihm eine Coca-Cola hin, von der es hieß, dass die englischen Soldaten sie liebten. Er hatte noch nie Cola getrunken und fand das Getränk viel zu süß, doch er hatte Durst. Dann aß er den Muffin, ein Gebäck, das er in Deutschland noch nie gesehen hatte und das ihm gut schmeckte.

Als er gegessen und getrunken hatte, nahm er seinen Mut zusammen und wagte es endlich, die Frage zu stellen, die ihm auf den Nägeln brannte. »Stefanie. Ist sie hier?«

Rachel Blau schüttelte den Kopf. »Sie ist in der Sprachschule, aber sie muss gleich kommen.«

Sie zündete sich eine Zigarette an und fragte Hanno nach seiner Familie. Er erzählte von Blümchen, von seiner Mutter und seinem Vater. Er sprach über Herrn Salomon und über Knut, nur von Ute und den Blaschkes erzählte er nichts.

Und dann kam sie. Stefanie. Sie öffnete die Haustür, rief: »Ich bin da«, trat in die Küche – und erstarrte. Die beiden Lehrbücher fielen ihr aus der Hand, aber sie rührte sich nicht. Sie öffnete den Mund, aber kein Ton kam heraus.

Hanno stand auf.

»Hallo, Stefanie«, sagte er leise, und sein Herz schlug einen Trommelwirbel.

Und dann stürzte Stefanie auf ihn zu, warf sich an seine Brust und hielt ihn so fest, als wollte sie ihn niemals wieder loslassen.

Rachel Blau räusperte sich. »Ich muss noch einmal zur amerikanischen Botschaft«, erklärte sie, und an Hanno gewandt: »Wir haben endlich die Einreisevisa bekommen. Aber es gibt noch ein paar Formalitäten zu klären.«

Sie nahm Hanno in den Arm und drückte ihn fest an sich. »Pass auf dich auf, Junge. Sag deiner Mutter die liebsten Grüße und gib Blümchen einen Kuss von mir.«

Kurz darauf glitt die Haustür ins Schloss, und Stefanie und Hanno saßen allein am Küchentisch. Er hatte sich so oft ausgemalt, wie es sein würde, Stefanie wiederzusehen, und jetzt wusste er nichts zu sagen. Die Gedanken wirbelten in seinem Kopf herum wie ein Bienenschwarm. Er sah Stefanie an – und wusste nicht, was er fühlte.

Sie war noch immer so schön. Ihr Haar war von der Sonne ein wenig ausgebleicht und ging ihr beinahe bis zur Hüfte. Ihre Wangen waren schmaler geworden, doch ihre Augen leuchteten so blau wie eh und je. Und doch fühlte sich ihre Anwesenheit anders an als früher. In Sacrow hatte jede Zelle seines Körpers vibriert, sobald er Stefanie sah. Heute war es anders, aber er konnte nicht sicher sagen, warum. Er griff über den Tisch nach ihrer Hand, die sich vertraut und fremd zugleich anfühlte.

»Wie geht es dir?«, brach Stefanie schließlich das Schweigen.

»Es geht mir gut.« Und dann berichtete er, was er Rachel bereits erzählt hatte, und wieder verschwieg er Ute.

Stefanie erzählte ihm von den unzähligen Versuchen, ein Visum für die Vereinigten Staaten zu bekommen. Sie erzählte von ihren Fortschritten in der Sprachschule, von einer englischen Freundin, die nur Tee und niemals Kaffee trank. Alles, was sie ihm berichtete, hörte sich fremd an, war unsagbar weit von Hanno und seinem Leben in Sacrow entfernt. »Hast du eine neue Freundin?«, fragte Stefanie nach einer ganzen Weile.

Was sollte er sagen? Erst schüttelte er den Kopf, doch dann nickte er langsam. Den Verlobungsring hatte er schon im Auto abgelegt, aber jetzt fühlte er ihn heiß in seiner Hosentasche.

»Wer ist es?« Als Hanno schwieg, blickte Stefanie ihn einen Moment stumm an, dann ergriff sie erneut das Wort. »Liebst du sie?«

Nein, dachte Hanno. Das ist ja das Problem. Weil ich dich immer noch liebe. Auch wenn sich die Liebe jetzt anders anfühlt als damals in Sacrow. Er wollte nicht antworten. Doch die Worte kamen ohne sein Zutun über die Lippen: »Ich liebe *dich,* Stefanie.«

Kapitel 21

Er lag auf einer schmalen Pritsche und lauschte dem Stampfen der Maschine. Sein Schiff hatte vor zwei Stunden abgelegt und das offene Meer erreicht. Er war müde, denn er hatte die ganze letzte Nacht nicht geschlafen. Er war so aufgewühlt wie selten in seinem Leben.

Er dachte an den vergangenen Abend und die vergangene Nacht zurück. Stefanie und er. Sie waren spazieren gegangen, waren Hand in Hand durch London geschlendert. Sie hatten sich dabei unterhalten. Fast so wie früher, nur, dass sie es vermieden, über die Gegenwart und die Zukunft zu sprechen. Stefanie fragte nicht noch einmal nach Hannos Freundin, und Hanno fragte auch Stefanie nicht, ob sie sich mit jemandem traf.

Sie redeten über Deutschland, über Sacrow, wie es früher gewesen war, aber sie sprachen nicht über sich. Sie erinnerten sich an vergangene Tage am Sacrower See, wenn die Jungen die Mädchen mit Wasser vollgespritzt hatten, und lachten, aber die Leichtigkeit fehlte. Woher sollte sie auch kommen? Sie waren nicht unbeschwert. Es herrschte Krieg, Stefanie hatte ihr Zuhause in Sacrow verloren und fliehen müssen, um nicht getötet zu werden. Ihre Begegnung hatte etwas Verzweifeltes an sich. Als wollten sie festhalten, was ihnen längst entglitten war.

Hanno hielt Stefanies Hand, die warm und trocken und weich war, und ohne es zu merken, verglich er sie mit Utes Hand, die ein wenig kleiner war und breitere Finger hatte.

Als sie Hunger bekamen, aßen sie Fish and Chips und tranken Starkbier dazu. Dann brachte Stefanie ihn zu seiner Pension in Hafennähe. Vor der Tür blieben sie stehen.

»Das war es jetzt also, der Moment des Abschieds ist gekommen«, sagte Stefanie leise.

»Du wirst in Boston studieren, wirst dir in Amerika ein neues Leben aufbauen. Du wirst Freunde finden und einen Freund. Und irgendwann wirst du heiraten und Kinder bekommen.«

Der Gedanke an den Abschied tat Hanno unglaublich weh, war schmerzhafter, als er gedacht hatte. Er hatte Stefanie nie vergessen können, auch wenn ihr Bild in seinem Kopf blasser geworden war. Irgendwie hatte er immer daran geglaubt, dass sie sich eines Tages wiedersehen würden. Nach dem Krieg. Oder irgendwann später. Er hatte nie aufgehört, an eine Zukunft mit ihr zu glauben. Erst jetzt begriff er, dass dieser Abschied endgültig war.

Er presste sie an sich, vergrub sein Gesicht in ihren Haaren, atmete tief ihren Duft ein.

Sie trat einen Schritt zurück und sah ihm schweigend in die Augen. Er erwiderte ihren Blick, versuchte, darin zu lesen, aber es gelang ihm nicht.

»Schenk mir diese Nacht«, raunte Stefanie. »Lass uns diese Nacht zusammen verbringen.«

Hanno musste schlucken, dann nickte er, nahm ihre Hand und führte sie nach oben in sein Zimmer. Erst nach Stunden schliefen sie ein.

Als Hanno am nächsten Morgen erwachte, war Stefanie weg. Nichts in dem kleinen Zimmer erinnerte an ihre Anwesenheit. Es war, als wäre sie nie da gewesen, als hätte er die ganze Nacht nur geträumt, einen einzigen verzweifelten, stürmischen Traum. Und nun lag er hier, versuchte, seine Gedanken zu ordnen, die wie wilde Pferde in seinem Kopf herumsprangen. Er war noch immer so angefüllt von Stefanie, dass er nicht wusste, wie er Ute begegnen sollte. Er hatte sie betrogen, um für sie frei sein zu können. Vier Wochen vor der Hochzeit. Er würde es ihr nicht erklären, weil er es selbst nicht genau verstand. Aber es hatte sein müssen, das begriff er jetzt. Ohne diese letzte Nacht, ohne dieses verzweifelte Klammern an den Körper des anderen, ohne diesen letzten, allerletzten Abschied hätte es für Ute und ihn keine Hoffnung gegeben. Doch nun waren Stefanie und er frei voneinander. Das zumindest sagte er sich, weil dann alles viel leichter war.

Wie klein ihm Hamburg vorkam, als er am Bahnhof in den Zug nach Berlin stieg. Wie klein auch Berlin war gegen London. Wie klein und irgendwie grau. Der Himmel hing über der Stadt wie ein verschlissenes Bettlaken. In London hatten die Straßen vor Hitze gedampft. Hier dampfte nichts. Ein paar Spatzen hüpften neben einem Papierkorb herum, ein paar Leute kreuzten seinen Weg zum Bus nach Potsdam. Dort würde ihn Ute abholen. Ute, seine Verlobte.

Er lächelte und winkte, als er sie sah. Aber das Lächeln tat ihm in den Mundwinkeln weh, und seine winkende Hand war schwer wie Blei. Er küsste sie, roch ihr Haar – und dieser Duft, das wurde ihm nun endgültig klar, würde sein Zuhause sein, seine Heimat und der Ort, zu dem er immer wieder zurückkehren musste.

Und doch musste er einen letzten Brief an Stefanie schreiben. Er musste ihr sagen, wie viel ihm diese letzte Nacht bedeutet hatte. Sie musste wissen, wie wichtig sie in seinem Leben gewesen war, denn die erste Liebe vergaß man nie, hieß es. Er hatte den Brief bereits auf dem Schiff verfasst. Jetzt suchte er dafür einen Umschlag, beschriftete ihn und klebte eine Briefmarke darauf. Er war gerade dabei, ihn in den Kasten zu stecken, als Blaschke plötzlich hinter ihm stand.

»An wen schreibst du da?«, fragte er und nahm Hanno den Brief aus der Hand. Er hielt ihn dicht vor seine Augen. »Stefanie Blau also. Dachte ich es doch.« Er betrachtete prüfend Hannos Gesicht. »Hast du sie getroffen, als du in England warst?«

Hanno nickte. Er wollte nicht lügen, auch wenn das leichter gewesen wäre.

Blaschke schüttelte den Kopf, dann packte er Hanno am Hemdkragen. »Wenn du meiner Tochter wehtust, dann tue ich dir weh, ist das klar? Und wenn noch ein einziger Brief aus London hier ankommt, werde ich mir überlegen, ob ich das melde. Hast du mich verstanden?«

Blaschke ließ ihn so plötzlich los, dass Hanno nach hinten taumelte, und stürmte davon. Den Brief ließ er auf den Boden fallen. Hanno hob ihn auf, und plötzlich wog der Umschlag viel mehr als zuvor. Er schluckte, dann zerriss er ihn in viele kleine Fetzen und warf ihn in den Papierkorb an der Bushaltestelle.

* * *

Vier Wochen später fand die Doppelhochzeit statt. Ute sah in ihrem Kleid aus weißer Spitze und mit dem hochgesteckten Haar wunderschön aus. Sabine trug ein schlichtes weißes Kleid, das ihre Jugend betonte. Sie wollte das Kleid ihrer Mutter doch nicht tragen, denn sie heiratete ja nicht gerade aus Liebe. Deshalb hatte sie sich in Potsdam ein neues gekauft, das sie später auch noch zu anderen feierlichen Anlässen tragen konnte. Sie lächelte, aber es war kein frohes Lächeln.

Hanno hatte einen braunen Anzug an, den der Vater vor vielen Jahren gekauft, aber nie angezogen hatte. Die Hose musste um zwei Zentimeter ausgelassen werden und das Jackett am Rücken eingefasst. Elvira hatte außerdem ein kleines weißes Kleid für Blümchen genäht. Siegfried hatte darauf bestanden, die Kleine während der Trauung auf dem Arm zu halten, damit endlich alle im Dorf begriffen, dass er der Vater dieses Kindes war.

Die Richters, die Blaschkes und die Hirtes saßen in der ersten Reihe der Heilandskirche. Blaschke und Hirte trugen ihre Uniformen, und Eugen flüsterte Elvira zu: »Ist es nicht komisch, dass wir auf einem Schlag mit den beiden größten Nazis im Dorf verwandt sind?«

Elvira lächelte und flüsterte zurück: »Das muss nicht das Schlechteste sein.«

Aber Eugen war anderer Ansicht. Wenn er an künftige Familienfeste dachte, wurde ihm beinahe schlecht. Die Nazis sprachen unentwegt von den Erfolgen der Wehrmacht, von ihrem großartigen Führer und von der Weltherrschaft. Und Hirte und Blaschke behandelten ihn und Elvira immer ein bisschen von oben herab. So, als wären sie ein wenig dumm. Als würden sie die Größe des Führers und die des Deutschen

Reichs nicht erkennen. Als fehlte ihnen da etwas. Vaterlandsliebe oder Hingabe oder sonst irgendetwas. Aber heute ging es nicht um ihn und Elvira, sondern um ihre Kinder. Ihre beiden Kinder.

Nach der Trauung wurde im *Fährhaus* gefeiert. Elvira, Sabine und Ute hatten die Luftschlangen der früheren Sommerfeste gefunden und den Saal damit geschmückt. Auf den weiß gedeckten Tischen standen kleine Wiesenblumensträuße in Glasvasen.

»Die Feste früher hier sollen legendär gewesen sein«, hatte Ute gesagt, während sie den Raum hergerichtet hatten. »Ich wünschte, ich wäre dabei gewesen.«

Elvira nickte, setzte sich und zündete sich eine Zigarette an. »Ja, das waren sie«, begann sie und stieß den Rauch aus. »Am Anfang des Jahrhunderts war Sacrow ein winziges Fischerdorf. Arm, aber ehrlich und wunderschön gelegen. Die Ruhe hier war erholsam, und die Luft duftete nach dem Harz der Kiefern, die Leute im Dorf waren aufeinander angewiesen und verstanden sich mehr oder weniger gut. Auseinandersetzungen wurden im schlimmsten Fall mithilfe des Pfarrers geschlichtet. Die Kirche war am Sonntag voll und der Pfarrer der angesehenste Mann in Sacrow. Was im Schloss geschah, blieb den Dorfbewohnern verborgen, es kümmerte sie auch nicht. Nachbarn feierten miteinander, halfen sich in der Not und freuten sich, wenn ein neuer Sacrower zur Welt kam. Jeder kannte jeden, nichts blieb verborgen, Geheimnisse hatte nur eine kurze Lebensdauer. Friedlich war es hier. Ringsherum standen Kiefernwälder, dazwischen Buchen und Eichen. Irgendwann entdeckten die Berliner und Potsdamer dieses Paradies. Halb taub vom Lärm der Stadt, halb blind vom Rauch der vielen Schornsteine und mit angespannten Nerven kamen sie hierher, um Ruhe und Erholung zu finden. Bald gefiel den Städtern Sacrow so gut, dass sie damit begannen, hier Sommerhäuser zu bauen. Sie kamen mit der Fähre oder den allerersten Autos. Sie ließen sich Strom und Wasser in ihre Häuser legen, und die Sacrower staunten, denn sie nahmen das Wasser aus der Pumpe und gingen auf das Häuschen, das im Hof neben dem Misthaufen stand. Am meisten staunten sie aber über die Städter selbst. Da gab es viele, die an Universitäten studiert hatten. Da gab es andere, die schon einmal in Amerika gewesen waren.«

Mittlerweile hatten sich auch Ute und Sabine gesetzt. Ute hatte einen Ellbogen auf den Tisch gestützt und den Kopf aufgelehnt. »Erzähl weiter«, bat sie.

Auch Sabine hatte noch nicht genug gehört, doch Elvira schüttelte den Kopf. Sie lächelte und drückte ihre Zigarette im Aschenbecher aus. »Ihr wisst selbst, wie es weiterging. Ein Haus entstand neben dem anderen. Im Dorf öffnete ein Lebensmittelladen, sodass die Sacrower nicht mehr bis nach Groß Glienicke laufen mussten, um Salz oder Öl zu kaufen. Die Städter brachten aber noch mehr aus der Hauptstadt mit: neue Kleider, Zigarren und Zigaretten statt des üblichen Kautabaks. Sie aßen winzige Törtchen aus Frankreich, die sie *Petits Fours* nannten. Sie tranken Bohnenkaffee statt Muckefuck und Wein und Sekt statt Bier und Selbstgebrannten, sangen Schlager statt Volkslieder. Sie trugen richtige Schuhe statt Holzpantinen und mit Spitzen besetzte Kleider anstatt der einfachen Arbeitskittel. Sie gingen zum Friseur und ließen sich dort das Haar schneiden, während hier im Dorf das Haar samstags nach dem Baden von den

Hausfrauen geschnitten wurde. Und jetzt auf! Wir müssen weitermachen, die Zeit drängt.« Elviras Miene war ein wenig wehmütig, doch das fiel den beiden jungen Frauen nicht auf.

Zur Feier des Tages gab es Rehbraten mit Bohnen und Klößen und zum Nachtisch Birnenkompott mit Schlagsahne. Den Tanz am Abend eröffneten die beiden Brautpaare. Ute wirbelte an Hannos Arm strahlend im Kreis herum. Das Glück stand ihr ins Gesicht geschrieben, und immer wieder betrachtete sie ihre Hand, an der jetzt ein goldener Ehering steckte. Sie lachte und scherzte, und jeder konnte sehen, dass sie am liebsten die ganze Welt umarmt hätte.

Sabine saß meist an ihrem Platz und sah den Tanzenden zu. Ihre Miene wirkte unbeteiligt und ganz so, als wäre sie heute nicht eine der Hauptpersonen, sondern eine entfernte Großcousine der Braut. Sie hatte ihren Brautstrauß vor sich in einem Glas stehen und zupfte die Blätter der Blüten ab.

»Wollen wir nicht auch mal das Tanzbein schwingen?«, fragte Siegfried und griff nach Sabines Hand. Aber Sabine entzog sie ihm.

»Mir ist nicht nach Tanzen«, sagte sie.

Eine Stunde später trat Hanno auf Siegfried zu. »Wir müssen uns unterhalten.«

Siegfried nickte, und die beiden jungen Männer verließen das *Fährhaus,* gingen die wenigen Schritte zum Ufer und standen am See. Der Mond erhellte diese Nacht, malte spitze Schatten auf den See.

»Was willst du von mir?«, fragte Siegfried und sprach, ohne eine Antwort abzuwarten, weiter: »Ich habe mich schon tausendmal entschuldigt. Du bist jetzt mein Schwager. Wir sollten wieder Freunde sein. Und Sabine weiß genauso wie ich, dass wir den ehelichen Pflichten nachkommen müssen. Du siehst, ich habe nichts Schlimmes getan. Sie hat jetzt schließlich einen Ring am Finger.«

»Du rührst sie nicht an, hast du das verstanden?« Hannos Stimme klang kalt und abweisend. »Du fasst Sabine nicht an.«

Siegfried lachte auf. »Sie ist jetzt meine Frau. Ich habe jedes Recht dazu.«

»Such dir in Potsdam oder in Berlin einen Lustknaben oder wie immer ihr es nennt. Aber meine Schwester ist für dich tabu.«

»Sie ist meine Frau«, wiederholte Siegfried.

»Du lebst mit ihr, du sorgst für sie und für Blümchen, aber ihr schlaft in getrennten Betten, solange Sabine das für richtig hält.« Hanno blickte Siegfried direkt in die Augen. Es war kein Blickwechsel, es war ein Duell, das Siegfried verlor.

»Gut«, sagte er endlich. »Ich werde nur das tun, was Sabine möchte. Aber ich bin nicht schwul, das musst du mir endlich glauben.«

»Es ist mir gleichgültig, was du bist. Hauptsache, meiner Schwester und meiner Nichte geht es gut.«

Wieder nickte Siegfried, doch das reichte Hanno noch nicht.

»Wenn ich Klagen höre, mache ich deine Homosexualität öffentlich. Ich werde jedem erzählen, dass du mit Männern schläfst. Denn diese Hochzeit hier dient auch dazu, dich zu schützen. Das solltest du besser nicht vergessen.«

Siegfried schüttelte den Kopf und lächelte hinterhältig. »Ich bin nicht schwul. Ich kann gar nicht schwul sein, denn ich habe ein Kind.«

»Wir beide wissen es besser.« Mit diesen Worten ließ Hanno seinen ehemals besten Freund stehen.

Die Musikkapelle, die Hanno für diesen Abend in Potsdam gemietet hatte, machte eine kleine Pause. Als alle wieder an ihren Tischen saßen, erhob sich Wilhelm Blaschke. Sein Gesicht war gerötet. Ob vom Tanzen oder vom Alkohol wusste Hanno nicht. Blaschke grinste über das ganze Gesicht und stützte sich auf der Schulter seiner Frau ab, die zu diesem Anlass eine Nerzstola trug, obschon es Sommer war.

»Meine lieben Verwandten und Freunde!«, rief er und schwankte dabei ein wenig. »Heute ist für Sacrow ein Freudentag. Zwei Paare haben geheiratet. Und bald werden sie Deutschland und dem Führer weitere Kinder schenken.« Er brach ab, prostete Hanno und Siegfried Hirte zu, trank einen mächtigen Schluck und sprach weiter: »Kinder für den Führer, jawoll! Also, meine lieben Brautpaare, ran an den Speck.«

Margot Blaschke zog am Ärmel ihres Mannes. »Lass gut sein, Wilhelm.«

Er wischte mit der Hand nach Margot, traf sie dabei an der Wange. »Oh, Verzeihung. Eins noch: Die Häuser jener Juden, die sich ganz Sacrow beinahe unter den Nagel gerissen hätten, stehen für die jungen Brautpaare bereit. Das hat mich einiges gekostet, aber für unsere jungen Leute ist mir keine Mühe zu viel.«

Er wollte einen Schluck trinken, doch sein Glas war leer. Er griff nach einer Flasche Bier auf dem Tisch, doch seine Frau zog wieder an seinem Ärmel.

»Margot, jetzt lass mich. Schließlich heiratet meine einzige

Tochter nicht jeden Tag! Prost allesamt. Prost und Glück in der Ehe.«

Rudolph Hirte blickte sich um. Sollte er jetzt auch aufstehen und eine Rede halten? Seine Frau stieß ihm mit dem Ellbogen in die Rippen. Also erhob er sich.

»Heil Hitler!«, rief er und riss den Arm nach oben. »Auch mein Sohn hat heute geheiratet und dem Führer schon ein Kind geschenkt. Ein Kind, dem hoffentlich noch weitere folgen. Kinder werden zu Männern. Sie sind die Zukunft. Sieg heil.« Er krachte zurück auf seinen Stuhl, holte ein Taschentuch hervor und trocknete seine Stirn.

»Große Redner sind unsere Nazis nicht«, raunte Eugen seiner Frau zu. Diese nickte.

»Ich glaube, jetzt musst auch du eine Rede halten«, flüsterte Elvira.

»Was soll ich sagen? Dass unsere beiden Kinder mehr oder weniger in diese Ehen gezwungen wurden?«

»Eugen, bitte.«

Eugen stand auf, betrachtete die Gäste im Saal. Beinahe die Hälfte der Männer trug eine Uniform und trank Bier und in der Scheune heimlich selbst gebrannten Schnaps, als ob es kein Morgen gäbe. Die Frauen hielten sich zurück und lächelten die Prahlereien und trunkenen Sprüche ihrer Männer nieder. Es gab wenig junge Leute im Festsaal. Hannos Freund Knut war an der Front. Die SS-Kameraden von Siegfried saßen zu zweit an einem kleinen Tisch und schienen sich zu langweilen. Sabine hatte niemanden eingeladen. Nur Ute hatte zwei Freundinnen dabei, die sie von der Arbeit kannte.

Früher war es in Sacrow immer so gewesen, dass das ganze Dorf zur Hochzeit kam, ohne dass Einladungen ausgesprochen werden mussten. Bei diesem Fest war es anders. Lag das daran, dass so viele Nazis zu den Feiernden gehörten? Oder daran, dass die Zeiten sich so sehr geändert hatten, dass man nicht mehr unbeschwert miteinander feiern konnte?

Eugen wusste es nicht. Er hob sein Weinglas, klopfte mit seiner Gabel dagegen und wartete, bis auch die letzten Gespräche verklungen waren.

»Seid alle herzlich willkommen auf dem Hochzeitsfest meiner Kinder Sabine und Hanno. Manch einer wird erstaunt gewesen sein, als er am Aushang vor dem Gemeindebüro las, dass unser Blümchen tatsächlich auch einen Vater hat.«

Jeder im Saal wusste, was an dieser Stelle gesagt werden musste: »Dem Bräutigam ein herzliches Willkommen in der Familie.«

Doch Eugen schwieg einen Augenblick, dann fuhr er fort. »Schon möglich, dass diese Hochzeiten nicht unter dem Stern der Liebe geschlossen wurden, doch das muss nichts Schlechtes sein. Ich wünsche euch, dass ihr Freude aneinander habt und diese Freude in die Familien tragt. Auf das Wohl der beiden Ehepaare.«

Er hob sein Glas und setzte sich wieder. Bei den Reden von Blaschke und Hirte hatten die Leute geklatscht. Nicht gerade euphorisch, aber sie hatten die Hände gegeneinandergeschlagen. Jetzt, nach Eugens Ansprache, blieb es still. Dann aber klatschte Hanno in die Hände, Ute folgte ihm, und schließlich fielen auch die anderen ein. War die Wahrheit inzwischen so verpönt, dass niemand sie mehr aussprechen sollte?

Es war geplant, dass Hanno nach der Hochzeit erst einmal bei den Blaschkes einzog. Das war nicht, was er sich gewünscht hatte, doch Siegfried würde zu Sabine und Blümchen ziehen, sodass für Hanno kein Platz mehr war. Ute hingegen schien sich darüber zu freuen. Oder doch nicht?

Wilhelm Blaschke saß rotbäckig auf seinem Stuhl und stürzte eine Tasse starken Kaffee hinunter, den seine Frau für ihn geordert hatte. Dann erhob er sich erneut.

»Ich habe noch was vergessen«, sprach er ein wenig nuschelnd. »Die Gemeinde Sacrow ist für ihre jungen Ehepaare ein verlässlicher Partner.«

Er blickte grinsend zu Hanno, und dem gefiel dieses Grinsen gar nicht. Ein ungutes Gefühl beschlich ihn, als Blaschke weitersprach.

»Und deshalb wurde beschlossen, dass das junge Ehepaar Richter die Blau-Villa bekommen soll und das Ehepaar Hirte das Haus von den alten Salomons. Über die Formalitäten sprechen wir später.« Er blickte Beifall heischend über die Gästeschar. »Na, ist das nichts?«

Jetzt klatschten alle begeistert. Nur Hanno und seine Eltern saßen wie erstarrt da. Blaschke dagegen schien sehr zufrieden mit sich, denn er tätschelte seiner Frau die Schulter und rief: »Für meine Ute ist das Beste gerade gut genug.«

Auch Ute klatschte nicht. Sie legte ihre Hand auf Hannos Unterarm. Ihr Gesicht war blass geworden, und ihre Stimme zitterte ein wenig. »Ich wusste das nicht«, flüsterte sie ihm zu. »Das musst du mir glauben.«

Und Hanno nickte, weil er in diesem Augenblick zu nichts anderem fähig war. Die Blau-Villa. Ausgerechnet dieses Haus. Hasste ihn Blaschke so sehr? Musste er ihn so quälen? Und hatte er sich auch nur ein einziges Mal gefragt, wie das für seine Tochter sein musste?

Kapitel 22

Hanno hatte Angst, das ehemalige Haus der Familie Blau zu betreten. Seit der Hochzeit war eine ganze Weile vergangen, denn die Behörden hatten viel Zeit gebraucht, um alle nötigen Papiere auszustellen. Ein Gutachter hatte kommen müssen, um den endgültigen Preis zu bestimmen. Doch jetzt hatten sie endlich die Schlüssel erhalten, und Hanno brannte darauf, mit der Arbeit zu beginnen. Er stellte sich vor, dass alles dort ihn an Stefanie erinnern würde. Stefanie, an die er noch so oft dachte, auch wenn sich diese Gedanken an sie seit seiner Reise nach London verändert hatten. Er dachte an sie wie an eine besonders schöne Blume, die man nicht vor dem Welken bewahren kann. Er betrachtete sie als etwas sehr Schönes und Wertvolles und Wichtiges aus der Vergangenheit, das in der Zukunft jedoch keine Rolle mehr spielte. Er dachte an sie mit einem wehmütigen Lächeln.

»Bist du bereit?«, fragte Ute und fasste nach seiner Hand. »Wenn du es nicht bist, dann müssen wir dieses Haus niemals wieder betreten. Wir sind nicht verpflichtet, das Hochzeitsgeschenk meines Vaters anzunehmen.«

»Er will mich damit demütigen.« Hannos Stimme klang belegt.

»Nein, das will er nicht. So ist er nicht«, antwortete Ute,

aber Hanno wusste es besser. Alles, was Blaschke tat, tat er, um Hanno zu beweisen, dass er Macht über ihn hatte. Blaschke erpresste ihn, hatte die Verlobung, die Hochzeit mit Ute erpresst, und jetzt verlangte er, dass Hanno seine Vergangenheit leugnete, seine erste Liebe verriet und mit Ute in dieses Haus einzog. Oder übertrieb er? Es war ein Haus. Nur ein Haus. Tote Materie. Er fasste Utes Hand fester. »Lass uns hineingehen.«

Schon im Flur nahm er den typischen Geruch der Blau-Villa wahr. Er war unverändert. Ein bisschen Maiglöckchen, ein wenig Bücherstaub, der Pfeifentabak von Nathan Blau und Stefanies Duft nach frischen Äpfeln. Roch er das alles wirklich oder spielte ihm die Erinnerung einen Streich?

»Wie riecht es hier?«, fragte er seine Frau.

»Muffig. Wir sollten gründlich lüften. Und die Tapeten abreißen, die Möbel entsorgen.«

Sie führte ihn in das Wohnzimmer, in dem früher das Klavier gestanden hatte und in dem die Bücherregale noch fest an der Wand verschraubt waren.

»Wie willst du es hier haben?«, fragte er Ute.

»Hell möchte ich es haben. Weiße Wände, helle Vorhänge und auf dem Parkett Teppiche und Läufer in freundlichen Farben.« Sie schloss einen Augenblick die Augen. »Ich kann es vor mir sehen«, sagte sie.

Und dann beschlossen sie, den Kamin so zu lassen, wie er war, und auch die Bücherregale, doch die sollten mit weißer Farbe überstrichen werden. Und in der Küche wollte Ute neue Schränke und einen neuen Herd und dazu eine Speisekammer für das Eingemachte. Aus dem Schlafzimmer sollte das Kinderzimmer werden.

»Was sollen wir mit Stefanies Zimmer machen?«, fragte Ute am Schluss. »Möchtest du dort dein Arbeitszimmer haben?«

Erstaunt zog Hanno die Augenbrauen hoch. »Mein Arbeitszimmer? Ich bin Möbeltischler, ich brauche kein Arbeitszimmer.«

»Ich meine einen Raum für dich allein. Du kannst darin machen, was immer du magst. Lesen. Nachdenken. Zeichnen.«

Er sah Ute an, erkannte die Überwindung in ihrem Blick. Sie wollte die Erinnerung an Stefanie nicht aus diesem Haus vertreiben, weil sie noch immer glaubte, dass Hanno sie liebte. Er nahm ihr Gesicht in beide Hände.

»Ute, sag mir, was du möchtest. Du musst keine Rücksicht auf mich nehmen. Dieses Haus wird so, wie wir beide uns das vorstellen. Stefanie spielt keine Rolle hier.«

Sie lächelte, doch ihr Blick zeigte ihm, dass sie ihm nicht zu glauben wagte.

»Wir müssen das ja nicht heute entscheiden«, sagte sie. »Wenn wir erst renovieren, wird sich womöglich zeigen, was wir mit diesem Zimmer anstellen können.«

»Eigentlich möchtest du gar nicht hier wohnen, oder?«, fragte Hanno behutsam.

»Ich möchte und zugleich möchte ich nicht«, erklärte Ute.

»Das geht mir genauso«, gab Hanno zu. »Ich werde noch einmal mit deinem Vater reden.«

»Darüber diskutiere ich nicht mit dir«, blaffte Blaschke Hanno an. »Die Gemeinde mit mir als Bürgermeister hat das so beschlossen, und so wird es gemacht.«

Hanno schüttelte den Kopf. »Es ist auch für Ute schwierig.«

»Pah! Ich kenne meine Tochter. Sie hat die Blau-Villa immer geliebt. Und angezahlt ist sie auch schon. Das habe ich mir erlaubt. 10.000 Reichsmark als Hochzeitsgeschenk. Im Grundbuch steht allerdings nur Utes Name.«

»Ich werde trotzdem nicht dort einziehen.«

»Aha. Der Herr hat wohl seinen Stolz, nicht wahr? Der Herr glaubt, dass die Häuser auf der Straße liegen.« Er bemerkte die Lächerlichkeit seines Satzes nicht. »Der Herr will etwas Besseres als eine Villa. Vielleicht wäre ihm das Schloss genehm?«

»Du redest Unsinn, Wilhelm.« Seit der Hochzeit duzte Hanno seinen Schwiegervater. »Du weißt genau, warum ich dort nicht einziehen will.«

»Aber ich will es so!« Blaschke donnerte seine flache Hand auf den Tisch, dass die Gläser in die Höhe sprangen. »Ich will es. Deine Geschichte mit der Jüdin muss überschrieben werden. Ein für alle Mal. Du wirst die Möbel für dieses Haus anfertigen, und zwar so, wie es Ute gefällt. Nichts bleibt, wie es ist. Nur deine Gedanken vielleicht, aber darüber will ich nichts wissen.«

»Es muss keine neue Geschichte geschrieben werden.«

»Denkst du das wirklich?« Blaschke griff zur Weinbrandflasche und goss sich das Glas voll. Dann warf er den Kopf in den Nacken und kippte den Asbach Uralt in einem Zug hinunter. Er wischte sich über den Mund. »Mich interessiert eigentlich gar nicht, was du denkst. Mich interessiert einzig meine Tochter. Ihr werdet in die Blau-Villa ziehen. Oder wollt ihr lieber weiter bei uns wohnen?« Sein Grinsen war hässlich.

Hanno zögerte. Es war nur ein Haus, dachte er. Und wenn wir es einrichten, dann wird es unser Haus. Das muss gehen. Ich kann nicht länger mit Blaschke unter einem Dach leben und mir jeden Abend seine Lobgesänge auf Hitler und die deutsche Wehrmacht anhören. Auf gar keinen Fall.

»Gut. Wir ziehen dort ein. Aber dieses Haus werde ich kaufen, nicht du.«

»Dass ich nicht lache! Woher willst du so viel Geld nehmen?«

»Ich habe gespart. 3.000 Reichsmark.« Er griff in seine Tasche, holte einen Umschlag daraus hervor und knallte ihn auf den Tisch. »Den Rest der 10.000 Mark zahle ich in Raten ab. Jeden Monat 100 Reichsmark. In knapp sechs Jahren habe ich meine Schuld bei dir beglichen. Es sei denn, du erwartest Zinsen, die ich natürlich ebenfalls zahle.«

»Wie willst du das machen?« fragte Blaschke lauernd und mit zusammengekniffenen Augen. »Ich lasse nicht zu, dass meine Ute nicht alles bekommt, was sie sich wünscht. An ihr wirst du nicht sparen.«

»Ute ist damit einverstanden. Wir haben darüber gesprochen.«

»Und den Rest? Wie willst du den abzahlen? Das Haus kostet insgesamt 20.000 Reichsmark. Du brauchst also auch noch einen Hauskredit.«

»Wir schaffen das, Ute und ich. Ich werde mehr bei meinem Vater arbeiten. Ein großer Auftrag steht ins Haus. Und Ute arbeitet ja auch.«

»Aber nur noch bis zum ersten Kind.«

»Das entscheidest nicht du.«

»Was soll das heißen?«, wollte Blaschke aufgebracht wissen.

»Wir lassen uns Zeit damit.«

»Deine Schwester konnte es ja auch nicht abwarten. Schwanger mit sechzehn und ohne Mann.« Jetzt klang der NSDAP-Ortsgruppenleiter hämisch.

Hanno hatte sich fest vorgenommen, sich nicht aus der Ruhe bringen zu lassen. Gelassen wollte er bleiben, mit einem Lächeln auf den Lippen. Aber Blaschke kannte ihn zu gut.

»Du weißt nichts über Sabine und das Blümchen. Gar nichts.«

»Wenn der Hirte-Junge deine Schwester nicht geheiratet hätte, stünde sie jetzt mit dem Bastard allein da.«

»Um schwanger zu werden, braucht man einen Mann und eine Frau. Siegfried hat das getan, was richtig war.«

»Der Hirte-Junge, ja, der hatte eine großartige Karriere vor sich. Aber jetzt hat er sich was ans Bein gebunden, das er so schnell nicht wieder loswird.«

»Du weißt nichts, Blaschke. Rede nicht so über meine Schwester. Sie ist Utes Schwägerin, und wie du vielleicht weißt, verstehen die beiden sich gut.«

»Ja, weil Ute ein Lamm ist. Sie denkt immer nur an die anderen, niemals an sich selbst.«

Sie waren vom Thema abgekommen, und Hanno versuchte, das Gespräch wieder auf das Haus zu lenken. »Was ist jetzt? Bist du damit einverstanden, dass ich dir dein Hochzeitsgeschenk abkaufe oder nicht?« Seine Stimme war ein wenig lauter geworden.

Blaschke winkte ab. »Mach doch, was du willst. Es ist ja nicht so, dass du meine einzige Sorge wärst.«

Hanno wusste, was sein Schwiegervater meinte. Ganz Sacrow sprach darüber. Margot Blaschke hatte im Dorfladen erzählt, dass man Blaschke bei einer Beförderung in einen höheren Dienstgrad übergangen hatte.

»Das ist so, wenn man sich mit Leuten einlässt, die nicht zum eigenen Stand gehören«, hatte Margot behauptet und damit auf die Richters angespielt. Pachnicke, der Ladeninhaber, hatte ein wenig den Mund verzogen und geantwortet: »Tja, aber zum Glück sind die Richters ja keine Snobs.« Daraufhin hatte es Gekicher im Laden gegeben.

»Findest du es gut, dass Sabine und Blümchen ins Salomon-Haus einziehen?«, wollte Hanno später von seinem Vater wissen. Er schliff gerade ein Nachtschränkchen ab. Es war schmaler geworden als geplant, denn Hanno hatte mehr Holz für seine eigenen Möbel benötigt als angenommen.

»Sabine ist erst siebzehn. Zwar eine verheiratete Mutter, aber letztendlich doch noch ein Kind. Ich will sie in meiner Nähe haben.«

»Du traust Siegfried nicht?«, fragte Hanno nach.

Eugen sah ihn für einen Moment forschend an.

»Hat sie etwas gesagt?«

»Nein, sie hat mit mir nur über weitere Schränke und Schubladen für die Küche gesprochen, und sie hat Mutter gefragt, was sie im Garten anbauen soll.«

»Hanno, mach dir keine Sorgen. Deine Mutter und ich werden ein Auge auf sie haben.«

Kapitel 23

Sacrow, 1941

Im April kapitulierte Griechenland vor den deutschen Truppen. Im Juni begann der »Unternehmen Barbarossa« genannte Überfall auf die Sowjetunion, doch den deutschen Truppen gelang es nicht, Moskau einzunehmen.

Juden wurden zu Arbeitseinsätzen herangezogen und mussten ab dem Alter von sechs Jahren den gelben Stern tragen. Juden durften keine öffentlichen Toiletten und Telefone benutzen.

Lebensmittel wurden knapp. Kunsthonig und Gerstengraupen, Gersten- und Roggenkaffee sowie Steckrüben fanden sich in den Regalen der Lebensmittelhändler. Die Ernte in diesem Jahr sollte schlecht ausfallen, sagten die Bauern, doch in den Zeitungen war von einer zu erwartenden Rekordernte die Rede. Die meisten Lebensmittel waren nur noch auf Bezugsscheine zu erhalten. In den Zeitungen wurden Rezepte veröffentlicht: in Mehl geröstete saure Kartoffeln, mit Reis gefüllter Kohl, Suppe aus Gemüseschalen.

Das eigene Haus. Hanno konnte es nicht fassen, dass er nach der Arbeit »nach Hause« ging. Heim zu Ute. Er war ein verheirateter Mann mit einem Haus und Garten. Er liebte dieses Haus, liebte die hellen Holzmöbel darin, die abgeschliffenen

Bodendielen, auf denen bunte Läufer lagen. Helle Vorhänge umrahmten die Fenster, und an den Wänden hingen ein paar Drucke. Ute hatte sie zusammen mit Sabine ausgesucht. Sie waren manchmal gemeinsam für ihre neuen Häuser einkaufen gewesen. Und auch Sabines Haus war fertig, die kleine Familie eingezogen. Jetzt sprachen die beiden jungen Frauen darüber, wie man einen Garten anlegte.

Ute hatte aus dem Blumengarten der Blaus einen Gemüsegarten gemacht. Sie hatte Möhren, Kohlrabi, Kürbis, Kartoffeln, Gurken und rote Rüben angebaut. Die Johannisbeersträucher, die von den Blaus gepflanzt worden waren, trugen in diesem Sommer gut. Auch die Sauerkirschenernte war reichlich. Die Gärten der Nachbarn sahen ähnlich aus. Jeder, der ein Stückchen Land zur Verfügung hatte, baute Gemüse an, denn in den Läden gab es immer weniger zu kaufen.

Im Frühjahr hatte Ute mit der Nachbarin Gruschke Samen ausgetauscht, und es war bereits abgemacht, dass ein Teil der Birnen aus dem eigenen Garten gegen die Äpfel des Nachbargartens eingetauscht wurde. Ute kochte Marmeladen, Pflaumenmus und Johannisbeergelee. Sie machte Apfelmus und Birnenkompott, sie legte Gurken und Kraut ein. Sie war eine geschickte Hausfrau und legte mehr Vorräte an, als die kleine Familie brauchte. Großzügig gab sie deshalb Sabine von den eingeweckten Lebensmitteln ab.

Blümchen wuchs prächtig und machte an der Hand ihrer Oma die ersten Schritte. Sabine aber ging es schlecht, und niemand wusste, was man dagegen tun konnte. Sie lag den halben Tag im Bett, hatte zu nichts Lust, konnte sich kaum dazu aufraffen, den Haushalt und die Wäsche zu besorgen. Elvira holte Blümchen am Morgen zu sich, kümmerte sich den ganzen Tag um sie und brachte sie am Abend zurück, wenn Siegfried von der Arbeit nach Hause kam.

»Ich weiß nicht, was ich noch machen soll«, erklärte sie beim Mittagessen mit Eugen, Hanno und der Kleinen. »Was ist nur mit Sabine los? Sie verwelkt direkt unter unseren Augen. Doktor Bredow sagt, das ginge manchen Frauen nach der Geburt so. Man müsse abwarten. Aber wie lange wollen wir noch warten? Blümchen ist schon ein Jahr alt.«

»Sie ist nicht glücklich mit Siegfried, daran liegt es«, erklärte Hanno. »Wie sollte sie auch?«

»Denkst du nicht, dass sie sich allmählich daran gewöhnt haben sollte, dass er ihr Ehemann ist?«

Er ist ihr Vergewaltiger, dachte Hanno, sprach es aber nicht aus. Er hatte seinen Schwager schon öfter spätabends in Richtung Potsdam fahren sehen, und dabei hatte er keine SS-Uniform getragen wie sonst üblich. Er hatte einen Verdacht, wohin Siegfried fuhr. Aber er konnte erst darüber sprechen, wenn er sicher war. Ob Ute etwas wusste? Sie schaute oft nach Sabine. Hanno glaubte sogar, dass sie Freundinnen geworden waren. Wenigstens das beruhigte Hanno ein bisschen.

»Hört mal, ich habe heute Vormittag einen Anruf bekommen«, unterbrach Eugen Hannos Gedanken. Der Vater sah nicht gerade glücklich aus.

»Was für einen Anruf?«, wollte die Mutter wissen.

»Vom Reichssicherheitshauptamt in Berlin.«

»Oh«, entfuhr es Hanno.

»Sie haben einen Auftrag für uns. Doch bevor sie uns sagen, was wir machen sollen, müssen wir eine Verschwiegenheitserklärung unterzeichnen.«

»Wie bitte? Das klingt ja geheimnisvoll.«

»Es ist ein großer Auftrag. Einer, der uns für den Rest des Jahres beschäftigt. Mehr weiß ich noch nicht.«

Hanno schnitt ein Stück von seinem Kotelett ab. Die Mutter bekam hin und wieder vom Metzger Großkopf ein Stück Fleisch zugesteckt, und Eugen baute ihm dafür in seiner Freizeit eine neue Sitzgruppe.

»Wie können wir einen Auftrag annehmen, ohne zu wissen, worum es geht?«

»Wir müssen ja nicht«, erwiderte der Vater, »aber es wäre wohl unklug, diesen Auftrag abzulehnen.«

»Wie viele Möbeltischler werden dabei gebraucht?«

»Zwei. Nur du und ich. Und wir werden überprüft. Von der Gestapo.«

»Das klingt wirklich merkwürdig. Was wirst du tun?«

Hanno musste an seinen Aufenthalt im Gestapogefängnis in Potsdam zurückdenken, und Unruhe machte sich in ihm breit. Er wollte mit diesem Auftrag und der Gestapo eigentlich nichts zu tun haben. Aber er wusste, dass das Auftragsbuch nicht gerade proppenvoll war. In diesen Zeiten, dem dritten Kriegsjahr, stand den Leuten nicht der Sinn nach neuen Möbeln. Dafür wurden mehr Särge gebraucht.

»Ich denke, wir sollten den Auftrag annehmen, auch wenn mir der Auftraggeber missfällt.« Der Vater trank ein Schluck Bier. Er hatte das neue Leichtbier ausprobiert, das von Hitler persönlich empfohlen worden war, aber es hatte ihm nicht geschmeckt. Niemandem hatte es geschmeckt.

»Warum wir?«, fragte Hanno.

»Wir haben einen guten Ruf. Wir gelten als verschwiegen. Und es gibt nicht mehr so viele Möbeltischler. Die jungen

Männer sind im Krieg. Wahrscheinlich haben uns Hirte und Blaschke tadellose Zeugnisse ausgestellt.«

»Also machen wir es?«

Der Vater nickte. »Ab sofort sprechen wir nicht mehr darüber. Nicht einmal mehr, wenn wir unter uns sind.«

Die Mutter lachte auf. »Ich glaube, darum musst du dir keine Sorgen machen.«

»Du darfst auch Ute nichts sagen.« Der Vater deutete mit der Gabel auf Hanno. »Und kein Wort zu Sabine.«

Damit war das Thema erledigt.

* * *

Am Abend, als die Uhr die zehnte Stunde schlug, klappte Hanno sein Buch zu und erhob sich. Ute hörte ein Hörspiel im Radio und strickte eine Jacke für Blümchen.

»Gehst du noch einmal weg?«, fragte sie.

Seit dem Einzug schien Ute glücklich. Immer wieder strich sie über die neuen Küchenschränke, das neue Sofa, den neuen Esstisch. Auch Hanno gefiel sein Zuhause, aber hin und wieder überfiel ihn ohne Vorwarnung noch Stefanies Duft. Manchmal, wenn er die Treppe hochkam, sah er sie oben stehen. Kam er nach Hause, glaubte er, ihr Gesicht hinter den Gardinen zu entdecken, aber er sagte Ute nichts davon.

»Ich fragte, ob du noch einmal wegmusst«, wiederholte Ute und ließ das Strickzeug sinken.

Hanno nickte.

»Wohin?«

»Ich kann nicht darüber reden.« Hanno strich ihr kurz über die Schulter, doch dann überlegte er es sich anders.

Er wollte keine Geheimnisse vor Ute haben, wenn es nicht unbedingt sein musste. »Es geht um Siegfried. Er fährt öfter abends in die Stadt und lässt Sabine allein.«

»Du willst herausfinden, ob er eine andere hat?«

»Was sagt denn meine Schwester?«

Ute zuckte mit den Schultern. »Nicht viel. Sie spricht noch weniger als sonst.«

»Sagt sie dir, was sie bedrückt?«

»Nein. Ich glaube, sie weiß es selbst nicht genau. Ihr Leben kommt ihr leer vor. Sie ist verzweifelt und weiß nicht zu sagen, warum.«

»Und Siegfried ist ihr auch keine Stütze.«

»Er kümmert sich um Blümchen, badet sie, bringt sie ins Bett, schaut mit ihr Bilderbücher an. Er gibt sich Mühe, aber es ist, als würde niemand an Sabine herankommen. Er nicht und ich auch nicht.« Ute hielt inne. »Ich glaube, sie leidet an Schwermut. Wenn es noch schlimmer wird mit ihr, wird ein Arzt helfen müssen.«

Hanno erstarrte. Er hatte von diesen Kliniken gehört, von diesen Irrenhäusern. Er hatte gehört, dass man den Kranken dort Stromschläge versetzte. Aber er hatte auch gehört, dass es Medikamente geben sollte, die Menschen über die Schwermut hinweghalfen. Darum würde er sich später kümmern, denn für ihn stand fest, dass es Sabine vor allem so schlecht ging, weil sie Siegfried geheiratet hatte. Und deshalb musste er jetzt los.

»Warte nicht auf mich«, sagte er. »Es kann spät werden.«

Er hatte sich von seinem Vater das Auto geliehen und sah gerade noch, wie Siegfrieds Wagen das Dorf verließ. Hanno fuhr ihm in einiger Entfernung hinterher. Am Park in Babelsberg stellte Siegfried sein Auto ab. Hanno hielt dreißig Meter hinter ihm. Er folgte dem Schwager durch die Dunkelheit hinein in den Park. Einmal wandte Siegfried sich um, und Hanno sprang schnell hinter einen Baum. Dann bog er auf einen Parallelweg ab und konnte Siegfried so besser im Auge behalten. Dass um diese Uhrzeit so viele Männer hier im dunklen Park unterwegs waren, verwunderte ihn. Was machten die hier? Sie schlenderten, als hätten sie alle Zeit der Welt. Hin und wieder blieben sie stehen und blickten sich um. Manche wechselten ein paar Worte miteinander, und Hanno sah, dass andere zu zweit hinter Sträuchern und Baumgruppen verschwanden. Irgendetwas ging hier vor sich, und Hanno ahnte, was das war.

Plötzlich trat ein junger Mann auf Siegfried zu. Sie redeten ein paar Sätze miteinander, dann folgte Siegfried ihm hinter eine Buschgruppe. Hanno wollte das nicht sehen, er wollte weg hier, aber er brauchte einen Beweis. Er wollte es ein für alle Mal wissen. Also pirschte er sich näher an die Büsche heran und sah, wie der junge Mann vor Siegfried kniete und dessen Penis im Mund hatte.

Mehr brauchte Hanno nicht zu sehen. Siegfried war also tatsächlich homosexuell. Er hatte es gewusst. Doch er hatte gedacht, dass Siegfried sich nach der Hochzeit geändert hätte.

Nun hatte er Gewissheit. Aber was sollte er jetzt tun? Was konnte er tun, um seiner Schwester zu helfen?

* * *

Zwei Tage später wurden Hanno und Eugen in eine Außenstelle der Gestapo des Reichssicherheitshauptamtes nach Berlin in die Prinz-Albrecht-Straße 8 bestellt. Zuerst wurde der Vater aufgerufen und eine Stunde später Hanno.

Er legte den beiden SS-Männern seinen Ariernachweis vor, wurde nach Krankheiten befragt, dann ging es um seinen Charakter. Dass er Siegfried damals krankenhausreif geprügelt hatte, kam zur Sprache, wurde aber wohlwollend aufgenommen. Junge Männer prügeln sich. Schlimmer wäre es, sie würden Bücher lesen. Sogar seine Beziehung zu Stefanie fand Erwähnung, aber auch hier hielt der SS-Obersturmführer dies für eine Jugendsünde, die sich längst ausgewachsen hatte. Hanno log nicht, als er sagte, dass er keinen Kontakt mehr zu ihr habe. Nach einer Stunde war die Befragung zu Ende, und Hanno wurde bescheinigt, dass er für den ominösen Auftrag geeignet war. Noch immer wussten weder sein Vater noch er, worum es eigentlich ging. Sie hatten nur erfahren, dass sie während ihres Auftrages einen SS-Mann als Aufpasser zur Seite gestellt bekamen.

»Die tun gerade so, als würden wir keine Möbel, sondern Bomben bauen«, meinte Hanno auf der Heimfahrt.

Eugen nickte und zündete sich eine Zigarette an, kurbelte das Fenster des Autos herunter und blies den Rauch hinaus. »Wir wissen nichts, wir werden nichts erfahren, wir werden nichts sagen, wir werden einfach nur unsere Arbeit machen.«

In der darauffolgenden Woche holte ein SS-Mann im Rang eines SS-Obersturmführers die beiden Möbeltischler ab. Er kam mit einem neuen Mercedes angefahren. Hanno und Eugen luden ihre Werkzeugkisten in den Kofferraum, dann ging die Fahrt am Wannsee entlang in Richtung Berlin. Bald bogen sie auf einen Feldweg ein, der gut ausgebaut war, und hielten schließlich vor einer Villa.

»Was ist das hier?«, wollte Hanno fragen, doch er unterließ

es. Fragen waren nicht gewünscht, das spürte er. Er wusste nur, dass die Straße Am Großen Wannsee hieß und die Villa die Hausnummer 56/58 trug.

»Aussteigen«, befahl der SS-Obersturmführer, dessen Namen sie nicht kannten.

Sie trugen ihr Werkzeug in die Villa. In der großen Halle sah Hanno sich um. Der Boden war mit glänzenden Dielen ausgelegt, und es zogen sich zwei Treppen in einem Bogen hinauf zum ersten Stock.

»Das ist das Gästehaus der SS. Hier übernachten unsere Kameraden aus anderen Städten, die in Berlin zu tun haben«, erklärte der SS-Mann nun doch. Dann führte er Hanno und Eugen in einen Konferenzsaal mit hohen Fenstern. »Wandverkleidungen entfernen«, befahl er. »Auch im nächsten Raum und immer so weiter. Wenn ihr damit fertig seid, setzt ihr Platten ein und schraubt die Wandverkleidung wieder dran.«

»Was für Platten?«, fragte Hanno.

»Das werdet ihr schon noch sehen.«

* * *

Sabine erhob sich mitten in der Nacht und sah aus dem Fenster. Der Mond schien hell und ließ das Wasser wie Silber glitzern. Das Bett neben ihr war leer, Siegfried wieder einmal nicht da, doch das bemerkte die junge Frau im weißen Nachthemd kaum. Der Tag heute war noch einmal warm gewesen. Zu warm für den September. Die ersten Bäume hatte bereits ihr grünes Leuchten verloren und würden bald ihre Blätter erst gelb färben und dann abwerfen. Aber auch das interessierte Sabine nicht. Sie fühlte sich wie erstarrt, hatte keine

Regungen mehr in sich. Sie hatte weder Hunger noch Durst, schwitzte und fror nicht. Wenn sie Blümchen sah, verzog sie die Mundwinkel nach oben, doch es wurde kein Lächeln daraus.

Blümchen. Wenigstens konnte sie noch an ihre kleine Tochter denken. Wenigstens sie war noch nicht in den großen schwarzen Schlund, der ihr Leben war, hineingesogen worden. Als die Turmuhr der Heilandskirche die elfte Stunde verkündete, umschlang Sabine ihren Oberkörper mit den Armen. Sie versuchte, sich selbst festzuhalten, doch es gelang ihr nicht. Sie blickte in den Spiegel, der nur vom Mondlicht etwas erhellt wurde, und fand ihre Augen riesengroß, aber doch so leer wie Brunnenschächte.

Langsam bewegte sie sich zur Tür, machte kein Geräusch dabei. An Blümchens Bett hielt sie inne, betrachtete das schlafende Kind. Wie schön sie ist, dachte Sabine. Wie schön sie trotz allem ist. Sie hob die Hand, strich dem kleinen Mädchen eine Haarsträhne aus der Stirn, hob den Teddybär auf, der zu Boden gefallen war. Dann verließ sie das Schlafzimmer, tappte barfuß die Treppe hinab. Die Haustür ließ sie offen stehen.

Sie spürte weder die kleinen Steine unter ihren Füßen noch die Nässe des Taus. Sie lief weiter, ließ auch das Gartentor unverschlossen, überquerte die Straße, ohne nach links und rechts zu schauen. Sie blickte nicht zu den Nachbarhäusern, nicht zu ihrem Elternhaus, nicht zum alten Apfelbaum, nicht hinüber zur Pfaueninsel, sondern ging einfach weiter wie eine Schlafwandlerin. Ein schwacher Wind streichelte ihr Gesicht, doch das bemerkte sie nicht.

Als sie die Sacrower Lanke erreicht hatte, blieb sie stehen.

Sie drehte sich um, schaute noch ein letztes Mal zu dem Haus, in dem sie nun lebte. Das Haus bedeutete ihr nichts. Ohne innere Regung ließ sie ihren Blick an der Fassade entlanggleiten bis hinauf zum Dach. Kurz dachte sie an Blümchen, und ihr Herz krampfte sich schmerzvoll zusammen. Sie liebte ihre Tochter mehr, als sie sagen konnte. Blümchen würde es gut gehen. Ihre Mutter Elvira würde für die Kleine sorgen. Und Ute, ihre Schwägerin, war auch immer gut zu ihr gewesen, hatte ihr Geschenke mitgebracht, hatte sie auf den Arm genommen und ihr Bücher vorgelesen. Blümchen würde es an nichts fehlen. Wahrscheinlich würde es sich nicht einmal an sie erinnern, wenn es groß war.

Sabine holte tief Luft, weil der Brustkorb ihr ganz eng geworden war. Sie presste eine Hand auf ihr schnell schlagendes Herz und beruhigte sich mit ein paar tiefen Atemzügen. In der Ferne bemerkte sie die Scheinwerfer eines Autos, doch das bog nach links ab. Vor sich sah sie den Badestrand liegen, aber sie konnte sich nicht mehr daran erinnern, wie glücklich sie früher hier gewesen war. Glücklich und unbeschwert. Sie wusste nicht einmal mehr, wie Glück sich anfühlte. Sie spürte die kleinen Kiesel und die Feuchtigkeit der Wiese unter ihren Füßen und ging langsam weiter. Einmal noch verharrte sie kurz, blickte hinauf zum Mond, dann atmete sie tief ein und setzte ihren ersten Schritt in das nachtschwarze Wasser.

Kapitel 24

Siegfried fuhr nach Hause und fühlte sich rechtschaffen müde. Er hatte heute viel gearbeitet, ein paar Berichte geschrieben und in zwei Versammlungen gesessen, von denen er kaum noch wusste, worum es darin ging. Irgendwas mit einem neuen Buch von Baldur von Schirach, welches der Hitlerjugend ans Herz gelegt werden sollte. Und irgendetwas über die Russen. Wie grausam und herzlos sie waren. Da war auch noch was von den Nachfahren Dschingis Khans gewesen und den noch immer existierenden Mongolenhorden, die jenseits des Ural für Angst und Schrecken sorgten. Mongolen, pff. Was ging ihn das an? Was hatte die Hitlerjugend damit zu tun, deren stellvertretender Leiter für Potsdam und Brandenburg er inzwischen war? Na ja, immerhin hatte es geheißen, dass die Mongolen rückständige Untermenschen waren und deshalb keine wirkliche Gefahr darstellten.

Er hatte nach Feierabend noch ein Bier mit Fred, seinem Kollegen, getrunken. Fred hatte erst nach Hause gehen wollen zu seiner Frau, aber Siegfried hatte ihm erläutert, wie sehr man aufpassen musste, um nicht unter den Pantoffel zu geraten. Das hatte Fred schließlich auch eingesehen. Aber wie der über seine Frau gesprochen hatte! Mein lieber Mann, das musste wirklich ein Prachtweib sein. Sie konnte kochen und backen und empfing Fred am Abend stets mit einer frisch geöffneten Flasche Bier, die sie wer weiß wo aufgetrieben hatte.

Wenn er doch nur auch so eine tüchtige Frau zu Hause hätte … Siegfried seufzte leise. Und Freds Liebesleben schien das wahre Paradies zu sein. Immer, wenn er wollte … Ach, es war sinnlos, darüber nachzudenken. Er war mit Sabine verheiratet. Obwohl: Waren sie tatsächlich verheiratet? Die Ehe im biblischen Sinne war nie vollzogen worden. Also, nach der Heirat. Er hatte sich schon öfter gefragt, was wäre, wenn er Sabine nicht geheiratet hätte. Und die Gedanken daran, wieder frei und ledig zu sein, übten einen immensen Reiz auf ihn aus. Er könnte seinen gesamten Lohn für sich behalten. Na ja, für Blümchen würde er schon was lockermachen, das verstand sich von selbst, schließlich war er ein verantwortungsvoller Mensch. Aber den Rest könnte er auf den Kopf hauen. Er könnte mit den anderen SS-Männern seiner Behörde mal wieder einen draufmachen. Er könnte am Wochenende angeln gehen oder mit der Hitlerjugend ins Zeltlager fahren. Er könnte … Ach, es gab so viel, was er dann tun könnte. Stattdessen hatte er eine Frau, die nicht redete und nicht lachte, die den Haushalt verkommen ließ und nicht einmal einen strammen Max zubereiten konnte.

Zum Glück hatte er Guntram gefunden. Da, im Park von Babelsberg. Mit ihm ging es nicht nur um Sex, da ging es um die großen Fragen des Lebens, wenn sie danach auf einer Bank im Park saßen und das Bier tranken, das Siegfried aus der SS-Kantine mitgebracht hatte. Mit Guntram konnte man prima reden. Der verstand, was einem Mann heutzutage alles abverlangt wurde. Der hatte auch Familie. Das war gut. Das war sogar hervorragend, denn nichts zerstreute den Verdacht des Schwulseins so perfekt wie eine Ehe. Und wenn dann noch Kinder dazukamen – so wie bei ihm –, dann war man aus dem Schneider.

Zu Anfang hatte er gedacht, er könnte seine sexuellen Vorlieben mit purer Willenskraft in die richtige Richtung zwingen, aber das war nicht so gewesen. Jetzt machte es ihm nichts mehr aus, solange niemand davon wusste. Und er konnte Sabine diesbezüglich in Ruhe lassen. Kurz dachte Siegfried an Hanno und daran, dass der etwas von seiner Neigung wusste, doch er verwarf den Gedanken gleich wieder. Hanno war Möbeltischler. Ein Holzwurm, der ein Verhältnis mit einer Jüdin gehabt hatte. Wer glaubte schon so einem? Da stand er doch ganz anders da mit seiner SS-Uniform und seiner Junkerschulenvergangenheit.

Er fuhr aus Potsdam heraus und auf die Landstraße, die nach Sacrow führte. Manchmal dachte er darüber nach, wie schön es sein könnte, in Potsdam zu wohnen. Da hatte man alles gleich vor der Haustür: die Kneipen, die Kinos, den Park. Außerdem kannte man in der Stadt einander nicht, und auch das konnte nur von Vorteil sein. Aber auch das musste ein Traum bleiben, denn da waren ja Sabine und Blümchen. Die Kleine, die von ihrer Großmutter Elvira betreut wurde, weil Sabine … Nein, er gab sich nicht die Schuld an ihrem Unglück. Wieso auch? Es hatte ihr letztendlich doch gefallen, sonst wäre dabei ja nicht ihr Kind entstanden.

Sabine war ihm ein Klotz am Bein. So war es nun einmal, auch wenn alle so taten, als wäre es anders. Nur sein Vater, Rudolph Hirte, verstand ihn.

»Ich begreife bis heute nicht, warum du sie geheiratet hast«, hatte er neulich gesagt, als sie auf eine Zigarette miteinander am Zaun gestanden hatten.

»Ich wollte alles richtig machen.«

»Nun hast du sie und kriegst sie nicht wieder los.«

Siegfried hatte genickt, doch sein Vater wusste ja nicht, dass es Guntram gab und Sabine ihn vor Gerede und Schlimmerem schützte. Er brauchte Sabine. Und eigentlich war er ja auch gar nicht schwul. Sonst wäre er längst in einem Lager. Er war … Er war eben vielseitig. Im Leben und in der Liebe. So war das. Und den möchte er sehen, der Guntram widerstehen könnte! Der hatte eine Figur! Und diese langen Wimpern über den braunen Augen. Da würde selbst der Pastor schwach werden. Er musste unweigerlich kichern, als er das dachte.

Als er nach Sacrow hineinfuhr, nahm er die nächtliche Ruhe des Dorfes in sich auf. Der Mond spiegelte sich auf dem Wasser, und Siegfried seufzte. Es war wirklich eine schöne Nacht. Aber jetzt musste er ins Bett, morgen würde erneut ein langer Tag werden.

Er blickte hinüber zum Wasser und sah, wie da jemand baden ging. Baden? Um diese Uhrzeit? Was sollte das denn werden, wenn es fertig war? Er hielt an, stieg aus, ging näher ans Ufer und erkannte, dass es eine Frau war. Er rief: »Guten Abend!«, aber die Frau drehte sich nicht zu ihm um. Das Wasser stand ihr schon bis zur Brust, und sie ging einfach weiter. So, als wollte sie …

Ein kalter Schauer lief ihm über den Rücken. Und in diesem Augenblick erkannte er Sabine. Er rief ihren Namen, streifte die Schuhe von den Füßen und rannte ins Wasser, das noch wärmer war, als er gedacht hatte. Mit kräftigen Zügen schwamm er zu ihr hinüber.

Das Mondlicht ließ ihr Haar silbern schimmern. Schritt für Schritt watete sie weiter, und das Wasser stand ihr bis zum Hals. Wenn sie untertauchte, würde Siegfried sie nicht mehr finden. Nicht bei dieser Dunkelheit.

»Sabine!«, rief er wieder, bekam Wasser in den Mund und musste schlucken und husten. Er schwamm schneller, riss die Arme nach vorn, trat mit den Beinen, so stark er konnte. Sie war noch einen Schritt weitergegangen, aber jetzt, jetzt konnte er ihren Ärmel packen. Er stemmte die Füße in den rutschigen Untergrund, packte sie bei den Schultern und drehte sie zu sich herum. Sie sah ihn mit großen, leeren Augen an.

»Lass mich doch«, sagte sie unendlich müde. »Es ist doch für alle besser so.«

Siegfried legte beide Hände um ihr mondbleiches Gesicht. »Sag so etwas nicht. Denk nicht einmal so etwas. Blümchen braucht dich. Du bist ihre Mutter. Und du bist meine Frau.« Er legte den Arm um ihre Hüfte und zog sie mit sich zum Ufer. Dort ließen sie sich erschöpft im Gras nieder und atmeten schwer.

»Ich kann nicht mehr, Siegfried«, sagte Sabine leise. »Ich möchte sterben. Mich hält nichts mehr hier. Nicht einmal Blümchen. Sie ist bei meiner Mutter so viel glücklicher als bei mir. Und du wärst ohne mich auch besser dran.«

Siegfried seufzte. Er wusste nicht, was er darauf antworten sollte. »Es wird alles wieder gut«, sagte er, aber er hatte keine Ahnung, wie alles wieder gut werden sollte.

Als ihr Atem sich beruhigt hatte, zog er sie hoch, schleppte sie zum Auto und fuhr mit ihr ins Dorf hinein. Doch er hielt nicht vor der Salomon-Villa, die jetzt ihnen gehörte, sondern fuhr ein paar Meter weiter und hielt vor dem Haus seiner Eltern.

»Warte hier«, sagte er. »Rühr dich nicht von der Stelle.« Dann stürmte er durch den Vorgarten und klingelte Sturm, seinen Blick immer auf Sabine im Auto gerichtet.

Es dauerte, aber endlich ging oben im ersten Stock ein Fenster auf.

»Was ist denn los, um Gottes willen? Es ist mitten in der Nacht.«

Rudolph Hirtes Haare lagen an einer Seite platt an, an der anderen standen sie ab.

»Ruf einen Arzt. Schnell!«

»Einen Arzt? Was ist denn los? Bist du etwa nass?«

»Komm besser runter, Vater.«

Oben klappte das Fenster zu, und Siegfried ging zurück zu seinem Auto, öffnete die Tür und legte eine Hand auf Sabines Schulter. Sie zitterte. Er half ihr aus dem Wagen, und schon wurde die Haustür geöffnet. Rudolph Hirte und seine Frau Erna schauten heraus.

»Hol eine Decke für Sabine«, rief Siegfried seiner Mutter zu. »Und Handtücher. Einen Bademantel vielleicht oder eine Strickjacke.«

Erna fragte nicht nach dem Grund, und als Siegfried Sabine in die Stube geführt hatte, kam sie auch schon mit den Sachen. Sabine saß auf einem Stuhl, die Hände im Schoß, und starrte vor sich hin.

»Du musst dein Nachthemd ausziehen, sonst erkältest du dich noch. Hörst du?« Siegfried ruckelte ein wenig an ihrer Schulter, doch Sabine rührte sich nicht.

»Ich rufe einen Arzt«, beschloss Rudolph und ging hinaus in den Flur, wo das Telefon hing.

Da Sabine immer noch bewegungslos dasaß, zog Siegfried

seiner Frau das Nachthemd aus, hüllte sie in einen Bademantel, frottierte ihr mit einem Handtuch das nasse Haar.

Erna stand daneben, hatte eine Hand vor den Mund geschlagen und sagte immer wieder: »O Gott, o Gott. O Gott, o Gott.«

Rudolph kam herein. »Der Arzt ist auf dem Weg. Was zur Hölle ist hier eigentlich los?«

»Sie wollte ins Wasser gehen.«

»O Gott, o Gott.«

»Ins Wasser? Warum?«

Siegfried zuckte mit den Achseln. »Ich weiß es doch auch nicht. Sie ist immer nur traurig und liegt die meiste Zeit im Bett.«

»Sie hat die Schwermut«, sagte Erna.

Rudolph Hirte nickte langsam. »Das dachte ich mir schon. So, wie sie immer umherschleicht. Mit dieser Leichenbittermiene. Und nie ein Wort oder ein Lächeln. Das muss das Richter'sche Erbe sein. Hatten die nicht mal einen in der Familie, der stumm war? Du hättest sie nicht heiraten sollen, Siegfried. Wir hätten das auch anders regeln können.«

»Nun habe ich sie aber geheiratet und werde tun, was getan werden muss.«

Er blickte zu seinem Vater, der sich an der Unterlippe zupfte.

»Mal sehen, was der Arzt sagt.«

Erna stand neben Sabine, betrachtete sie und beugte sich zu ihr. »Kannst du mich hören?«

»Sie ist nicht taub, Mutter.«

»Willst du einen Tee?«

Sabine antwortete nicht, doch alle im Raum konnten

hören, wie ihre Zähne aufeinanderschlugen. Erna nahm eine Decke vom Sofa und legte sie Sabine um die Schultern. Dann schlug sie erneut eine Hand vor den Mund und murmelte: »O Gott, o Gott.«

Endlich kam der Arzt.

»Dr. Schmittke von den Städtischen Krankenanstalten Potsdam. Wir haben heute Notdienst. Was ist hier passiert?« Er trat zu Sabine, legte ihr eine Hand auf die Schulter, blickte in ihr Gesicht. »Wo haben Sie Schmerzen?«

Sabine antwortete nicht. Siegfried stellte sich neben sie.

»Es geht ihr nicht gut. Schon seit einer ganzen Weile nicht mehr.«

»Sie hat versucht, sich umzubringen«, stellte Rudolph Hirte klar. »Sie kümmert sich weder um ihren Mann noch um den Haushalt. Ihr Kind ist tagsüber bei der Oma, weil sie es nicht versorgt. Wie denn auch, wenn sie den ganzen Tag im Bett liegt. Sie redet nicht, und niemand weiß, was mit ihr los ist. Und nun noch das heute Abend. Sie wollte ins Wasser gehen, sie wollte sich ertränken.«

»Aha, aha«, machte der Arzt. Er hockte sich vor Sabine, fühlte ihren Puls. »Gab es so einen Vorfall schon einmal?«

Siegfried schüttelte den Kopf, aber jetzt mischte sich Erna in das Gespräch ein.

»Mein Sohn arbeitet viel. Er ist bei der SS. Mein Mann auch. Sie sind den ganzen Tag nicht da. Wer weiß, was sie alles macht, wenn sie allein ist. O Gott, o Gott! Was werden nur die Leute denken?«

»Hat sie schon einmal gesagt, dass sie nicht mehr leben will?«, fragte der Arzt weiter.

»Heute Abend hat sie es zu mir gesagt. Ich weiß nicht mehr, was ich mit ihr machen soll«, gab Siegfried zu.

»Wie lange ist sie schon in diesem erstarrten Zustand?«, wollte der Arzt wissen.

»Sie meinen wohl, störrischen Zustand. Nun, seit der Hochzeit«, erklärte Rudolph Hirte. »Man hätte meinen können, sie wäre glücklich darüber, endlich nicht mehr die ledige Mutter mit dem Bastard zu sein. Aber nein, sie macht weiter Ärger.«

Der Arzt wandte sich an Siegfried. »Sie sind der Ehemann. Seit wann ist sie so?«

»Schon lange. Aber ich habe gedacht, das gibt sich wieder. Wenn ich sie in Ruhe lasse, dann wird sie wieder gesund werden.«

Der Arzt richtete sich auf. »Nun – das, was sie hat, nennt man eine Depression, eine Erkrankung der Seele. Man sagt auch Lebensmüdigkeit, Schwermut und Melancholie dazu, gekennzeichnet durch starke Antriebslosigkeit und Resignation. Die Patientin hier leidet an einer schweren Form davon.«

»Was können wir tun?«, wollte Siegfried wissen. »Wie kann ich meiner Frau helfen?«

»Du hast schon genug geholfen, mein Junge. Sabine muss in eine Anstalt. Die wissen besser, was zu tun ist.« Rudolph Hirte hatte ihm eine Hand auf die Schulter gelegt und sprach energisch. »Du kannst doch nicht dein ganzes Leben nach den Launen deiner Frau ausrichten. Du hast einen Beruf. Das Deutsche Reich braucht dich.« Er hielt kurz inne, warf einen Blick auf Sabine und schüttelte den Kopf. »Das Reich erfährt in diesen Tagen einen Aufbruch, wie es ihn noch nie gegeben hat. Es ist die Pflicht eines jeden Deutschen, an diesem Aufbruch mitzuarbeiten, alles für die Volksgemeinschaft zu geben.«

»Sie macht das nicht mit Absicht«, verteidigte Siegfried seine Frau. In einer sehr versteckten Ecke seines Gehirns keimte kurz der Gedanke auf, dass er an Sabines Zustand eventuell mitschuldig sein könnte, doch er verjagte diesen Unsinn sofort wieder. Er hatte nichts getan. Im Gegenteil: Er hatte sie geheiratet. Und er hatte sie vor dem Ertrinken gerettet.

* * *

»Was?« Elvira riss Mund und Augen auf, als Erna Hirte ihr am nächsten Tag Blümchen brachte. »Wo haben sie meine Tochter hingebracht? Was war los?«

»Vielleicht lässt du mich erst einmal herein. Es muss ja nicht jeder hören, was wir zu bereden haben.«

Widerwillig trat Elvira zur Seite, während Blümchen sich von Ernas Hand losmachte und Elviras Beine umklammerte. Elvira nahm die Kleine auf den Arm, strich ihr sanft über den Rücken. Kurz darauf saßen sie, die beiden Großmütter des kleinen Mädchens, am Küchentisch. Elvira hatte Blümchen auf dem Schoß. Die Kleine hatte den Daumen im Mund und schmiegte sich an ihre Brust.

»Was ist los? Was ist passiert?«, fragte Elvira voller Sorge.

Erna zog ein empörtes Gesicht. »Sie wollte sich umbringen. Deine Tochter. Sie wollte letzte Nacht ins Wasser gehen. Siegfried hat sie gerettet. Wir haben den Arzt gerufen, und der hat sie mitgenommen.«

»Und wo ist sie jetzt?«

Erna zuckte mit den Schultern. »Wahrscheinlich in der Irrenanstalt.«

»Wo? Sag mir, wo sie ist!« Elvira schrie fast.

Erna schreckte ein wenig zurück und antwortete beleidigt: »Das weiß ich doch nicht. Der Arzt kam und hat sie dann mitgenommen. Das ist alles.«

»Wohin? Bist du nicht auf den Gedanken gekommen, das zu fragen?«

Jetzt zeigte sich Entrüstung auf Ernas Gesicht. »Was fällt dir ein! Denkst du nicht, dass deine Familie schon genug Unglück über die meine gebracht hat? Dein Sohn hat meinen Jungen ins Krankenhaus geprügelt, und Siegfried hat deine ledige Tochter mit Bastard geheiratet. Das hätte er nicht machen müssen.«

»Blümchen ist seine Tochter. Das Ergebnis einer Vergewaltigung.«

»Das sagst du! Aber kannst du dir da wirklich sicher sein? Es gibt viele Männer, die auf raffinierte junge Frauen hereinfallen.«

Plötzlich hatte Elvira keine Kraft mehr. Sie hob Blümchen von ihrem Schoß, stand auf, setzte sich die Kleine auf die Hüften.

»Es ist besser, du gehst jetzt!«, sagte sie mit Nachdruck.

»Du schmeißt mich raus?«

Elvira antwortete nicht auf diese Frage. Sie blieb einfach stehen und sah Erna mit unverhohlener Verachtung an.

»Na gut, wenn das so ist.« Endlich erhob sich Erna Hirte und ging zur Tür. Auf der Schwelle blieb sie noch einmal stehen. »Ich war immer dagegen, dass mein Sohn deine Tochter heiratet. Ich wusste, dass sie ihm nichts als Ärger machen würde. Aber jetzt löst sich das Problem wohl von selbst. Ich wette, Sabine fällt unter das ›Gesetz zur Verhinderung erbkranken Nachwuchses‹. Siegfried wird sich von ihr scheiden lassen. Das ist sein gutes Recht, wenn seine Frau ihm keine weiteren Kinder schenken kann.«

Auch dazu schwieg Elvira Richter, doch ihr Gesicht war weiß geworden, und ihre Kieferknochen traten hervor, weil sie die Zähne so fest aufeinanderbiss.

Den Rest des Vormittags verbrachte Elvira am Telefon. Sie rief bei der Zentrale der Städtischen Krankenanstalten an, doch dort wusste man nichts von einer Patientin mit dem Namen Sabine Hirte. Die Frau am anderen Ende der Leitung gab ihr eine Telefonnummer in Brandenburg. Nach langer Suche gelang es Elvira schließlich, ihre Tochter zu finden. Sie war tatsächlich in die Irrenanstalt Brandenburg gebracht worden.

Sie eilte mit Blümchen zu den Hirtes und klingelte Sturm.

»Ja, ich komme ja schon«, hörte sie Erna rufen.

»Du musst heute auf Blümchen aufpassen«, erklärte sie und drückte Erna das Kind auf den Arm. »Und ich brauche euer Auto. Rudolph muss es mir leihen, weil Eugen und Hanno mit unserem Auto unterwegs sind.«

Erna betrachtete Blümchen, als hätte sie sie noch nie zuvor gesehen. Elvira hatte gehofft, Freundlichkeit, wenn nicht gar Liebe in Ernas Augen zu entdecken, doch vergeblich. Sie begriff, dass Erna Hirte Blümchen noch immer für einen Bastard hielt und nicht als ihre Enkelin ansah.

»Rudolph verleiht sein Auto nicht.«

»Wo ist der Schlüssel?« Elvira streckte fordernd die Hand aus.

Schließlich seufzte Erna und gab ihr den Schlüssel. »Aber beeil dich, Rudolph muss nicht wissen, dass ich dir sein Auto gegeben habe. Und Blümchen kann ich auch nicht den ganzen Tag behalten, ich habe noch zu tun.«

»Sie ist deine Enkelin, Erna«, erinnerte Elvira sie.

Erna presste trotzig die Lippen aufeinander, aber sie schwieg, und das war auch gut so.

Kapitel 25

Elvira konnte ein Auto fahren. Das musste sie auch, schließlich war ihr Mann Handwerker mit eigenem Betrieb. Wenn er in Arbeit erstickte, fuhr sie schon mal nach Potsdam, um im Holzlager Bestellungen abzuholen. Manchmal transportierte sie auch fertige Möbelstücke zu ihren Besitzern. Seit die Sommergäste weg waren, war sie die einzige Frau in Sacrow, die Auto fuhr, und sie erntete dafür nicht nur bewundernde Blicke. Aber darauf nahm sie heute keine Rücksicht. Sie fuhr so schnell, wie sie es wagte, nach Brandenburg. In die »Anstalt für Geisteskranke«.

Das Gebäude ragte grau und trostlos zwischen einer Brache und einer Fahrzeughalle auf. Die Fassade war bröckelig, den Fensterrahmen fehlte ein neuer Anstrich. Weder vor noch hinter dem Haus gab es einen Garten oder wenigstens eine Wiese. Das Einzige, was sie sah, war ein schwarzer Leichenwagen. Und eben kamen zwei Männer heraus, die einen Sarg trugen.

Elvira schluckte. Sie trat einen Schritt nach vorn und blickte in den offenen schwarzen Wagen. Dort stand noch ein weiterer Sarg. Kalt kroch die Angst in ihre Seele. Sie dachte an die Gerüchte, die besagten, dass die Nationalsozialisten angeordnet hatten, die Insassen von Irrenkliniken und Pflegeanstalten umzubringen. Ein paar Dörfer weiter hatte es ein Kind gegeben, das ein bisschen anders war als andere Kinder. Mongoloid hieß das wohl. Man hatte es abgeholt und in eine Anstalt gebracht. Kurz danach war es verstorben. Angeblich an einer Lungenentzündung. Im Hochsommer!

Ihr Herz schlug rasende Trommelwirbel. Sie musste schlucken und presste eine Hand auf ihre Brust, bevor sie sich abwandte und die Treppen hinauf zur Eingangstür stieg. Schon auf den ersten Metern kroch ihr der Geruch nach Urin und Desinfektionsmitteln in die Nase. Sie blieb in der Eingangshalle stehen und blickte sich um. Hier war kein Mensch zu sehen. Sie stieg langsam die Treppe hinauf und erstarrte, als sie Schreie hörte, die so unheimlich klangen, dass es ihr kalt den Rücken herunterlief. Beklemmung überfiel sie, und sie nahm sich fest vor, ihre Tochter nach Hause zu holen, ganz egal, wie schwierig das werden würde.

In der ersten Etage blieb sie vor einer Tür stehen, die mit Gittern versehen war. Sie drückte die Klingel, und es dauerte eine ganze Weile, bis jemand kam. Es war eine rundliche Schwester mit roten Wangen, die aber alles andere als freundlich war.

»Was wollen Sie hier?«, fragte sie barsch.

Hinter ihr im Flur schlurfte ein alter Mann in einem schmutzigen Schlafanzug über den Gang. Eine Frau lehnte im Sitzen an der Wand und sprach vor sich hin. Irgendwo sang jemand laut und falsch.

»Ich suche meine Tochter. Sie heißt Sabine Hirte und muss in der Nacht eingeliefert worden sein.«

»Hirte?«

»Ja. Sabine Hirte.«

»Sagt mir nichts. Aber ich bin auch erst seit sechs hier.«

»Würden Sie bitte mal nachschauen?«

Die Schwester besah sie von oben bis unten, ohne zu antworten.

»Bitte!«, wiederholte Elvira.

»Warten Sie hier«, seufzte sie und schlug Elvira die Tür vor der Nase zu.

Elvira hätte sich gern gesetzt, aber in dem kahlen Flur gab es weder Stühle noch irgendein anderes Möbelstück. Es dauerte eine Weile, bis die Schwester zurückkam. Sie führte Elvira den Gang entlang und schließlich in einen Saal, in dem mindestens vierzig Betten standen. Es roch widerlich, und die Luft war zum Schneiden dick. Der Fußboden war von Flecken übersät. Die Fenster waren vergittert, und keines davon war offen.

»Hier muss sie irgendwo sein«, erklärte die Schwester und verschwand.

Elvira sah sich um. Die Betten waren allesamt belegt. Einige der Frauen waren mit Lederriemen an den Hand- und Fußgelenken festgeschnallt. Es herrschte ein unbeschreiblicher Lärm. Eine Frau sang sehr laut, eine andere hieb mit einem Löffel auf einen blechernen Nachtschrank. Zwei andere weinten, und eine schaukelte unentwegt hin und her. Sie alle trugen fadenscheinige schmutzige Nachthemden. Auch die Betten waren schmutzig, die Kopfkissen und Laken gelb verfärbt.

Elvira traten die Tränen in die Augen. Hier sollte irgendwo ihre Tochter sein, aber wo? Sie stellte sich auf die Zehenspitzen. Im selben Augenblick kam eine ältere Frau, die eine kaputte und verschlissene Puppe im Arm hatte, auf sie zu. Die Frau fasste nach Elviras Hand. »Komm, wir gehen nach Hause«, sagte sie.

Behutsam wollte Elvira sich losmachen, aber es gelang ihr nicht. Die Frau hielt ihre Hand, so fest sie konnte.

»Wir kennen uns nicht«, erklärte Elvira. »Ich bin auf der Suche nach meiner Tochter.«

»Aber ja, du bist doch die Anneliese, und ich bin die Annedore. Wir sind Schwestern. Und du bist gekommen, um mich nach Hause zu holen.«

Elvira brach es das Herz. Die Frau blickte sie so hilfesuchend an, sie sah so unglaublich freundlich und nett aus, aber Elvira konnte ihr nicht helfen. Wieder versuchte sie, ihre Hand aus dem Griff der Fremden zu lösen. Da begann die Frau plötzlich zu weinen.

»Ich will nicht hierbleiben. Sie werden mir wieder wehtun. Ich habe Angst.«

Sie blickte Elvira so verzweifelt an, dass ihr Tränen in die Augen traten. »Ich suche meine Tochter«, erklärte sie der Frau mit der Puppe. »Sie ist gestern hier eingeliefert worden.«

Plötzlich änderte sich der Blick der Frau. Sie ließ Elvira los, packte ihren Unterarm und krallte ihre Fingernägel hinein. »Du musst auf deine Tochter aufpassen. Sie werden ihr auch wehtun. Das machen sie hier mit allen.«

»Gehst du da weg!«, rief plötzlich eine Frau hinter ihr.

Elvira wandte sich um und erkannte die mürrische Krankenschwester. Sie packte die Frau mit der Puppe und versuchte, sie von Elvira wegzuziehen. Die Frau brach in Geheul aus, und endlich ließ sie Elvira los. Sie ließ ihre Puppe fallen, aber die Pflegerin reagierte nicht und zerrte die Frau aus dem Saal. Elvira blickte ihnen bestürzt nach, hob die Puppe auf. »Warten Sie«, rief sie. »Die Frau hat etwas verloren.«

Die Schwester hörte nicht, und so setzte Elvira die Puppe

auf ein Fensterbrett im Flur und hoffte, die Frau würde sie dort wiederfinden.

Dann betrat sie langsam erneut den Saal, schritt auf der Suche nach Sabine jedes einzelne Bett ab. Doch sie fand sie nicht. Erst als sie sich bereits abgewandt hatte und den Raum verlassen wollte, hielt sie etwas zurück. Sie hätte später nicht sagen können, was es war. Mutterinstinkt vielleicht. Jedenfalls trat sie an ein Bett ganz hinten heran und betrachtete die Haare einer Patientin, die ihr den Rücken zugewandt hatte. Lange blonde Haare, die zerzaust waren. Das Gesicht hatte die Frau ins Kissen gepresst, und an den bebenden Schultern erkannte Elvira, dass sie weinte.

Behutsam näherte sie sich ihr.

»Sabine? Bist du das?«

Langsam tauchte der Kopf aus dem Kissen auf, und Sabine sah direkt in Elviras Augen.

»Mama!«, rief sie, schlang ihre Arme um Elvira und presste sie an sich.

»Mein Liebes«, sagte Elvira, drückte ihre Tochter fest an sich, und dann weinten sie beide. Es dauerte lange, bis Sabine sich wieder beruhigt hatte. Dann setzte sich Elvira auf die Bettkante und fragte: »Was ist gestern passiert?«

»Ich konnte einfach nicht mehr«, antwortete Sabine matt. »Ich kann nicht mehr so weitermachen.«

»Was genau meinst du?«

»Diese Ehe mit Siegfried. Und Blümchen. Ich schaffe das alles nicht.«

Sie wandte Elvira ihr tränenüberströmtes Gesicht zu. »Ich liebe Blümchen, das musst du mir glauben. Aber ich kann ihr keine gute Mutter sein.«

»Du steckst in einem Leben fest, dass du so nie gewollt hast, nicht wahr?«

»Ja. Ich bekomme keine Luft, ich kann nicht atmen, ich ersticke.«

»Ach, mein Armes.« Wieder drückte Elvira ihre Tochter an sich.

»Hier drin ist es schlimm, furchtbare Sachen erzählt man sich hier«, sprach Sabine weiter. »Es heißt, dass alle Frauen in der Anstalt sterilisiert werden, damit sie kein unwertes Leben zur Welt bringen können.«

Die Worte kamen leise, fast geflüstert, und Elvira verstand sofort, dass Sabine das nicht erfunden hatte.

»Steh auf«, sagte sie. »Versuche es. Ich nehme dich mit nach Hause. Und dann sehen wir weiter.«

»Du musst erst mit dem Arzt sprechen.«

»Nun, das kann ich tun. Aber ich bin deine Mutter, du bist noch keine achtzehn Jahre alt. Ich bestimme, was mit dir geschieht, da dein Ehemann ja nicht da ist. Kannst du aufstehen?«

Sabine nickte. Elvira zog ihre Strickjacke aus und hängte sie ihrer Tochter um die Schultern. Dann legte sie ihren Arm um Sabines Hüfte und führte sie fort aus diesem schrecklichen Saal. Auf dem Gang trafen sie auf die Krankenschwester.

»Was soll das denn werden, wenn es fertig ist?«, fragte sie und stemmte die Hände in die Hüften.

»Ich nehme meine Tochter mit nach Hause. Ich denke, dort ist sie besser aufgehoben als hier. Sie kann sich ausruhen, kann wieder zu Kräften kommen.«

»Ach? Und das haben Sie zu bestimmen? Gestern wollte sie sich das Leben nehmen. Wo waren Sie denn da?«

»Jetzt bin ich hier. Und jetzt nehme ich sie mit nach Hause und sorge dafür, dass sie nicht allein bleibt.«

Die Schwester drehte sich suchend um und entdeckte einen hageren Mann in einem weißen Kittel. »Herr Doktor, kommen Sie doch bitte einmal.«

Der Arzt sah so müde aus, dass Elvira beinahe Mitleid mit ihm hatte. Dunkle Ringe lagen unter seinen Augen. Er war noch jung, und Elvira hoffte auf sein Verständnis.

»Was ist hier los? Worum geht es?«

»Diese Frau versucht, ihre Tochter aus unserer Klinik zu entführen. Die Patientin kam gestern Nacht nach einem Suizidversuch zu uns.«

»Wer hat sie eingewiesen?«

»Der Bereitschaftsarzt der Städtischen Anstalten.«

»Sein Fachgebiet?«

»Das weiß ich doch nicht. Jedenfalls nicht Geisteskrankheiten.« Die Frau zuckte gleichgültig mit den Achseln.

Der Arzt betrachtete Sabine und danach Elvira. »Kommen Sie beide bitte mit.«

Er führte sie durch einen Nebengang in ein kleines Büro, in dem außer einem Schreibtisch drei Stühle und eine Liege standen. Er bot Elvira und Sabine einen Platz an, dann setzte er sich, schlug ein Bein über das andere, legte die Fingerspitzen zu einem Zelt zusammen und sagte: »Na, dann erzählen Sie mal.«

Elvira und Sabine wechselten einen Blick, dann begann Sabine leise zu berichten. Sie erzählte von der Vergewaltigung, vom Lebensborn-Heim, von der Heirat und von ihrem Alltag. Als sie geendet hatte, nahm der Arzt einen Stift zu Hand, suchte auf dem Schreibtisch eine Akte, auf der Sabines Name stand, aus dem Stapel und notierte etwas darin.

»Wie geht es Ihnen heute?«, wollte er wissen. »Haben Sie immer noch Selbstmordgedanken?«

Sabine schüttelte den Kopf. »Mein Leben kann so nicht weitergehen. Aber ins Wasser zu gehen, ist auch keine Lösung. Ich werde etwas ändern müssen.«

Der Blick des Arztes glitt zu Elvira. »Und was meinen Sie dazu?«

Elvira knetete ein Taschentuch in ihren Händen. »Ich denke, ich werde mit meiner Tochter und meiner Enkelin für ein paar Wochen in die Berge fahren. Vielleicht in den Bayerischen Wald. Sabine muss zur Ruhe kommen. Dann sehen wir, wie es weitergeht. Und ganz gleich, was wird: Sie und Blümchen haben bei uns immer ein Zuhause.«

»Ein Aufenthalt bei guter Luft und in freundlicher Gesellschaft würde Ihnen sicherlich guttun.« Er blickte Sabine an, und diese nickte.

»Dann sind Sie einverstanden?«, fragte Elvira und griff nach Sabines Hand.

»Ganz so einfach ist es nicht. Es besteht die Anweisung, alle weiblichen Insassen zu sterilisieren. Zur Vermeidung erbkranken Nachwuchses. Ihre Tochter ist noch sehr jung, könnte noch viele Kinder bekommen.«

Elvira riss die Augen auf. »Sterilisation?«

Der Arzt nickte, und Elvira konnte sehen, wie er schluckte.

»Wie kann ich das verhindern?«, fragte Elvira und spürte ihr Herz rasend schnell gegen ihren Brustkorb hämmern.

»Indem ich in die Krankenakte schreibe, dass Ihre Tochter glaubhaft versichert hat, dass es sich bei dem vermeintlichen Selbstmordversuch um einen Irrtum gehandelt hat. Ein Missverständnis, begreifen Sie? Sie wollte ein Bad im Mondschein nehmen, weil es ihr in ihrem Bett zu warm war. Und ich bitte Sie, ab sofort dasselbe zu erzählen. Außerdem muss sich Sabine zur Sicherheit regelmäßig bei einem Arzt vorstellen. Einmal in der Woche.«

Elvira dachte an Dr. Bredow und daran, dass er mit Rudolph Hirte befreundet war. Er würde machen, was der SS-Mann ihm sagte.

»Ganz gleich, wo wir hinfahren, es wird auch dort einen Arzt geben.«

Der junge Doktor blickte zum Fenster, welches ebenfalls vergittert war. »Ich mache Ihnen einen Vorschlag«, sagte er dann. »Ich übergebe Sabine in Ihre Obhut. Fahren Sie mit ihr nach Füssen. Das liegt im Allgäu. Ich komme von dort, und mein Vater hat da eine Praxis. Melden Sie sich einmal in der Woche bei ihm. Einverstanden?«

Elvira hätte alles getan, um Sabine aus der Irrenanstalt zu befreien. Sie nickte.

»Gut, dann werde ich mit meinem Vater telefonieren. Doch wenn Sie den Termin bei ihm auch nur ein einziges Mal versäumen, lasse ich Sabine wieder einweisen. Dann kommt jemand nach Sacrow und holt sie ab.«

Elvira war so dankbar, dass sie kaum Worte dafür fand. »Warum machen Sie das alles für uns?«, flüsterte sie.

Der junge Mann lächelte ein wenig. »Ich hatte eine Schwester in Sabines Alter«, sagte er. Mehr nicht, doch Elvira verstand.

Sabine trug noch immer den Bademantel von Erna Hirte. Zum Glück hatte Elvira an Kleidung gedacht. Hinter einem Paravent im Zimmer des Arztes zog Sabine sich um. Mit dem Bademantel über dem Arm trat sie zurück ins Zimmer.

»Danke, Herr Doktor«, sagte sie leise und strich sich eine Haarsträhne aus dem Gesicht.

»Nichts zu danken«, antwortete der Arzt. »Leben Sie Ihr Leben so gut und so glücklich, wie Sie können. Das ist die beste Medizin.«

»Darf ich fragen, was aus Ihrer Schwester geworden ist?« Sabine hatte leise gesprochen.

»Sie hat sich umgebracht.«

Kapitel 26

Hanno und Eugen waren mit dem Auto in die Villa am Wannsee gefahren. Dort arbeiteten sie nun schon die zweite Woche. Der SS-Mann fuhr vor ihnen her.

Wie am Tag zuvor schraubten sie auch heute die Wandvertäfelungen ab, allerdings im ersten Stockwerk. Und stets waren sie ganz allein im Haus, zählte man den SS-Mann, der auf sie aufpasste, nicht mit.

»Sollen die Vertäfelungen später wieder an die Wand? Oder sollen hier auch erst Platten eingesetzt werden?«, fragte Eugen, doch der SS-Mann fuhr ihm über den Mund.

»Keine Fragen. Einfach machen.«

»Das Holz ist gut. Mahagoni. Es wäre schade drum.«

»Das ist nicht Ihr Problem.«

»Wie Sie meinen.«

Den Rest des Tages schraubten sie, lösten sie Leim und stapelten die Tafeln behutsam auf dem Boden. Als der SS-Mann einmal kurz den Raum verließ, um auszutreten, sagte Hanno: »Ich möchte wissen, warum wir hier das ganze feine Holz von der Wand reißen und Platten dahinter anbringen müssen. Es besteht dazu keine Veranlassung, das Mahagoni ist vollkommen in Ordnung. Kein Holzwurm, kein anderer Befall, keine Risse oder Kratzer. Was soll das alles?«

Eugen blickte sich nach dem SS-Mann um.

»Ich habe vorhin im Hof Polystyrol-Platten entdeckt.«

»Polystyrol?«

»Ja, das ist ein Kunststoff, der dämmt. Ein Dämmstoff. Ganz neues Material. Ich vermute, sie wollen, dass nichts von dem, was in der Zukunft hier besprochen wird, nach draußen dringt. Ich habe auch gehört, wie zwei SS-Männer, die hier Wache schieben, sich unterhalten haben. Es ging dabei um eine Konferenz, die im Januar hier abgehalten werden soll. Um eine geheime Konferenz.« Eugen sah sich um, beugte sich zu Hanno hinüber und flüsterte: »Eine Konferenz über die Juden.«

»Was hat das zu bedeuten?«

»Nichts Gutes, befürchte ich. Die Repressalien und Gewaltakte gegen die Juden nehmen immer weiter zu …«

Hanno sah seinen Vater an. Er dachte an alles, was in den letzten Monaten und Jahren in Sacrow passiert war: die Abreise von Grete Ring, Felix Stahl und den Blaus, die Ausweisung der verbliebenen Juden, die Beschlagnahme ihrer Besitztümer, den Abtransport des alten Herrn Salomon in ein Lager, das Judenhaus in Potsdam, in dem Dr. Goldstaub einquartiert worden war.

Außerdem waren sein Vater und er als Tischler viel in der Gegend herumgekommen. Und die Leute erzählten. Gerade ihnen, weil sie so schweigsam waren. Er hatte von Erschießungen gehört, ja, er hatte sogar gehört, dass man selbst kleine Kinder in den Lagern ermordete. Ihm lief es kalt den Rücken hinab, wenn er daran dachte.

Er blickte zu seinem Vater. Der sah ebenfalls beunruhigt aus. »Ich hoffe, dass die Situation für die Juden nicht noch schlimmer wird«, erklärte er, doch Hanno erkannte, dass er selbst nicht daran glaubte.

Als sie am Abend nach Hause kamen, saß Blümchen auf dem Schoß ihrer Mutter, und Elvira eilte im Haus umher und suchte Sachen zusammen.

»Hanno, du gehst zu Siegfried. Pack bitte für Sabine und Blümchen einen Koffer. Wir verreisen.«

»Langsam, langsam. Komm, setz dich zu uns und erzähl erst einmal, was los ist.«

Elvira seufzte, strich sich eine Haarsträhne aus der Stirn, doch dann lächelte sie. »Ich habe Sabine vorhin aus einer Anstalt für Geisteskranke in Brandenburg abgeholt.«

Dann berichtete sie alles, was sie von Erna Hirte wusste und was sie in Brandenburg erlebt hatte. Und sie erzählte von dem Vorschlag, den der junge Doktor dort ihr unterbreitet hatte.

Eugen griff erschüttert nach der Hand seiner Tochter. »Wie geht es dir jetzt?«, fragte er vorsichtig.

Sabine zeigte ein blasses Lächeln. »Es geht mir besser, Vater. Ich muss einiges in meinem Leben ändern, und das werde ich auch. Blümchen braucht mich.«

Elvira strich Sabine über den Rücken. »Ich habe schon die Zugverbindung herausgesucht. Wir fahren morgen von Potsdam über Berlin direkt nach Füssen.«

»Ich bringe euch zum Bahnhof«, versprach Eugen.

Hanno zückte seine Geldbörse. Der SS-Mann hatte sie heute für eine Woche bezahlt. Es war viel Geld, und ihr Schweigen wohl das, wofür sie am besten entlohnt wurden. Er holte einen Hundertmarkschein und dazu einen Fünfziger, seinen halben Monatslohn, heraus und gab Sabine die beiden Scheine. »Das ist für dich und Blümchen. Du hast doch kein eigenes Geld. Wenn du noch mehr brauchst, sag es mir einfach.«

Sabine sah zu ihrem Bruder auf. »Danke.« In ihrem Gesicht zeigte sich ein leises Lächeln. Sie streichelte ihm kurz über die Hand.

Dann küsste Hanno seine kleine Nichte, küsste seine Schwester auf die Wange, wünschte eine gute Reise und ging zu Sabines Haus, um ein paar Sachen für sie und Blümchen zu packen.

Unterwegs dachte er über Siegfried und seine Schwester nach. Es war nicht so, dass diese Ehe keinen Sinn hatte. Sie schützte Siegfried, und sie schützte auch Sabine. Siegfried könnte sich scheiden lassen, doch Hanno glaubte nicht, dass er das tun würde. Zumal auch die SS Scheidungen ihrer Mitglieder nicht gern sah. Aber wenn Sabine bei Siegfried blieb, würde sie niemals die wahre Liebe erfahren.

Er überlegte, ob er mit Siegfried sprechen sollte. Doch nun ging es erst einmal darum, ein paar Sachen für die Reise zu packen.

Als alles erledigt war, machte er sich auf den Weg zu seinem Haus, der ehemaligen Blau-Villa. Dort angekommen sah er, dass im Wohnzimmer das Fenster offen stand. Radiomusik erklang daraus, und das stimmte ihn froh. Ja, er freute sich, nach Hause zu kommen, er freute sich, seine Frau zu sehen und mit ihr zu sprechen.

* * *

Nachdem Blümchen im Bett lag, gab Elvira ihrer Tochter zwanzig Baldriantropfen, obwohl das vielleicht nicht unbedingt nötig war. Sabine wirkte ruhig. Der Arzt hatte ihr ein Medikament verschrieben, das Pervitin hieß und Sabine in euphorische Stimmung versetzen sollte. Das Pervitin half, Sabine schien es gut zu gehen. Elvira hätte sie gern gefragt, ob sie tatsächlich nicht mehr an Selbstmord dachte, doch das wagte sie nicht. Sie wollte das fragile Gleichgewicht ihrer Tochter nicht stören. Also umarmte sie sie nur und wünschte ihr eine gute Nacht. »Schlaf gut, mein Liebes. Wir haben morgen eine lange Reise vor uns.«

Anschließend setzte sie sich zu ihrem Mann in die Stube, der gerade am offenen Fenster eine Zigarette rauchte.

»Denkst du, ich habe richtig gehandelt, als ich Sabine aus der Anstalt geholt habe? Sie sollte sterilisiert werden.«

Eugen drückte die Zigarette im Aschenbecher aus und legte seiner Frau eine Hand auf die Schulter. »Du hast alles richtig gemacht. Das war sehr mutig von dir.« Dann ging er zum Büfett und holte eine Flasche Korn daraus hervor. Es war Selbstgebrannter, den er von einem Kunden geschenkt bekommen hatte. Er goss sich das Glas randvoll, trank, füllte es erneut und kippte auch den zweiten Schnaps mit zurückgelegtem Kopf hinunter.

Elvira hob die Augenbrauen. »Was ist los mit dir?«, fragte sie. »Du trinkst nur sehr selten Korn. Und nun gleich zwei auf einmal?«

Eugen seufzte tief. Dann schloss er das Fenster, setzte sich zu seiner Frau.

»Ich kann das alles nicht mehr«, sagte er. »Was in diesem Land geschieht, ist ungeheuerlich. Alle sind verrückt geworden. Der Krieg und all das Leid …« Er schüttelte den Kopf. »Und nun noch die Sterilisation, um die Sabine gerade noch einmal herumgekommen ist. So kann es doch nicht weitergehen.«

Elvira legte ihm eine Hand aufs Knie. »Du kannst nichts ändern daran.«

»Wenn das alle denken, dann ändert sich auch nichts. Ich muss etwas tun, sonst kann ich Blümchen niemals mehr in die Augen sehen. Das, was passiert, ist nicht unsere Schuld. Aber das wird es, wenn wir nichts dagegen unternehmen.«

»Du hast schon so viel getan. Vergiss das nicht. Du hast Grete Ring geholfen, du hast den Blaus geholfen und Herrn Salomon. Du bist nicht in der NSDAP, obwohl Blaschke dich immer wieder dazu drängt. Wir können nichts tun. Was denn auch?«

»Ich weiß es nicht. Vielleicht gibt es andere, die ebenso denken wie ich.«

Elvira stand auf, legte eine Hand auf die Brust ihres Mannes. »Die, die so denken wie du, die, die etwas unternehmen, sind bereits in Gefängnissen oder in Lagern oder werden in Kürze dort sein. Du kannst nichts tun, Eugen. Bitte versprich mir, dass du es auch nicht versuchst. Es könnte tödlich enden. Hilf einfach weiter denen, die deine Hilfe brauchen. Und lass Blaschke reden und mit Aufnahmeformularen herumwedeln, so lange er möchte. Mehr ist nicht möglich.«

Kapitel 27

Sacrow, 1942

Am 20. Januar 1942 fand in der Villa mit der Adresse Am Großen Wannsee 56/58 die geheime Wannseekonferenz statt, auf der die »Endlösung der Judenfrage« beschlossen wurde. Schon wenige Monate später, im Juni, wurde in Auschwitz mit der massenweisen Vergasung der europäischen Juden begonnen. Im Juli stieß die Wehrmacht Richtung Stalingrad vor. Am 22. November wurde die 6. Deutsche Armee – insgesamt etwa 250.000 Mann – in Stalingrad eingeschlossen.

Das Benzin kostete noch immer 39 Pfennige pro Liter. Ein Kilo Brot war für 37 Pfennige zu haben, ein Kilo Butter wurde mit 7,61 Reichsmark gehandelt. Im Laufe des Jahres kam es jedoch zu drastischen Einschnitten: Die Brotrationen pro Person wurden von 9,6 Kilogramm auf 6,4 Kilogramm, die Fleischzuteilung von 1600 Gramm auf 1200 Gramm und die Fettration von 1053 Gramm auf 825 Gramm im Monat gekürzt. In den »Geheimen Lageberichten« des Sicherheitsdienstes der SS wurde gemeldet, die starken Kürzungen hätten auf einen großen Teil der Bevölkerung »niederschmetternd« gewirkt wie kaum eine andere Notwendigkeit des Krieges.

Das größte Ereignis im Dorf war die Geburt von Heidi, Hannos und Utes Tochter, am 10. Mai 1942. Sie war ein Wunschkind, und Hanno war im Krankenhaus so aufgeregt, dass er am ganzen Leib zitterte. Erst als die Hebamme ihm mitteilte, dass er nun Vater einer gesunden Tochter war und Ute sehen konnte, wurde er ruhiger.

Die Kleine wirbelte das ganze Leben ihrer Eltern vollkommen durcheinander, aber Hanno und Ute liebten sie vom ersten Augenblick an. Sie lag in der Wiege, in der schon Hanno und Sabine gelegen hatten, und oft schlich sich Hanno ins Schlafzimmer, blieb bei der Wiege stehen, betrachtete verliebt seine Tochter und konnte sich nicht sattsehen an ihr.

Ein weiteres Ereignis war der Zuzug der Familie von Dohnanyi nach Sacrow in die Straße am Hämphorn 3, mit Blick auf die Pfaueninsel. Das Haus war ein mächtiger Bau, fast wie eine kleine Trutzburg, mit einem Walmdach und einem großen Garten, der direkt ans Wasser grenzte. Die Dohnanyis hatten drei Kinder, Barbara, Klaus und Christoph. Barbara war fünf Jahre jünger als Hanno, Klaus acht Jahre und Christoph neun Jahre. Die sechzehnjährige Barbara, ein hübsches Mädchen, passte auf die acht Monate alte Heidi, das Kind von Ute und Hanno auf, wenn die beiden etwas vorhatten.

Heidi, blond wie ihre Mutter Ute und mit den grünen Augen ihres Vaters Hanno, war vom ersten Tag an der Sonnenschein ihrer Eltern und Großeltern. Margot Blaschke kam jeden Tag, um nach ihrer Enkelin zu sehen, und sie hatte es sogar geschafft, einen eleganten englischen Kinderwagen zu beschaffen, wie ihn auch die Königsfamilie benutzte. Sie fuhr die Kleine jeden Tag durchs Dorf spazieren, aber nicht etwa in einem Kleid und einer Kittelschürze darüber, wie es die anderen Sacrower Frauen taten, sondern im Festkleid mit Perlenkette und Perlenohrringen.

»Aus Heidi wird mal etwas ganz Besonderes«, erzählte sie jedem, der den Fehler machte, sie zu grüßen und neben ihr stehen zu bleiben. »Heidi, das spüre ich in meinem Blut, ist zu Großem geboren. Das ist ja auch kein Wunder, arbeitet doch meine Verwandtschaft schließlich direkt mit dem Herrn Dr. Goebbels zusammen. So etwas vererbt sich.«

Wilhelm Blaschke hatte endlich die langersehnte Anstellung erhalten, die ihm seiner Meinung nach gebührte. Er arbeitete jetzt im Reichssicherheitshauptamt im Prinz-Albrecht-Palais in der Wilhelmstraße 1 in Berlin. Das RSHA war für die reibungslose Durchführung des Krieges zuständig. Nur ein paar Häuser vom RSHA entfernt residierte die Gestapo. Blaschke war im Palais der Stellvertreter des Abteilungsleiters, der für die Gefangenen, die dort auf ihre Verhöre warteten, zuständig war. Er stand eine Stufe über einem Wachmann im Gefängnis im Kellergeschoss und kam so in Kontakt mit Hochverrätern, Umstürzlern und anderen Individuen, die er jetzt so herrlich verachten und beschimpfen, drangsalieren und verspotten konnte, auch wenn sie Adelstitel trugen. »Bei uns im RSHA« oder »bei uns in Berlin« pflegte er immer zu sagen, und dann kam eine lange Litanei dessen, was er in der Kantine aufgeschnappt hatte. »Bei uns im RSHA heißt es, dass allmählich andere Saiten aufgezogen werden«, verkündete er großspurig, um dann geheimnisvoll und wichtigtuerisch anzufügen: »Ihr versteht sicher, dass ich nicht darüber sprechen darf.«

Und Margot Blaschke sagte: »Mein Mann im Reichssicherheitshauptamt ist ja mit so manchem Oberst per Du. Und der Reichsführer SS, Heinrich Himmler, hat ihn erst neulich auf dem Gang gegrüßt. Es ist schon etwas ganz anderes, jeden Tag in die Hauptstadt zu fahren. Wir sind ja nun dadurch fast Städter, und ich muss sagen, es ist ein völlig anderes Leben dort.«

Es wurde zur Gewohnheit, dass Hanno und Ute samt Heidi am Sonntag zu ihnen zum Essen kamen. Schließlich wollte Frau Blaschke wenigstens einmal in der Woche zeigen, wie vornehm sie geworden waren. Sie trug stets ihre Perlenkette und die dazu passenden Ohrringe und tischte Dinge auf, die es nicht im Laden zu kaufen gab. Wilhelm Blaschke hatte sich beim Generalforstmeister Alpers, der noch immer im Sacrower Schloss wohnte, als Jagdgehilfe angedient und bekam auf diesem Wege so manchen Leckerbissen.

»Heute servieren wir ein Gulasch vom Hirschkalb«, verkündete sie, als wäre sie der Mundschenk des Königs. »Dazu gibt es Klöße und Bohnen. Und Pudding zum Dessert.« Sie beugte sich etwas nach vorn und flüsterte: »Die Schokoladensoße für den Pudding hat Wilhelm aus Berlin mitgebracht.«

Hanno konnte sich denken, was das hieß: Mit Sicherheit hatte Blaschke mit einem der Köche aus der Kantine des RSHA ein kleines Geschäft am Laufen. Ein wenig Holz gegen eine Tafel Schokolade, ein paar Tannenzweige im Winter gegen weihnachtliche Gewürze, Setzkartoffeln für den Schrebergarten gegen eine Handvoll Südfrüchte.

Während Ute heimlich die Augen verdrehte, nickte Hanno und machte bewundernde Laute. Dann nahm Margot die kleine Heidi auf den Arm, schickte Ute in die Küche, um nach dem Essen zu gucken, während Wilhelm seinem Schwiegersohn einen Weinbrand einschenkte, obwohl die Kirchgänger noch nicht einmal vom Gottesdienst in der Heilandskirche zurück waren.

»Was gibt es Neues?«, fragte Hanno jedes Mal, und schon begann Wilhelm zu erzählen: Ob Hanno eigentlich wusste, dass der Herr von Dohnanyi im RSHA für das Oberkommando der Wehrmacht im Amt Ausland/Abwehr arbeitete. Ein hohes Tier sei der Dohnanyi dort, unterstehe direkt dem Generalmajor der Wehrmacht, Hans Oster. Er, Blaschke, überlege, ob er den Dohnanyi fragen sollte, ob man zukünftig den Weg von Sacrow nach Berlin gemeinsam bestreiten könnte. Schließlich hatte der Führer ja befohlen, auf gar keinen Fall Benzin zu verschwenden. Und von den mageren Rationen, die es noch gab, konnte er den Arbeitsweg kaum bewältigen.

Dann ratterte der Schwiegervater neue Anordnungen herunter, kommentierte die Rundfunkberichte von der Front und orakelte, dass Moskau bald schon fallen würde. »Dem Franzosen haben wir es gezeigt, jetzt ist endlich der Russe dran.«

Hanno nickte nur dazu. Er hörte jeden Abend heimlich das Programm der BBC. Davon durfte Blaschke natürlich nichts wissen, denn auf das Hören feindlicher Sender standen empfindliche Strafen. Aber Blaschke kicherte jetzt.

»Ich habe ein tolles Gedicht gehört. Soll ich dir das mal vortragen?«

»Wenn du magst.«

»Dann kann ich dir gleich mal zeigen, dass wir vom Reichssicherheitshauptamt Humor haben. Also:

Zehn kleine Meckerlein, die saßen einst beim Wein,
der eine machte Goebbels nach, da waren es nur noch neun!
Neun kleine Meckerlein, die hatten was gedacht;
dem einen hat man's angemerkt, da waren es nur noch acht!
Acht kleine Meckerlein, die hatten was geschrieben,
dem einen hat man's Haus durchsucht, da waren es nur noch sieben!
Sieben kleine Meckerlein, die fragten einmal: »Schmeckt's?«
Der eine sagte »Schlangenfraß«, da waren es nur noch sechs!
Sechs kleine Meckerlein, die schimpften auf die Pimpfe,
der eine sagte »Lausepack«, da waren es nur noch fünfe!
Fünf kleine Meckerlein, die saßen am Klavier,
der eine spielte Mendelssohn, da waren es nur noch vier!
Vier kleine Meckerlein, die kannten Dr. Ley,
der eine wusste was von ihm, da waren es nur noch drei!
Drei kleine Meckerlein, die nannten Mythus »Dreck«,
da holte PG Rosenberg gleich zwei von ihnen weg!
Ein kleines Meckerlein ließ dies Gedicht mal sehen,
man brachte es nach Dachau hin, da waren es wieder zehn.«

Blaschke lachte, bis ihm die Tränen kamen. »Hast du es verstanden, Hanno, hast du?«

Hanno quälte sich ein Lächeln aufs Gesicht und nickte. »Was ist der *Mythus*?« wollte der wissen.

»Kennst du nicht? Ist ein Buch, das musst du unbedingt lesen. Warte, ich gebe es dir.«

Er erhob sich, trat zur Schrankwand, holte ein Buch heraus, das als einziges neben der zwölfbändigen Ausgabe des *Brockhaus,* Hitlers *Mein Kampf* und einem Buch über Gartenarbeit stand.

Hanno las: *Der Mythus des 20. Jahrhunderts* von Alfred Rosenberg.

»Es geht darin um die Juden«, erklärte Blaschke. »Und warum man sie hassen muss.«

»Aha.« Hanno legte das Buch zurück auf den Tisch. »Und das Gedicht hast du im RSHA gehört?«

»Ja. Es machte in der Kantine die Runde. Wir haben alle so gelacht.«

Hanno betrachtete den Mann, der sein Schwiegervater war und der hier Gedichte herausposaunte, für die andere getötet wurden. In diesem Augenblick verachtete er ihn zutiefst.

Margot zeigte Heidi ihre Sammlung von Glasfiguren, doch wenn das kleine Mädchen danach greifen wollte, trat Margot einen Schritt zurück.

»Das gefällt dir, ja? Wusste ich es doch. Wenn du groß bist, darfst du sie auch einmal anfassen. Und noch später erbst du sie vielleicht.«

Nach dem Essen bestand Margot darauf, gemeinsam durch das Dorf zu spazieren. Sie hängte sich bei ihrer Tochter ein und ließ die Männer vorangehen. Hoheitsvoll grüßte sie nach links und rechts und sonnte sich in der Annahme, eine bedeutende Persönlichkeit in Sacrow zu sein. Nach dem Spaziergang tranken sie noch gemeinsam Kaffee. Ute hatte dafür wie jede Woche einen Kuchen gebacken.

Wenn Hanno und Ute mit Heidi gegen fünf Uhr wieder nach Hause wanderten, war Hanno regelrecht erschöpft. Er sprach nie darüber, aber die sonntäglichen Besuche zerrten ungemein an seinen Nerven. Immer musste er aufpassen, was er sagte, stets die Prahlereien seines Schwiegervaters erdulden und sein Gerede vom Endsieg, der seiner Meinung nach unmittelbar bevorstand.

Anfangs hatte Hanno versucht, die Besuche bei Blaschkes nur alle zwei Wochen stattfinden zu lassen und an den freien Sonntagen zu seinen Eltern zu gehen, aber Ute bestand auf der gegenwärtigen Regelung. Dabei war es nicht so, dass sie ungern zu den Richters kam, das wusste Hanno. Sie verstand sich gut mit Sabine, war mit ihr befreundet, obschon Sabine wegen ihrer Nervenkrise und der frühen Schwangerschaft im Dorf nicht zu den angesehenen jungen Frauen gehörte. Sie liebte Blümchen und hatte bei jedem Besuch ein kleines Geschenk für ihre kleine Nichte dabei. Und sie mochte auch Elvira und Eugen, die so ganz anders waren als ihre Eltern. Aber sie war nun einmal eine Blaschke, und daran hatte sich auch nach der Hochzeit und dem neuen Nachnamen nichts geändert. Doch sie freute sich sehr für Sabine, die ihr Leben wieder in den Griff bekommen hatte. Sie lebte erneut mit Siegfried im Salomon-Haus und schien ihre Schwermut überwunden zu haben.

* * *

»Ich werde mich freiwillig zur Waffen-SS melden«, erklärte Siegfried Hirte seiner Frau genau an dem Sonntag, als es drüben bei Blaschkes einen Braten vom Hirschkalb gegeben hatte.

Sabine, die ihm im Wohnzimmer gegenübersaß und mit Blümchen auf dem Schoß in einem Bilderbuch blätterte, blickte auf. »Zur Waffen-SS? An die Front?«

Siegfried nickte. Er schien auf eine weitere Antwort von ihr zu warten und rutschte unruhig auf der Sofakante herum. »Willst du gar nicht wissen, warum?«, fragte er schließlich.

Sabine zuckte mit den Achseln. »Du wirst schon einen Grund haben.«

Sie lebte zwar wieder bei ihm, aber sie lebte nicht mit ihm. Sie besorgte seine Wäsche, kochte, schlief sogar im selben Bett wie er, doch das, was sie da lebten, das war keine Ehe.

»Ich gehe, weil ich glaube, dass du mich loshaben willst. Du bist besser dran ohne mich, du wirst weiter verheiratet sein, aber ohne Mann.« Siegfried warf die Worte wie Rauchbomben ins Wohnzimmer.

Er fühlte sich verletzt durch die Gleichgültigkeit seiner Frau, durch ihre Kühle. Hatte er nicht alles getan, was sie wollte? Hatte er sich nicht ewig um sie bemüht? Oder stimmte gar, was seine Mutter sagte, nämlich dass sie verwöhnt war und er ihr sowieso nichts recht machen konnte?

»Du bist nicht glücklich, und ich bin nicht glücklich, und wenn ich bei der Waffen-SS bin, dann mache ich schneller Karriere. Vielleicht suche ich mir nach dem Krieg in den neuen Ostgebieten einen schönen Posten. Ich könnte auch ein Gut übernehmen, und du kannst dir später überlegen, ob du mitkommen oder hierbleiben möchtest.«

Sabine blickte auf. »Ich will nicht, dass du wegen mir zur Waffen-SS gehst.«

»Warum nicht?« Siegfried zog die Augenbrauen ein wenig nach oben.

»Weil ich nicht schuld an deinem Tod sein möchte«, erklärte sie ungerührt. »Deine Eltern würden mich dafür verantwortlich machen. Das weiß ich jetzt schon.«

»Aber es stimmt, dass du mich loswerden willst, oder?«

Sabine zuckte mit den Achseln. »Loswerden, ich weiß nicht. Ich habe nichts gegen dich, solange du mich in Ruhe lässt. Ich kann dir nicht verzeihen, was du mir angetan hast. Aber ich will nicht, dass du getötet wirst. Immerhin bist du Blümchens Vater.«

Siegfried seufzte. »Ich würde dir gern ein schönes Leben bieten, dich glücklich machen, aber du bist nie glücklich, wenn ich in deiner Nähe bin. Du bringst Blümchen nach wie vor jeden Tag zu deiner Mutter. Du isst dort zu Mittag, kommst erst am Nachmittag zurück, wenn Blümchen ihren Mittagsschlaf beendet hat. Wenn ich zur Waffen-SS gehe, bekommst du mehr Geld, und ich kann endlich die Karriere machen, von der ich immer geträumt habe. Es wird für uns alle von Vorteil sein.«

»Ich werde bald eigenes Geld verdienen«, antwortete Sabine.

»Wie das?«

»Ich habe mir Arbeit gesucht.«

»Und wie soll das gehen? Was wird aus Blümchen? Vergiss nicht, dass wir ein Kind haben, das seine Mutter braucht. was für eine Arbeit willst du machen, in Herrgotts Namen?«

Siegfrieds Stimme war lauter geworden.

Sabine lächelte. Sie ließ Blümchen von ihrem Schoß rutschen und wandte sich ganz Siegfried zu. »Ich habe neulich Christine von Dohnanyi beim Kaufmann getroffen. Sie hat mich gefragt, ob ich jemanden kenne, der Lust hätte, bei ihnen den Haushalt zu machen.«

»Den Haushalt? Was heißt das? Du gehst mir nicht als Putzfrau. So weit kommt es noch!«

»Nicht Putzfrau, sondern Haushälterin. Ich kümmere mich um die Küche, die Vorräte, den Garten und hin und wieder um die Kinder. Ich plane gemeinsam mit der Hausfrau das Essen und kümmere mich darum, dass die zahlreichen Besucher wohl versorgt sind, und um alles andere, was nötig ist, um Christine von Dohnanyi zu entlasten.«

»Ich will nicht, dass du anderen Leuten den Dreck wegräumst.«

Siegfrieds Mundwinkel sanken nach unten.

»Ich räume keinen Dreck weg. Ich organisiere. Das ist etwas anderes. Und ich möchte es unbedingt. Bitte, gib mir deine Erlaubnis dazu.«

Siegfried verzog den Mund. Sabine konnte sehen, dass er nicht wollte, was sie wollte. Würde es immer so sein?

»Bitte, Siegfried. Dir wird es an nichts fehlen. Und Blümchen auch nicht. Bitte lass mich das machen.«

»Und wenn ich Nein sage?«, fragte er.

Sabine strahlte ihn an. »Das wirst du nicht. Und du wirst es nicht bereuen.«

Sabine liebte die Arbeit bei den Dohnanyis. Christine war stets freundlich zu ihr. Die Familie hielt Ordnung, sodass Sabine keine schweren Aufgaben verrichten musste. Sie mochte auch Hans von Dohnanyi, der sie immer fragte, wie es ihr ging. Während Christine gern im Garten arbeitete, saß er in seinem Arbeitszimmer, dessen Tür immer offen stand. Nur wenn er telefonierte, schloss er diese Tür und sprach so leise, dass kaum ein Murmeln zu hören war. Die Familie bekam viel Post, sogar aus dem Ausland, die geheimnisvoll aussah und die Hans von Dohnanyi öffnete, sobald er allein war. Und nie ließ er die Briefe auf seinem Schreibtisch liegen, den Sabine einmal in der Woche abstaubte. Und nie sah sie in die Schubladen, nie lauschte sie an der Tür, auch wenn sie gern gewusst hätte, worum es in diesem Briefen und den geheimnisvollen Telefonaten ging.

Kapitel 28

Sacrow, 1943

Im Januar 1943 fand die Casablanca-Konferenz statt, auf der die Alliierten die bedingungslose Kapitulation Deutschlands, Italiens und Japan verlangten.

Friedrich Paulus, Generalfeldmarschall der 6. Armee, kapitulierte im Kessel von Stalingrad.

Das Brot wurde mit Gersten- und Kartoffelmehl gestreckt, in den Gaststätten nur noch Leichtbier ausgeschenkt. Ein Kilogramm Brot kostete 31 Pfennige, ein Kilo Rindfleisch zwischen 16 und 17 Reichsmark. Butter war für die meisten Leute mit über 35 Mark pro Kilo nicht mehr zu bezahlen.

Vieles hatte sich verändert. Vieles, was früher die Männer taten, schafften jetzt die Frauen. Sie konnten nicht anders, denn ihre Männer kämpften an der Front oder waren bereits gefallen. Der große Milchlaster, der jeden Morgen die Kannen abholte und in die Molkerei brachte, wurde von einer jungen Frau gefahren, ebenso wie die Straßenbahnen und Omnibusse in Berlin. Briketts waren knapp geworden, aber wenn der Kohlewagen durch Sacrow fuhr, dann wurde er von einer Frau gelenkt. Frauen düngten den Boden der Felder mit Gülle für die nächste Aussaat, schlachteten Kühe und Schweine und bedienten in den Fabriken die Maschinen.

Was sie nicht erledigten, mussten Zwangsarbeiter tun. Der Großbauer Bach hatte mehrere polnische Zwangsknechte als Hilfe, und im Sacrower Wald fällten Weißrussen die Bäume. Jeden Morgen zogen sie in zerrissenen Kleidern und zum Gotterbarmen mager durch das Dorf, die Äxte auf den Schultern, den Blick gesenkt. Manchmal machte sich Elvira vor ihnen auf den Weg, streute im Wald Äpfel aus oder versteckte dick mit Schmalz bestrichene, klein geschnittene Brotstücke. Der Metzger Großkopf stand jeden Morgen um dieselbe Zeit vor seinem Laden und steckte sich eine Zigarette an, wenn er die Männer kommen sah. Er rauchte einen Zug, dann warf er den Rest in den Rinnstein, zündete sich sofort wieder eine Zigarette an, zog einmal und schmiss sie in den Rinnstein. Das machte er vier- oder fünfmal jeden Morgen, und die Männer hoben für einen winzigen Moment den Blick und stürzten sich dankbar auf das Rauchzeug.

Heidi wuchs heran, und Ute passte auf mehrere Kleinkinder des Dorfes auf, wenn die Mütter die Feldarbeit erledigten oder sich um das Vieh kümmerten. Ja, vieles hatte sich geändert, aber das sonntägliche Mittagessen bei den Blaschkes fand noch immer wie gewohnt statt.

»Der Dohnanyi«, sagte Blaschke an einem Sonntag zwischen zwei Bissen Bratwurst. »Der Dohnanyi, mit dem stimmt was nicht.«

»Was stimmt nicht mit ihm?«, wollte Hanno wissen und schnitt für Heidi die Wurst in Scheiben.

»Ich habe da so ein Gefühl«, sprach Blaschke weiter. »Der war einmal bei uns unten. Bei uns, versteht ihr? Bei den Zellen. Er hat da mit einem gesprochen, den ich nicht kannte, zu dem es auch keine Akte gab. Ein Engländer, glaube ich, war das. Der Dohnanyi hat mit dem Englisch geredet und ihm Zigaretten gegeben.«

»Vielleicht kannten sie sich noch aus der Zeit vor dem Krieg«, mutmaßte Hanno, aber Blaschke schüttelte den Kopf. »Glaub ich nicht.« Er schob sich eine Gabel mit Bohnen in den Mund. »Der steht auch immer mit dem von Tresckow zusammen. Die hecken was aus, das kann ich spüren.«

»Was hast du vor?«, fragte Hanno, mehr aus Pflichtbewusstsein denn aus Interesse.

»Ich will das melden! Aber was soll ich denn sagen? Der Tresckow und der Dohnanyi stehen immer zusammen und reden? Ich brauche Beweise.«

An dieser Stelle fuchtelte Margot mit der Gabel in der Luft herum. »Ja, und diese Beweise, die musst du uns besorgen, Hanno. Dann wird Wilhelm befördert. Raus aus dem Keller und hinauf in ein Büro mit eigener Sekretärin. Da braucht die Frau von Dohnanyi nicht mehr so auf uns herabzuschauen. Dann wird sie so klein mit Hut.« Margot untermalte ihre Worte mit einer Geste von Daumen und Zeigefinger.

»Wie soll *ich* denn an Beweise kommen?«, fragte Hanno verblüfft.

»Nicht du. Aber Sabine. Die arbeitet doch bei denen. Die weiß doch ganz genau, wer da kommt und wer da geht. Es stehen ja oft fremde Autos in der Einfahrt. Und sie weiß sicher auch, wer am Telefon ist, und schnappt auf, worüber die da so reden.« Margot Blaschke hatte vor Aufregung rote Apfelbäckchen bekommen.

»Traut ihr jetzt euren eigenen Leuten nicht mehr? Herr von Dohnanyi hat einen hohen Posten inne. Er sitzt im

Reichssicherheitshauptquartier. Er steht direkt unter Generalmajor Oster in der Abwehr.«

»Dem Oster traue ich auch nicht«, erklärte Blaschke. »Der guckt immer so. Außerdem ist er Pfarrerssohn und obendrein ...« Er hielt die Gabel nach oben. »... ist er aus Sachsen. Und die Sachsen und die Preußen konnten noch nie miteinander.«

»Das sind deine Verdachtsmomente? Dass Oster aus Sachsen kommt?«

»Weil das nicht reicht, soll Sabine ja ein bisschen die Augen und Ohren offen halten«, ergänzte Margot Blaschke und zupfte sich an den Haaren herum.

Hanno wechselte einen Blick mit seiner Frau, die ein Grinsen nicht unterdrücken konnte.

»Am besten, ihr sprecht selbst mit Sabine«, schlug Hanno vor.

»Du bist ihr Bruder, sie hört auf dich. Wir sind ja eigentlich fremde Leute.« Margot spitzte die Lippen.

Er schüttelte den Kopf. »Sie hört nicht auf mich. Warum auch? Sie ist eine erwachsene Frau.«

»Die Frau eines SS-Mannes immerhin«, stellte Blaschke klar. »Da ist es sozusagen ihre Pflicht, ein wenig aufzupassen.«

»Also gut, ich werde mit ihr sprechen.« Das war Hannos letztes Wort in dieser Sache, aber er dachte nicht im Traum daran, Sabine um Informationen über die Dohnanyis zu bitten.

Auf dem Heimweg schob Ute den Kinderwagen, während Hanno die kleine Heidi auf dem Arm trug.

»Denkst du, Sabine ist einsam? Jetzt, da Siegfried bei der Waffen-SS ist und irgendwo im Russischen sein soll?«

Hanno zuckte mit den Schultern. »Ich weiß nicht, ob sie ihn hin und wieder vermisst. Mir kommt sie jetzt ruhiger und zufriedener vor. Sie schläft ja kaum noch in ihrem Haus, sondern ist mit Blümchen meistens bei meinen Eltern. In meinem alten Zimmer steht jetzt Blümchens Kinderbett, und ihre Puppen sitzen auf der Fensterbank.«

»Und wird sie spionieren, wenn mein Vater sie damit beauftragt?«, fragte Ute weiter.

Hanno blieb ruckartig stehen.

»Er darf sie auf keinen Fall fragen.«

»Warum nicht? Ich glaube nicht, dass du ihn davon abhalten kannst.«

»Sie ist empfindsam. Ich habe Angst, dass so ein Auftrag sich auf ihre Seele legen könnte. Sie könnte wieder schwermütig werden.«

»Meinen Vater wirst du nicht stoppen können. Du musst mit Sabine reden. Oder mit deinen Eltern.«

Hanno blickte seine Frau an, strich ihr eine Schneeflocke aus dem Haar.

»Jetzt gleich?«

»Jetzt gleich.«

Sie gingen über den Hof und betraten die Küche. Das Feuer im Herd knisterte, ein Kessel mit heißem Wasser stand darauf. Hanno rief nach seinen Eltern, dann betrat er das Wohnzimmer. Elvira sprang auf und hin zum Radio, in dem gerade die Nachrichten der BBC liefen.

»Lass, Mutter. Du brauchst nichts zu verstellen. Auch wir hören die BBC.«

Elvira warf einen Blick auf Ute, die sie anlächelte und zustimmend nickte. Dann atmete sie auf.

»Schön, dass ihr da seid. Möchtet ihr einen Kaffee oder lieber etwas anderes?«

Sabine saß auf dem Sofa und lächelte Hanno, Ute und Heidi an, während Blümchen auf dem Fußboden mit Bauklötzen spielte. Der Vater erhob sich aus seinem Sessel.

»Trinkst du ein Bier mit mir, Junge?«, fragte er, und Hanno nickte. »Die Frauen Sekt? Rotkäppchen. Hab ich von einem Kunden als Bezahlung bekommen«.

Er ging in die Küche. Man hörte das Ploppen der Sektflasche, dann kam er wieder herein, holte drei Gläser aus dem Schrank und goss Elvira, Sabine und Ute ein.

»Komm, Ute, setz dich neben mich«, bat Sabine.

Heidi und Blümchen spielten auf dem Fußboden. Blümchen versuchte, Heidi beizubringen, wie man einen Turm aus Bauklötzen baute, aber Heidi war noch zu klein. Also holte Blümchen ihre Bürste und kämmte ihrer Cousine hingebungsvoll die flaumigen Haare.

»Wie geht es dir?«, wollte Ute von Sabine wissen. »Hast du viel Arbeit bei den Dohnanyis?«

Sabine lächelte. »Sie bekommen oft Gäste. Da gibt es einiges zu tun. Das Essen muss geplant werden, die Zimmer müssen gerichtet werden. Aber die Kinder sind auf dem Internat Ettal, weil die Bombenangriffe so zugenommen haben.«

»Ist alles wie immer bei den Dohnanyis?«, fragte jetzt Hanno.

»Warum interessiert ihr euch denn plötzlich so für die Dohnanyis?«, wollte Elvira wissen.

Hanno blickte zu seiner Frau, und Ute sagte: »Mein Vater traut der Familie nicht. Er wird kommen und Sabine zum Spionieren auffordern.«

»Was?« Eugen Richter setzte sich kerzengerade hin. »Kommt nicht infrage.«

»Du kennst ihn ja. Wir wollten euch nur vorwarnen. Vielleicht kann sich Sabine ja schon eine Antwort zurechtlegen. Euch wird bestimmt etwas einfallen.

Aber mal was anderes: Wie geht es Siegfried? Wo ist er? Hast du Post von ihm bekommen?«

»Er ist in Polen, in einer Stadt, die Lodz heißt. Da gibt es ein Ghetto, in dem die Juden leben müssen. Dort ist er«, berichtete Sabine.

»Oh!« Hannos Gesicht verdüsterte sich. »Hat er sich das ausgesucht?«

Sabine zuckte mit den Schultern. »Das hat er nicht geschrieben. Nur, dass die Arbeit nicht schwer ist. Er sitzt in der Schreibstube, füllt Formulare aus und so etwas.«

Hanno konnte sich vorstellen, was das für Formulare waren. Er wollte um keinen Preis in Siegfrieds Haut stecken.

Als die Gläser ausgetrunken waren, verabschiedeten sich Hanno und Ute. Elvira nahm Heidi auf den Arm und küsste sie auf die Wange. Eugen strich ihr über das Haar, und Sabine streichelte ihre kleine Hand.

Die jungen Richters gingen an diesem Abend früh zu Bett, denn am nächsten Tag mussten sie wieder ihrer Arbeit nachgehen. Doch sie schliefen noch nicht lange, als das Geheul der Sirene sie weckte. Im Januar hatten die Bombenangriffe auf Berlin zugenommen, und Sacrow lag am Rande der Abwurfzone. Noch war hier keine Bombe gefallen, doch das konnte sich jeden Tag ändern. Hanno sprang aus dem Bett und trat ans Fenster.

»Ist schon wieder Alarm?«, fragte Ute schlaftrunken.

»Ja. Großkopf hat seine tragbare Sirene vor seinem Laden aufgestellt und kurbelt, was das Zeug hält.«

»Voralarm oder richtiger Alarm?«

»Richtiger. Den Voralarm müssen wir verschlafen haben.«

Ute stand auf und warf sich eine Strickjacke um die Schultern.

»Wie ich das hasse, die Kleine zu wecken und mit ihr in den Keller zu gehen.«

»Wir können nichts daran ändern.«

Ute hob Heidi aus dem Bettchen, hüllte sie in eine dicke Decke, setzte ihr ein Mützchen auf und trug das schlafende Kind in den Keller. Hanno hatte dort ein Bett aufgestellt und daneben den alten grünen Sessel aus seinem Kinderzimmer. Ute zündete zwei Kerzen an, legte sich mit Heidi in das Bett, während Hanno sich in den Sessel setzte.

»In den letzten Tagen haben die Briten Tempelhof bombardiert. Es hat Luftkriegsflüchtlinge gegeben. Die Tempelhofer haben es ganz schön abgekriegt.«

»Psst«, machte Ute und blickte zur Decke. Auch Hanno hörte die Geräusche der englischen viermotorigen Bomber, die dicht über Sacrow hinwegflogen. Das ganze Haus begann leise zu vibrieren, und wie immer hielt Ute die Luft an.

»Davon hat uns Hitler nichts gesagt, als er den Krieg angefangen hat«, sagte Ute leise. »Da war immer nur von Sieg die Rede. Und jetzt?«

Hanno, der Angst hatte, sie könnte zu weinen beginnen, erhob sich und setzte sich auf die Bettkante. Beruhigend strich er Ute über das Haar.

»Ich bin froh, dass wir nicht in Berlin sind«, sagte er leise. »Und ich bin froh, dass wir zusammen sind.«

Er lächelte seine Frau an, küsste sie aufs Haar.

Kapitel 29

Knut war in Sacrow! Zehn Tage Urlaub hatte er bekommen. Hanno konnte gar nicht sagen, wie sehr er sich freute. Doch als er den Freund sah, erschrak er. Knuts Haar war grau geworden, in seinen Augen stand das Entsetzen, und seine Bewegungen waren langsam und müde wie bei einem alten Mann.

»Wie ist es dir ergangen?«, fragte Hanno. »Wir haben uns zwei Jahre nicht gesehen. Nicht einmal auf meine Hochzeit konntest du kommen.«

»Und auch nicht zum Begräbnis meines Vaters.«

Hanno senkte den Blick. »Das stimmt. Wir haben den Sarg ausgesucht. Meine Mutter hat sich um die Blumen gekümmert, und der Pfarrer hat eine sehr würdevolle Ansprache gehalten. Das Haus haben wir gelassen, wie es ist. Nur das Wasser haben wir abgestellt, damit die Leitungen nicht einfrieren. Wir haben einen harten Winter in diesem Jahr.«

»Das habe ich gemerkt. Es war eiskalt hier drinnen.« Über Knuts Gesicht huschte ein Lächeln.

»Brauchst du etwas? Holz oder Briketts? Ich kann dir etwas von uns holen.«

»Nein, es ist noch alles da. Aber ich hätte gern ein Bier und einen Schnaps.«

Erst jetzt bemerkte Hanno, dass Knuts Hände zitterten. Er griff nach seinem Rucksack, in dem er die Vorräte verstaut hatte. »Habe ich mitgebracht. Alles da. Der Schnaps ist der Selbstgebrannte vom Gruschke. Der heizt dir richtig ein.«

Hanno holte die Flaschen hervor, öffnete den Schnaps und wollte Knut eingießen, aber der nahm ihm die Flasche aus der Hand, goss sich den Schnaps in ein Wasserglas und trank es in einem Zug leer. Hanno riss die Augen auf.

»Du hast wohl an der Front das Schnapstrinken gelernt«, sagte er. Es sollte scherzhaft klingen, aber Knut reagierte nicht darauf.

»Ich habe Dinge gesehen und gehört, die man nur im Suff ertragen kann.«

»Aber es war doch bislang immer von Siegen die Rede.«

»Einmal, an der Grenze zwischen Polen und der Ukraine, da kamen wir in eine kleine Stadt. Ich habe vergessen, wie sie heißt. Wir hatten den Befehl, die Juden auf dem Marktplatz zusammenzutreiben.« Er sah Hanno mit dunklen, leblosen Augen an. »Auch die Frauen und die Kinder. Unser Spähtrupp war angegriffen worden, zwei Kameraden tot. Jetzt galt es, Rache zu üben. Sie brachten eine schreiende Frau herbei, die gerade im Begriff war zu entbinden. Das Blut floss ihr an den Beinen hinab. Sie warfen sie einfach auf das Pflaster. Und dann kam das Kind, und einer von uns griff nach seiner Waffe und erschoss den Säugling.« Knut hatte fast emotionslos gesprochen, aber jetzt blickte er auf, und Hanno sah in seinen Augen nichts als Schmerz. »Das Kind hat nicht einmal eine Minute gelebt. Es hing noch an der Nabelschnur.«

Hanno musste schlucken. Er wollte solche Geschichten

nicht hören, weil er wusste, dass er sie nie wieder vergessen konnte.

»Und dann zwangen unsere Leute die Juden, den Marktplatz mit ihren Zungen sauber zu lecken. Und während die Juden das taten, schlugen wir sie und lachten, wenn sie bluteten. Irgendwann am Nachmittag war uns der Marktplatz sauber genug. Wir stopften die Leute in Lkws, dreißig Personen pro Wagen, und fuhren sie in den Wald. Dort zwangen wir sie, tiefe Gruben auszuheben. Wir trennten die Mütter von ihren Kindern, die Männer von ihren Frauen und schlugen sie mit den Gewehrkolben, wenn sie heulten. Und dann stellten sich immer zehn Juden auf einmal am Rand einer Grube auf, wir schossen, und sie kippten nach vorn. Hinein in die Grube. Wir fingen mit den Kindern an, sodass die Mütter den Tod ihrer Kleinen mitansehen mussten. Und dann kamen die nächsten zehn und immer so weiter. Am Abend bekam jeder, der geschossen hatte, eine Flasche Schnaps.« Wieder blickte er Hanno mit schwarzen Augen an.

»Hast du … Hast du auch schießen müssen?«

Knut nickte.

»Hättest du es verweigern können?«

»Ja. Hätte ich. Aber das habe ich nicht, obwohl ich nicht dafür bestraft worden wäre.«

»Warum hast du es dann getan?«

»Ich wäre der Einzige in der ganzen Gruppe gewesen. Die Kameraden hätten mich verachtet. Nenn es Gruppenzwang.«

Hanno wusste nicht, was er darauf sagen sollte. Ein Entsetzen über die Taten überfiel ihn, und zugleich verspürte er unbändiges Mitleid mit dem Freund. Er konnte sich gut vorstellen, dass Knut für den Rest seines Lebens daran denken musste. Knut, der sanfte Knut, der gern philosophische Bücher las und sich über Gott und die Welt Gedanken machte. Knut, der nie in eine Schlägerei auf dem Schulhof verwickelt gewesen war. Dieser Knut sollte Juden erschossen haben? Nein, das konnte sich Hanno nicht vorstellen, und umso betroffener war er.

Knut nahm sich die Schnapsflasche und goss sich das Glas erneut randvoll. »Seither habe ich jeden Tag eine Flasche Schnaps gebraucht, um schlafen zu können«, sagte er leise.

Hanno schluckte. »Wie kann ich dir helfen?«, fragte er.

Knut schüttelte den Kopf. »Mir kann niemand helfen. In einer Woche muss ich zurück an die Front. Muss wieder Leute erschießen. Polnische Widerständler, ukrainische Rebellen, Juden, was weiß ich. Es ist mittlerweile auch gleichgültig. Ich lege an und schieße, und dann drehe ich mich schnell um, weil ich die Toten nicht fallen sehen will. Ich habe Frauen erschossen, kleine Kinder, Säuglinge, alte Männer, die sich kaum noch auf den Beinen halten konnten, und alte Frauen, die ununterbrochen Gebete gemurmelt haben. Zu welchem Gott auch immer. Ich habe auch junge Frauen erschossen. Frauen, in die ich mich in einem anderen Leben hätte verlieben können.« Er tat so, als würde er ein Gewehr anlegen, zielte auf Hanno und machte: »Puff! Alle weg und hoch auf den Lkw und ins nächste Dorf und dort dasselbe und am Abend Schnaps und wieder weiter und weiter und weiter. Wir waren das Aufräumkommando der Wehrmacht.«

Hanno wäre am liebsten aufgestanden und gegangen, doch er konnte Knut unmöglich in diesem Zustand alleinlassen.

»Hast du noch mehr Schnaps?«, fragte der und goss sich das Glas zum dritten Mal voll. Das Zittern seiner Hände hatte aufgehört.

»Schnaps ist keine Lösung«, sagte Hanno.

»Da täuschst du dich, mein Freund. Schnaps ist immer eine Lösung, weil er betäubt und blind und taub macht. Schnaps ist der beste Kamerad eines Soldaten. Immer reichlich vorhanden an der Front. Immer verfügbar.« Er stand auf, sah sich in dem Zimmer um, das früher sein Kinderzimmer gewesen war. »Ich hätte nicht herkommen sollen«, sagte er. »Irgendwie hatte ich gehofft, hier Trost zu finden. Aber es gibt keinen Trost.«

Er fing an, Sachen in einen Rucksack zu stopfen.

»Was machst du da?«, wollte Hanno wissen.

Knut wandte sich zu ihm, und Hanno sah es in seinen Augen lodern.

»Ich gehe zurück zu den Aufräumern. Leute erschießen.«

»Tu das nicht. Bitte bleib hier. Ich kann noch mehr Schnaps holen.«

»Hast du keine andere Idee als Schnaps? Wer bist du eigentlich? Einer, der immer einen warmen Hintern hatte und genug zu fressen. Einer, der denkt, wenn das Wetter schlecht ist, hätte er ein schlechtes Leben. Du hockst hier in Sicherheit, weißt nichts von dem, was da draußen vor sich geht. Vielleicht gehst du sogar noch in die Kirche. Aber es gibt keinen Gott. Gott ist tot.« Er hielt kurz inne, betrachtete das leere Glas in seiner Hand. »Und ich wünschte, ich wäre es auch.«

* * *

Als sie am Donnerstag das Haus der Dohnanyis betrat, staunte Sabine, weil Hans von Dohnanyi zu Hause war. Sonst war er um diese Zeit immer im Reichssicherheitshauptamt oder auf irgendwelchen Besprechungen und Dienstreisen. Sabine grüßte, und der Hausherr nickte ihr freundlich zu.

»Sabine, wir brauchen Sie heute nicht«, sagte er. »Nehmen Sie sich ruhig mal einen Tag frei.«

Donnerstags hatte Sabine meist in der Küche zu tun. Sie plante das Essen für das Wochenende und richtete die Zimmer für die Gäste her. Der Donnerstag war ein wichtiger Tag in der Woche. Sie hatte noch nichts für das Wochenende vorbereitet, und morgen standen die Einkäufe auf dem Programm. Wahrscheinlich musste sie dafür sogar nach Potsdam fahren.

»Aber der Essensplan …«, widersprach sie vorsichtig. »Die Zimmer …«

»Nichts davon muss heute erledigt werden. Gehen Sie nach Hause, machen Sie sich einen schönen Tag mit Ihrem Kind.«

Sabine nickte. Im Flur hielt sie unschlüssig inne. Christine von Dohnanyi hatte sie noch nie nach Hause geschickt für einen freien Tag. Sie konnte nicht einfach so gehen. Plötzlich fiel ihr etwas ein. Im Garten mussten die Beete aufgelockert werden für die Saat im März. Dagegen würde Herr von Dohnanyi sicher nichts haben. Also holte sie sich ihre Schürze aus der Küche, band sie um und machte sich mit einer Hacke und einer Baumschere auf den Weg in den Garten.

Zuerst hackte sie das Salatbeet, dann lockerte sie die Erde, auf der später Kohl und Bohnen wachsen sollten. Die Erde war ziemlich hart, und es dauerte eine ganze Weile, bis der Boden so gelockert war, wie Sabine sich das vorstellte.

Sie säte Zwiebeln und Karotten aus, und als sie damit fertig war, schlug die Uhr am Kirchturm die elfte Vormittagsstunde. Draußen hörte sie einen Wagen vorfahren, aber sie kümmerte sich nicht darum. Sie schaute in der Gartenhütte nach ihren Tomatensamen, überprüfte, ob genügend Stangen zum Anbinden vorhanden waren, räumte ein paar Gartenwerkzeuge auf und klopfte den Dreck von einem Spaten. Als sie auch damit fertig war, suchte sie nach einer Schere, um die Rosensträucher, die direkt in einem Beet rings um das Haus wuchsen, zu beschneiden. Eigentlich war es im Februar noch zu früh dafür. Eine alte Regel besagte, man solle die Rosen erst schneiden, wenn die Forsythien blühten, aber im Frühjahr stand der große Hausputz an, und auch im Garten würde es mehr zu tun geben.

Sie kniete sich in das Beet und betrachtete jeden Strauch einzeln. Sie schnitt dort einen wilden Trieb ab und da einen kahlen Zweig. Über ihr wurde ein Fenster geöffnet. Sabine wusste, dass Christine, selbst starke Raucherin, immer die Fenster aufriss, wenn die Luft im Zimmer voller Zigarettenrauch stand.

Sabine betrachtete gerade den zweiten Rosenstrauch, als sie die Worte hörte: »Wir sind fertig mit den Vorbereitungen. Die Initialzündung kann in Gang gesetzt werden.«

Sie kannte die Stimme nicht, aber es war eine Männerstimme. Der Sprecher schien sich im Zimmer zu bewegen, denn das Gesagte drang mal lauter, mal leiser an Sabines Ohr.

»Am Abend des 12. Märzes fährst du, Hans, mit Admiral Canaris nach Smolensk. Hitler wird dort eine Truppeninspektion vornehmen. Sei vorsichtig! In Smolensk übergibst du das Paket an Oberst Henning von Tresckow. Eine halbe Stunde nach dem Start wird die Bombe hoch...«

Das Fenster klappte zu, und Sabine hockte mit aufgerissenen Augen und klopfendem Herzen im Beet. Hatte sie richtig gehört? Eine Bombe? Planten Hans von Dohnanyi und weitere Männer ein Attentat auf Adolf Hitler? Das konnte nicht wahr sein, das durfte nicht sein. Sie würden ins Gefängnis kommen, wenn der Anschlag misslang. Sie würden zum Tode verurteilt werden.

Und sie selbst war jetzt eine Mitwisserin! Sabine wusste, dass sie eigentlich auf der Stelle zu Blaschke oder Hirte gehen und alles melden musste. Aber sie mochte die Dohnanyis. Sie waren gute Leute. Sie wollte nicht, dass ihnen ein Leid geschah.

Was sollte sie tun? Sie war mit einem SS-Mann verheiratet. Sie wusste genau, was ihre Pflicht wäre. Aber erst einmal musste sie fort von hier. Niemand durfte erfahren, was sie gehört hatte. Vor allem die Dohnanyis nicht. Sie ließ die Schere einfach im Beet liegen, holte auch ihre Handtasche nicht aus dem Haus, sondern schlich hinten durch die Gärten der anderen Bewohner nach Hause zu ihren Eltern.

Die Mutter schnitt Kartoffeln und Gemüse für eine Suppe klein, Blümchen saß am Küchentisch und malte mit Buntstiften auf Papier.

»Was ist denn mit dir geschehen?«, fragte Elvira, als sie ihre Tochter atemlos und mit hochroten Wangen und lockeren Haarsträhnen in der Tür erblickte.

Sabine schüttelte den Kopf und setzte sich neben Blümchen an den Küchentisch. Dort holte sie ein paarmal tief Luft und presste eine Hand auf ihr wild pochendes Herz. Die Mutter legte das Messer zur Seite und setzte sich ihr gegenüber. »Ist etwas passiert?«, fragte sie besorgt. »So rede doch endlich.«

»Ich … ich kann nicht«, stammelte Sabine. »Es ist zu ungeheuerlich.«

Elvira zog die Augenbrauen in die Höhe und blickte ihre Tochter fragend an. Sabine stand auf, füllte sich ein Glas mit Leitungswasser, trank in großen Schlucken und setzte sich wieder.

»Dohnanyi plant einen Anschlag auf den Führer. Ein Attentat. Am 12. März.« Ihre Stimme war kaum mehr als ein Flüstern.

»Woher weißt du das?« Die Mutter wurde blass.

»Herr von Dohnanyi hat mich heute nach Hause geschickt. Ich sollte einen Tag freimachen. Aber das konnte ich nicht, es wartete so viel Arbeit, also bin ich in den Garten gegangen. Als ich die Rosen beschnitten habe, wurde über mir das Fenster seines Arbeitszimmers geöffnet. Ich habe gehört, worüber sie gesprochen haben.«

»Mit wem hat er gesprochen?«

Sabine hob die Schultern. »Es war ein Mann, aber ich kannte die Stimme nicht. Er war mit dem Auto gekommen.«

Die Mutter nickte und blickte dann nachdenklich über Sabine hinweg an die Küchenwand. Nach einer Weile fragte sie: »Hat dich jemand gesehen?«

»Nein. Ich bin hinten durch die Gärten gegangen.«

»Bist du sicher?«

»Absolut. Ich habe darauf geachtet. Keine der Nachbarinnen hat im Garten gearbeitet, keine Frau hat Wäsche aufgehängt. Und es war auch niemand am Fenster. Aber selbst wenn mich jemand gesehen hätte, wäre das kein Wunder gewesen. Jeder in Sacrow weiß, dass ich für die Dohnanyis arbeite. Und ich gehe oft hinten durch die Gärten nach Hause.«

»Das ist wohl wahr.«

»Wie soll ich mich jetzt verhalten? Ich müsste das doch melden.«

Sorgenvolle Falten furchten Sabines Stirn.

Die Mutter erhob sich. »Ich hole deinen Vater und Hanno aus der Werkstatt. Vielleicht wissen sie, was zu tun ist.«

Wenige Minuten später saßen sie zu fünft am Tisch, und Sabine erzählte noch einmal, was sie gehört hatte. Der Vater zündete eine Zigarette an, gab sie seiner Frau, zündete eine zweite für sich an und reichte die Schachtel an Hanno weiter. Ein paar Züge lang rauchten sie schweigend und nachdenklich, bevor der Vater fragte: »Was würdest du am liebsten tun?«

»Ich? Ich weiß nicht. Ich wünschte, ich hätte das nicht gehört.«

»Nun, das hast du aber.«

»Ich will die Dohnanyis nicht in Gefahr bringen. Auf gar keinen Fall will ich das.«

»Dann musst du schweigen. Am besten wäre es, wenn du alles, was du gehört hast, auf der Stelle wieder vergisst.«

»Das kann ich nicht«, erwiderte Sabine. »Und es ist ein schweres Verbrechen, das schwerste Verbrechen überhaupt, ein Attentat auf den Führer zu planen und als Mitwisser nichts davon zu melden.«

»Das ist wahr«, sagte die Mutter.

»Verdammt!« Der Vater hieb mit der flachen Hand auf den Tisch, sodass Blümchen erschrak und zu weinen begann. Elvira nahm das kleine Mädchen auf den Schoß, strich ihr sanft über den Rücken.

Schließlich straffte der Vater die Schultern. »Ich denke, da hat jemand einen Scherz gemacht, Sabine. Keinen besonders lustigen, aber eben einen Scherz. Manche Menschen reden viel, wenn der Tag lang ist. Wir sollten nicht weiter darüber nachdenken. Aber vor allem sollten wir mit niemandem, mit wirklich niemandem darüber sprechen. Kannst du das, Sabine?«

Die junge Frau nickte. »Ich werde schweigen.« Und nach einer kurzen Pause, in der sie sich zu sammeln schien, fügte Sabine hinzu: »Es war ein Scherz. Jeder macht mal einen blöden Witz. Und ich habe heute ja meinen freien Tag. Wie soll ich da was gehört haben?«

Die Mutter erhob sich. »Wir zwei gehen jetzt zum Kaufmann. Dort wirst du gleich erzählen, dass dir die Dohnanyis heute freigegeben haben.«

»Warum das?«

»Damit jeder weiß, dass du heute nicht in der Villa warst. Es ist nur zur Vorsicht und wahrscheinlich vollkommen unnötig.«

Kapitel 30

Am Freitag, dem 12. März 1943, saß Sabine mit Blümchen und ihren Eltern ab dem Mittag vor dem Radio. Bei jeder Nachrichtensendung hielten sie den Atem an.

Sabine hatte sich den Nachmittag freigenommen. Hans von Dohnanyi war in Smolensk, die Kinder im Internat, und wo Christine war, das wusste Sabine nicht. Für das Wochenende hatten sich keine Gäste angesagt, also mussten keine Betten bezogen und kein Essen vorbereitet werden. Sie war unruhig, und sie hatte ein wenig Angst.

Der Vater schaltete zwischen der BBC und dem Großdeutschen Rundfunk hin und her. Es gab Berichte von der Front, dazwischen ein paar Schlager und den Wetterbericht. Die Pegelstände und Tauchtiefen der deutschen Flüsse wurden vorgetragen, Werbung für den Winterhilfsdienst gemacht und ein Bericht über eine Veranstaltung in der Charité zum Thema Volksgesundheit vorgelesen. Eugen rauchte eine Zigarette nach der anderen, die Mutter brühte schon zum zweiten Mal Kaffee auf.

»Es wird schon nichts passieren«, sagte sie und legte Sabine eine Hand auf die Schulter. »Solche Dinge werden geplant, aber nie ausgeführt. Und wahrscheinlich war das Ganze wirklich nur als Scherz gemeint.«

»Psst!«, machte der Vater und deutete auf das Radio. Eben erzählte ein Sprecher, dass der Führer Adolf Hitler zu einer Truppeninspektion in Smolensk eingetroffen und mit großem Jubel begrüßt worden war.

Sabine atmete auf. Die Mutter gab Blümchen einen Kuss auf die Wange. Der Vater drückte seine Zigarette im Aschenbecher aus.

»Ich habe noch in der Werkstatt zu tun«, erklärte er und verließ die Küche.

Sabine nahm Blümchen und sagte: »Ich muss noch einkaufen.«

Die Mutter nickte. Keiner von ihnen sprach aus, wie erleichtert sie waren. Nicht weil sie den Führer so liebten, sondern weil sie Angst um die Dohnanyis und ihre eigene Zukunft gehabt hatten.

* * *

Der 5. April 1943 war ein Montag. Sabine sammelte im Haus der Dohnanyis die schmutzige Wäsche zusammen, bezog mit dem Dienstmädchen alle Betten neu und machte sich dann daran, mit Christine von Dohnanyi eine Liste für den Einkauf zu machen, als sie kamen.

Sie waren zu dritt. Mit den Fäusten schlugen sie gegen die Haustür, sodass alle es mitbekommen mussten. Die Nachbarin von gegenüber hielt beim Wäscheaufhängen inne, und im Haus nebenan wurden die Vorhänge beiseitegeschoben.

Sabine öffnete. Einer der Männer stieß sie grob zur Seite.

»Wo ist die Verräterin?«, brüllte der zweite.

Christine von Dohnanyi, die hinter Sabine in den Flur getreten war, wurde blass.

»Was ist hier los?«, fragte sie und straffte die Schultern.

»Wir haben Ihren Mann verhaftet, und jetzt sind Sie dran.«

»Meinen Mann? Wann? Wo? Was hat er getan?«

»Hans von Dohnanyi wurde heute Morgen an seinem Arbeitsplatz im Reichssicherheitshauptamt verhaftet.«

»Aus welchem Grund? Wo haben sie ihn hingebracht?«, wollte Frau von Dohnanyi wissen und versuchte, sich aus dem Griff des Mannes frei zu machen.

Sabine schien es, als hätte ihre Arbeitgeberin noch nicht verstanden, dass auch sie verhaftet war.

»Wo ist Hans?«, wiederholte sie ihre Frage, und große Unruhe schwang in ihrer Stimme mit.

»In der Untersuchungshaftanstalt Tegel.«

»Ich … Er hat doch nichts bei sich. Ich muss ihm etwas einpacken. Seine Zahnbürste, ein paar Bücher …« Sie sah sich verwirrt um.

Der Gestapomann betrachtete sie, als hätte Christine von Dohnanyi den Verstand verloren. »Sie kommen jetzt mit! Auf der Stelle!«, brüllte er.

Sabine stand zitternd im Flur. »Ich kümmere mich«, sagte sie. »Ich bringe Ihnen die Sachen.« Dann wandte sie sich an den Mann, der Christine von Dohnanyi am Arm gepackt hielt. »Bringen Sie sie auch nach Tegel?«

Der Mann schüttelte den Kopf. »Sie kommt ins Reichssicherheitshauptamt. Wir werden sie erst verhören.«

Und schon führte er Christine von Dohnanyi an Sabine vorbei. Die Frau blickte die Haushälterin mit vor Entsetzen weit aufgerissenen Augen an.

»Ich kümmere mich«, rief Sabine ihr nach. »Machen Sie sich keine Sorgen.«

Kaum war das Auto der Gestapo davongefahren, begab sich Sabine ins Schlafzimmer des Ehepaars und holte zwei Koffer vom Schrank. Sie packte Wäsche und Schlafsachen ein, dazu das Waschzeug. Auf einem der Nachttische lag ein Buch in englischer Sprache. Sabine hatte keine Ahnung, worum es darin ging, aber sie packte es ein. Dann ging sie ins Arbeitszimmer von Hans von Dohnanyi und studierte die Buchrücken im Regal. Welches Buch könnte ihm in der Haft nützlich sein? Was war erlaubt, was verboten? Sabine hatte keine Ahnung. Ihr Herz schlug noch immer rasend, und ihre Hände zitterten leicht. Schließlich wählte sie den Briefwechsel zwischen Goethe und Schiller, in der Annahme, dass daran nichts auszusetzen war.

Vom Haustelefon der Dohnanyis rief sie kurz ihre Mutter an und bat sie, Blümchen heute etwas länger zu behalten. Dann machte sich mit den beiden schweren Koffern auf den Weg nach Berlin. Zuerst nahm sie den Bus von Sacrow nach Potsdam, mit dem sie sonst immer in die Innenstadt zum Einkaufen fuhr. Dann stieg sie in den Zug nach Berlin und fuhr weiter mit dem Bus in die Prinz-Albrecht-Straße.

Der Pförtner fertigte sie unhöflich ab und wies ihr den Weg nach unten zum Zellentrakt. An einer eisernen Tür musste sie warten. Ein Wachmann in Uniform kam, öffnete und wies Sabine an, ihm zu folgen. Auf dem Gang sah sie sich um. Sie wusste, dass Wilhelm Blaschke hier arbeitete, konnte ihn aber nirgends entdecken.

Sie wurde in eine Art Büro gebracht, in der ein streng dreinschauender Mann Dienst tat.

»Sie wünschen?«, blaffte er sie an, ohne seinen Namen oder seinen Dienstrang oder seine Tätigkeit zu nennen.

»Ich bringe ein paar Sachen für Christine von Dohnanyi«, sagte sie.

»Koffer öffnen!«

Sabine ließ die Schlösser aufschnappen. Als er in Christines Unterwäsche herumwühlte, wandte Sabine sich ab. Sie konnte nicht mitansehen, wie seine großen, bestimmt nicht frisch gewaschenen Hände in ihren Hemdchen und Höschen wühlten.

»Was ist das?«, fragte er misstrauisch und hielt das englische Buch in die Höhe.

»Ein Roman«, erklärte Sabine auf gut Glück.

»Darf nicht rein. Keine ausländische Literatur.« Er warf das Buch über den Tisch, und Sabine steckte es in ihre Tasche. »Darf ich sie sehen? Ich bin die Haushälterin. Es muss einiges besprochen werden.«

Der Mann betrachtete sie mit gehobenen Augenbrauen. »Wollen Sie besprechen, was heute Abend auf den Tisch kommt?«

»Nein, es geht um die Gäste, die sich angesagt haben«, antwortete Sabine.

»Ausladen. Alle ausladen.«

»Nur ein paar Worte. Ich muss wissen, was ich mit den Vorräten machen, wo ich den Schlüssel lassen und was mit dem Garten passieren soll. Ich muss ihre Kinder informieren.«

»Fünf Minuten.«

»Danke.«

Kurz darauf stand sie vor ihrer Arbeitgeberin. Obwohl seit Christine von Dohnanyis Verhaftung erst drei Stunden vergangen waren, sah sie ganz anders aus als am Morgen. Das

Haar hing ihr in unordentlichen Strähnen ins Gesicht. Sie war blass und hatte Ringe unter den Augen.

»Vielen Dank, Sabine. Waren Sie schon bei meinem Mann?«

»Nein, ich bin erst zu Ihnen gekommen. Nach Tegel fahre ich gleich im Anschluss. Was kann ich tun? Soll ich Ihre Kinder informieren? Sonst jemanden?«

Christine von Dohnanyi schüttelte den Kopf. »Nein, wir wollen niemanden beunruhigen. Grüßen Sie nur meinen Mann ganz herzlich von mir.« Sie lächelte Sabine schmerzlich an. »Vergessen Sie das nicht. Grüßen Sie meinen Mann ganz, ganz herzlich von mir. Ach ja, die Vorräte in unserem Haus nehmen Sie besser mit zu sich nach Hause. Und auch die Orchidee im Wohnzimmer. Sie brauchen während unserer Abwesenheit nicht jeden Tag zu kommen. Einmal die Woche reicht. Lüften und Staub wischen.«

»Gibt es noch etwas, das ich mit zu mir nach Hause nehmen soll?«, fragte Sabine, dieses Mal leiser.

Christine von Dohnanyi schwieg einen Augenblick und sah sie prüfend an. Dann schüttelte sie den Kopf. »Wahrscheinlich gab es schon eine Haussuchung.«

»Ich werde aufräumen, wenn Sie nichts dagegen haben. Sie kommen bestimmt bald wieder frei.«

Christine von Dohnanyi nickte. Dann griff sie Sabines Hand. »Ich danke Ihnen. Und vergessen Sie nicht, meinen Mann herzlich zu grüßen.«

In Tegel hatte Sabine kein Glück. Sie durfte Hans von Dohnanyi nicht sehen. Sie hätte auch nicht gewusst, wie sie ihm von der Verhaftung seiner Frau erzählen sollte. Die

Dohnanyis, das hatte Sabine längst bemerkt, führten eine erstaunliche Ehe. Sie waren einander sehr zugetan, es gab niemals Streit oder hässliche Worte. Ähnlich wie bei ihren Eltern. Und ebenso wie bei ihren Eltern glaubte Sabine, dass die beiden neben ihrem Ehegelübde eine enge Freundschaft verband. Und das, so wusste sie, war nicht in jeder Ehe üblich. Da musste sie erst gar nicht an Siegfried denken, es reichte, die Ehe seiner Eltern zu sehen, in der sie immer ein gegenseitiges Misstrauen der Eheleute wahrnahm.

Auf der Fahrt zurück nach Sacrow hing sie ihren Gedanken nach. Siegfried. Sie hätte nicht vermutet, dass sie so oft an ihn denken musste. Vielleicht vermisste sie ihn sogar ein wenig. Das Haus, in das sie nach der Hochzeit eingezogen waren, erschien ihr zu groß für sie und Blümchen. Sie fühlte sich verloren darin. Und wenn die Bomben auf Berlin oder Potsdam fielen, hatte sie Angst.

Wieder in Sacrow, holte sie ihre Tochter von ihren Eltern ab. Als sie am Abend mit Blümchen in ihr Haus zurückkehrte, stellte sie fest, dass kein Brot mehr vorhanden war.

»Blümchen, wir müssen noch einmal in den Kaufmannsladen. Zieh deine Jacke nicht aus.« Sie griff nach dem Weidenkorb, den sie immer für ihre Einkäufe benutzte, nahm Blümchen an die Hand und betrat kurz darauf den Laden.

»Ach, guten Abend, Sabine«, sagte eine Frau freundlich, doch Sabine erinnerte sich nur zu gut daran, dass diese Frau Blümchen früher Bastard genannt hatte. »Was war denn bei den Dohnanyis los?«

Sabine streifte die Frau mit einem Seitenblick. »Nichts, das andere etwas angeht«, erwiderte sie.

»Pffft!«, machte die Frau und ging.

Jetzt beugte sich die Verkäuferin über den Tresen. »Ich will ja nichts gesagt haben, aber man munkelt, die Dohnanyis wären beide verhaftet worden. Stimmt das?«

Kurz überlegte Sabine, was sie sagen sollte. »Es stimmt. Sie sind verhaftet.«

»Und weswegen? Er war doch so ein hohes Tier im Reichssicherheitshauptamt.«

»Ich weiß es nicht. Wirklich nicht.«

»Komisch. Sie kamen mir immer ganz normal vor«, erklärte die alte Frau Grimm, die zwischen zwei Regalen stand.

Sabine, die die Frau beim Hereinkommen gar nicht bemerkt hatte, fuhr herum.

»Ich kann nur sagen, dass die Familie eine der anständigsten ist, die ich je getroffen habe. Da gab es nie ein böses Wort. Immer freundlich, immer großzügig. Für was man sie auch verhaftet hat, ich bin davon überzeugt, dass sie unschuldig sind. Sicher sind sie in ein paar Tagen, wenn sich alles aufgeklärt hat, wieder hier.«

Die Verkäuferin nickte. »Ich kann mich auch nicht beschweren. Sabine hat recht. Die Dohnanyis waren immer freundlich, haben sich nach meiner kranken Mutter erkundigt und viel für das Winterhilfswerk gespendet.«

Frau Grimm schüttelte den Kopf. »Ich bin schon alt, und ich habe viel erlebt. Es gibt keine Menschen, die nur freundlich und gut sind. Irgendwas müssen sie ja gemacht haben, denn der Führer täuscht sich nie.«

Am Abend, als Blümchen schon in ihrem Bett lag und schlief, saß Sabine auf dem Sofa. Der Tag war hektisch gewesen, und sie war kaum zum Nachdenken gekommen. Doch jetzt fand sie ein wenig Ruhe und dachte über die Dohnanyis nach. Hatten sie wirklich ein Attentat auf Hitler geplant, das nur nicht geklappt hatte? Waren sie verraten und deshalb verhaftet worden? Wenn das so war, dann würde sie weder Hans noch Christine jemals wiedersehen. Sie würden als Landesverräter hingerichtet werden. Und doch konnte Sabine sie nicht als Verräter sehen. Nur als das, was sie für sie waren: freundliche und kluge Menschen, die immer bestrebt waren, das Richtige zu tun.

Was sollte dann nur aus den Kindern werden? Gut, sie waren nicht mehr klein, aber sicher brauchten sie ihre Eltern noch. Barbara war gerade 17 Jahre alt geworden, Klaus war zwei Jahre jünger, und im September sollte der 14. Geburtstag von Christoph gefeiert werden. Die drei befanden sich derzeit in einem Benediktinergymnasium in Bayern, und Sabine wusste nicht, ob sie von der Verhaftung ihrer Eltern gehört hatten. Ob sie dort anrufen sollte? Die Nummer hing in der Küche neben der Nummer des Arztes und des Anwalts. Nein, da sollte sie sich besser nicht einmischen. Der Anwalt. Hatte ihn jemand informiert? Sie wusste es nicht. Zur Sicherheit würde sie ihn morgen anrufen. Und vielleicht konnte er dann auch die Kinder benachrichtigen.

Sabine hatte Angst um die Dohnanyis. Sie rechnete mit dem Schlimmsten.

Kapitel 31

Der Brief kam aus der Charité, in der ein Lazarett eingerichtet worden war. Er war an Hanno gerichtet.

»Was will die Charité von dir?«, fragte Ute beim Abendessen.

Sie hatte in den letzten Monaten einiges im Haus verändert. Das Wohnzimmer hatte schon vor Monaten eine neue Tapete bekommen, die Vorhänge mit dem Blumenmuster hatte sie selbst genäht. Und sie hatte die Bücherregale gestrichen

Hanno gefiel, was seine Frau aus dem Haus gemacht hatte, und er hatte ihr das auch schon des Öfteren gesagt. Überhaupt war seine Zuneigung zu Ute gewachsen. Das war so, seit er damals aus London zurückgekommen war. Ganz allmählich war es passiert, sodass er es zunächst kaum bemerkt hatte. Er fühlte sich nicht mehr an Stefanie gebunden, obschon er hin und wieder an sie dachte und ihr wünschte, dass sie in Boston gut Fuß gefasst hatte und glücklich war.

Nach seiner Rückkehr aus England hatte er sich ganz auf Ute eingelassen, und er hatte entdeckt, dass sie kritisch dachte.

»Mein Vater im Reichssicherheitshauptamt … Ich hätte diese Anstellung nicht genommen. Gut, es ist keine schwere Arbeit, und vielleicht wird er noch weiter aufsteigen, aber die,

die er da bewachen muss, die sogenannten Vaterlandsverräter, sind Leute wie du und ich. Und sie wollen doch nur, dass Leute wie du und ich in Ruhe leben und ihre Kinder aufziehen können. Was habe ich vom Mutterkreuz, wenn meine Söhne an der Front fallen? Was haben sie überhaupt in Russland oder gar in Afrika zu suchen? Ich wünschte, der Krieg würde bald enden.«

»Nach Stalingrad hat die Wehrmacht keine entscheidenden Siege mehr gewonnen. Es geht nicht mehr lange so weiter. Ich denke, in einem Jahr ist der Krieg vorüber«, antwortete Hanno seiner Frau.

Ute legte ihm eine Hand auf die Brust.

»Ich bete jeden Abend dafür, dass du nicht am Ende doch noch eingezogen wirst. Und jetzt mach den Brief auf, vielleicht geht es ja darin um deine Tuberkulose.«

»Das glaube ich nicht.« Hanno schüttelte den Kopf. »Ich muss erst nächsten Monat wieder zur Untersuchung dorthin. Aber das Wehrkreiskommando wird mich schon bald wieder einbestellen. Ich habe gehört, dass jetzt auch die an die Front müssen, die eigentlich kriegsuntauglich sind.«

Er sah bedrückt aus, und in Utes Augen stand Entsetzen.

»Ich rede mit meinem Vater. Vielleicht kann er etwas ausrichten.«

Hanno schüttelte den Kopf. »Das möchte ich nicht. Wenn ich eingezogen werde, dann ist es so.«

Er nahm den Brief vom Tisch und öffnete ihn.

»Was steht drin? Worum geht es?«, fragte Ute angespannt.

Hanno runzelte die Stirn. »Es geht um Knut. Er ist in der Charité.«

»Knut? Wollte er nicht zurück an die Front?«

»Das hat er gesagt, aber irgendwie ist er in der Charité gelandet und hat mich als Angehörigen angegeben. Sie bitten um einen Besuch.«

* * *

In der Werkstatt gab es viel zu tun. Es wurden immer mehr Särge gebraucht. Beinahe hätte der Vater letzte Woche den Sarg, in dem die Liebermann-Gemälde lagen, verkauft. Hanno hatte es im letzten Moment noch verhindert. Die Tischlerei Richter war seit Kurzem auch damit betraut, die Gräber auf dem Friedhof auszuheben, weil der Totengräber, ein junger Mann mit kleiner Familie, eingezogen worden war.

Des Weiteren gab es einen neuen Auftrag aus Berlin. Bei einem Bombenangriff hatte ein Haus im Grunewald Feuer gefangen, und nun sollte das historische Treppengeländer neu gebaut werden. Gerade war der Vater dabei, die einzelnen Streben mit Ornamenten zu verzieren.

Auch zogen jetzt immer mehr Berliner hinaus aufs Land, weil sie die nächtlichen Bomben der englischen Air Force fürchteten. In Groß Glienicke stand kein Haus und kein Zimmer mehr leer, und in Sacrow hatte Wilhelm Blaschke schon ein Auge auf Knuts Haus geworfen. Trotz seiner Anstellung im RSHA in Berlin war er nach wie vor der NSDAP-Ortsgruppenleiter und Bürgermeister, weil es in Sacrow nach der Entjudung nur noch knapp einhundert Einwohner gab.

Hanno hatte es ein wenig Mühe gekostet, einen freien Vormittag für den Besuch in der Charité einzuplanen. Dafür würde er heute Abend so lange arbeiten, bis alle Aufgaben erledigt waren.

Jetzt war er auf dem Weg nach Berlin-Mitte, um Knut zu besuchen und der Aufforderung des Briefes zu folgen. Er war lange nicht in Berlin gewesen und betrachtete mit Erstaunen die Veränderungen in der Stadt. Früher drängte sich Automobil an Automobil, dazwischen fuhren Busse und Lastkraftwagen. Heute sah er nur wenige Autos, und zwar meist die schwarzen Opel der Wehrmacht oder der SS. Noch lag die Stadt nicht in Schutt und Trümmern wie Hamburg oder Kassel, obschon Hanno einige Häuserruinen sah und große Krater von den Einschlägen. Lange Schlangen vor den Lebensmittelläden zeugten davon, dass die Bevölkerung nicht mehr ausreichend mit Lebensmitteln versorgt werden konnte. Und überall hingen die schwarz-weiß-roten Flaggen der Nationalsozialisten. Auch vor dem Eingang der Charité.

Es dauerte, bis Hanno sich zum Lazarett durchgefragt hatte, aber endlich fand er die Tür mit der Aufschrift »Leitender Oberarzt Dr. Hinrich Schwabe«. Er klopfte, betrat ein Vorzimmer, zeigte den Brief vor und wurde nach einer kurzen Wartezeit in das Büro des Arztes gerufen.

»Bitte nehmen Sie Platz. Sie kommen wegen Knut Kaufmann?«

»Ja. Ich habe einen Brief bekommen.«

Der Arzt, der zu Hannos Überraschung keinen weißen Kittel trug, faltete die Hände auf seinem Schreibtisch und betrachtete ihn aufmerksam.

»Herr Kaufmann hat sie als einzigen Angehörigen angegeben. Ist das richtig?«

»Wir sind zusammen aufgewachsen. Ich kenne ihn schon mein ganzes Leben. Was ist mit ihm?«

»Nun, Herr Kaufmann wurde in Wehrmachtsuniform bewusstlos am Berliner Bahnhof aufgefunden und zu uns ins Lazarett gebracht. Körperlich hat er keinerlei Beschwerden.«

»Was fehlt ihm dann?«

»Er kann nicht laufen.«

»Nicht laufen? Weshalb?«

»Das ist schwer zu erklären. Herr Kaufmann hat an Erschießungen teilnehmen müssen, nicht wahr?«

»Ja, das hat er mir erzählt. Es hat ihn sehr betroffen gemacht.«

»Aber das ist noch nicht alles. Herr Kaufmann hat als Offizier noch eine andere Arbeit verrichtet. Wie Sie vielleicht wissen, werden die Erschossenen in Gruben begraben. Doch noch bevor ...« Er räusperte sich und fragte plötzlich: »Sind Sie Mitglied der NSDAP, Herr Richter?«

»Nein, das bin ich nicht.«

»Über das, was wir hier besprechen, müssen Sie Stillschweigen bewahren«, fuhr Dr. Schwabe schließlich fort. »Offiziell gab es solche Erschießungen nicht, und natürlich betraf es nur Vaterlandsverräter, Bolschewiken und Juden, wenn doch etwas durchgesickert war.«

Hanno nickte.

Der Arzt zeigte ein kleines Lächeln. »Ich bin kein Politiker, ich bin Arzt, und meine Aufgabe ist es, den Menschen zu helfen. Dazu muss ich genau wissen, was vorgefallen ist. Ich werte das nicht, denn auch das ist nicht meine Aufgabe. Ich versuche nur zu helfen.«

»Was kann ich dabei tun?«, fragte Hanno nach, der den Arzt sehr gut verstanden hatte. »Und selbstverständlich werde ich über alles schweigen, was Sie mir in Bezug auf Knut erzählen.«

»Nun, Herr Kaufmann hat mir gestattet, ganz offen mit Ihnen zu reden. Ich komme also auf die Erschießungen zurück, an denen Herr Kaufmann teilnehmen musste. Die Menschen wurden am Rande von ausgehobenen Gruben erschossen, dann fielen sie dort hinein. Die nächsten stellten sich an den Rand und immer so weiter. Allerdings führte nicht jeder Schuss zum Tode. Es gab immer einen Offizier, der hinab in die Grube steigen musste, um den nur Verletzten den Gnadenschuss zu geben. Das war in vielen Fällen Herr Kaufmann. Um an die Verwundeten heranzukommen, musste er buchstäblich über Leichen gehen. Er hörte, wie ihre Knochen unter seinen Stiefeln brachen, er fühlte Bäuche, Rücken, Arme, Beine und Köpfe unter sich. Und das hat bei ihm zu einem Nervenzusammenbruch geführt, der sich nicht mit zehn Tagen Heimaturlaub beheben lässt. Es ist die Erinnerung an die Leichen, über die er treten musste, die seine Beine quasi gelähmt haben. Er kann nicht mehr laufen, aber daran ist die Seele schuld.«

Hanno schluckte. Er konnte kaum fassen, was der Arzt ihm erzählte. Dass sein Freund solch schreckliche Sachen hatte tun müssen. Er selbst hätte bei so einer Aufgabe sicher auch einen Nervenzusammenbruch erlitten.

»Was kann ich tun?«, fragte er erneut.

»Ich kann Herrn Kaufmann nicht länger hierbehalten. Wir sind ein Lazarett, wir kurieren Schussverletzungen, Brüche, Brandwunden. Nichts davon hat Herr Kaufmann, und doch ist er krank.«

»Das heißt, Sie müssen ihn entlassen?«

Doktor Schwabe nickte. »So schnell als möglich. Ich könnte ihn in eine Nervenheilanstalt einweisen, doch das möchte ich aus Gründen, die ich Ihnen nicht nennen kann, verhindern.«

Wieder nickte Hanno. Er war dem Arzt dankbar für diese Entscheidung, denn er wusste von Sabine, wie es in den Anstalten zuging.

»Und Herr Kaufmann kann unmöglich zurück an die Front. Er ist weder kriegstauglich noch arbeitsfähig.«

Hanno seufzte. Knut tat ihm unendlich leid. »Ich werde ihn mitnehmen nach Sacrow, wenn das gestattet ist.«

»Darauf hatte ich gehofft. Allerdings muss Herr Kaufmann betreut werden. Einen Rollstuhl kann ich Ihnen stellen. Aber er wird Hilfe brauchen.«

»Meine Frau und ich werden alles tun, was nötig ist. Wir werden uns um ihn kümmern.«

Der Arzt erhob sich, streckte Hanno die Hand hin. »Herr Kaufmann hatte recht. Sie sind ihm wirklich ein guter Freund. Ich werde die Papiere fertig machen und einen Transport anfordern, der Herrn Kaufmann, Sie und den Rollstuhl nach Hause bringt.«

Kurz darauf saß Hanno im Vorzimmer und trank den Kaffee, den die Vorzimmerdame ihm angeboten hatte. Er hätte erst mit Ute sprechen müssen, aber wie? Telefonisch konnte er sie nicht erreichen. Tief im Inneren wusste er, dass Ute seine Entscheidung unterstützen würde, und das freute ihn in diesem Augenblick von ganzem Herzen.

Sie waren am Mittag zurück in Sacrow. Knut hatte ihm bei ihrem Aufeinandertreffen stumm die Hand geschüttelt, und

Hanno hatte Tränen in seinen Augen gesehen. Während der Fahrt im Ambulanzwagen hatte Knut wortlos aus dem Fenster geblickt. Und jetzt, zurück in seinem Elternhaus, schwieg er noch immer. Hanno blickte sich um.

»Wir müssen einiges ändern«, sagte er. »Wir müssen eine Rampe über die drei Stufen des Eingangs bauen. Damit kann ich heute noch beginnen. Und dann müssen wir die Möbel umräumen. Dein Schlafzimmer muss nach unten. Und Ute sollte für dich einkaufen gehen. Ist dir das alles recht?«

Knut blickte auf. »Ich hätte niemals gedacht, dass ich einmal so bedürftig sein könnte. Aber meine Beine sind das eine Problem, das andere sind die Bilder, die ich nicht aus meinem Kopf bekomme.«

Hanno holte die Packung aus seiner Tasche, die der Arzt ihm mitgegeben hatte. Luminal stand darauf. Das Medikament sollte Knut beim Schlafen helfen, hatte der Arzt ihm erklärt. Hanno gab die Tablettenpackung an Knut weiter. »Nur bei Bedarf«, sagte er dazu, aber Knut schob seine Hand zur Seite.

»Ich möchte das nicht nehmen. Man wird abhängig davon, und dann habe ich noch ein Problem mehr.«

Hanno nickte. Dann holte er ein paar Flaschen Most aus dem Keller, stellte Knut ein Tablett mit Flasche und Glas hin. »Ich komme heute Abend wieder und bringe die Rampe mit. Und die Einkäufe. Wenn was ist, dann melde dich.«

Knut lachte bitter auf.

»Wie denn? Ich habe kein Telefon und komme nicht über die Stufen.«

»Dann schicke ich dir Sabine. Sie ist im Augenblick nicht

so stark beschäftigt. Sie wird dir helfen, dich einzurichten. Ute muss heute mit Heidi zum Kinderarzt nach Potsdam.«

»Hanno?«

»Ja.«

»Kannst du mir Schnaps mitbringen?«

Hanno zögerte. »Der Arzt hat mir berichtet, dass du abhängig warst vom Schnaps. Nun ist dein Körper entgiftet. Du solltest nicht mehr trinken.«

Knut betrachtete seine Hände, die ein wenig zitterten. »Ich ertrage die Welt nicht ohne Schnaps. Ich ertrage das Leben nicht.«

Hanno schluckte. Was sollte er tun? Er verstand Knut, soweit jemand, der seine Erlebnisse nicht teilte, ihn überhaupt verstehen konnte.

»Was außer Schnaps gibt es, das dir das Leben leichter machen könnte?«

Knut lächelte bitter. »Weißt du, dass ich immer an die große Liebe geglaubt habe? Daran, dass sie alle Wunden heilen könnte?«

»Hast du diesen Glauben verloren?«

Knut zuckte mit den Schultern. »Ich weiß es nicht. Ich weiß eigentlich gar nichts mehr.«

Kapitel 32

Am Abend war die Rampe gebaut und angebracht. Im Küchenschrank lagen zwei Nudelpackungen, ein Päckchen Hafer und ein wenig Gerste. Auf dem Tisch in der Kasserolle befand sich ein dickes Stück Hackbraten, in der Schale lagen Äpfel, frisches Brot lag im Kasten, und die Butter stand neben den Eiern in der Vorratskammer. Jetzt im Krieg zahlten manche Kunden in Naturalien. Außerdem gab es noch Bauern im Dorf, die oft ein bisschen Fleisch vom Schlachten übrig hatten und auch mit der Milch nicht geizten. Hühner besaßen die meisten im Dorf.

Als Elvira Richter von Knuts Schicksal hörte, sagte sie nur: »Nun, dann koche ich eben für eine Person mehr.« Damit war alles gesagt. Eugen half Hanno bei der Rampe, und Ute holte Eingemachtes aus dem Keller – Marmeladen, Kompott und Leberwurst. Sabine hatte das Erdgeschoss des Hauses geputzt und würde morgen die Gardinen waschen und die Fenster wienern.

Knut hatte diese Welle der Hilfsbereitschaft stumm über sich ergehen lassen. Doch dann hatte er nach Sabines Hand gefasst und leise zu ihr gesagt: »Ihr rettet mir gerade das Leben, ihr gebt mir den Glauben an den Menschen zurück, und ich werde euch niemals genug dafür danken können.«

»Das musst du auch nicht«, hatte Sabine erwidert. »Wir sind schließlich deine Freunde.«

Ute und Hanno saßen in der Küche zusammen. Hanno hatte eine Flasche Wein aufgemacht. Sie tranken selten Wein. Eigentlich nur zu besonderen Gelegenheiten. Der heutige Tag war ereignisreich und schwer gewesen, doch er hatte Hanno nur noch mehr davon überzeugt, dass es Zeit war, eine Flasche Wein zu öffnen und das zu tun, was ihm schon seit Längerem im Kopf umherging.

Er schenkte zwei Gläser voll und sah Ute an. Natürlich hatte sie sofort ihre Hilfe angeboten. Genau, wie Hanno es erwartet hatte. So war sie. Seine Frau. Seine Ute.

Er räusperte sich und fing an zu sprechen. »Ich muss dir etwas sagen ...«

»Oh! Ist es etwas Schlimmes?«, fragte Ute besorgt.

Da stand er auf, nahm ihr Gesicht in seine Hände, strich ihr mit dem Daumen über die Lippen und sagte mit belegter Stimme: »Ich liebe dich. Dich, Ute Richter, geborene Blaschke.«

Und er versank in ihrem Blick, in dessen Tiefe er etwas lodern sah.

»Und ich liebe dich, Hanno Richter«, sagte Ute leise, und dann begann sie zu weinen.

»Ute? Was ist los? Habe ich etwas falsch gemacht? Komme ich zu spät?«

Hanno strich ihr über das Haar, über den Rücken, hätte so gern ihr Gesicht gesehen, doch sie hatte die Hände davorgeschlagen.

»Es ist nichts«, schluchzte Ute.

Hilflos hielt er sie in seinen Armen und fragte dabei immer wieder: »Was ist mit dir? Ute, bitte, so sprich doch mit mir!«

Schließlich hatte sie sich gefasst. Sie sah ihm ins Gesicht. »Ich habe so lange darauf gewartet, dass du das sagst.«

Hanno schluckte. »Und jetzt hast du festgestellt, dass du nichts dabei empfindest?«

Ute sah ihn noch immer an, hielt seinen unruhigen Blick mit ihren Augen fest. Hannos Herz schlug hart in seiner Brust. Hatte er zu lange gebraucht? Liebte sie ihn nun nicht mehr? Bitte, bitte nicht. Sie hatten es so gut zusammen. Ute und Heidi und er. Ute war ihm eine so wunderbare Gefährtin. Mit ihr konnte er über alles sprechen. Nie verurteilte sie ihn. Im Gegenteil, sie unterstützte ihn, ermunterte ihn und war ebenso für die Familie da wie er. Noch immer blickte sie ihn an, und ihm war, als sehe sie in seine Seele.

»Was sagst du?«, flüsterte er.

Utes Mund verzog sich zu einem Lächeln, in ihren Augen schimmerten Tränen.

»Ich liebe dich auch, Hanno. Aber das weißt du ja. Ich habe so lange auf dich gewartet. Und jetzt bin ich unsagbar froh.«

Ute schlang die Arme um seinen Hals und küsste ihn so leidenschaftlich, dass Hanno sie auf seine Arme hob und die Treppe hoch zum Schlafzimmer trug.

* * *

Sabine fuhr ein weiteres Mal nach Berlin, um die Dohnanyis im Gefängnis zu besuchen. Sie brachte ihnen die Post mit, Zigaretten und Bücher. Mit Christine von Dohnanyi konnte sie sprechen, aber zu deren Ehemann hatte man sie nicht vorgelassen.

»Aber warum nicht?«, hatte sie im Untersuchungsgefängnis in Tegel gefragt. »Wir kommen aus demselben Dorf.«

Wir kommen aus demselben Dorf. Das war viel, aber das verstand dieser merkwürdige Wachmann mit den Sommersprossen im ganzen Gesicht nicht. Dasselbe Dorf, das war beinahe wie Verwandtschaft. Eigentlich sogar noch enger. Sie kannte die Sacrower besser als ihre Großcousine Ingetraud, die in der Nähe von Krefeld lebte. Dasselbe Dorf, das hieß, dass man zusammenhielt und sich gegenseitig half. Das hieß, dass man zusammengehörte und eine gemeinsame Geschichte hatte.

Aber Sacrow hatte sich auch sehr verändert. Früher, als sie noch ein Kind war, da gab es Frau Dr. Grete Ring, die ihr immer den Kopf tätschelte. Es hatte die Redelsheimers, die Stahls, die Kempinskis und Dr. Goldstaub gegeben. Und das Ehepaar Salomon, das ihr immer Bonbons zugesteckt hatte. Jenny Jugo hatte in Sacrow ein Haus gehabt, und Erik Charell. Es hatte Feste gegeben, und ihr schien, als hätte Sacrow damals irgendwie geleuchtet. Voller Leben war der Ort gewesen, voller Lachen. Die Sommergäste hatten dieses Leben aus Berlin mitgebracht und dem kleinen Dorf am Sacrower See ein bisschen Glamour verliehen, wenn am Freitagabend die Berliner Autos durch den Ort fuhren. Im Lebensmittelladen hatte man Neuigkeiten aus der Hauptstadt erfahren, man wusste über die neue Mode Bescheid, und einige der Sacrower Frauen trugen die Haare so, wie es in Berlin üblich war, und man hatte sogar Champagner kaufen können. Sabine kam es vor, als seien diese schönen Zeiten schon eine Ewigkeit her.

Und dann waren plötzlich alle weg gewesen, und ein paar

neue waren gekommen. Der Generalforstmeister Alpers zum Beispiel oder die Familie von Dohnanyi. Sacrow war im Dornröschenschlaf versunken. Dafür, dass Krieg war, ging es ihnen in Sacrow immer noch gut, aber trotzdem fühlte es sich an, als sei etwas Wertvolles und Schönes verloren gegangen.

Jetzt erinnerte das Dorf an einen Baum, dessen leuchtende Blätter abgefallen waren und der nun noch ein wenig braunes, welkes Laub an den Zweigen trug. Und auch die Einheimischen hatten sich verändert. Das Vertrauen untereinander war nicht mehr da. Jeder wusste, dass Wilhelm Blaschke die Post kontrollierte und dass Hirtes Frau im Lebensmittelladen herumspionierte, wer was kaufte. Noch immer konnte man für eine Tasse Mehl zum Nachbarn gehen, aber nun fragte man sich doch, woher der Nachbar dieses Mehl überhaupt hatte.

Seit die Verdunkelung der Fenster angeordnet worden war, war es sogar noch schlimmer geworden. Jeden Abend kontrollierte Blaschke, ob die lichtundurchlässigen Vorhänge angebracht waren, und wehe, jemand hatte vergessen, sie zuzuziehen. Alle achteten darauf, was sie in der Öffentlichkeit sagten. Jeder riss den Arm zum Hitlergruß hoch, wenn der Hirte durch den Ort stiefelte. Es hieß, er wühle manchmal im Abfall nach den Zeitungen vom Vortag und kontrolliere, ob der *Völkische Beobachter* gelesen aussah. Viel konnte er nicht finden, weil die meisten das Blatt zum Feueranzünden benutzten.

Auch das *Café Inselblick* und das *Fährhaus Dr. Faust* wurden nicht mehr so regelmäßig besucht. In diesen Zeiten stand vielen nicht der Sinn nach einem Besuch im Wirtshaus, und die Sacrower blieben lieber zu Hause, denn da konnten sie reden, wie sie wollten, konnten aussprechen, was sie dachten. Nur wenn ein Sacrower Sohn gefallen war, kamen die Leute allesamt zur Beerdigung und trösteten die Mutter, die Witwe, die Schwester.

Der Sommer war vorübergegangen, der Herbst hatte alle Blätter von den Bäumen geschüttelt, und Hans von Dohnanyi war noch immer im Gefängnis. Seine Frau war nach einer Woche aus der Haft entlassen worden, und Sabine hatte ihre Arbeit im Haushalt erneut aufgenommen. Doch die Heiterkeit im Haus war verflogen. Noch immer kamen an den Wochenenden Gäste, noch immer blieben manche für ein paar Wochen. Barbara, Klaus und Christoph waren ein Jahr älter geworden. Sie besuchten noch immer das Gymnasium in der Benediktinerabtei Ettal und kamen nur selten nach Hause.

Die Bombenangriffe auf Berlin nahmen zu. Sabine fürchtete sich allein mit Blümchen in ihrem Haus und schlief jetzt immer öfter bei ihren Eltern. Jeden Abend kontrollierte Elvira die Verdunkelung. Sobald Blümchen schlief, saßen sie zusammen vor dem Radioapparat.

Im September hatten die Alliierten Italien besetzt, das wussten die Richters von der BBC. In Russland zogen sich die deutschen Truppen immer weiter zurück, und immer stärker betonte der englische Radiosender, dass Hitler den Krieg verloren hatte. Nur der Großdeutsche Rundfunk verbreitete weiter Siegesparolen.

Eines Abends hörten sie im Radio von den bevorstehenden Bombenangriffen: »Mehrere Bombengeschwader über Hannover und Braunschweig Richtung Berlin.«

Und schon drehte der Metzgermeister Großkopf die Sirenenkurbel und gab den Voralarm bekannt. Schnell holte Elvira Blümchen aus dem Bett und setzte sich mit der Kleinen und ihrem Mann in den Keller. Sabine aber hastete zu Knut. Sie half ihm aus dem Rollstuhl, und er ließ sich auf dem Hintern Stufe für Stufe die Kellertreppe hinunter. Anfangs hatte Knut bei jedem Bombenalarm gezittert, und Sabine hatte ihn so fest gehalten, wie sie nur konnte. Und dann, wenn die Entwarnung gekommen und Knut sich wieder auf dem Hintern Stufe für Stufe nach oben gearbeitet hatte, hielt sie ihm noch ein paar Minuten die Hand, ehe sie zurück in ihr Elternhaus ging. Manchmal konnte sie auf dem kurzen Rückweg die Rauchschwaden über der Hauptstadt sehen und den Qualm riechen.

Es wurde bald zur Gewohnheit, dass Sabine sich jeden Tag nach der Arbeit zu Knut begab. Häufig traf sie dort Hanno und Ute.

»Es scheint ihm besser zu gehen«, sagte Ute in einem unbeobachteten Moment in der Küche und griff kurz nach Sabines Hand. »Du tust ihm gut. Du und natürlich Elviras Essen.«

»Ich mag Knut«, erklärte Sabine. »Ich habe ihn schon immer gemocht.«

»Hast du ihn einmal laufen sehen?«, fragte Ute weiter.

»Laufen? Nein, er sitzt immer im Rollstuhl.«

»Hanno übt jeden Tag mit ihm. Er hat ihm zwei Krücken gebaut. Hast du das noch nicht gesehen?«

»Nein!« Sabine war verblüfft. »Das hätte er mir doch erzählen können.«

Ute zuckte mit den Achseln. »Vielleicht schämt er sich deswegen.«

»Und? Macht er Fortschritte?«

»Manchmal schafft er ein, zwei Schritte, aber Laufen kann man das nicht nennen. Es sind ja auch nicht seine Beine, es ist seine Seele.«

Sabine nickte und lächelte ihre Freundin an. Sie erzählte Ute viel, auch Dinge, die sie sonst niemandem anvertraute. Nicht einmal ihrem Bruder. Aber wie sehr sie Knut mochte, wusste niemand. Sie und Knut konnten stundenlang miteinander reden. Sabine vertraute ihm ihre geheimsten Gedanken an, und Knut sprach ebenfalls über Dinge, die er sonst keinem erzählte. Am Wochenende fuhr sie ihn manchmal spazieren. Er saß im Rollstuhl, Blümchen auf dem Schoss, und Sabine schob. Es war ihr egal, ob Knut laufen konnte oder nicht. In seiner Nähe fühlte sie sich einfach glücklich.

Doch abends lag sie manchmal lange wach und dachte an Siegfried. Was er wohl machte? Sie hatte lange keine Post mehr von ihm bekommen. Der letzte Brief war im September aus dem südöstlichen Polen, aus Sobibor, gekommen. Siegfried schrieb, dass es ihm gut gehe. Seine Arbeit sei nicht besonders anstrengend. Doch was er dort tat, das schrieb er nicht. Dafür berichtete er von Feiern, die die SS in Sobibor durchführte, von Gelagen, von einem Tanzabend. Sabine hatte den Eindruck, dass er sich dort wohlfühlte. Nie schrieb er, dass er sie vermisste. Nur nach Blümchen erkundigte er sich jedes Mal. Und einmal hatte er geschrieben, dass ihm die Landschaft ringsum sehr gefiel. Der Boden wäre gut, und er könnte sich vorstellen, nach dem Krieg dortzubleiben. Sabine vermutete, dass er eine Freundin hatte. Eine hübsche junge

Polin vielleicht, denn es hieß ja immer, die Polinnen wären besonders hübsch.

Und dann kam die Nacht zum Heiligen Abend. Es hatte den ganzen Tag keinen Alarm gegeben, und alle hofften, dass die Alliierten eine weihnachtliche Waffenruhe halten würden. Doch gegen 3 Uhr am frühen Morgen drehte Großkopf die Kurbel seiner transportablen Sirene und weckte damit ganz Sacrow. Seufzend erhob sich Ute, hob die kleine Heidi aus dem Bett, während Hanno ein paar Decken griff. Im Keller saßen sie dicht beieinander. Bislang hatten sie immer Glück gehabt, und die Bomber hatten Sacrow verschont. Heute aber dröhnte es ununterbrochen über ihnen.

»Hörst du das?«, fragte Ute und klammerte sich an Hanno. »Hörst du die vielen Bomber? Es sind viel mehr als sonst. Und sie sind genau über uns.«

Hanno drückte ihre Hand.

»Es wird nichts passieren. Wir sind ja ein Stück von Berlin entfernt.«

Und dann krachte es. Ute schrie auf, klammerte sich noch fester an Hanno und hielt Heidi geschützt zwischen ihren Körpern. Und wieder krachte es. Das ganze Haus wackelte, und die Einmachgläser klirrten aneinander.

»Heute sind wir dran«, rief Ute ängstlich. »Heute geht es uns an den …«

Sie konnte den Satz nicht zu Ende sprechen, denn dieses Mal krachte es so laut, dass sie ihr eigenes Wort nicht verstehen konnte. Staub rieselte von der Decke, Großkopfs Sirene heulte, Brandgeruch drang in den Kellerraum, das Licht flackerte und verlosch dann ganz.

»Wir müssen hier raus«, schrie Ute in Panik, doch Hanno drückte sie fest an sich.

»Wir bleiben hier.«

Als es das nächste Mal krachte, fiel auch der Putz von der Decke. Der Brandgeruch wurde stärker.

»Ich kann das Feuer hören. Hörst du auch, wie die Flammen knistern?«, flüsterte Ute.

Hanno antwortete nicht. Er hatte kein Zeitgefühl mehr, wusste nicht, wie lange der Angriff schon dauerte. Waren es Minuten, oder waren bereits Stunden vergangen? Es war so dunkel im Keller, dass er seine Uhr nicht erkennen konnte. Und wieder knallte es. Er glaubte, jemanden schreien zu hören, und hoffte, dass Ute es nicht auch wahrgenommen hatte. Sie lag in seinen Armen und zitterte am ganzen Körper. Heidi war aufgewacht und weinte, und Ute drückte sie an sich und streichelte ihren Rücken.

Endlich – es kam Hanno wie eine Ewigkeit vor – schienen die Bomber abzudrehen. Kurz darauf beendete Großkopf den Alarm. Mit steifen Knien und mit Putzstückchen auf den Schultern und im Haar kletterten die drei Richters die Stufen empor. Doch sie konnten die Kellertür nicht öffnen. Etwas lag davor und war so schwer, dass Hannos Kraft dafür nicht ausreichte.

»O Gott«, jammerte Ute. »Unser Haus ist getroffen worden.«

Hanno drehte sich um, strich seiner Frau eine Strähne aus dem Gesicht und tätschelte Heidi, die sich eng an ihre Mutter geschmiegt hatte, den Kopf.

»Wir sind am Leben, Ute. Wir leben noch. Das ist das Wichtigste.«

Jetzt lächelte sie ein kleines bisschen. »Ja, Hanno, das ist das Wichtigste.«

* * *

Erst am nächsten Morgen, als die Sonne bereits aufgegangen war, konnten sie das ganze Ausmaß der Schäden sehen. In der Nacht hatten sie sich mühsam aus Schutt und zerborstenen Ziegeln gewühlt, waren schmutzig und erschöpft hinüber zu Hannos Eltern gegangen und hatten sich dort noch für zwei Stunden schlafen gelegt.

Die anderen Sacrower Häuser hatten zum Glück nichts abbekommen, niemand war verletzt worden. Jetzt standen sie alle vor dem ehemaligen Haus der Familie Blau. Eine Bombe war im Garten eingeschlagen, hatte die Hütte mit den Werkzeugen zerstört und auch Heidis Schaukel vom Apfelbaum gerissen. Eine weitere hatte das Wohnzimmer getroffen und ein rund zwei Meter großes und breites Loch hinterlassen. Ute konnte von der Straße aus in ihr Wohnzimmer sehen. Ziegelsteine lagen auf dem Sofa, der Tisch war umgestürzt, die Vorhänge wehten nach draußen.

»So schlimm ist es nicht«, erklärte Eugen Richter. »Wir sammeln die Steine, klopfen sie ordentlich ab und schließen damit das Loch. Dann kommt Putz drauf.«

»Woher sollen wir den Putz bekommen?«, fragte Hanno angespannt. Er sah, dass der Weihnachtsbaum, den sie gestern Abend zusammen geschmückt hatten, umgekippt war.

»Mach dir keine Sorgen, ich habe noch zwei Säcke. Wollte immer mal die Gartenhütte ausbessern«, erklärte Eugen.

»Kann ich hinein und ein paar Sachen holen?«, wollte Ute

wissen. Sie hielt sich tapfer, aber der Schrecken stand ihr ins Gesicht geschrieben.

Eugen ging näher an das Haus heran, schaute auf das Loch. »Ich denke nicht, dass Tragbalken getroffen wurden. Aber zur Sicherheit sollten wir hinten den Eingang zur Küche benutzen. Hanno, wir beide gehen hinein. Ute, was brauchst du aus dem Haus?«

Elvira knüllte ein Taschentuch in der Hand zusammen. Als die Männer mit Koffern und Bettdecken wieder herauskamen, atmete sie auf.

»Na, dann kommt mal alle mit zu uns. Blümchen schläft mit Sabine in deren altem Kinderzimmer, Hanno und Ute zusammen mit Heidi in seinem alten Kinderzimmer. Hanno, du holst ein paar Stühle aus der alten Scheune, die einmal bestellt, aber nie abgeholt worden sind. Ich suche euch frische Bettwäsche und Handtücher heraus.«

Kaum hatte sie zu Ende gesprochen, kamen die Blaschkes die Straße heraufgeeilt. Margot Blaschke hatte dunkle Ringe unter den Augen, war aber trotzdem mit Gold und Perlen geschmückt. »Das trage ich immer bei mir«, sagte sie stets. »Ganz gleich, wo ich bin. Was ich habe, das habe ich.«

»O mein Gott, Ute!«, rief sie. »Ist euch etwas passiert?«

»Nein, Mama, alles ist gut. Da ist nur ein Loch, und das kann man reparieren.«

»O Gott, o Gott«, jammerte sie. »Die schönen Möbel. Und das ganze teure Geschirr. Das ist ja gar nicht wiederzubeschaffen.«

»Macht nichts, Margotchen. Wir geben ihnen einfach unser gutes Geschirr und das Besteck aus dem Kasten im Wohnzimmer«, erklärte Wilhelm Blaschke. Dann wandte er sich an Eugen. »Wollen wir gleich anfangen mit dem Loch? Oder sollen wir erst die Balken prüfen?«

* * *

Sie hatten alle zusammen Weihnachten gefeiert: Elvira, Eugen, Sabine, Blümchen, Hanno, Ute, Heidi und Knut. Sie hatten Weihnachtslieder gesungen, Kartoffelsalat und Würstchen gegessen. Blümchen hatte ein Puppenhaus bekommen, das ihr Opa gebaut hatte, und Heidi einen kleinen hölzernen Puppenwagen zum Schieben. Trotz der schrecklichen Ereignisse am Heiligen Abend wurde es doch noch ein schönes Weihnachtsfest. Alle waren froh, dass nichts Schlimmes passiert und keiner verletzt worden war. Die Schäden am Haus ließen sich reparieren.

Silvester hatten die jungen Leute bei Knut verbracht, und als es Mitternacht war, hatte Sabine Knut auf den Mund geküsst. Und Knut, überrascht und freudig, hatte seine Hände um ihr Gesicht gelegt und den Kuss erwidert.

Kapitel 33

Sacrow, 1944

Im Januar befreite die Rote Armee Leningrad von den deutschen Truppen, der Rückzug der Deutschen aus der Ukraine begann, und die Ostfront brach zusammen. Die Bombenangriffe auf Berlin nahmen weiter zu.

Kartoffeln waren teurer geworden und kosteten jetzt 90 Pfennig pro Kilogramm, genau wie ein Liter Milch. Ein Ei war für 85 Pfennige zu haben, und für Kohlen musste man 8,50 Reichsmark für zehn Kilo bezahlen.

Sabine erhielt die beiden Briefe Anfang März. Sie mussten wochenlang unterwegs gewesen sein, das Papier war zerknickt und schmutzig, die Anschrift kaum lesbar. Ein Wunder, dass sie sie überhaupt bekommen hatte. Ihre Hände zitterten, als sie den ersten öffnete und las: »Gefallen für Volk und Vaterland.«

Sie ließ das Blatt sinken. Siegfried, ihr Ehemann, war tot. Siegfried, mit dem sie verheiratet gewesen, aber nie als Ehepaar zusammengelebt hatte. Siegfried, der ihr Schlimmes angetan hatte und den sie nie geliebt hatte. Sie wartete auf ein bestimmtes Gefühl. Trauer. Oder Erleichterung. Irgendwas. Aber sie fühlte nichts. Gar nichts.

Blümchen würde also ohne Vater aufwachsen. Dann war

es eben so. Knut füllte diese Rolle sowieso besser aus, als es Siegfried je getan hatte. Knut fuhr mit ihr im Rollstuhl spazieren. Knut las ihr vor. Und das Wichtigste: Knut war da. Für sie und für ihr Kind.

Sabine legte den Brief zur Seite und überlegte, ob sie etwas tun musste. Hatten die Hirtes auch einen solchen Brief bekommen, oder ging man bei den Behörden davon aus, dass sie seine Eltern informierte? Musste man sich auf irgendeinem Amt melden? Eine Anzeige in die Zeitung setzen, einen Trauergottesdienst abhalten? Sie wusste es nicht, aber sie hatte auch nicht die geringste Lust, zu Erna und Rudolph zu gehen. Seit Siegfried weg war, waren die Hirtes nicht ein einziges Mal da gewesen, um nach Blümchen zu sehen. Das Geschenk zu ihrem Geburtstag hatte vor der Tür gelegen. Ohne Nachricht, ohne Karte. Und an Weihnachten hatten sie Blümchen eine Puppe einfach in der Kirche übergeben. Sie hatte die Hirtes nicht vermisst, und Blümchen wohl auch nicht.

Sie öffnete den anderen Brief. Er war mit der Hand geschrieben, die Bleistiftbuchstaben an manchen Stellen kaum zu erkennen. Nur das Datum war deutlich zu lesen: 30. Oktober 1943. Sie stellte sich näher ans Fenster, um die Worte besser entziffern zu können.

Sehr geehrte Frau Hirte,

mein herzliches Beileid zum Tode Ihres Mannes Siegfried, der mir in unserer gemeinsamen Zeit hier in Sobibor ein enger und treuer Freund geworden war.
Sicher interessieren Sie die genauen Umstände seines Todes, und ich will Sie nicht im Unklaren darüber lassen.

Es gab einen Aufstand in unserem Konzentrationslager. Am 14. Oktober fand sich eine Gruppe von gefangenen Untermenschen zusammen, die etliche Wachmänner erschlugen. Zu meinem größten Bedauern war auch Ihr Mann darunter. Wir haben ihm ein ordentliches christliches Begräbnis auf dem Friedhof in Sobibor bereitet. In der Hoffnung, dass Ihnen mit diesem Brief geholfen ist, verbleibe ich mit freundlichen Grüßen

Ihr
Anton Dietze

Sabine legte den Brief zur Seite. Er hatte also in einem der Konzentrationslager gearbeitet. Und war von den Gefangenen getötet worden. Was sollte sie dazu sagen? Was fühlen? Sie hatte ihm nichts Schlechtes gewünscht. Und nun war er tot. Sie hatte sich schon lange an seine Abwesenheit gewöhnt und hatte ihn nicht vermisst. Ihr Leben war leichter gewesen ohne ihn. Aber seinen Tod hatte sie nicht gewollt. Nur, dass er vielleicht im Osten blieb und dort ein neues Leben ohne sie begann. So, wie er es sich auch gewünscht hatte.

* * *

Die Stimmung beim sonntäglichen Mittagessen war schlecht. Blaschke erzählte, dass es im Reichssicherheitshauptamt unruhig geworden war. Immerzu fanden Besprechungen statt. Anordnungen wurden erlassen und wieder zurückgenommen. Die Haftzellen waren allesamt belegt, und täglich kamen neue Häftlinge hinzu, die einige Tage blieben und dann in andere Gefängnisse geschickt wurden.

»Wenn es heißt, einer geht nach Plötzensee, dann heißt das, dass er hingerichtet wird. Und ich habe schon viele Fahrten dorthin organisieren müssen. Jetzt, wo der Endsieg auf dem Spiel steht, trennt sich die Spreu vom Weizen.« Er hielt inne, fuchtelte mit der Gabel herum. »Jetzt zeigt sich, wer wirklich hinter Führer und Vaterland steht und wer nur auf Kosten unserer Partei Karriere machen wollte.«

»Was ist mit der Wunderwaffe? Der V2?«, fragte Hanno.

»Alles streng geheim. Nicht einmal ich weiß etwas Genaues. Fest steht, dass sie kommt. Darauf kannst du dich verlassen. Der Führer hat noch immer alle Fäden in der Hand, auch wenn die ausländischen Radiosender das Gegenteil behaupten.«

»Tun sie das?«, fragte Hanno beiläufig.

»Und ob! Die BBC ist ein einziger Hetzsender.«

»Nun redet doch nicht immer über Politik«, beschwerte sich Margot. »Da sind wir schon mal zusammen, und ihr redet über den Krieg.« Sie schüttelte den Kopf und spitzte die Lippen. »Das Leben ist schwer genug.« Sie drehte sich zu ihrer Tochter und fragte: »Was gibt es bei dir Neues?«

»Nicht viel, Mutter. Ich beaufsichtige die Kinder derer, die arbeiten müssen, und verdiene damit ein paar Mark. Heidi lernt, mit anderen Kindern auszukommen. Und Blümchen war jetzt auch ein paarmal da.«

»Sabines Blümchen? Ich habe schon lange gedacht, dass Elvira ganz schön klammert. Das ist nicht gut für das Kind.«

»Sie klammert nicht. Sie hilft Sabine«, erwiderte Ute mit entschiedener Stimme. »Und jetzt kommt die Kleine ja vormittags zu uns. Ich gehe mit den Kindern im Wald spazieren, zeige ihnen die Bäume und die Pflanzen. Dann lese ich ihnen vor, und wir spielen gemeinsam.«

»Das klingt, als machte dir das Spaß«, stellte Wilhelm Blaschke fest, der in den letzten Jahren sichtlich ergraut war.

»Das tut es auch. Auch aus Groß Glienicke bringen die Frauen ihre Kinder. Nur ist unser Haus eigentlich zu klein dafür. Ich habe derzeit acht Kinder in Betreuung, da wird es eng. Besser wäre es, wenn die Gemeinde ein ganzes Kinderhaus zur Verfügung stellen würde.«

»Das ist nicht nötig. Kinder gehören zur Mutter. Zugegeben, im Augenblick müssen unsere tapferen Frauen viel leisten, weil die Männer fehlen, aber nach dem Endsieg könnt ihr alle wieder zurück nach Hause und euch um euren Nachwuchs kümmern.«

Ute lächelte ein winzig kleines Lächeln. »Und wenn wir das gar nicht wollen?«

»Was?« Wilhelm Blaschke richtete sich auf und zeigte mit dem Messer auf Hanno. »Denkst du vielleicht, deinem Mann wird es gefallen, dass kein Essen auf dem Tisch steht, wenn er von der Arbeit nach Hause kommt? Denkst du, er wäscht dann am Samstag die Wäsche oder geht einkaufen?« Blaschke lachte lauthals.

»Würde mir nichts ausmachen«, erklärte Hanno. »Ich tue alles, um Ute glücklich zu machen.«

Er blickte zu seiner Frau, die lächelte und über den Tisch nach seiner Hand griff.

»Ach, neue Moden«, knurrte Blaschke. »Das wird der Führer nicht zulassen. Und für Heidi wäre es auch nicht gut. Soll sie etwa ihren Vater für einen halten, der unter dem Pantoffel steht?«

»Das wird sie nicht, weil ich nicht unter Utes Pantoffel stehe und sie nicht unter meinem. Wir entscheiden zusammen, arbeiten zusammen und planen zusammen.«

»Oho! Das sind ja ganz neue Töne!« Blaschke grinste hämisch. »Macht einen auf große Liebe oder was?«

Ute nickte. »Freust du dich etwa nicht darüber?«

»Doch, doch. Ich will ja auch, dass du glücklich bist, aber du solltest auch wissen, dass du diese Ehe nur mir zu verdanken hast.«

Ute blickte von ihrem Vater zu Hanno. »Was heißt das?«, wollte sie erfahren.

»Nun, das heißt, dass ich ihn gezwungen habe, mit dir auszugehen, und dein lieber Hanno hat eingewilligt, denn sonst hätte ich dafür gesorgt, dass er in ein Lager kommt.«

»Ich habe es geahnt, aber immer gehofft, dass mich diese Ahnung trügt!« Sie sah ihren Mann an.

»Doch, es ist wahr. Leider«, erklärte Hanno. »Aber ich habe sehr schnell gemerkt, dass ich dich gern mag. Ja, es war so, dass ich dich bei jedem Treffen lieber mochte und sehr gern freiwillig mit dir zusammen war.«

»Und die Verlobung am Heiligen Abend? Hat die ebenfalls mein Vater befohlen?«

Hanno nickte.

»Du hast mich also all die Jahre belogen und betrogen?«

»Ja, aber jetzt liebe ich dich.«

»Weißt du eigentlich, dass dein lieber Mann noch kurz vor eurer Hochzeit Briefe an seine geliebte Jüdin geschrieben hat? Ich habe gesehen, wie er ihn eingeworfen hat. Die Adresse steht mir bis heute vor Augen: Kimberley Road.« Wilhelm grinste triumphierend, und Hanno schloss die Augen.

»Ich habe den Brief nicht in den Kasten geworfen«, erklärte er.

»Mein Vater hat es doch gesehen! Wer weiß, wie oft du ihr geschrieben hast, seit wir verheiratet sind!« Ute erhob sich und warf die Serviette neben ihren Teller. Dann verließ sie das Wohnzimmer, und wenig später knallte die Tür ins Schloss.

»Na toll!« Margot Blaschke warf ihre Serviette ebenfalls neben den Teller, als wäre das ein eingeübtes Ritual. »Das hast du ja prima hingekriegt.«

Blaschke zuckte mit den Schultern. »Eines Tages wäre es ja doch herausgekommen. Die Wahrheit gelangt immer ans Licht.«

»Ich gehe ihr nach«, sagte Hanno und erhob sich. »Passt ihr derweil auf Heidi auf?«

Margot Blaschke streckte ihre beringte Hand nach Hanno aus. »Lass sie. Sie braucht jetzt ein wenig Zeit für sich.«

Wenig später machte sich Hanno mit Heidi auf den Heimweg. Er trug seine Tochter auf dem Arm und hielt nach Ute Ausschau. Sein Herz schlug einen raschen Takt, und er musste zugeben, dass er ein wenig Angst hatte. Natürlich war Ute verletzt. Was denn sonst?

Er wartete den ganzen Nachmittag und den ganzen Abend auf sie. Er überlegte, ob er sie suchen sollte. Oder war es besser, ihr Zeit zu lassen? Er hatte keine Ahnung. Er hätte seine Eltern gern um Rat gefragt, aber er konnte Heidi nicht allein lassen.

Endlich hörte er ihren Schlüssel in der Haustür und eilte in den Flur. Ute stand mit rot geweinten Augen vor ihm.

»Es tut mir leid. Es tut mir so unendlich leid. Das musst du mir glauben«, sagte er.

»Mir tut es auch leid. Das habe ich nicht verdient«, erwiderte sie und ging grußlos an ihm vorbei. Sie holte das Bettzeug aus dem Schlafzimmer und brachte es in Heidis Zimmer, in dem noch eine Liege stand, auf der sie beim Stillen immer gesessen oder gelegen hatte.

»Bitte, Ute. Hör mich an. Lass uns darüber reden«, bat Hanno.

»Was gibt es da zu reden?«, fragte sie.

»Dein Vater hat mich erpresst, Ute.«

»Und das macht es besser? Das verletzt meine Gefühle weniger?«

»Ute, ich liebe dich.«

In Hannos Gesicht stand Verzweiflung.

»Ach ja? Und das soll ich dir glauben?«

»Ich habe dir nie etwas vorgemacht, was meine Gefühle betraf.«

Sie lachte bitter auf. »Ja, da hast du wirklich recht.« Dann schlug sie die Hände vor das Gesicht. »Wie konnte ich nur so dumm sein?«

Hanno wollte zu ihr gehen, sie in den Arm nehmen, aber Ute stieß ihn von sich und zischte: »Fass mich nicht an!«

Damit drehte sie sich um und verschwand in Heidis Zimmer.

In den nächsten Tagen und Wochen tat Hanno alles, um Ute zu zeigen, dass es ihm leidtat. Er kaufte ihr Blumen. Er zupfte Unkraut in ihrem Küchengarten. Nach dem Abendbrot, das schweigend eingenommen wurde, wusch er das Geschirr ab. Er brachte ihr ein Kissen, wenn sie im Wohnzimmer auf der Couch saß. Doch nichts half. Ute sprach nur das Allernötigste mit ihm, und er sah an ihrem blassen Gesicht und den Ringen unter den Augen, dass es ihr schlecht ging. Und er war schuld daran.

»Ute, bitte rede mit mir!«, bat er von Tag zu Tag verzweifelter.

Aber Ute presste die Lippen aufeinander und wandte sich ab. Sie ging auch sonntags nicht mehr zum Essen zu ihren Eltern. Sie war auf ihren Vater ebenso wütend wie auf ihren Ehemann.

Schließlich, es war bereits Mai, und der Garten war übervoll von Blumen und Insekten, schrieb er ihr einen Brief:

Meine geliebte Ute,

es tut mir so unendlich leid, dir wehgetan zu haben. Das wollte ich nie. Das, was ich getan habe, ist nicht wiedergutzumachen. Das weiß ich. Ich sehe dein blasses Gesicht, deine kummervolle Miene, und es bricht mir das Herz, dich so zu sehen. Was kann ich tun? Ich liebe dich und möchte keinen Tag ohne dich sein. Du bist mein Ein und Alles, meine Geliebte, meine Freundin, meine Gefährtin, die Mutter meiner Tochter. Ich habe solche Angst, dich zu verlieren. Denn eines weiß ich ganz sicher: Ich liebe dich mit ganzem Herzen.
Bitte zeig mir einen Weg, der dich davon abhält, mich zu verlassen, auch wenn ich es hundertmal verdient habe.

Dein Hanno

Er seufzte, dann legte er den Brief auf den Küchentisch.

Ute musste den Brief gelesen haben, denn plötzlich sprach sie wieder mit Hanno. Zwar nur über Alltagsdinge, aber er wertete das als Zeichen, dass sie sich einander wieder annäherten.

Und eines Abends lächelte sie ihn an. Es war das schönste Lächeln, das Hanno je gesehen hatte.

Epilog

Am 6. Juni 1944 landeten die Alliierten in der Normandie. Kurz darauf erhielt Hanno ein Schreiben und musste sich bei der Wehrkreisstelle des Landespolizeibezirks Potsdam melden. Die Vorstellung dauerte nur wenige Minuten. Ein Mann in Uniform betrachtete ihn von oben bis unten, dann nickte er und sagte: »Kriegstauglich. Melden Sie sich in Zimmer 121, um zu erfahren, wo sie eingesetzt werden.«

Hanno schluckte. Er hatte immer vermutet, dass er nicht vom Krieg verschont bleiben würde, aber er hatte gehofft. Und nun musste er an die Front. In Zimmer 121 erhielt er einen Stellungsbefehl, der ihn für den 21. Juni 1944 an die Sammelstelle Potsdamer Bahnhof beorderte.

Das war nicht mehr lang. Das war in gerade mal einer Woche. Eben erst hatten Ute und er sich wieder angenähert, und nun das. Er hatte Angst. Er wollte nicht sterben. Wer von den Soldaten wollte das schon? Aber noch mehr Angst hatte er davor, Dinge tun zu müssen, wie Knut sie getan hatte.

Er fuhr mit dem Fahrrad zurück in sein Dorf. Eigentlich wollte er zuerst zu seinen Eltern fahren, doch dann überlegte er es sich anders und fuhr nach Hause zu Ute.

»Ich werde eingezogen«, sagte er und fühlte sich elend.

Ute nahm sein Gesicht in beide Hände und küsste ihn.

»Ich werde auf dich warten. Was denn sonst? Und du versprichst mir, dass du wiederkommst. Zurück nach Sacrow. Zurück zu mir.«

Hanno schwor sich, niemanden umzubringen. Egal, was geschah. Er hatte Knut vor Augen, seine Qual. Und er wollte nicht schuldig sein am Tod anderer.

Doch sobald er die Uniform angezogen hatte, verwandelte er sich in einen anderen Menschen. So wie alle seine Mitstreiter auch. Er fluchte, er spuckte auf den Boden, er rauchte wie eine Dampflok, lachte über zotige Witze. Er hasste die Person, die er in Uniform war, aber anders ließ sich die Angst vor dem Tod nicht in Schach halten.

Sie alle taten so, als könnten sie die Alliierten aufhalten, den Krieg doch noch zum Sieg führen. Sie bezeichneten die Franzosen als elende Froschfresser und fuchtelten mit ihren Gewehren herum. Doch sie alle hatten Angst. Sie hatten den Krieg schon so lange überlebt, dass sie nicht in den letzten Tagen noch getötet werden wollten.

Sie nahmen sich in den französischen Dörfern, was sie brauchten. In einem Haus griff Hanno sich ein Stück Brot von einem Tisch und sagte dabei kein Wort zu den verschreckten und verängstigten Bewohnern, die gerade bei einem spärlichen Mahl saßen. Was hätte er ihnen auch sagen sollen? Dass er auch Hunger hatte? Dass er auch Angst hatte?

Er stahl Hühner, Eier, nahm sich eine volle Milchkanne vor einem Haus. Sein Kumpan Karl ging in jedes Schlafzimmer und durchwühlte dort die Schubladen.

»Ohne ein bisschen Schmuck brauche ich gar nicht nach Hause kommen, hat meine Alte gesagt.« Karl lachte heiser und stopfte sich ein paar goldene Ketten und Ringe in seine Uniformtasche. »Spitzen wollte sie auch noch und Kleider. Sie denkt, ich bin auf einer Einkaufsfahrt.«

Hanno nickte nur und dachte an Ute, die sich nichts anderes gewünscht hatte, als dass er gesund nach Hause käme. Im Unterschied zu Karl nahm er nur, was er zum Leben, zum Überleben, brauchte. Der Volkssturm war abgeschnitten von den Truppentransportern mit dem Proviant. Der Volkssturm taumelte durch das Kriegsgebiet. Der Volkssturm, das war das letzte Aufheulen vor der Niederlage.

Schon bald hatten die französischen Truppen sie eingeholt, und Hanno kam im Oktober 1944 in Gefangenschaft. Hier konnte er Ute endlich schreiben und Briefe von ihr empfangen. Sie war froh, schrieb sie, ihn in Gefangenschaft zu wissen. Jetzt konnte er nicht mehr getötet werden. Und Hanno war froh, dass er niemanden getötet hatte.

* * *

Wilhelm Blaschke beobachtete das Heranrücken der Russen auf Berlin mit größter Genauigkeit. Er blieb dem Reichssicherheitshauptamt fern, er hatte sich krankgemeldet. Wenige Tage, bevor die Sowjetarmee im April 1945 Sacrow erreichte, floh er nach Westen und kam nie zurück. Margot verbrannte weinend seine Uniform im Garten, nahm das Hitlerbild von der Wand im Wohnzimmer und hängte eine weiße Fahne aus dem Fenster.

Rudolph Hirte, *SS-Hirte*, lugte Tag und Nacht aus dem Fenster, um bereit zu sein, wenn die Russen kamen. Er war bereit, allein gegen sie zu kämpfen. Nach dem Tod seines Sohnes waren seine Treue zum Führer und sein Hass auf alle Vaterlandsfeinde nur noch größer geworden. Als die russischen Soldaten dann kamen, lachten sie über ihn, und Hirte hielt sich das Gewehr unter sein Kinn und schoss.

Eugen Richter blieb ruhig und schreinerte Särge auf Vorrat. Elvira stand mit Blümchen und Heidi neben Ute auf der Straße, als die ersten Panjewagen durch Sacrow rollten. Die Rotarmisten waren schäbig gekleidet, doch sie sangen laut und reichten Ute und Elvira Zigaretten mit langen Papphülsen, die sie Papirossi nannten, und streichelten die Köpfe der kleinen Mädchen.

Sabine blieb unterdessen bei Knut, der eine wahnsinnige Angst vor den Russen hatte. Schließlich war er kein unschuldiger Kriegsgegner. Aber die Russen reichten ihm die Hand, klopften ihm auf die Schulter und machten ihn zum Bürgermeister von Sacrow.

»Du kein Feind«, sagten sie. »Du Opfer.«

Sie quartierten sich im Schloss ein – wo der Generalforstmeister Alpers geblieben war, wusste niemand – und holten sich den selbst gebrannten Schnaps aus den Scheunen.

Hans von Dohnanyi wurde am 5. April 1945 wegen Hochverrats zum Tode verurteilt. Das Urteil wurde am 9. April im KZ Sachsenhausen vollstreckt. Christine von Dohnanyi wurde über den Tod ihres Mannes nicht informiert. Sie suchte ihn in allen Haftanstalten vergebens. Erst Monate später erfuhr sie von der Hinrichtung ihres Mannes.

Grete Ring emigrierte nach Amsterdam und ging 1938 nach London, wo sie eine Galerie eröffnete. Diese wurde 1940 Opfer der deutschen Luftangriffe. Sie arbeitete als Kunsthändlerin und Mäzenin und schrieb Artikel über Kunst.

Sie verstarb 1952 während eines Krankenhausaufenthaltes in der Schweiz.

Stefanie Blau und ihre Eltern gingen an Bord des letzten Schiffes, das von Lissabon in Richtung Amerika aufbrach. In Boston wurden sie von Rachel Blaus Tante aufgenommen. Schon nach einem Monat konnten sie ein kleines Häuschen in Cambridge beziehen. Nathan Blau fand Arbeit in einem Bostoner Krankenhaus. Rachel Blau verkaufte Kleider in einer teuren Boutique, und Stefanie begann ein Studium der Kunstgeschichte, das sie später dazu befähigte, eine Galerie zu leiten.

Eines Tages würde sie nach Deutschland zurückkehren. Nicht, um dort zu leben, sondern um ihr Brautkleid von Chanel abzuholen, das wohlbehütet im Schrank neben dem Brautkleid von Elvira Richter hing.

Wahrheit und Fiktion

Liebe Leser:innen,

nicht alles in diesem Roman hat sich so zugetragen, wie ich es beschrieben habe, und nicht alles ist erfunden.

Frau Dr. Grete Ring, die Kempinskis, die Stahls, die Redelsheimers, Jenny Jugo, der Generalforstmeister Alpers und natürlich die Familie von Dohnanyi gab es tatsächlich. Bei diesen Personen habe ich mich weitestgehend an die historischen Überlieferungen gehalten und sie so in den Roman eingebracht, wie sie in den Quellen beschrieben worden sind.

Die Familie Richter, die Blaus, Siegfried, Knut, die Blaschkes und die Hirtes hat es so nicht gegeben, aber sie hätten wohl so oder so ähnlich in Sacrow leben können.

Sacrow hat den Krieg einigermaßen gut überstanden. Der Gärtner Fritz Kuhn berichtete: »Es sind ausgebrannt H. Kraatz, das *Café Inselblick, Dr. Faust,* das Restaurant und ein altes Haus in dem alten Dorf hinter der Busse. Alle Villen sind erhalten geblieben, nur von den Besitzern, den neuen Käufern, ist keiner geblieben …«

(Quelle: https://recs.hypotheses.org/6973)

Quellenangaben

Literaturliste:

Victor Klemperer: *Ich will Zeugnis ablegen*, Tagebücher 1933 bis 1945, 2 Bände, Aufbau Verlag.

Magdalene Droste: *Bauhaus 1919 bis 1933*, Taschen Verlag.

Ernst Klee: *Kulturlexikon zum Dritten Reich*, Fischer Taschenbuch Verlag.

Ulrich Herbert: *Geschichte Deutschlands im 20. Jahrhundert,* C. H. Beck.

Jens Arndt: *Sacrow. Das verwundete Paradies*, L+H Verlag.

Die Sacrower Heilandskirche. Kirche im Niemandsland, filmwerte GmbH.

Jan Th. Köhler: *Sacrow. Vom märkischen Dorf zum Ort der Moderne,* Verlag Nicolai.

Elisabeth Sifton, Fritz Stern: *Keine gewöhnlichen Männer: Dietrich Bonhoeffer und Hans von Dohnanyi*, C. H. Beck.

Sabine Friedrich, *Wer wir sind,* dtv.

Marikje Smid: *Hans von Dohnanyi – Christine Bonhoeffer*, Gütersloher Verlagshaus.